中国当代文学经典必读

中国当代文学经典必读

2000短篇小说卷

吴义勤 ◎主编　朱 旭 ◎点评

ZHONGGUO
DANGDAI
WENXUE
JINGDIAN
BIDU

百花洲文艺出版社

图书在版编目（CIP）数据

中国当代文学经典必读.2000短篇小说卷 / 吴义勤主编. -- 南昌：
百花洲文艺出版社，2020.10
ISBN 978-7-5500-3823-3

Ⅰ.①中… Ⅱ.①吴… Ⅲ.①中国文学－当代文学－作品综合集
②短篇小说－小说集－中国－当代 Ⅳ.①I217.1

中国版本图书馆CIP数据核字（2020）第171147号

中国当代文学经典必读·2000短篇小说卷

吴义勤　主编

出 版 人	章华荣	
责任编辑	郝玮刚　蔡央扬	
书籍设计	方　方	
制　　作	何　丹	
出版发行	百花洲文艺出版社	
社　　址	南昌市红谷滩区世贸路898号博能中心一期A座20楼	
邮　　编	330038	
经　　销	全国新华书店	
印　　刷	江西千叶彩印有限公司	
开　　本	850mm×1168mm 1/16　印张 19.25	
版　　次	2021年1月第1版第1次印刷	
字　　数	320千字	
书　　号	ISBN 978-7-5500-3823-3	
定　　价	39.80元	

赣版权登字　05-2020-141

邮购联系　0791-86895108
网　　址　http://www.bhzwy.com
图书若有印装错误，影响阅读，可向承印厂联系调换。

我们该为"经典"做点什么?

/吴义勤

当今时代,对经典的追怀和崇拜正在演变为一种象征性的精神行为,人们幻想着通过对经典的回忆与抚摸来抵抗日益世俗和商业化的物质潮流。在这一过程中,一方面,经典作为人类文学史和文明史的基石与本源,其价值得到了充分的认同与阐扬;另一方面,经典的神圣化与神秘化又构成了对于当下文学不自觉的遮蔽和否定。可以说,如何面对和正确理解"经典",正是当代中国文学必须正视的一个问题。

什么是经典呢?就人类的文学史而言,"经典"似乎是一个约定俗成的概念,它是人类历史上那些杰出、伟大、震撼人心的文学作品的指称。但是,经典又是无法科学检验的主观性、相对性概念。经典并不是十全十美、所有人都认同的作品的代名词。人类文学史上其实根本就不存在十全十美、所有人都喜欢、没有缺点的所谓"经典"。那些把"经典"神圣化、神秘化、绝对化、乌托邦化的做法,其实只是拒绝当下文学的一种借口。通常意义上,经典常常是后代"追认"的,它意味着后人对前代文学作品的一种评价。经典的标准也不是僵化、固定的,政治、思想、文化、历史、艺术、美学等因素都可能在某种特殊的历史条件下成为命名"经典"的原因或标准。但是,"经典"的这种产生方式又极容易让人形成一种错觉,即"经典"仿佛总是过去时、历时态的,它好像与当代没有什么关系,当代人不能代替后人命名当代"经典",当代人所能做的就是对过去"经典"的缅怀和回忆。这种错觉的一个直接后果就是在"经典"问题上的厚古薄今,似乎没有人敢于理直气壮地对当代文学作品进行"经典"的命名,甚至还有人认为当代人连写当代史的权利都没有。

然而,后人的命名就比同代人更可信吗?我当然相信时间的力量,相信时间会把许多污垢和灰尘荡涤干净,相信时间会让我们更清楚地看清模糊的、被掩盖的真相，但我怀疑，时间同时也会使文学的现场感和鲜活性受到磨损与侵蚀，甚至时间本身也难逃意识形态的污染。我不相信后人对我们身处时代"考古"式的阐释会比我们亲历的"经验"更可靠，也不相信，后人对我们身处时代文学的理解会比我们亲历者更准确。我觉得，一部被后代命名为"经典"的作品，在它所处的时代也一定会是被认可为"经典"的作品，我不相信，在当代默默无闻的作品在后代会被"考古"挖掘为"经典"。也许有人会举张爱玲、钱钟书、沈从文的例子，但我要说的是，他们的文学价值在他们生活的时代就早已被认可了，只不过新中国成立后很长时间由于意识形态的原因我们的文学史不允许谈及他们罢了。

这里其实就涉及了我们编选这套书的目的。我认为，文学的经典化过程，既是一个历史化的过程，又更是一个当代化的过程。文学的经典化时时刻刻都在进行着，它需要当代人的积极参与和实践。文学的经典不是由某一个"权威"命名的，而是由一个时代所有的阅读者共同命名的，可以说，每一个阅读者都是一个命名者，他都有命名的"权力"。而作为一个文学研究者或一个文学出版者，参与当代文学的进程，参与当代文学经典的筛选、淘洗和确立过程，正是一种义不容辞的责任和使命。事实上，正是出于这种对"经典"的认识，我才决定策划和出版这套书的，我希望通过我们的努力，真实同步地再现21世纪中国文学"经典化"的进程，充分展现21世纪中国文学的业绩，并真正把"经典"由"过去时"还原为"现在进行时"，切实地为21世纪中国文学的"经典化"作出自己的贡献。与时下各种版本的"小说选"或"小说排行榜"不同，我们不羞羞答答地使用"最佳小说"之类的字眼，而是直截了当、理直气壮地使用了"经典"这个范畴。我觉得，我们每一个作家都首先应该有追求"经典"、成为"经典"的勇气。我承认，我们的选择标准难免个人化、主观化的局限，也不认为我们所选择的"经典"就是十全十美的，更不幻想我们的审美判断和"经典"命名会得到所有人的认同，而由于阅读视野和版面等方面的原因，"遗珠之憾"更是不可避免，但我们至少可以无愧地说，我们对美和艺术是虔诚的，我们是忠实于我们对艺术和美的感觉与判断的，我们对"经典"的择取是把审美和艺术放在第一位的。说到底，"经典"是主观的，"经典"的确立是一个持续不断的"过程"，"经典"的价值是逐步呈现的，对于一部经典作品来说，它的当代认可、当代评价是不可或缺的。尽管这种认可和评价也许有偏颇，但是没有这种认可和评价，它就无法从浩如烟海的文本世界中突围而出，它就会永久地被埋没。从这个意义上说，在当代任何一部能够被阅读、谈论的文本都是幸运的，这是它变成"经典"的必要洗礼和必然路径，本套书所提供的同样是这种路径，我们所选的作品就是我们所认可的"经典"，它们完全可以毫无愧色地进入"经典"的殿堂，接受当代人或者后来者的批评或朝拜。

感谢百花洲文艺出版社对我的经典观的认同以及对于这套书的大力支持，感谢让这个文学工程可以在百花洲文艺出版社这个平台美丽绽放。我们的编选仍将坚持个人的纯文学标准，而为了更好地阐析我们的"经典观"，我们每本书将由青年学者对每一篇入选小说进行精短点评，希望此举能有助于读者朋友对本丛书的阅读。

目 录

唱西皮二黄的一朵/

/毕飞宇

十九岁的一朵因为电视上的数次出镜而迅速蹿红，用晚报上的话说，叫人气飙升。一朵其实是一个乡下孩子，七年以前还一身土气，满嘴浓重的乡下口音。剧团看大门的师傅还记得，一朵走进剧团大门的时候袖口和裤脚都短得要命，尤其是裤脚，在袜子的上方露着一截小腿肚子。那时的一朵并不叫一朵，叫王什么秀的，跟在著名青衣李雪芬的身后。看大门的师傅一看李雪芬的表情就知道李老师又从乡下挖了一棵小苗子回来了，老师傅伸出他的大巴掌，摸着一朵的腮，说："小豌豆。"老师傅慈眉善目，就喜欢用他爱吃的瓜果蔬菜给小学员们起绰号，整个大院都被他喊得红红绿绿的。一朵用胳膊擦了一下鼻子，抿着嘴笑，随后就瞪大了眼睛左盼右顾。她的眼珠子又大又黑，尽管还是个孩子，眼珠子里头却有一分行云流水的光景，像舞台上的"运眼"。这一点给了老师傅十分深刻的印象。事实上，送戏下乡的李雪芬在村口第一次看见一朵的时候就动心了。那是黄昏，干爽的夕阳照在一堵废弃的土基墙上，土基墙被照得金灿灿的，一朵面墙而立，一手捏一根稻草，算是水袖，她哼着李雪芬的唱腔，看着自己的身影在金灿灿的土基墙上依依不舍地摇曳。李雪芬远远地望着她，她转动的手腕和翘着的指尖之间有一种十分生动的女儿态，叫人心疼。李雪芬"咳"了一声，一朵转过身，她的两只眼睛简直让李雪芬喜出望外。一朵的眼睛黑白分明，眼珠子又黑又亮又活，称得上流光溢彩。因为害羞，更因为胆大，她用睐着的眼睛不停地睃李雪芬，乌黑的睫毛一挑一挑的，流宕出一股情脉脉水悠悠的风流态度。"这孩子有二郎神呵护，"李雪芬对自己说，"命中有一碗毡毯上的饭。"根据李雪芬的经验，能把最日常的动态弄成舞台上的做派，才算得上是天生的演员。

现在的一朵已经不再是七年前的那个一朵了。她已经由一个乡下女孩成功地成为李派唱腔的嫡系传人。现在的一朵衣袖与裤脚和她的胳膊腿一样长，紧紧地裹在修长的胳膊腿上。一朵在舞台上是一个幽闭的小姐或凄婉的怨妇，对着远古时代倾吐她的千种眷恋与万般柔情。舞台上的一朵古典极了，缠绵得丝丝入扣，近乎有病。然而，卸妆之后，一朵说变就变。古典美人耸身一摇，立马还原成前卫少女，也许还有一些另类。要是有人告诉你，七年之前一朵还是土基墙边的一棵小豌豆，砍了你你也不信。但是，不管如何，随着一朵在电视屏幕上的频频出镜，一朵已经向大红大紫迈出她的第一步了。依照一般经验，一个年轻而又漂亮的青衣只要在电视上露几次面，一旦得到机会，完全有可能转向影视，在十六集的电视剧中出演同情革命力量的风尘女子，或者到二十二集的连续剧中主演九姨太，与老爷的三公子共同追求个性解放。一朵的好日子不远了，扳着指头都数得过来。

现在是五月里的一天，一朵与她的姐妹们一起在练功房里做体型训练。十几个人都穿着高弹紧身衣，在扇形练功房里对着大镜子吃苦。大约在四点钟左右，唱老旦的刘玉华口渴了，嚷着叫人出去买西瓜。十几个人你推我，我推你，经过一番激烈的手心手背，最后还是轮到了刘玉华。刘玉华其实是故意的，大伙儿都知道刘玉华是一个火热心肠的姑娘。二十分钟过后，刘玉华一手托着一只西瓜回到了练功房，满脸是汗。一进门刘玉华就喊亏了，说海南岛的西瓜贵得要命，实在是亏了。刘玉华就这么一个人，因为付出多了，嘴上就抱怨，其实是撒娇和邀功。放下一只西瓜之后刘玉华似乎突然想起了什么，抱着另一只西瓜"哎呀"了一声，大声说："你们说那个卖西瓜的女人像谁？就是老了点，黑了点，皱纹多了点，眼睛浑了点，小了点，说话的神气才像呢，你们没看见那一双眼睛，才像呢！"刘玉华说这话的时候开始用眼睛盯着大镜子里的一朵，大伙儿也就一起看。都明白了。谁都听得出刘玉华说这些话骨子里头是在巴结一朵，一朵和团长的关系大伙儿都有数，有团长撑着，用不了几天她肯定会红上半边天的。一朵正站在练功房的正中央，背对着大伙儿。她在大镜子里头把所有的人都瞄了一遍，最后盯住了刘玉华。一动不动。脸上没有一点表情。一朵突然把擦汗的毛巾丢在了地板上，两只胳膊也抱在了乳房下面，说：“我像卖西瓜的，你像卖什么的？”一朵的口气和她的目光一样，清冽得很，所以格外冷。刘玉华遭到了当头一棒，愣在那儿。她和一朵在大镜子里头对视了好半天，终于扛不住了，汪开了两眼泪。刘玉华把抱在腹部的西瓜扔在了地板上，掉头就走。西瓜被摔成了三瓣，还在地板上滚了几滚。一朵转过身，叉着腰，一晃一晃地走到刘玉华刚才站过的地方，盘着腿坐了下来，拿起西瓜就啃。啃两口就噘起了嘴唇，对着大镜子吐瓜子。大伙儿望着一朵，这个人真的走红了。人一走红脾气当然要跟着长，要不然就是做了名角也不像。大伙儿看着一朵吐瓜子的模样，十分伤感地想起了前辈们常说的一句老话：“成名要早。”一朵坐在地板上，抬头看了大伙儿一圈，似乎把刚才的事情都忘记了，不解地说：“看什么？怎么不吃？人家玉华都买来了。”

但是一朵并没有把刘玉华的话忘了。洗过澡之后一朵坐在镜子面前，用手背托住腮，把自己打量了好半天。她倒要到西瓜摊上看一看那个女人，她倒要看看刘玉华到底是怎么作践她的。不过刘玉华倒是从来不说谎，这一来问题似乎又有些严重了。一朵穿好衣服，随手拿了几个零钱，决定到西瓜摊去看个究竟。一朵出门之后回头张望了一眼，身后没有人。她以一种闲散的步态走向西瓜摊。西瓜摊前只有一个男人，他身后的女人正低着头，嘴里念念有词，在数钱。让一朵心里头“咯噔”一下的事情就在这个时候发生了，女人抬起了头来，她的双眼与一朵的目光正好撞上了。一朵几乎是倒吸了一口气，怔怔地盯着卖西瓜的女人。这个年近四十的乡下女人和自己实在是太像了。尤其是那双眼睛。卖西瓜的女人似乎同样意识到了这一点，先是愣了一下，随后居然咧开了嘴巴，兀自笑了起来。女人说：“买一个吧，我便宜一点卖给你。”一朵听了就来气，“便宜一点卖给你”，这话听上去就好像她和一朵真的有什么瓜葛，就好像她长得像一朵她就了不起了，都套上近乎了。最让一朵不能忍受的是，这个卖西瓜的女人和一朵居然是同乡，方圆绝对不超过十里路。她的口音在那儿。一朵转过脸，冰冷冷地丢下一句普通话：“谁吃这东西。”

一朵走出去四五步之后又回了一下头，卖西瓜的女人伸长了脖子也在看她，嘴巴张得老大，还笑。她一点都不知道自己张大了嘴巴有多丑。一朵恨不得立即扑上去，把她的两只眼睛抠成两个洞。

这个黄昏成了一朵最沮丧的黄昏。无论一朵怎样努力，卖西瓜的女人总是顽固地把她的模样叠印在一朵的脑海中。一朵挥之不去。它使一朵产生了一种难以忍受的错觉：除了自己之外，这个世界还有另外一个自己。要命的是，另一个自己就在眼前，而真正的自己反倒成了一张画皮。一朵觉得自己被咬了一口，正被人叼着，往外撕，往下扒。一朵感到了疼。疼让人怒。怒叫人恨。

生活其实并没有什么变化，昨天等于今天，今天等于明天。但是，吃了几回西瓜之后，一朵感到姐妹们开始用一种怪异的神态对待自己。她们的神情和以往无异。然而，这显然是装的，唱戏的人谁还不会演戏，要不然她们怎么会和过去一样？一样反而说明了有鬼。在她们从一朵身边走过的时候，她们的神情全都像买了一只西瓜，而买了一只西瓜又有什么必要和过去不一样呢？这就越发有鬼了。一朵连续两天没有出门，她不允许自己再看到那个女人，甚至不允许自己再看到西瓜。然而，人一怕鬼，鬼就会上门。星期三中午一朵刚在食堂里坐稳，远远地看见卖西瓜的女人居然走到剧团的大院来了。她扛着一只装满西瓜的蛇皮袋，跟在一位教员的身后。过了三五分钟，让一朵气得发抖的事情再一次发生了。女人送完了西瓜，她在回头的路上故意绕到了食堂的旁边，伸头伸脑的，显然是找什么人的样子。这个不知趣的女人在看见一朵之后竟然停下了脚步，露出满嘴牙，冲着一朵一个劲地笑。她笑得又贴近又友善，不知道里头山有多高水有多深，好像真有多少前因后果似的。一朵突然觉得食堂里头静了下来。她抬起眼，扫了一遍，一下子又与女人对视上了。女人仔细打量着一朵，她的微笑已经不只是贴近和友善了，她那种样子似乎是见到了失散多年的亲妹妹，喜欢得不行，歪着头，脸上挂上了很珍惜的神情，都近乎怜爱了。她们一个在窗外，一个在窗内，尽管没有一句话，可呈现出来的意味却是十分意味深长。一朵低下头，此时此刻，她最想做的事情就是站起来，大声地告诉每一个人，她和窗外的女人没有一点关系。但是，否定本来就没有的东西，那就更加此地无银了。一朵的嘴里衔着茼蒿，咽不下去，又吐不出来。所有的人都注意到，一朵的脸开始是红了一下，后来慢慢地变了，都青了。一朵把头侧到一边，只给窗口留下了后脑勺。她青色的脸庞衬托出满眼的泪光，像冰的折射，锐利的闪烁当中有一种坚硬的寒。卖西瓜的女人现在成了一朵附体的魂，一朵她驱之不散。

　　星期五下午四点过后，一朵必须把手机打开。这部手机暗藏了一朵的隐秘生活。手机是张老板送的。其实一朵的一切差不多都是张老板送的，除了她的身体。但严格意义上说，张老板每个星期也就与一朵联系一次，只要张老板不出差，星期五的夜晚张老板总要把一朵接过去，先共进晚餐，后花好月圆。

　　一朵把打开的手机放在枕头的下面，一边等，一边对着镜子开始梳妆。然而，只照了一会儿，一朵的心情竟又乱了。她现在不能照镜子，一照镜子镜子里的女人就开始卖西瓜。这时候一朵听见看大门的老师傅在楼下高声叫喊。老师傅的牙齿已经掉得差不多了，他把了一辈子的大门，而现在，他自己嘴里的大门却敞开了，许多风和极其含混的声音从他的嘴边进进出出。老师傅站在篮球架的旁边大声告诉"小豌豆"："黄包大队？有人在门外等她。"一朵一听就知道是"疙瘩"又来了。"疙瘩"在防暴大队，和一朵在一次联欢会上见过面。他不知道从哪里打听到了一朵的祖籍，到剧团来认过几次老乡。一朵没理他。一朵连他姓什么都不清楚，就知道他有一脸的疙瘩。一朵正烦，听到"黄包大队"心里头都烦起了许多疙瘩，顺手便把手上的梳子砸在了镜面上，玻璃"咣当"一声，镜子和镜子里的女人当即全碎了。这个猝不及防的场景给了一朵一个额外发现：另一个自己即使和自己再像，只要肯下手，破碎并消失的只能是她，不可能是我。一朵的呼吸顿时急促起来，两只乳房一鼓一鼓的，仿佛碰上了一条贪婪而又狠毒的舌尖。一朵推开窗户，看见一个高大的小伙子正在大门外面抬腕看表。一朵顺眼看了一下远处，梧桐树上"正宗海南西瓜"的小红旗清晰可见。老师傅仰着头，高声说："他在等你，要不要轰他走？"

　　手机偏偏在这个时候响了。一朵回过头去拿手机，只跨了两步，一朵却转过了身来，慌忙对楼下说："让他等我。"

　　一朵只做了两个深呼吸便把呼吸调匀了。她趴在床上，对着手机十分慵懒地说："谁呀？"

　　手机里说："个小树丫，还能是谁？挺尸哪？"

一朵疲惫地"嗯"了一声。

手机里的人马上心疼起来，说："怎么弄的？病啦？"

"没有，"一朵叹了一口气，拖着很可怜的声音说，"中午身上那个了，量特别多，困得不得了。——司机什么时候来接我？"

手机那头突然静下来了，不说话。一朵"喂"了一声，那头才懒懒地回话说："还接你呢，这会儿我在杭州呢。"

一朵显然注意到手机里短暂的停顿了。这个停顿让她难受，但这个停顿又让她有一种说不出的欣喜。一朵也停顿了一会儿，突然大声说："不理你！这辈子都不想再理你！"

一朵立即把手机关了。她来到窗前，高大的小伙子又在楼下抬腕看表了。

"疙瘩"坚持要带一朵去吃韩国烧烤，一朵用指头指了指自己的嗓子，"疙瘩"会心一笑，还是和一朵吃了一顿中餐。一朵发现"疙瘩"笑起来还是蛮洋气的，就是笑容过于讲究，有些程式化，显然是从电影演员的脸上扒下来的。但是没过多久"疙瘩"就忘了，恢复到乡下人局促和不加控制的笑容上去了。人一高兴了就容易忘记别人，全身心地陷入自我。这个结论一朵这几天从反面得到了验证。晚饭过后一朵提出来去喝茶，他们走进了一间情侣包间，在红蜡烛的面前很安静地对坐了下来。整个晚上都是"疙瘩"带着一朵，其实是一朵把持着这个晚上的主导方向。"疙瘩"开始有点口讷，后来舌头越来越软，话却说得越来越硬。一朵瞪大了眼睛，很亮的眼睛里头有了崇敬，有了蜡烛的柔嫩反光。

一朵没有绕弯子，利用说话之间的某个空隙，一朵正了正上身，说有事请老乡帮忙。"疙瘩"让她："说。"一朵便说了。她说起了那个卖西瓜的女人。她"不想再看见她"。即使看见，那个女人的脸眼"必须是另外一副样子"。

"疙瘩"笑了笑，松了一口气。"疙瘩"说："我还以为什么大不了的，我叫上几个兄弟，两分钟就摆平了。"

一朵说："什么样的人我找不到，找别人我就不麻烦你。"一朵说：

"我不想让别人知道，就你和我。"

疙瘩又笑了笑，说："好的。没什么大不了的。"

一朵说："我可不想等，等一天老虎的爪子抓一天心。卖西瓜的都睡在西瓜摊上，就今天晚上。"

疙瘩还是笑了笑，说："好的。没什么大不了的。"

一朵站起身，绕到"疙瘩"的面前。两只瞳孔乌溜溜地盯着"疙瘩"，愣愣地看。她刚刚伸出小拇指准备和"疙瘩""勾勾"，"疙瘩"的右手却突然捂在了一朵的左乳上。一朵唬了一个激灵，但没有往后退，两道睫毛疾速垂了下去，弯了两道弧，却把双手反撑到了桌面上。"疙瘩"已经被自己的孟浪吓呆了，眼神里全是不知所措，像萤火自照那样明灭不定。到底是一朵处惊不乱，经历过短暂的僵持之后，一朵的眼睫突然挑了上去，两只瞳孔再一次乌溜溜地盯着"疙瘩"，愣愣地看。"疙瘩"的手指已经傻了，既不敢动，又不敢撤，像五根长短不一的水泥。过了好大一会儿一朵终于抬起了一只手。"疙瘩"以为一朵会把他的手推开，再不就是挪走。但是没有。一朵勾起了食指，在"疙瘩"的鼻梁上刮了一下。这个日常性的动作由女人们来做，通常表达一种温馨的羞辱与沁人心脾的责备。"疙瘩"的手指一下子全活了。

"回头我请你。"一朵说。

一朵说完这句话便抽出了身子，提上包，拉开了包厢的房门。她在离开之前转过头，看见"疙瘩"的手掌还捂在半空，一脸的不可追忆。"疙瘩"回味着一朵的话，这句话被一朵说得复杂极了，你再也辨不清里面的意味多么叫人脸红心跳。一朵的话给"疙瘩"留下了无限广阔的神秘空间，"回头我请你"这五个字像一些古怪的鸟，无头，无尾，只有翅膀与羽毛，扑棱棱乱拍。

星期六的上午一朵一早就下楼去了。她知道"疙瘩"一定会来找她，立了战功的男人历来是不好对付的，最聪明的办法只有躲开。躲得了初一，就一定能躲得过十五。男人是个什么玩意一朵算是弄清楚了，靠喂肉去解决他们的饥饿，只能是越喂越饿，你要是真的让他端上一只碗，他的目光便会十分忧郁地打量别的碗了。再说了，一只蛤蟆也完全用不着用天鹅的肉去填它的肚子。这年头的男人和女人，唯一动人的地方只剩下戏台上的西皮与二黄，别的还有什么？

一朵打算到唐素琴那儿把星期六混过去。唐素琴是一朵的小学同学，现在已经是省人民医院的妇科护士了，人说不上好，可也说不上坏，就是没意思。然而，她毕竟是妇科的护士，说不定哪一天就用得上的。

一朵出了大门之后直接往左拐。对一朵来说，这是一个特殊的早晨。她一定要从那个空着的西瓜摊前面走一走，看一看。她一定要亲眼看到另一个自己在她的面前是如何消失的。一朵远远地看见西瓜摊的前方聚集了许多人，显然是出过事的样子。这个不寻常的景象是预料之中的，它让一朵踏实了许多。一朵快速走上去，钻进人缝。路面上有一摊血，已经发黑了，呈现出一种骇人而又古怪的局面。一朵看着地上的这摊黑血，松了一口气。她用小拇指把额前的一缕头发捋向了耳后，脸上的表情又安详又傲慢。一朵把她的眼睛从地上抬上来，却意外地看见了卖西瓜的女人——卖西瓜的女人正站在梧桐树的后面，一边比画一边小声地对人说些什么。她的身上没有异样，神态里头一点劫后余生的紧张与恐惧都看不出。毫无疑问，地上的血和她没有任何关系。一朵吃惊地望着那张脸，恍然若梦。要不是手机在皮包里响了，一朵还真以为自己是在梦中了。

"起床了没有？"张老板在手机里头说，听口气他还在床上。

一朵有些恍惚，脱口说："没，还没呢。"

"昨晚上你喝茶喝得太晚了，这样可不好。"

"没，没有。"

手机里头张老板摁了一下打火机，接下来又长长地嘘了一口烟。张老板说："我说呢。我手下的人硬说你昨晚和一个傻小子鬼混了。弄得有鼻子有眼。他们说那个傻小子的手不本分，趁人家在马路边上卖西瓜，居然在人家的身上开了两个洞。你说这是什么事？——幸亏不是什么要紧的地方。"

"你在哪儿？"一朵喘着粗气问。

"我还能在哪儿？当然在家。"

"你不是在杭州吗？"

"我在杭州做什么？"张老板拖声拖气地说，"闲着无聊，没事就说说小谎，反正闲着也是闲着。——我看你还是到医院去看看吧。"

一朵的心口紧拧了一下，慌忙说："我到医院去干吗？我到那儿看谁去？"

"你说看谁？当然是看看你自己。"张老板说，"半个月里头你的月经来了两次，量又那么多。我看你还是去看一看。"

一朵的脑袋一下子全空了，慌得厉害，就好像胸口里头敲响了开场锣鼓，而她偏偏又把唱词给忘了。她站在路边，把手机移到左边的耳朵上来，用右手的食指塞紧右耳，张大了嘴巴刚想解释什么，那边的电话却挂了。一朵张着嘴，茫然四顾，却意外地和卖西瓜的女人又一次对视上了。卖西瓜的女人看着一朵，满眼都是温柔，都像妈妈了。

原载《收获》2000年第1期

点评/

《唱西皮二黄的一朵》主要书写了乡下女孩一朵进城学戏后的变化，尤其是其价值观念的嬗变。七年前的一朵是乡下肆意生长的一朵野花，因为偶然的机会被送戏下乡的青衣名角儿李雪芬看中，便收了弟子带进城学戏。七年后十九岁的一朵成为李派唱腔的嫡系传人，更变成了城市里带刺的玫瑰花。原来土气、害羞的一朵因为在电视上的多次出镜迅速蹿红，"人一走红脾气当然要跟着长，要不然就是做了名角也不像"。当同学开玩笑说她和卖西瓜的大婶长得相似时，她觉得受到了侮辱，表现得非常愤怒，用格外冷冽的眼神和语气气哭了原本开玩笑的同学。自此，一朵对卖西瓜的大婶便心存敌意，"除了自己之外，这个世界还有另外一个自己。要命的是，另一个自己就在眼前，而真正的自己反倒成了一张画皮。一朵觉得自己被咬了一口，正被人叼着，往外撕，往下扒。一朵感到了疼。疼让人怒。怒叫人恨"。但卖西瓜的大婶却不断出现在她的视线范围内，更流露出关切的目光。这一切似乎让一朵感觉到了威胁，因而由怒生恨，便利用一直爱慕她的小混混教训这个卖西瓜的女人。小说的结局却出人意料，就在一朵沾沾自喜于危机已解除的时候，却获知小混混教训错了人，而那个她以为被自己玩弄于手掌之中的张老板对她的行踪和所作所为更是了如指掌。一朵的危机非但没有解除，反而更加严峻。更讽刺的是，从头到尾都被一朵厌恶的卖西瓜的女人，却是自始至终都向她投来真切关心目光的唯一一人。

　　乡下女孩一朵受到命运的垂青，被名角儿李雪芬看中带进城学戏，从此命运有了改变的绝佳之机。但是，在追求改变命运的过程中一朵迷失了纯粹、清晰的自我，任凭物欲充塞内心，更是将满足一己私欲的希望寄托在某种外部的力量上，比如男人，比如名利。一朵前后的变化和人性的一步步沦丧让人心寒，生出无限唏嘘。女性的人生悲剧在于自我欲望的不断膨胀，从而丢失自我、人性扭曲。

（朱旭）

传说

/裘山山

在西藏那个地方，常会有一些很奇特的事发生。比如那里的树，要么无法生长，一旦长起来就是参天大树，树干如天椽，树冠如天伞，像一片树林似的覆盖着大地；再比如那里的花，要么不开，开起来定是硕大而鲜艳，在耀眼的阳光下，呈现出你无法想象的美丽。因此我一直有个感觉，任何生命在西藏都是极端的，要么不能成活，一旦成活了，就会比别处的更茂盛，更顽强。

这肯定就包括人了。

人到了西藏后，常常会走样。本来很理性的，可能会变得激情澎湃；本来很稳重的，可能会野性张扬。总之和原来的自己不大一样了。据说有位作家走了一趟西藏之后，无限感慨地提出了新的"三防"主张：防感冒，防日晒，防爱情。前两防显然是对付大自然的，而后一防就是对付人自己了。一旦对付人自己，就变得很难。所以这位作家把口号提出了，却没能做到。他被晒得黢黑，感冒严重到天天输液，最后终于和护理他的女护士发生了感情。

不过这样的事在西藏，还是显得很平常。

我啰唆了这样多，还没有进入故事，真是不好意思。我想说的是，由于那些奇特的事件到内地后，内地的人总是不大相信，于是它们就变成了传说。

我就讲其中一个吧。

这个传说开始的时候，军分区的宣传干事夏天正在一边防团进行采访。从某种意义上说，他就是这个传说的传播者。他进藏6年了，因为采访而四处奔波，因为四处奔波而听到许多故事，一部分被他写入了文章，一部分被他作了口头传说。他喜欢人们睁大了眼睛听他讲故事的样子，也喜欢在人们追问他故事是否真实时，漫不经心地回答一句：信不信随你。

这天中午夏天正在团招待所赶一篇新闻稿。有人敲门。他刚问了一句"谁"，团政委就推门而入。这让夏天意外。团政委的神情失去了往日的沉稳，进门就非常直截了当地说，夏干事，我有个非常好的新闻线索要告诉你——政委顿了一下，夏天连忙拉了一把椅子让政委坐，政委不坐，他盯着夏天一字一句地说，我刚才接到一个电话，是分区打来的，他们说，我们团6连连长的家属跑进来了。

夏天大惑不解，一个连长的家属跑进来了算什么新闻线索呢？他们这个团不是一年到头都有家属跑进来吗？整个西藏军区一年到头有多少家属要跑进来呢？顺便说一句，西藏的人习惯把到西藏去叫作进西藏。人们见到一个刚到西藏的人会说，你进来了？如果要走，也会说，什么时候出去？好像西藏是里面，内地是外面。

夏天发现政委眼睛发亮，政委平日里总是眉头紧皱的，发亮的时候很少。这就更让夏天不解了，是不是这个家属跑进来与众不同？政委果然说，你知道她是怎么进来的吗？她没有坐飞机，她是一路搭便车从川藏线走进来的，走了差不多一个月！

哦，这倒是有些奇，夏天想，现在即使是经济再困难，进拉萨总还是要坐飞机的。陆路太难走，也太耗时。

她为什么不坐飞机？夏天问。如果是为了亲身体验西藏的艰苦，或者是为了表达自己忠贞不渝的爱，那……也许是个新闻线索。

政委说，具体情况不清楚。好像是半路上把钱掉了，反正她已经走了大半个月了，从山东老家出发，走走停停，据说现在身体已极为虚弱。你想想，一个女人，为了探望她的丈夫，竟然不辞辛苦地从川藏线走进来，难道不感人吗？

夏天连连点头，他知道川藏线很险，现在这个季节又是泥石流又是塌方。就是有专车也得走上10来天，何况一个单身女人，又是搭便车。这个女人的确够勇敢，够能吃苦的。

政委说，分区的同志讲，她一路上遇到许多危险，几次都差点儿丢命，现在已经病得很重，在发高烧。分区的同志劝她不要急着往前走，

先在那儿住院治病，把身体养好了再说，但她坚持要走。她说她必须马上见到宋

铁军……

夏天一惊，宋铁军？怎么是宋铁军的家属？

政委说，上周刚下的命令，宋铁军现在就是6连连长。

原来是宋铁军！这下夏天来情绪了，宋铁军是他军校的同学。这小子什么时候结婚的？还娶了这么个英勇无畏坚贞无比的女子？夏天又替老同学高兴，又有几分好奇了。因为当初在学校他们谈起这个话题时，宋铁军对爱情显得很悲观。

政委说，他是你同学，这就更好办了。这样，今天下午你就去6连，先找宋铁军采访一下他和他家属的恋爱史，了解清楚背景材料，搞一个提纲出来。我这边马上派车去接他家属，等两人一见面，你就马上把文章补充完整，用特快专递或者传真发出去。这回，一定要好好为咱们团树一个军嫂典型。

夏天大声答道，是！

我已经看见那个女人了，她提着一只旅行箱，肩上挎着一个包，她的行头根本不像一个要在荒山野岭中长途跋涉的人，好像是去机场的感觉。但她枯槁的面容，歪歪倒倒的步履，一下就能让人感觉到，她的的确确已在荒山野岭中跋涉多日了。那只带轮子的旅行箱，轮子早已被她拖得没了踪影，就是箱子本身也伤痕累累，有个角还被磨穿了洞。据我的经验，那是在车上被反复颠簸而致。

此时她刚从一辆拉木头的卡车上下来，边走边朝后张望，寻找着下一辆与她去向一致的汽车。她满面灰尘，头发脏得已经打了结，嘴唇干裂，唯有那双眼睛还是亮的，闪烁着一种叫作坚毅的光芒。她已经学会了喝酥油茶，吃糌粑。当她又饥又渴的时候，总是能够得到那些热情善良的藏民们的帮助。他们把她看成是朝圣的人。

她也算得上是个朝圣的人。

我们再回过头来说夏天。

夏天坐着团里的吉普车往6连去。这是政委特派给他的，否则只有等到后天才能搭上团里给6连送油送米的大卡车。

夏天坐在车上，身子被吉普车，准确地说，是被那条著名的搓板路颠得歪来扭

去，有几回身子腾空而去，脑袋狠狠地撞在了车的顶棚上。但司机老兵照样加速，好像他开的是架飞机，轮子不离开地面不算本事。

尽管夏天被颠得片刻不得安宁，但脑子仍一刻不停在想着宋铁军。

他想的无非是这么几点：一、宋铁军到底娶了个什么样的女人？竟做出这么悲壮的事来？（夏天受了政委的感染，已经觉得这事有几分悲壮了。）二、他们之间的感情到底深到什么程度？三、宋铁军是不是已经很久没有探亲了，把他妻子惹得如此冒险进藏？作为新闻专业的毕业生，夏天知道，政委所提供的这个新闻线索，其价值的关键在于他们之间的感情。夏天决定把老同学的灵魂深处挖一挖，没准儿还能给他提供一些文学创作素材呢——夏天在新闻报道之余，偶尔也写写小说。

吉普车到达6连山脚下，就再也无法往上开了。剩下的路只能是迈动双脚走上去。连里派了一个战士下山来接夏天，那个战士要帮夏天背相机和挎包，夏天执意不肯。再怎么，自己也还是个年轻人嘛。但是没想到，两公里的直线距离，竟走了整整40分钟，还浑身是汗，到达连队时，夏天的照相机和挎包已全都在小战士的肩膀上了。

时值黄昏，宋铁军却不在房间里。值班战士告诉夏天，连长在菜地。

夏天被领到所谓的菜地，就是个塑料棚，只有2米宽5米长的样子。他跟着战士钻进棚子，见宋铁军正蹲在那儿，跟一个老兵一起，在为蔬菜——具体地说是在为一只茄子打针。夏天好奇地问，这是干吗？防治病虫害？宋铁军说，不。这里的蔬菜老是长不大，结死疙瘩。听人介绍注射激素可以促进生长。夏天说，注射激素？那对人体不会有害吗？宋铁军说，不会，这是专门促进植物生长的激素。夏天说，效果怎么样？宋铁军说，从其他连队的经验看，效果很好。

宋铁军说完这句话已注射完毕。他把手上的茄子放下抬起头来，他一抬头就愣了，说，原来是你小子！夏天笑道，那以为是谁？宋铁军说，我也不知道是谁，只说团里派了一个干事来采访。你怎么跑来了？夏天说，我刚从分区下到你们团，就被你们政委派来了。宋铁军把手上的注射器交给另一个老兵，叮嘱了一番，弯着腰钻出大棚。

宋铁军说，你来采访什么？夏天说，怎么？你一点儿也不知道？宋铁军说，知道什么？夏天说，你家属的事？宋铁军站下来说，我家属怎么了？夏天说，她进来了。宋铁军大惊，她进来了？我怎么不知道？

夏天觉得很有意思，或者说，夏天觉得更有意思了，丈夫都不知道，妻子就进来了。他拽了一下宋铁军的胳膊说，别在这儿大惊失色的样子，让你的兵看见了，还以为我来向你报告噩耗的呢。宋铁军被夏天拽着往前走，仍回不过神来，怎么回事？到底怎么回事？

夏天就一五一十地把政委告诉他的新闻线索告诉了宋铁军。

宋铁军不相信。他摇头说，不可能是我家属，一定是搞错了，不可能是我家属。

夏天说，怎么会搞错？人家分区的人打电话来，清清楚楚地说，你们团宋铁军的家属从山东来了。名字没错，老家没错，你说不是你家属是谁家属？你们团还有叫宋铁军的连长吗？

宋铁军拉开抽屉拿出一封信说，你看，我昨天才收到我家属的信，她一点儿也没提她要进来的事。

夏天说，会不会是她故意给你一个突然袭击？

宋铁军苦笑了说，她哪有这种浪漫？再说孩子也才两岁大，她撇不下的。

夏天说，人是会变的，说不定她现在非常想念你。不管怎么说，她已经来了。你们政委要我先期采访，等人一到，就发稿。咱们是老同学，你不会叫我白跑吧。

像我这样一个常年在西藏山川中游历的人，碰上个把稀奇的事是很正常的。比如有一回我趴在地上等落日，一只彩色的大鸟落在了我的照相机镜头前，好奇地往镜头里张望。我紧张地轻轻地按下了快门。后来的情景你们也许猜不到，胶卷冲出后，那照片上五彩斑斓，唯独一根羽毛也没有。

所以当那个黄昏来临，我在临时搭建的帐篷里坐下来吃干粮时，看见一个女人在空旷的荒原上独自前行，也没有特别吃惊。我让她和我一起吃些干粮，她接受了。我问她上哪儿去，干什么去？她说，我去看我的爱人。

她就说了这一句话。我想这一句就够了，足以成为她上路的理由了。

后来，她终于找到一辆卡车，可以搭她一段路程。司机帮她把箱子扔上车，她自己则爬到了后车厢。

我想她的心情一定很急迫，否则不会星夜兼程。

宋铁军现在成了我们故事的主角，不管他是否情愿，他都无可避免地要在灯光明亮的舞台上亮相，让众人注目。

此刻宋铁军已被夏天强行地塞回到往事的隧道中。

不过说起他的"恋爱史"，他并没有滔滔不绝，只是只言片语几句话。

宋铁军强调说，我和我家属其实没有恋爱史，只有婚姻史。当初从军校毕业分配进藏的时候，我母亲身体情况很糟，姐姐出嫁了，弟弟刚考进大学，如果我不马上娶一个媳妇回家，就不可能离家进藏。我母亲那时认准了她。母亲觉得她脾气温顺，老实勤快，靠得住……

你母亲喜欢，你本人呢？你喜欢吗？夏天提问。

还行吧。像咱们这样的男人，还敢有多高的要求呢？宋铁军答。

那她呢？她对你怎么样？夏天再提问。

她对我倒是不错，挺关心挺顺从的，用那个话说，叫贤惠吧。

夏天在本子上迅速写下"贤惠""母亲""孩子"等几个词，又问，她对你到西藏来怎么看？

宋铁军说，应该说是支持的，没拉过后腿。

夏天又在本子上记下了"支持丈夫安心进西藏"几个字，然后笑眯眯地说，人漂亮不漂亮？宋铁军拉开抽屉拿出一张照片，喏，你自己看吧。夏天拿过照片一看，还行，属于那种清秀文静的女子。夏天把照片还给他说，你小子还有什么不满足，要样子有样子，要贤惠有贤惠，还支持你的事业，够得上好军嫂了。

宋铁军说，是啊，说起来是应该满意的。可是……

可是什么？夏天紧追不放。

宋铁军叹气说，我们之间没话说。她每次写信来，除了说我母亲的身体，就是要我注意身体，现在总算多了一个内容：孩子。而我给她写信，就更不知道写什么好了，每次写信成了一个负担。

夏天说，你的意思是，你们之间缺乏感情交流？宋铁军说，不是缺乏，是根本没有。宋铁军把照片放回抽屉，有些烦躁地说，所以我简直不明白，她这么突然跑进来干什么？弄得满城风雨。真是的。我已经告诉她年底探亲了嘛。

夏天发现宋铁军已经把眉头皱了起来，他用笔敲着本子说，喂喂，同志，人家千辛万苦跑进来看你，你可不能嫌。要是我那口子肯这么进来看我，我早就感动得一塌糊涂了。你上次探亲是什么时候？

宋铁军说，去年5月。

夏天又在本子上记下了"一年多没探亲"几个字。

宋铁军说，我也知道她有恩于我，我母亲早年守寡，她对我母亲好就是对我好。所以……我也就……

夏天又追问，所以什么？

宋铁军深深地叹了口气说，所以我只好不谈爱情。

夏天连忙追问，那你遭遇过爱情吗？

宋铁军机警地反问，这也属于你采访的范畴吗？

夏天马上把笔记本一合，说，现在采访结束，咱们老同学开始谈心。反正你说的内容已经够我半篇文章了，等她到了以后我再采访一下她，就可以合成一篇了。

宋铁军松口气说，这就对了，我也实在没什么可说的了。他站起来，拉开那个瘸了一只脚的有些歪斜的床头柜，从里面拿出两个半瓶子白酒说，上次过八一节剩的，咱们把它干了。夏天马上兴奋地说，太好了，咱们可以谈个通宵，叫作对酒论爱情吧。

现在我们来看看这个女人的行进路线。

她是从山东那个美丽的小城威海出发的，然后到济南，从济南到成都，从成都再到雅安，从雅安到康定，从康定到昌都。

之所以选择陆路进藏，正如政委听到的那样，她的钱掉了。在从济南到成都的火车上，她遭遇了小偷，除了换洗衣服之外，几乎全部被偷光。但她没有回头，继续向前。

到昌都后算是进藏了。但进藏之后仍有万水千山等着她跨越。

昌都到林芝，林芝到拉萨，拉萨到日喀则，日喀则到玛拉县，玛拉县到团部，团部到边防6连。如果你面前有一张地图，你会发现她的足迹差不多横贯了西藏。

现在她快要抵达目标了。

夏天和宋铁军那天夜里对酒论爱情的结果是：夏天在喝掉第一个半瓶酒之后，首先讲了自己的恋爱史，讲了他经历的一个又一个女人，最后才讲到如今的老婆，跟长篇小说那么曲折。最后他总结性地说，有的女人跟你有缘没分，即使再相爱，也只能放弃。

宋铁军点头道，你这个观点我同意，这叫命中注定。不过说得简单，真的遇上了，心里还是难受啊……不知是酒的原因还是动了感情，他的两眼潮红。

夏天说，铁军，恕我直言，你心里一定有什么痛苦，能不能告诉我？

宋铁军说，这事已经在我心里憋了一年多了。可是现在家属突然跑进来了，一下子让我觉得很惭愧，人家对我那么好，我还……我怎么有脸见她？

夏天说，你心里有人？

宋铁军点点头，你知道我为什么拖延探亲吗？我就是怕见她，怕面对她……只要一见到她，我就完了……

夏天说，你这个"她"指的是谁？

宋铁军说，你别这么步步紧逼好不好？

夏天不再说话。

宋铁军摇摇晃晃站起来，打开一个上了锁的抽屉，拿出一沓信，往桌子上重重一搁，然后又倒了一杯酒喝下去，眼睛红红地说，我知道我不能这样，我想克制，所以她写来这些信，我都没敢看，没敢拆。我怕我看了以后，更管不住自己了……

夏天继续沉默着。但他知道，宋铁军的往事之门已经被他打开了，他不用再说什么，宋铁军都会讲述他的爱情故事的。

宋铁军垂着头，好一会儿开口说，我总觉得我和她的相遇，不是上天给我的恩赐，而是一种折磨……宋铁军开始讲他的爱情故事了。不过宋铁军的爱情故事前半部分很平淡，用文学的眼光看，没有什么个性。"她"是个可爱的女孩子，和他是高中同学，上学时他们就彼此喜欢了，可真的谈恋爱时双方父母都反对。她父母反对是因为他考上了军校，他们不愿让女儿嫁给军人守空房。他母亲反对是因为她在家最小，很受宠，怕她娇气，不能做一个贤惠的媳妇。

宋铁军说，你还记得吧，在军校时我们谈起爱情我很悲观。这就是原因。我觉得无法娶到自己喜欢的姑娘……后来为了进藏，为了母亲，我仓促地解决了自己的婚姻。结婚后家属对我不错，我也就慢慢地接受了现实。如果后来我们不再相遇，也许彼此就只成为一段美好的回忆了。可是……偏偏遇上了……

夏天明白，真正的故事开始了。他拿出烟来，给宋铁军点上，自己也点上。

宋铁军深深地吸了一口烟，说，去年我探亲结束返回部队时，坐火车从济南到成都。火车在马角坝停靠时，我下去买烟，一转身就碰上了她，巧得不可思议。她是到成都去出差的。要命的是，一见到她我就发现我根本没有忘掉她，我还在心里爱着她。开始我还能够把握自己，尽可能和她说些部队上的事。可是她眼里的那种东西越来越多了，让我无法正视。后来她幽幽地告诉我，她刚刚离婚，就因为忘不了我。我再也控制不住自己了，一下握住了她的手。两只手一旦握住，就怎么也松不开了。我们就那么握着，一直坐到天亮，坐到成都……接下来的事，我不说你也能想到。我都不知道自己怎么了，好像丢了魂似的，听凭着感情的牵引往前走……

夏天把手搭在宋铁军的肩膀上，说，我能理解。

宋铁军接着说，我是第二天凌晨的飞机，她送我去了机场。进安检门的时候，她毫无顾忌地趴在我的身上痛哭，惹得我也热泪长流。我一直以为自己是个不会哭的男人。坐上飞机后我就开始给她写信，写了许多信誓旦旦的话，我甚至表示马上就离婚娶她，我告诉她她是我这辈子最想娶的女人……可是，等飞机一降落到贡嘎机场，等我一呼吸到西藏的新鲜空气，人马上就清醒了。我知道我不属于她，我不属于缠绵的爱情，我根本不可能和她在一起生活……我撕掉了那封信，重新给她写了一封，我告诉她我对不起她，让她忘掉我，等等，总之全是些废话，没良心的话。我当时想，我进了西藏，回到边防连队，天远地远的，她慢慢就会恢复平静。

夏天忍不住问，那后来呢？

宋铁军说，后来？半个月后我收到她的一封信。那封信读得我万箭穿心，她说她一点儿不怪我，是她自己愿意的，她说她永远爱我这一点无论怎样都不会改变，她说不管将来怎样她都对我们的相遇相爱无怨无悔，她还说她不嫉妒我家属，只要我能好好的，她愿意替我照顾我家里，她还说那一天的日子是上天对她的恩赐，她还说只要我说一句我爱她，她这一生都将是个幸福的女人……

宋铁军的声音哽咽了。夏天感到震惊。他不知道什么时候停止了吸烟，以至被烟头烫了一下。他无论如何也没想到，他会听到这样一个故事，这样一个故事把他的那些罗曼史比得没了颜色。

后来呢? 夏天急切地说，你回信了吗?

宋铁军说，没有。我几次提笔，几次又放下了。想说的话不能说，违心的话我又不愿再说。难道我能告诉她我爱她，她是我此生最想娶的女人吗? 不，我没有这个权利，后来她又写信来，我就不敢再看了。我把它锁进抽屉里，但她仍是不断地写，一封又一封……

夏天默默地把剩下的酒全部倒进两个人的杯子里，递给宋铁军。

宋铁军眼睛红红的，和他碰了一下，一饮而尽。

我看见女人还在路上。

她当然不知道她要去看的男人正与别人做彻夜长谈，她只知道她要尽快地赶到那儿去见他。由于太性急，女人在玛拉县城下车后，并没有去团部。也许她不知道团部在那儿，也许她怕耽误时间，总之她直接去了6连。

所以我眼见着她搭乘的卡车与团部接她的吉普车在路上呼啸着错过。

其实我知道她错过的真正原因。她的身体已极度衰弱，她有一种预感，她快要死了，她怕她不能在活着的时候赶到6连，不能在生命结束之前赶到那个男人的身边。好像只要赶到6连，见到那个男人，她就可以像花仙子找到了七色花一样获得新生。

抱定这样的信念她片刻不停地赶路。

第二天早上夏天是被宋铁军叫醒的。他惊奇地发现宋铁军军容严整，已经出操回来。那样子丝毫也不像昨天晚上和他做过彻夜长谈。这让他佩服。这家伙的军人素质的确好。

但仔细一看还是能看出来，宋铁军两眼血红，跟他们连里那头藏獒似的。而且早饭只是吃了一个煮鸡蛋。当然，夏天也吃得很少。夏天吃得少是因为不习惯，6连的饭无论干稀都有一股子汗臭，特别难闻，不饿急了咽不下去。宋铁军说那是因为粮食无法用车拉上来，不是人背就是牲畜驮。而人和牲畜把粮食背上驮上6连这个山头，必出一身臭汗。汗水点点滴滴地渗进了米袋里，做出的饭自然就有股汗臭，怎么淘洗也不行。

刚吃完饭值班员就叫宋铁军和夏天接电话，说是政委打来的。二人连忙跑到值班室。政委在电话里焦急地说，他们派去接宋铁军家属的车没接到，听说那个女人没在玛拉县城停留，直接往6连来了。叫他们注意接应。政委又说，他也马上赶过来。他要亲自抓这篇报道。他问夏天提纲准备好没有。

宋铁军闷声不响地回到宿舍，打开抽屉，拿出那沓信，稍稍犹豫了一下，终于下了狠心似的拖出洗脚盆蹲到了门后，"啪"地点燃了打火机。这时夏天推门而入，他一眼看见了宋铁军手上的信件，上前一把抢过高声质问道，你这是干吗？

宋铁军垂着头说，你想想，我家属这么千里万里地跑来看我，要是让她知道我心里还想着别人，她不气死？再说要是让政委知道了，我还干不干？

夏天说，那也不能烧，烧了你小子就太没人味儿了。

宋铁军说，我也不想，可是……

夏天一副有难同当的样子说，这样，我替你保存，你把它们包起来，封好，写上日期交给我。等将来你老了，你老婆也不在乎了，我再还给你，怎么样？我保证一封不少地还给你。

宋铁军想了想，点头应允。

两个人做好这件事，已经有点儿心相连的意思了。在西藏那个地方，人和人是很容易亲近的，那是因为自然太强大了、太冷酷了。在强大冷酷的自然面前，人会觉得格外孤独，格外弱小，格外需要温暖、亲近、关爱和互相支撑。这大概就是那位作家说的西藏容易产生爱情的原因之一吧。

我不想再啰唆了，让我们直接进入结局。

那个历尽千辛万苦的女人终于到了。她几乎是被两个下山接应的战士抬上山的。她的头发披散着，脑袋耷拉在战士的肩膀上。她一上山就被直接抬进了连长的宿舍。那个战士汇报说她一下车就昏倒了。宋铁军一见这样的情形立即焦急起来，让人赶紧把氧气瓶抬来，再找些红景天和丹参片。

可是当他走到床边，想替她盖上被子时，他一下子愣住了。用夏天的话形容，他像是被什么击中了似的"啊"了一声，呼吸急促起来。

夏天问，怎么了？

宋铁军说，是她。

夏天马上敏感地意识到，这个她不是他家属，而是那个"她"！他也像被击中似的晃了一晃，然后焦急地问，怎么办？

宋铁军没有回答，他傻在那里。

夏天想了想，走出门去，掩上了门。

但他没有走远，而是守在门口。

这时政委到了。政委满头大汗，汗水甚至从他的大盖帽的边缘渗了出来。他爬上这个山头比夏天多用了5分钟的时间。他一听说"家属"已经到了马上松了一口气。他说，我真怕她路上有什么事。他又说，夏干事你前期采访如何？他还说，先让她好好休息两天吧。总之政委显得很兴奋，兴奋中他一转念又说，不行我还是先去看看她。

夏天不得不把政委拉到一边，小声地对政委耳语了一番。

政委的脸色立刻沉重下来，又着腰，半天没说话。

后面的情节都是听说的了。

听说夏天还是陪政委去看了那个女人。听说女人苏醒后看见宋铁军，苍白的脸上立刻有了笑容。听说宋铁军埋怨她说，你这是干吗？你跑来干吗？听说女人用细若游丝的声音说，我来只为了问你一句话，你爱我吗？听说宋铁军当着政委的面，当着夏天的面，清清楚楚地对女人说，我爱你。

听说政委气得直摇头。他走出屋子嚷嚷道，简直是乱弹琴，简直不像话，把我的一切想法和计划都打乱了。这个女人，她到底是怎么想的？

听说政委说完这句话，眼圈竟然红了。

当然，这些都已经是听说了。反正夏天不会写进文章里。

只当又多一个传说。

　　《传说》讲述的是一个为爱执着的柔弱女子，千里迢迢只身一人进藏寻找"爱人"的故事。她一路上靠着搭便车的方式，几乎横穿整个西藏，走了一个多月才接近了"爱人"所在的部队。她历经千辛万苦，尽管已经生病都不肯停歇下来休养，执意早日找到"爱人"。见到她心心念念的宋铁军后，"女人用细若游丝的声音说，我来只为了问你一句话，你爱我吗？听说宋铁军当着政委的面，当着夏天的面，清清楚楚地对女人说，我爱你"。"听说政委气得直摇头。他走出屋子嚷嚷道，简直是乱弹琴，简直不像话，把我的一切想法和计划都打乱了。这个女人，她到底是怎么想的？听说政委说完这句话，眼圈竟然红了。当然，这些都已经是听说了。反正夏天不会写进文章里。只当又多一个传说。"她与宋铁军之间的爱情故事让人无比动容，但却不为世俗所允，为了保持故事的单纯性，无论是作者还是叙事者都将其当作"传说"来讲述了。"在西藏那个地方，……在强大冷酷的自然面前，人会觉得格外孤独，格外弱小，格外需要温暖、亲近、关爱和互相支撑。这大概就是那位作家说的西藏容易产生爱情的原因之一吧。"这样在艰苦环境背景下展开的"传说"中的爱情故事应该不在少数，因为这只当是又多了一个传说。

　　《传说》虽然是一个短篇小说，但有散文的笔触熔铸其间，淡淡的哀愁始终笼罩着整个小说，故事情节也很简单，主要是为抒发情感做铺垫。裘山山自己也坦言："如果说我的小说有散文风格，那不奇怪，我一直喜欢写散文，已经出版了5本散文集，从事创作三十年来，小说和散文一直是我交替进行创作的两种文体，很多朋友甚至认为我的散文比小说更好。我自己也觉得喜欢写散文对我的小说创作产生了比较大的影响。"

　　小说另外一个重要的特征就是结尾的出人意表，女人说是宋铁军的家属，无论是部队领导还是宋铁军自己都以为是他在家照顾母亲的妻子。结果在小说的最后，到达6连的女人是宋铁军的那个她。已有论者注意到裘山山短篇小说与欧·亨利小说创作的相似性，在谈到这个问题时裘山山说她看到有这样评论后，再读欧·亨利的作品，"发现我们的确有些相像，尤其在结尾出人意料这一点上。……我确实很在意结尾，我写短篇一定要想好结局才开始写，……一定不让读者猜到我的想法，但又一定合情合理。一个好的结尾在我的小说里非常重要"。这可谓是优秀作家们，在艺术追求上因相似的文学观念而形成的某种隔着时空的遥相呼应。

（朱旭）

春风三柳

聂鑫森

这条巷子叫春风巷，很长，曲曲折折的，走出巷口是车来车往的平政街，巷尾则通向雨湖公园，公园里一年四季都很热闹——但街上和公园里的喧嚣，却惊扰不了春风巷的幽静。高高的巷墙，接纳着一线天光；墙基上褐色的苔衣如岁月无声地淤积，有一队队的蚂蚁在上面穿行；斑驳的院门后，关着一个个平淡无奇的故事。

巷子里有十几户人家，却有三个户主姓柳：柳乔授、柳益言、柳一堤。

他们是一个不大不小有七八百号人的木材加工厂的电工。这个厂是国营厂子，而且是电工，在（二十世纪）五六十年代，那是很让人羡慕的。小巷中的各色人物，有站柜台的，有修鞋、补锅的，只有他们三个是产业工人。那时间工厂，除干部之外，电工是既有技术又不累人的行当，腰间系着电工皮带，上面插着剪丝钳、螺丝刀、试电笔、电胶布，在厂子里转悠着。"车工紧，钳工松，吊儿郎当是电工。"因此巷子里的人，便称他们是"春风三柳"。

他们都是技工学校毕业的，先后各相差两届，柳乔授年长，比柳益言大两岁，比柳一堤大四岁。是前后分到这家叫作飞跃木材加工厂的。厂子里只有单人宿舍，没有家属宿舍。先是柳乔授喜结良缘，便在春风巷租房安家；不久，柳益言找了个农村的妻子，到农闲时妻子要来城里住上一段日子，单人宿舍人多，不方便，也住到小巷中来。柳一堤一想：我孤零零住在厂里干什么，单身一人，不在乎这点租金，故而屁颠屁颠跟来了。

三个人亲如兄弟，上班一起去，下班一起回。在厂子里，大家分别叫他们大柳、二柳、三柳。电器出了故障，最重的活，叫三柳，因为他最年轻；但二柳往往要争着去帮忙，他说："大柳，你守着这个窝，我和三柳去，两个人动手，快，也有个打商量的人！"

大柳在家里，架子挺大，什么家务事也不做，横草不会拿成竖草；又会生孩子，一年一个，连下了四个，把个当车工的妻子刘凤英累得刮瘦。但她一点也没有怨言，脸上永远是笑。家里有好菜了，她会说："大柳，去叫二柳、三柳来，你们兄弟喝几盅。"

二柳是三个人中最能干的，做饭、炒菜、洗衣服，麻利得很。他知道三柳是个懒鬼，又好玩，会吹笛、拉琴、下棋，就是不会料理自己，便让三柳和他搭伙食。下班回来，二柳忙得手脚不停，三柳却坐在天井里拉二胡，什么《病中吟》《良宵》《空山鸟语》……都是刘天华的曲子。二柳一边听一边心里叹息：三柳可惜出身地主，其实他应该去搞艺术，那年去报考，政审就过不了关，至今，连对象也没说上，单身苦哇。

在本市的电工界，三个人都有些名气，技校毕业，又特别肯钻，厂里安装什么新设备，遇到什么新难题，三个人一琢磨，没有过不去的火焰山。到六十年代初，大柳的技术级别是六级，二柳、三柳是五级，差一级并不是别的原因，是大柳的工龄长些。

大柳的嘴皮子功夫好，最没有味道的技术问题，他可以讲得山环水绕，妙趣横生，所以常被邀到外厂讲学。听过课的人，说他讲技术像说书。这是真的，大柳业余爱看小说，什么《林海雪原》《铁道游击队》《烈火金刚》，简直可以倒背如流。夏天的夜晚，巷子里的人都出来享受"过堂风"的凉快，大柳便成了一个众星捧月的说书人，听得人不肯去拉尿，死死地憋着。到了子夜，他在关键处丢下一句："明日还要上班，欲知后事如何，且听下回分解。"摇着蒲扇，提着木靠椅，回家去了。

二柳不爱听书，他坐在灯下读薄薄的或厚厚的技术书籍。他有一肚子"宝贝"，就是说不出来，好像喉口有个卡子，把要说的话卡住了。但他的手上功夫特别好，许多话都凝在指尖上——什么活都干得漂漂亮亮，连大柳也承认自己在做事的上面不如二柳。

大柳说书的时候，三柳就在自家的天井里拉琴，或者吹笛子，这些书他早看过了。琴声或者笛声，从天井里到小巷中去，衬着大柳的说书声，格外有韵味。他的笔杆子不错，能写技术论文，还在省、市的技术杂志上发表过好几篇，就是懒，也对这些没太多的兴趣。他最佩服的是刘天华、贺绿汀那样的音乐家。

日子过得飞快。

到六十年代中期，大柳已经有四个孩子了，三女一男，老满是个儿子，这使大柳和刘凤英感到欣慰！柳家有后！但也有了许多忧愁，双方父母都在乡下，要寄钱负担，这眼前齐刷刷六口人，月月工资用不到头。桌子上顿顿是很简单的饭菜，也就不好意思来叫二柳、三柳去喝几盅了。二柳呢，也有了三个孩子，有了孩子，妻子就出不了多少农业工，得往乡下寄钱，老是唉声叹气的。

只有三柳还是一个快活的单身汉。

他常在星期天，买些肉食和酒，邀了二柳，到大柳家去。

三柳进门就说："嫂子，借你的手艺，炒几个菜，大家高兴高兴。"

刘凤英说："三柳，你得攒钱找老婆啊，老这么乱花钱，怎么得了？"

三柳一笑："我这个出身，还成什么家？我看中的，人家看不中我，人家看中的，我又不一定看中她！这叫命里没缘。"

为三柳的对象，大柳、刘凤英没少操心，左托人右求人，看过的姑娘有一两打，不是春风有意，就是流水无情。最后，刘凤英把娘家的姨侄女都"搬"出来了，三柳一听，连连摆手："嫂子，你饶了我吧，这辈分不合！真成了，我要喊你做姨妈，巷子里的人会笑脱牙齿的！"

刘凤英说："你呀，你呀，真是书读蠢了，这有什么关系呢？"

三柳认真起来，说："万万不可！万万不可！"

大柳说："你放心，我给你再物色一个。"

那个姑娘挺不错，是大柳一个老朋友的女儿，在一家街道企业当会计。但大柳给三柳"改"了成分，说是小商出身。

大柳领着三柳去看对象。

那户人家很热情。三柳虽然年纪不小了，但细皮嫩肉，举止文雅，样子很中看。

小小的厅堂里，挂着一幅齐白石的《虾戏图》。

三柳走拢去，看得津津有味。

这画真不错，有笔有墨，虾子可以画得这样传神，难得！

他说："从前我们家的大厅里，挂着齐白石的画，还有郑板桥的画。"

主人突然问："你们家不是做小生意的吗？还有闲心挂画！我这画是土改时分的。"

"不。我们家有上百亩的田地，不做小生意。"

主人的脸阴下来了。

大柳忙扯了三柳，说："三柳，我忘记了，厂里要加班哩，我们走吧。"

"厂里不要加班哩。"

大柳狠狠瞪了他一眼，他才莫名其妙地跟了出来。

好多日子，大柳都不敢去见那个老朋友。

在二柳唉声叹气的时候，三柳便知道他家里又遇上困难了，便悄悄去邮局，以二柳的名字往他家寄钱。

二柳收到家里的信，奇怪，我没寄钱呀。一想，便猜出是三柳，但不管怎么问，三柳一概不认账……

二柳说："嫂子，三柳常偷着往我家寄钱，问他，他也不承认。"

刘凤英的眼睛红了。

几大碗肉食摆上了桌子，一瓶"莲花白"酒也打开了。

三柳对几个孩子说："放肆吃，攒劲长，将来去做大事业。"

孩子们欢呼起来。

酒斟满了。

大柳说："来，我们干一杯。又让三柳破费了。"

三柳说："你说这个，我不爱听。过去，我在你家吃了多少顿饭，我从不讲客气话。"

"好，不说了，不说了。"

大柳的满儿子叫铁坨，才五岁，一双筷子都拿不稳。

三柳便不时地给他夹菜。

三柳问："铁坨，你喜欢我不？"

"喜欢。"

"喜欢什么？"

"你会拉琴。"

三柳忙斟上酒说："好。你喜欢拉琴不？"

"喜欢。"

他一口干尽杯中酒，说："大柳，嫂子，我有件事一直窝在心里，不好意思开口，让铁坨做我的徒弟吧，我来教他拉琴！"

大柳说："那当然好。"

三柳叹了口气："这辈子我在这方面不行了，铁坨这一代有希望。"

"柳叔叔，我也要喝酒。"铁坨说。

"不行。当音乐家是不能喝酒的。"

"那你怎么喝酒？"

"我不是音乐家，我是电工！"

三柳的眼里噙满了泪水。

第二天，三柳上街去给铁坨买了一把小型的二胡，还有书包、铅笔、连环图，然后送到大柳家。他说："大柳，铁坨是块好料子，是不是改个名字，叫铁弦？"

大柳说："行。"

从此，每天夜里，三柳的家中，传出了他教胡琴的声音，一直到很晚很晚。

大柳突然要出国了。

这是一九六六年的年底。

去的是越南。当时，越南的抗美斗争闹得风起云涌，很缺少专业技术人才。应越方之邀，组织一批专家，去举办技术培训班。不知怎么的，大柳被选上了。第一，他出身好，社会关系单纯，又是中共党员；第二，他技术好，且能口若悬河。

　　接到通知，大柳一家并不怎么高兴，尤其是刘凤英。那是枪林弹雨的战场啊，凶多吉多。更重要的是那时候出国，不像现在的条件优越，没有置装费，没有双份工资，没有高额的生活津贴。在市里集中时，上级还反复强调，要保持国格，衣服要鲜亮，抽烟的要抽"大中华"，而大柳平素抽的是本省产的一角三分钱一包的"红桔"烟。

　　大柳真是愁死了。

　　二柳说："出国是好事，你如今是专家哩。家务活，我和三柳帮着，你放心。"

　　三柳点头，拿出二百元让大柳去置装，去买一些小纪念品，以及"中华牌"的香烟。

　　大柳走前，三个人痛痛快快喝了一顿酒。

　　大柳这一走，就是一年。

　　这一年，三柳变得勤快起来，和二柳一起常去大柳家，看有什么重活做没有。买米、买煤、买黄泥、买引火柴，一股脑儿包下来。他们买好了东西，送到大柳家，说声："嫂子，我们走了。"刘凤英喊他们喝茶、吃饭，他们执意不肯，也不肯坐一下。大柳不在家，他们一点也不肯造次，免得有人说闲话。

　　到了晚上，大柳的三个女儿到二柳家去，由二柳指导她们做作业，温习功课。铁坨（现在叫铁弦）则到三柳家中，跟三柳练二胡。

　　三柳很喜欢铁弦，这孩子有悟性，学二胡学得又快又认真。

　　在有月亮的夜晚，三柳教铁弦拉《良宵》。

　　"铁弦，你听这曲子就像这明亮的月光一样，水一样清，蝉翼一样透明，你的心要平平静静的，拉出那种味道来。"

　　铁弦点着头。

　　在风雨如晦的时候，三柳教铁弦拉《病中吟》。

　　"你看，几多造孽，一个人病了，又没钱买东西吃，没有人照顾他，安慰他，他在那里叹气，泪水在心里流，苦得很哩。你试试。"

　　铁弦便小大人似的苦下一张脸，把二胡拉得呜呜咽咽。

　　因为刘凤英不识几个字，大柳的信常寄给二柳、三柳，信中的内容，让他们转告；更多的篇幅，是谈他在越南的工作、生活，以及对他们的想念。

第一封信最为二柳和三柳津津乐道。

大柳在信中记叙了他在越南培训班第一次上课时的情景：

大柳夹着备课本，走进了教室。

学员们响起经久不息的掌声。

他在黑板上写下：柳乔授，工人。

越方翻译的脸上露出了不屑的神情。因为学员中有不少是技术员和工程师，一个工人能讲课吗？

这一切瞒不过大柳。

他由缓慢地讲述，渐渐地变得急促起来，一会儿深奥，一会儿浅显。翻译艰难地翻译着，额头上满是汗珠。

一个上午，大柳不肯休息，急风暴雨似的讲下去。在临近午时，翻译突然晕倒了，因过度紧张而致。

第二天，翻译主动上门来，请大柳讲课速度放慢些，而且每讲一小时，休息十分钟。他说："柳教授，你太幽默了，你怎么可能是个工人呢？"

…………

三柳说："我就喜欢大柳这一身傲气。"

二柳说："他那张嘴是铁嘴，讲这样的课，小菜一碟！"

给大柳复信的任务，自然由三柳承担，他的文笔很流畅，谈大柳的家事，谈孩子们的学习，特别谈到铁弦的进步，而且要惊叹一声：不出十年，绝对在我之上！当然也谈厂里的情况，泛泛地谈，"文化大革命"的事，诸如武斗、大批判、大联合、停产闹革命，通通不能写，这使三柳很沮丧，他觉得他有很多话要说，塞在心窝里特别难受。最遗憾的是关于二柳的一段"英雄传奇"无法写在信上，他只是含糊地告诉大柳：二柳是一条铮铮汉子，了不起！

那是厂里两派闹得剑拔弩张的时候，他们吃过饭后的所有行动，便是贴大字报、开批斗会、搞大辩论，你骂我是"保皇党"，我咒你是"绊脚石"。但一部分老工人不理他们的茬，照样天天上班，二柳和三柳就是此中的两个。电工房原先三人，大柳去后，就只他们两人了。他们两个什么派也不是，天天坚守在岗位上，三柳说："我们是'促生产派'，瞧那些搞'革命'的，字写得水爬虫一样，话也讲不完整，丑死了。"二柳忙说："三柳，少说多做，惹不起我们躲得起。"

是祸其实是躲不过的。

这天，他们坐在电工房值班。电工房里面有个配电间，管着全厂的电源。正商量着星期天为哪个车间检修，门外传来了杂沓的脚步声，有人在喊："把闸拉了，全厂停电，要不没有人来参加批判会。"

二柳一听，忙从配电间里拉出一根接在电源上的很长的电线，一手举着线头，一手把配电间的门关了。

三柳一见，惊出一身汗，这通了电的电线是二柳早就备好的，他要干什么？

二柳威风凛凛地站在电工房的门口。

一大伙人逼了上来。

二柳冷冷地看着他们，然后，用线头在铁门框上划了几下，电火花啪啪爆出，怪骇人的。

"让开些，我们要拉电闸。"

二柳说："看守电源是我的职责，你们不要难为我。"

他把线头触向自己的胸口，吼道："我先死了，你们再从我尸体上踏过去！"

众人一时愣住了。

三柳说："你们还不快走，真出了人命，谁负责？！"

那些人慌忙退走。

此后的几天，二柳让三柳在食堂给他买饭送来，他就吃住在电工房里。幸而厂里来了军宣队，配电间有战士值班了，二柳和三柳才恢复正常的生活秩序。

三柳想：二柳怎么一下子变成这样了呢？平日蔫头蔫脑，想不到有大智大勇！

大柳从越南回来了。

一年不见，二柳、三柳发现他瘦了许多，黑了许多。

大柳说："你们还是老样子。我差点报销了。那天正上课，美国飞机来空袭，一梭子子弹打穿屋顶，射到讲台上，把我的大茶缸子射了一个大洞，茶水哗哗往外流，我倒是神色自若。那个翻译冲过来，把我按倒，用身子护在我身上。唉，那倒是一个好人。"

二柳、三柳一齐笑了。

厂里正筹备成立革命委员会。

因为大柳出国在外，没有什么恩恩怨怨，竟然被选举当上了革委会副主任，分配管后勤一摊子事。事不多，他闲得发了愁，便常去电工房，系上电工皮带，和二柳、三柳一起干活。

三柳说："你这是与民同乐。"

大柳说："这革委会一定不是个常设机构，我不能让技术生疏了。"

二柳说："那是的。"

大柳发现二柳的心情总是悒悒的，几次想问，又忍住了。终于有一天，二柳主动和他聊起了心中苦衷：孩子一天天长大，农村教育质量又差；妻子的身体多病，连种点菜都费劲。想让大柳帮个忙，让他在乡下的一家子进城来，立起城市户口。

大柳知道，这是一件天大的难事，那年月能由农村户口转为城市户口，这个本事了不得！他对二柳的事一直放在心上，他翻过许多文件，但都不符合二柳。有一条最基本的规定：要想"农转非"，或在城里的一方是残疾人，或在乡下的一方是残疾人，二者必居其一。大柳很坦率地把自己的苦处告诉了二柳，对于帮不上忙十分内疚。

二柳却说："我已经很感激了。"

大柳很困惑地望着二柳。

几个月后，二柳到制材车间去修理电器。车间门口有许多在轨道上来来去去的铁平板车，或装大棵的原木进车间，或把锯制好的枕木、板材运出来。这种装了木材的铁平板车很笨重，重的有一两吨。当一辆铁平板车迎面驰来时，二柳躲闪不及，右脚的小指和第四趾被铁轮子在上面碾过，痛得晕了过去。

二柳被立即送进了骨科医院。

听到消息，大柳说："何必呢？何必呢？！"

三柳泪水哗哗的，他知道此中原因，人都是为了一份生存的权利啊。

二柳对大柳、三柳说："请不要告诉我家里，女人家没经过大事，怕出意外。"

大柳利用他可怜的权力,安排两个青年工人到医院照拂二柳。

三柳偷偷地给二柳家寄了一百元钱。

刘凤英每隔几天就要熬出一碗骨头汤,亲自送到医院去。她听说,吃骨头汤可以滋补骨头。骨头汤熬得很酽很酽。

两个脚指头完全粉碎了。

医生建议去上海的大医院,或许可以恢复原状。

大柳同意这种治疗方案。

二柳出奇地执拗,他不去上海!

医生说那就只有锯掉了,以后……就会走路一拐一拐,成了残疾了。

二柳说:"……我来签字吧……"

大柳背过脸去抹泪。

三个月后,二柳出院了。缺了两个脚指头,走路的姿势都变了,一摇一晃的,像一片风中的飘叶。

大柳拿着二柳的"申请报告"和医生开出的伤残证明,跑当地的居委会、派出所、公安局,总算把"农转非"的事跑成了。

二柳的一家子搬进了春风巷。

二柳特意备办了酒菜,请大柳一家和三柳到他家聚一聚。

二柳对他的妻子和孩子说:"多年了,我们受到大柳兄嫂和三柳弟弟的照看,恩重情长,来,你们和我一起,向他们鞠个躬。"

大柳和三柳说:"二柳,你又见外了。"

二柳把他们按在座位上,一家子恭恭敬敬鞠了一个躬。

大家坐好,喝酒吃菜。

二柳说:"三柳,我有句话要对你说。"

"你说吧。"

"你以后不要见外了,还在我这里吃饭,好不好?"

三柳喉头咽咽的,说:"只要你们不嫌弃,我来,我来!我反正是一个人,就把你们两家当作自己的家了。"

"文化大革命"终于结束了。

革命委员会的牌子纷纷摘下。

大柳当上副主任，并不是因造反起家，也没有什么劣迹，大清查后，上级告诉他可以留在科室当干部。大柳摇了摇头。他要求回电工房，和二柳、三柳在一起，不是一件很快活的事吗？

他们又和从前一样，一起上班，一起下班。巷子里的人都说："这三个人哪，几十年了，还是一个心性，不容易！"

老百姓平平淡淡的日子，执着地向前伸延着，活得艰难，也活得充实。

铁弦高中毕业了，并且成了恢复高考后的第一届音乐学院的大学生。

铁弦接到通知书时，立即跑到三柳的家里，大喊着："柳叔叔，我考上北京音乐学院的民乐系了！"

三柳接过通知，久久地看着，然后号啕痛哭起来。

他的梦想竟然在铁弦身上实现了。

不，他、大柳、二柳的各种梦想都在孩子们的身上实现了。

两家的孩子，有的进了大学，有的参加了工作，都成人了！

小老百姓还奢望什么？

做官？发财？想也没想过。

三柳对大柳夫妇说："铁弦考上音乐学院，我此生无憾了。就让我送他去学院吧，我想看看音乐学院到底是一个什么样子。我还要带上这把旧二胡，坐在校园里拉一拉——我总算是进了一回大学的校园了。"

大柳、二柳说："那是的。"

秋天开学时，三柳陪铁弦去了北京音乐学院。他把铁弦安顿好后，自己住进了学院的招待所。一连几天，他去参观教室、演奏室、图书馆、学生宿舍。他觉得他年轻了。

在一个月夜，他坐在学院花园里的一张石凳上，拉起了二胡。他拉的是刘天华的《良宵》。一个个音符，在月光中轻盈地飘飞，然后和月光融成一体，在弓子上流来流去。

一位白发苍苍的老教授在远处凝听，当曲子结束时，他走过来，问：

"先生，您是这个学院毕业的吗？您拉得太好了。"

三柳站起来，说："这是一生梦中都想来的地方，可惜，直到今天我才有幸拜访。"

老教授轻轻叹了一口气。

大柳、二柳、三柳都退休了。

厂里现在建起宿舍楼了，按条件他们都可以搬去住的，但谁也没有去。他们住惯了春风巷，"春风三柳"，多么有意思。

两家的孩子都陆陆续续搬出了巷子，有了自己的巢，有了自己的孩子。

他们现在是真正地闲下来了。忙碌了一生，老了，也该歇歇了。

三柳虽说是一个人，但一点也不寂寞，两家的孩子来看父母时，首先来看他。

"快叫爷爷！"

"爷爷！"

三柳乐了。他也有孙子了。

日子真快，又一代人面世了。

大柳、二柳去孩子家时，一定要三柳同去，高高兴兴玩一天，再走回春风巷。路灯下，三个人的影子叠在一起。

许多的时间，他们消磨在雨湖公园里。

带上围棋、象棋、二胡和钓竿，坐在亭子里、林荫路边和水榭中，自由自在地玩耍。

在下棋和钓鱼累了时，大柳、二柳让三柳拉一段刘天华的曲子。三柳喜欢拉《空山鸟语》。

三柳拉得太好了，各种鸟语从弦上飞跳出来，你唱我和，热热闹闹，杜鹃、百灵、喜鹊、布谷、黄鹂、夜莺……树丛里的鸟儿也争相鸣唱，它们却不知道它们的伴侣在哪里，只看见三个头发渐白的老人坐在夕光里，那么安详，那么宁静……

原载《山花》2000年第1期

点评

《春风三柳》讲述了三个柳姓电工：柳乔授、柳益言、柳一堤，同住春风巷情同亲兄弟的人生故事。同是技工学校毕业，先后被分到同一家工厂任电工，被人戏称大柳、二柳、三柳。大柳是柳乔授，他最先安家，儿女成群，人如其名能说会道，十足"教授"姿态。二柳柳益言紧随其后，找的是农村妻子，他肯钻研专业，事事拿着书看。三柳柳一堤成分不好，一直未婚，酷爱音乐，因为时代的原因没能如愿上音乐学院。三个性格各异、命运不同的柳姓男人，聚到了同一座工厂，住到了同一个春风巷。三个人相互扶持，家庭间也是相互帮助，大柳出国期间，二柳、三柳尽心照顾大柳的家人，大柳更费尽心力想把二柳的家人转成城市户口，三柳不仅偷偷寄钱给二柳乡下的妻子，更是将全部心血投入到培养大柳孩子的身上，大柳的儿子最终也如愿考上了他所向往的音乐学院。最后，大柳、二柳、三柳"各种梦想都在孩子们的身上实现了"。作者就这样写出了特殊年代基层劳动人民的生活情态，尽管读者可以从小说的蛛丝马迹中解读到时代的强大力量，但作者并没有刻意崇高的"野心"，而是通过对基层工人家长里短琐事的书写，和对他们精神状态的关注，呈现出社会责任感和浓烈的悲悯情怀。

聂鑫森的短篇小说总有一种浓厚的文化底蕴萦绕着，并且不着意于情节的架构。故事情节的奇巧、复杂本来是短篇小说创作的优秀传统，聂鑫森似乎有意在颠覆这种创作范式，这篇《春风三柳》就是如此。淡化情节架构、强化文化底蕴，或许是作者有意为之的创作追求。作者自己就曾如此表白："我希望我的短篇小说有一种文化品格，不管是对久远历史的钩沉，还是对现实历史的切入，贯穿此中的依然是一种古典主义的人文情怀，所要表现的依然是对文化传统的守望与坚持。"

（朱旭）

短篇二题/

/刘继明

父亲在油菜地里

天还没亮，父亲就醒了。他披上衣服，靠着床头抽了一支烟，烟火忽明忽暗，像萤火虫似的，父亲的脸庞时而像一块黑色的木炭，时而像一张用旧了的纱布。父亲抽烟像蚕吃桑叶，嗞嗞作响，挠得我心里痒痒的。父亲把烟头用手指弹出去，在屋子里划过一道暗红色的弧线，噗地熄灭了。后来，父亲摸摸索索地趿拉着鞋子，一瘸一瘸地下了床，又开始收拾东西了。屋里一团漆黑，像地洞一样，但即使什么也看不见，我也知道他在收拾些什么。一连几天，父亲都在不停地收拾东西，家里的桌椅板凳、柜子农具和锅碗瓢盆早已被他用绳子捆得结结实实地放在堂屋中央，堆成了一座小山，剩下的零碎物件连名字也说不上来，可父亲一有空就佝偻着腰在屋里屋外转来转去，连一把扫帚也舍不得放过。自从发大水后，凡是活物都逃跑的逃跑，淹死的淹死，连一只老鼠也不见了，但有时我觉得父亲就像一只大老鼠，恨不得把屋里的每一块砖和瓦都衔在嘴里叼走。现在，我听见父亲收拾东西的窸窸响动和沙沙的脚步声，一会儿像老鼠在啃食粮仓里的小麦，一会儿又像雨打在瓦楞和挡着塑料纸的窗户上。自从发大水后，我们家的这幢房子尽管没像别人家的房子被冲垮，可也破壁穿漏，比冲垮强不了什么。一刮起风来，风就呼呼地往屋里刮；一下起雨来，雨水就哗哗地往屋里灌。睡在屋里跟躲大水时睡在露天野地上差不多。由于在水中浸泡太久，四面墙壁都裂出了纵横交错的缝隙，看上去像父亲脸上的皱纹，屋顶上的瓦也被洪水冲走了一大半，剩下的七零八落、稀稀拉拉、像癞子的头发，早已遮不住风雨了。刚回到村子那几天，父亲还忙着爬上爬下地加固房屋，他那条还没有好的瘸腿就是上屋顶时从梯子上跌下来摔坏的。父亲的腿被摔伤的那天，妈一边给他用猪油敷腿一边责怪父亲，不该爬到那么高的屋顶去，可父亲皱起眉头，沙哑着嗓门说："没有钱建新房，我不上屋顶怎么办？房子经不得水了，再一下起雨来，非倒塌了不可……"幸亏过了不久，就从乡上传来消息，全村都要迁移了，新的移民区在十多里外的河口镇上，房子由政府统一修建，而且还是楼房哩。听到这消息的当天，我高兴得一晚上没睡好觉，这下父亲总算不用为修补这幢破壁穿漏的房子发愁了吧？可父亲那天夜里躺在床上翻来覆去，长吁短叹，一直到天亮也没睡着。我很纳闷，遇到这样的好事，高兴还来不及，他叹什么气呢？自从学校被洪水冲垮后，我和村里的孩子们就失学，整天无所事事，只好眼巴巴地盼望着移民区早点建成。听大人们说，移民区不仅要修建居民房，还要修建学校哩。过了些日子，我和几个小伙伴去了一趟河口镇，在镇子东边，我们老远就看见了正在兴建的移民区。一排排整齐的楼房拔地而起，二层的，三层的，有的建到了半截，有的快要封顶了。搅拌机嗡嗡地轰鸣着，像有一万只蜜蜂在飞。工地上到处都是忙碌的大人们，一片热气腾腾的景象。在移民区的中央，我们还看见了正在加紧施工的移民小学教学楼和教学楼前的广场，无论从哪方面看，都比我们那所被洪水冲垮的村小学强一百倍……那天我们在镇上待到很晚才回家，一路上都像过年似的喜气洋洋，想到即将像城里的孩子那样坐在宽敞明亮的新教学楼里上课，我忍不住在睡梦中笑出声来了。我笑醒后睁开眼睛，见黑暗中有两颗萤火虫似的亮光一闪一闪，是父亲靠在床头又在抽烟，明灭的烟火把父亲那张眉头紧锁的脸庞辉映得像一幅褪色的年画，使人心里有些发沉。他每次夜里睡不着觉时就一根接一根地抽烟，第二天早晨起床，地上到处扔满了烟头，一看就知道父亲又失眠了。是受伤的腿痛得父亲睡不着觉，还是他有别的什么心事呢？我琢磨不准。春节过后不久，移民区就差不多完工了，进度快一点的开始粉刷房子、赶做和油漆门窗，有的人家开始陆陆续续地往移民区的新房里搬运东西。那些日子，从村子通往河口镇的公路上，挤满了搬家的拖拉机、板车、手推车和肩扛手提着大包小裹的人群，牵猪的赶牛的，从早到晚人欢马叫、川流不息，比赶集还要热闹。从发大水以来，人们就没过两天安稳日子，谁都想早一天搬进新居，在这一点上，大家的心情都是一样的。可我们家要例外。修建新房子的事一直由大舅帮忙在张罗，妈三天两头往移民区跑，有时就住在镇上大舅家里几天不回来，相反，作为一家之主的父亲很少过问。从一开始，父亲似乎就对移民搬迁不大热衷，妈不止一次为这事和他拌嘴。有一次还把二舅请来，做父亲的思想工作。几年前，二舅买了一辆大卡车在河口镇跑运输，赚了不少钱，很早就住上了楼房。这次集资移民建房，我们家的钱不够，还是找二舅借的，这使二舅说话做事总有些财大气粗。"除了种地，我啥也不会，搬到镇上，我能干什么呢？"在饭桌上，父亲嘟嘟囔囔、颠来倒去就是这句话。"我说姐夫呀，你脑子咋转不过弯呢，这个水窝子有哪桩好？一发大水全泡了汤，现在政府资助搬迁，自己掏一半钱就能住上楼房，由农民摇身一变成了城镇人，这样的好事打着灯笼也难找。树挪死，人挪活，连我姐都不怕，你一个大男人，还怕找不到活干吗？再怎么也比摸泥巴强啊……"二舅脸红脖粗，不知是为父亲的固执生气，还是喝酒喝的。同脸色红润饱满的二舅相比，父亲沉默寡言、灰头土脸，耷拉着脑袋一口接一口地抽烟，看上去像旧社会的人和挨批斗的坏分子。我想父亲也许真的是脑子转不过弯来了，许多人家都大张旗鼓地开始搬家，把整个村子闹腾得像过节，可父亲还磨磨蹭蹭、有事没事往地里头跑。像全村人一样，我们家的地被水淹掉以后，至今还盖着足有一尺来厚的淤泥，布满了横七竖八的裂缝，去年入冬前抢播的油菜，长得稀稀拉拉的，东一棵西一棵，连开的花也面黄肌瘦，不像往年那样金黄。有人不等油菜开花，索性就割掉喂牛了，只有父亲还当着宝贝似的放不下，仍然像从前那样一丝不苟地莳弄着那些病恹恹的油菜。直到前几天妈把移民区的新房子张罗完以后，从镇上回来催促搬家，提前将家里的鸡呀鸭呀，还有两头猪赶到镇上去，父亲才慢吞吞地开始收拾东西，准备搬家了……父亲起床后，我又赖在床上迷糊了一会儿。我做了一个梦，梦见我们家搬进了移民区的楼房，新房子窗明几净、宽敞整洁，散发着好闻的油漆香味。左邻右舍来贺喜的人把屋子都挤满了，妈满脸笑容地招待着客人，还让我拿了一挂鞭炮到楼顶上去放。噼哩啪啦的鞭炮声把我的耳朵都快震聋了。后来，当我从楼顶下来，见客人们围着桌子开始吃饭喝酒了。二舅坐在上席，脸色喝得通红，捋着袖子，眼珠子直勾勾地瞪着旁边的一个人说："你他妈的敢……敢和我连喝三杯吗？"我把目光扫遍桌上所有人的脸，就是没有看见父亲。我跑到厨房里去问妈："爹呢？怎么没见我爹？"妈听了大吃一惊说："你爹刚才还在呢，他会到哪儿去呢？"我和妈楼上楼下找了个遍，也没看见父亲。二舅他们也离开饭桌加入了寻找我父亲的行列。但我们从屋里找到屋外，始终没有找到父亲的影子，后来，我走进卫生间，看见一个人低着脑袋，正在吭吭哧哧地呻吟。我认出是父亲，他抬起头来，看见了我，从雪白的马桶上站起身，提着裤子，像对一个陌生人那样难为情地笑了笑，咧咧嘴说："蹲在这玩意儿上拉不出来，我还是到外面的庄稼地去拉吧！"……这当儿，我醒了过来，发现天已大亮。明亮的光线挟带着一股风，透过墙壁的缝隙、屋顶的漏洞和没有遮严的窗户，东一道西一道地射进来，照得亮堂堂、暖融融的。屋里悄无声息，一点动静也没有。父亲收拾好了东西，大概又像往常那样蹲在门口抽烟了。不一会儿，二舅就要开着大卡车来帮我们家搬运东西。我身子激灵了一下，揉揉眼睛，一翻身从床上爬了起来。我光着脚板，走到堂屋里，见父亲把收拾好的东西在堂屋中间堆放得整整齐齐、井井有条，只等着往二舅的大卡车上搬啦。但我在门口没有看见父亲，以前，每天早晨父亲干完活，总要坐在磨得像镜子一样光滑的门槛上，用我旧课本和旧作业本卷一根烟抽抽。但这会儿，门槛上除了歇着一只灰蛾子扑闪扑闪着翅膀外，空荡荡的。我绕着屋子四周转了一圈，还是没有看见父亲的影子。我正愣怔着，忽然听见不远处传来一阵汽车的轰鸣声，眨眼间，一辆大卡车就从村道上一直开到了我家门口，二舅带着两个人从驾驶室跳下来。"你爹呢？"二舅还没走近，就一只手叉着腰，一只手冲我挥了挥，高声大嗓地说，"叫你爹快来搬东西，镇上还有人等着用车哩！"我咕噜道："我也不知道我爹去哪儿了，我正在找他哩。"二舅白了我一眼说："他又不是一根针掉在地上，你在家里找个啥？"二舅说着，吩咐那个人去屋里搬东西，自己在卡车旁蹲下来，用打火机点燃了一支过滤嘴香烟，"你爹八成是到油菜地里去啦，那么点油菜能榨几两油呢？他倒还放不下，难怪你妈说你爹是个窝囊废……他真的无可救药啊！"二舅是个说话不拐弯的人，话里带刺，使我不禁替父亲感到有些脸红。但二舅的话也提醒了我。往年这时候正是收割油菜的季节，父亲没准真的又去油菜地了。于是，我拔腿一溜小跑地向村外走去。村里的大多数人家已经搬到了镇上的移民区，原来的旧房和一些房屋被冲垮后政府捐赠临时搭起来的救灾棚推倒的推倒，凡是能派点用处的旧木料和砖瓦都拆下来运到移民区做新房子了，村头那所我们曾经上过几个月课的帐篷小学也拆掉了。整个村子枯枝败叶、瓦砾遍地、冷冷清清，比半年多前刚遭过大水时显得还荒凉，断壁残垣随处可见，仿佛电影里被日本鬼子轰炸过的废墟一样的村庄。再过几天，村里所有人家搬到移民区后，这里也许连人烟都难得见到了。在村口，我看见和我同桌的张小羊背着书包赶着他们家那头怀了牛犊的黄牛从牛棚里走出来，他爹用板车拉着从推倒的牛棚上拆下来的满满一板车长短不一的木材跟在后面。张小羊一见我就冲我招着手喊："明天咱们就要在新学校上课了，你们家怎么还没搬完呀？"他一边喊一边用树枝在黄牛的屁股上抽了一下，那副性急的样子，似乎不是明天，而是今天就要开学似的。我其实心里比他还要着急，新学校和我们家的楼房建成后，我去过一次移民区，教室里排得整整齐齐的新课桌和窗玻璃此刻清晰地浮现在我的眼前，我仿佛又闻到了照得见人影的黑板上还未干透的好闻的油漆香味。但我装得若无其事地瞟了张小羊一眼说："你没看见我二舅把车都开来了吗？那么大的卡车，一下子就搬完啦……"我不等说完，就拐上了通往庄稼地的那条像肠子一样弯弯曲曲的小道。"这会儿你还去地里干吗呀？"张小羊奇怪地问。"我去找我爹哩。"我头也不回地说。"你爹这会儿不搬家，还在地里干吗呢？"张小羊追问道。"我咋知道？我这不是去找他吗？"我有点不耐烦地说，加快脚步往前走去。太阳刚出来，像一个破了壳的大鸡蛋在地上滚动着，溢射出万道光线，像一条条金黄色的麦芒，刺得人睁不开眼睛。要是往年，田野上早就油菜翻滚、人来人往了，但现在，覆盖着厚厚淤泥的田野上看不到一个人，除了一些零星的油菜和野花，空荡荡、光秃秃的，电线上还挂着半年前大水退去时留下的浮草，像旗帜一般在空中飘扬。走了没多远，我果然在我们家的那片油菜地里看见了父亲。他蹲在像他本人那样枝干又瘦又矮、荚结得异常干瘪的油菜中间，像一堆陈年的油菜垛。起初，我不知道父亲蹲在那儿干什么，看见高高翘起露在外面的屁股和闻到一股臭味后，才知道他是在拉屎。我不知多少次看见父亲在地里拉屎了，熟悉他拉的屎那股与众不同的臭味。父亲一直就有在地里拉屎的习惯。他说在地里拉屎比在茅坑里拉屎舒服得多，他在茅坑里拉屎，总是吭哧吭哧地拉不出来，但在地里从没见他吭哧过。有时父亲去镇上赶集，他肚子里憋得再厉害，也决不把屎拉在别的地方，非赶回地里来拉不可。半年前发大水，我们和全村人在外面逃水荒时，父亲就经常一连好几天拉不出屎来，一个人只吃不拉该多难受啊。那些日子，见父亲总是皱着眉头，为拉不出屎发愁，我也替他着急，暗暗盼着大水快退下去，好让父亲早日回到地里去痛痛快快地拉一次屎。现在，我看见蹲在油菜地里的父亲，知道他拉屎时最讨厌别人打搅，就不由自主地放慢了脚步。当我蹑手蹑脚地走近父亲后，看见他一边拉屎，一边手捧着一张显然是从我的旧作文本上撕下来的纸，嘴巴念念有词地吟诵着什么，我竖起耳朵听了一会儿，才听出他是在念我以前写的一篇作文。那篇作文的题目叫《父亲在油菜地里》，老师给我打了98分，在班上得了第一名。这时，我听见父亲念道："我的父亲是个农民，他个子矮小，很少说话，除了种地，不会干别的活……父亲在油菜地里和在家里和别的地方时那种蔫头耷脑的模样不同，他瘦小的身体显得异常高大、魁梧……春天，当父亲看见满地金黄金黄的油菜花在太阳下窃窃私语，他那张总是面无表情、皱纹密布的脸上奇迹般舒展开来，荡满了蜂蜜似的笑容……沉甸甸、密匝匝的油菜荚在风中摇头晃脑、发出沙沙的响声，父亲就开始收割油菜了……父亲一改往常的笨拙样，变得出奇矫健、灵活……他左右开弓，挥动镰刀，眨眼的工夫，怀里就抱了一大把熟透的油菜，他怀抱油菜的神情像抱着一个婴儿，生怕弄疼它们似的，轻轻放在地上，顺手揩了揩额头上的汗珠，然后弯下腰去，搂住了另一株胖嘟嘟、又粗又壮的油菜……"父亲只读过两年书，有的字他不认识，念得磕磕绊绊。他念到这儿，打算用纸揩屁股了，但不知为什么，他犹豫了一下又缩了回去，把那张纸小心翼翼地折叠起来，装进自己的上衣口袋，顺手从地上捡起一块泥巴揩了屁股，提着裤子站起身来。这当儿，父亲转过脸来看见了我。他一点也不难为情，一边系着裤带，一边像吃饭时碰到来串门的邻居问人家"吃了吗？"那样咧咧胡子拉碴的嘴说："你也拉一点儿？"我摇摇头说："二舅把卡车开来啦，叫你回去搬家哩。"但父亲像没听见似的，他从口袋里摸出一支烟叼在嘴上，迎着刺眼的阳光，眯缝起眼睛，望着地里稀拉拉的油菜说："再过几天，就该割了。可这枝儿瘦、荚也瘦，籽都没几颗，你说咋办？"他把脸转向我，垂头丧气的样子，仿佛在质问我。他的目光空洞，显得六神无主，半年多前发大水时父亲也没这样过，这是只有小孩子才有的目光，一个大人无论如何不该有这样的目光。二舅眼里就从来没有过这种目光。

所以二舅和妈才说父亲是个"窝囊废"。我不由有些脸红。父亲也许真的是个窝囊废，以前，妈让他去镇上跟二舅打工，他总是干到半途就溜回家来，末了妈只好自己去给二舅打工，把地里的活路全丢给父亲一个人。为这，他们俩没少吵过架，一吵起来，妈就又叉着腰骂父亲，嗓门大得全村人都能听见："全村哪个男人不在外面挣钱？都像你这么窝囊，连家门都不敢出，要是没了地咋办？等着饿死不成吗？"每到这时，父亲的目光就黯淡下来，丝毫看不到在地里干活时那么炯炯有神了。现在，父亲佝偻着腰站在光秃秃的油菜地里，搓着双手，反复问我："你说咋办？"他那口气仿佛家里遭了劫，一点不像父亲对儿子说话，倒像儿子对父亲说话，显得有点可怜。"二舅叫你回去搬家，他说镇上还有人等着用车哩。"我催促道。父亲诧异地瞥了我一眼，垂下了脑袋，似乎思忖着什么。过了一会儿，他抬起头来，拍了拍沾着泥巴的双手，蹙着眉头自言自语道："没了地，我还能干什么呢？"他像是在问我，又像是在问自己。我不知道怎么回答父亲。我只想着赶快搬家的事，明天一早，我就要坐在移民区宽敞明亮的新教室里上课了，可父亲却赖在这光秃秃的油菜地里舍不得离开，我真想不通。太阳升得更高了。鸡蛋变成了一个大火球，把燃烧的火焰喷射到覆盖着厚厚淤泥的田野上、干瘪瘦小的油菜和站在油菜地里的父亲和我的身上，把我们也变成了一大一小的两团火焰。远处我家门口传来了卡车的轰鸣声。二舅一定等不及，要把车开走了。"爹，走吧！这不是咱们的地啦，今年一发大水，又要给淹了，你不走咋办呢？"我扯了一把父亲的衣袖，用乞求的口气说，"没有地种了，妈说以后你还是去帮二舅跑运输……"但父亲没吭声，像个木头人似的，站在那儿一动也不动，像生了根一样；我再次扯了一下父亲，他还是没有任何反应。父亲怎么啦，他难道变成了一株油菜吗？我仰起脸看了看父亲，但太阳太刺眼，父亲像一团火苗，在我眼里忽远忽近、模糊不清。我看不见他的脸。我突然有点害怕起来，使劲推了一把父亲，没想到他真的像一株被砍断的油菜倒在了地上，溅起满地的尘土，还发出"扑通"一声巨响，把我的耳朵都震聋了。

火光冲天

在城里混了一些年的郑天龙回到村子，在他自己家里开了一家鞭炮厂。他还传出话说，要在全村招兵买马，引得不少人跃跃欲试地去应聘。那两天，郑天龙家门口人来人往，挤满了男男女女，大人和小孩子都有。我也忍不住动了心。当我找到郑天龙，他却告诉我，鞭炮厂只要女人，不要男人。"生产鞭炮一点也马虎不得，稍不小心就会出危险，女人比男人心细嘛……"郑天龙向我解释道，为了表示歉意，他递给我一支白沙香烟，"要是让你老婆来，还差不多……"他这么说，我听了有点不自在，像被人扇了一记耳光似的。我老婆半年前就撇下我和薄荷，一个人不声不响地跑到佴城去了，至今连个音讯都没有。我琢磨她八成在外面找了男人，不会回来了。"我老婆不在家……"我皱着眉头说，"要不让薄荷来，你看行不行？"郑天龙问："你家薄荷多大啦？"我说："今年满11岁，小是小了一点，可总比男人干活细心……"郑天龙思忖了一下说："这样吧，你明天上午带她来面试面试……"那天晚上，薄荷放学回家后，我就把这件事对她说了。薄荷听了，咬着嘴唇，双手捏着衣角，一句话不说，脸憋得通红："爹，你是不让我读书啦？"半晌，她用那双跟她妈一样乌黑的大眼睛瞅着我问。"不是爹不让你读书……"我躲闪着薄荷的眼睛说，"是过日子要紧啊，你看这房子破的，再不挣钱修一修，万一塌下来，咱俩连个住的地方都没有啦……"薄荷是个懂事的孩子，听我这么一说，就不吱声了。第二天一早，我看见薄荷一双眼睛又红又肿，不知道是没睡好觉，还是夜里偷偷哭过，但我佯装没看见似的，领着薄荷去见郑天龙。在郑天龙家里，他像电视里的大老板那样倒背着手，煞有介事地打量了薄荷一番，郑天龙还把薄荷的小手捏了捏，大惊小怪地说："哟，薄荷两年不见，都长成了个心灵手巧的女孩子，再过两年，不就变成大姑娘了吗？"他干咳了一声，对我说，"就这样定了，过两天，你让薄荷来上班吧……"这些都是一个多月以前的事，昨晚，薄荷下班回家后，从衣兜里摸出一个用旧报纸包了好几层的小纸包递到我手里，我像剥竹笋那样剥掉报纸，才看见了厚厚一沓钞票。这可是薄荷整整一个月的工资哩。我在手指上沾了点唾沫，一张一张地数了一遍，226块9毛5分，比我种一亩地棉花的收成还多。那一刻，我别提有多高兴啦。我在心里默算了一下，照这个数目下去，薄荷在郑天龙的鞭炮厂干一年，如果年景好，再加上种棉花的收入，做房子的事就不成问题了。我把钱重新用旧报纸包好，在放衣服的箱子里藏起来后，不顾在棉花地锄了一整天草，累得腰酸背痛，转身去厨房里做饭。以前我下地干活，总是薄荷放学后做的饭，但自从这孩子到鞭炮厂上班后，我就没再让她做过饭。我知道薄荷这一个月的工资挣得不容易，装一只鞭炮才一分钱，得装多少只鞭炮才能挣226块9毛5分呢？我不知道郑天龙是怎么算出来的，反正我掰着指头数了半天也没数清楚。薄荷每天天一亮就去上班，天黑以后才回家，才一个多月时间，整个人都瘦了一圈，下巴也尖了许多，有一天吃饭时，我见她那双原来白净细嫩的小手和指甲都黑乎乎的，还以为是没洗干净，可当我用肥皂帮她洗了几遍也没洗干净，才知道是被鞭炮的火硝染成那样的。我到鞭炮厂去过一次。在郑天龙那座两层楼的房子里，到处堆放着花花绿绿的鞭炮纸和黑黢黢拌好了的火硝。十几个工人中大都是还没出阁的姑娘，也有像薄荷一样的女孩子，但数薄荷的年龄最小。她们挤在一起，像包饺子似的忙个不停，连抬头擦一把汗的工夫也没有，小脸蛋上沾着黑色的硝粉，都让人认不出来了，乍一看去，像一群被关在笼子里的小母猴。郑天龙像电影里的监工那样绷着脸，袖子绾到胳膊肘上，在她们中间走来走去，时不时大声呵斥谁一句。薄荷好歹才是个11岁的孩子哩，即使我这当爹的心肠再硬，也没法无动于衷呀……我做好饭，叫薄荷吃饭。可连叫了几声，也没人答应。我走到堂屋里，才看见薄荷不知道什么时候趴在桌子上睡着了。近些日子，薄荷总是一吃完，不等洗脸洗脚就爬到床上睡着了。我好不容易把薄荷叫醒，她只吃了一碗饭，就放下筷子，草草地洗了把脸，进房里睡觉去了，她走路摇摇晃晃的，不像在地上走，倒像踩在棉花上一样。薄荷是太累啦。我洗了锅碗，正准备关门睡觉时，村小学的陈老师来了。陈老师是薄荷的班主任。陈老师无事不登三宝殿，人还没进门，我就知道了他的来意。果然，他刚在凳子上坐下，眼睛就像一把扫帚似的在屋子里扫了一个来回，问："薄荷呢？"我说："薄荷睡啦。"陈老师咳嗽一声，摆开了谈话的架势，认真地对我说："你就打算让薄荷长期在鞭炮厂干下去，真的不让她读书啦？"我忛斜了陈老师一眼，说："不这样咋办呢？你看看我这歪歪倒倒的土砖房子，全村都找不到第二家啦，再不挣点钱修一修，刮起大风来，没准会把我和薄荷埋在下面活活压死……"我叹了口气，对他苦笑道，"陈老师，你说，我不这样咋办呢？"陈老师停顿了一下，咬文嚼字地说："再穷不能穷了教育，再苦也不能苦了孩子，房子破了，大不了拖两年再做，误了孩子读书，可是一辈子的事，你这做爹的脸也没处放啊！"我听了陈老师的话，有些不以为然。"不读书有啥丢脸的？人穷了才丢脸哩！"我说，"连老婆把我甩了我也不怕丢脸，我倒是怕人家说我一个大男人，离开了老婆，连个遮风挡雨的房子也做不起来，那才真正丢脸哪！"陈老师见我的态度很坚决，就从凳子上站起来。"看来我没法说服你啦，可我还是得告诉你，薄荷下半年就升初中了，她成绩好，在班上考第一名，继续读下去，说不定将来能考上大学哩……"他说完，满脸遗憾地摇着头，从我家里出去了。我这才想起来，我连一杯水也没倒给陈老师喝哩。陈老师离开后，我就关上门睡觉了。但我在床上躺了好长时间，怎么也睡不着，陈老师的那些话像蚊子似的在我脑子里飞来飞去，赶也赶不走。我听着从另外一张床上传来的薄荷轻微的鼾声，心里觉得怪不是滋味的。陈老师说得没错，薄荷这孩子一直很聪明，从读一年级开始，几乎年年都在班上考第一名。可凭我一个人在土疙瘩里挣钱，累死累活，谁知道驴年马月能把新房子做起来呢？只好委屈薄荷这孩子了，等做了新房子，再让她去读书吧。薄荷身上的那件蓝花褂破了好几个窟窿，穿了两年吧？这几天，地里的虫子闹得厉害，再不想办法，棉花就要被糟蹋光了，到时候连本钱都挣不回来就惨啦，明天去河口镇买农药，正好可以从薄荷那笔工资里拿点钱出来，给她买一件像样的衣服，女孩子家，说什么也不能太寒酸……今天一大早，我起床时薄荷已经上班去了。我胡乱吃了点儿东西，就骑上那辆除了铃铛不响哪儿都响的破自行车去河口镇。从村子到河口镇的公路两旁像打补丁一样见缝插针地种着芝麻、黄豆之类的作物，到处被挖得坑坑洼洼，七八里远的路，把人的骨头和自行车都快要颠散架了。知了躲在柳树上像调皮的孩子似的扯着嗓门叫个不停，芒种刚过，再过几天就夏至，天气一天比一天热起来，骑到河口镇时，我像干了一场重活那样，已经满头大汗了。镇西头的庄稼医院门口挤满了买农药的。眼下正是棉花绽蕾授粉的季节，每年这个时候，红铃虫和棉铃虫繁殖得最凶，如果不及时防治，一年就算白忙活了。我排了好一会儿队，才买到两瓶叫1059和敌杀死的特效农药，我掐指算了一下，两瓶农药的价钱比去年涨了3块5毛。农药化肥的价钱年年往上涨，棉花的价钱却年年在往下跌，照这么下去，加上公粮水费和村里的提留，一年忙到头，连本钱都难得保住，难怪越来越多的人宁愿放下庄稼不种，让地里荒掉，也要跑到城里去打工哩。我一边嘀咕着，一边推着自行车向镇中心走去。在一家新开张不久的集贸市场，我转悠了半晌，也拿不准给薄荷买件什么衣服合适。以前薄荷穿的衣服都是她妈给买的，我这当爹的还从没给她买过衣服哩。后来，我总算相中了一件绣着漂亮荷花的白色裙子。薄荷长这么大还没穿过裙子，我琢磨她见了一定喜欢。就这么着，我把那件裙子买下了。我从集贸市场出来时，太阳已经照到当顶，像个大火盆，烤得人身上滋滋直冒汗，快中午了。我的肚子咕咕叫了两下。我早上没吃什么东西，这会儿都有点饿啦。我在一家饭馆门口的小吃摊上买了两只锅盔。锅盔刚刚出炉，烤得金黄金黄，放了香葱，直烫手。我拿在手里颠了几下，咬了一口，真是又脆又香。我正要咬第二口时，忽然想起薄荷自从去鞭炮厂上班后，每天起早摸黑，没吃过一顿正经饭食，就在摊子上买了一屉小笼包子，让摊主用塑料袋装好，带回去让薄荷尝一尝。我打算从摊子前离开时，看见一辆蓝色的小货车开过来停在饭馆门口，郑天龙戴着一副很大的墨镜，从驾驶室里跳下来，大摇大摆地往饭馆里走去，从我身边经过时，他停下来和我打了个招呼，从上衣口袋里摸出一支三五牌香烟扔给我。我一伸手没接着，香烟就掉到了地上，我赶紧弯下腰把香烟捡起来，说了句："赶街啊？"郑天龙哼呵了一声："从佤城来了两个客户，狗日要宰我，这不，请客哩。"他指了指饭馆二楼用窗帘遮得严严实实的雅厅说，"没办法呀，不同客户搞好关系，他们不要我的货，我赚不到钱，工人的工资也发不出去嘛。"他显得无可奈何地笑了笑，"对了，昨天薄荷领的工资给你了吧？这孩子年纪小，可活儿干得不赖，你不是要做房子吗？只要我的厂子兴旺，明年包你能住上新房……"他说着，从鼻梁上取下墨镜，匆匆走进了饭馆大门……我顶着火辣辣的太阳往回赶。快到村里时，我不小心在渠道上摔了一跤，自行车的前轮掉进了路边的排灌沟，幸好两瓶农药没打坏，给薄荷买的裙子和小笼包用塑料袋装着，也没弄脏。我费了老大的劲才把车拽到路上，我踅到不远处的棉花地，察看了一下虫情。正是晌午时分，看不到一个干活的人，四周静寂无声，老大一片棉花地翻滚着绿色的波浪，抬眼望不到头，一直铺到了天边，今年的棉花长势比往年好，棉枝又粗又壮，每一棵都有半人高，叶子像人的手掌那样阔大厚实，绿得仿佛要冒出油来。粉白色的棉蕊星星一样缀满了枝头，引来了成群结队的蜜蜂，嘤嘤嗡嗡地飞个不停。我勾下腰，掀了几片叶子看了看，见叶子背面被棉铃虫咬的红色斑点比昨天又增加了许多，接连掀几片叶子都是这样。那些虫子在我身上爬似的，我心里一阵着急。再不打农药就来不及啦。我从棉花地出来，急急忙忙地往村里走去。我琢磨着把小笼包给薄荷送去后，马上回家取喷雾器给棉花打农药。远远地，我看见郑天龙家那座二层楼的房子鹤立鸡群似的矗立在村子中间，也不知薄荷吃过午饭没有？我摸了一下塑料袋里的小笼包，软软的，热热的。我不由自主地加快了步子。就在这当儿，我听见从村子里突然传出一阵惊天动地的轰隆声，像是什么东西爆炸了似的，把我脚下的土地都震得抖动了几下。一刹那，我没明白过来轰隆声是从哪个方向发出的。我愣怔了片刻后，才下意识地抬起头，我的眼睛忽然瞪大了，我看见从郑天龙那座二层楼房上空冒起一股冲天大火，红彤彤的火光耀眼夺目，像一片火烧云把半个天空都映照得黯淡下来。是鞭炮厂出事了。我的脑子一阵嗡嗡轰鸣，傻傻地站在那儿，什么也来不及多想，嘴里含糊不清地喊了一声"薄荷"，就像发了疯一样，跌跌撞撞地往火光冲天的地方狂奔过去。我跑到出事的鞭炮厂时，村里人已经从四面八方赶来了。郑天龙家的那座两层楼房被炸出一个大窟窿，楼顶被掀开了，整个房子都歪到了一边。从窟窿口冒出的鞭炮纸屑和一些从人身上炸碎的布片儿在空中纷纷扬扬，随风飘荡，看上去像一只只彩色的蝴蝶。有人正在炸塌的屋子里抢救压在里面的人。他们不断往外面抬人，有的受了伤，哎哟哎哟地呻吟着，有的已经死了。他们抬出了好几个。每个人都遍体鳞伤，无论是还活着的还是已经死去的，大都缺胳膊少腿，我的孩子薄荷就是这样。她浑身是血，像没有睡够觉似的双目紧闭着躺在地上，小脸蛋被硝粉和血迹涂得黑一块红一块，身上那件旧衣裳像被人撕掉一样，被炸得零零碎碎，一只手也被炸得不知飞到哪儿去了。我想薄荷八成已经死了，因为我那么大的嗓门喊着她的名字，她也不回答。我想扑上去，可是被几个人死劲地拉住了。我像个娘们儿那样哭号着拼命挣扎，可他们仍然把我抱得紧紧的，一点也不放松。我给薄荷买来的小笼包掉在地上，像一朵朵雪白棉花，滚得到处都是。还有那件绣着荷花的漂亮的裙子，也被人东一脚西一脚踩得脏不拉叽。我的嗓子喊哑了，浑身也没有一丝儿力气，这时候他们才松开我，让我走近薄荷。可当我把薄荷搂在怀里后，却一句话也喊不出来了。我只是不停地用手揩她脸上的黑硝和血迹。我想把孩子收拾干净后，替她把那件裙子穿上。但它们就像长在薄荷脸上似的，怎么也揩不掉。我头一回感到自己真是个糟糕的父亲。

我连抽了自己几个耳光。这时，我听见有人说郑天龙从镇上赶回来了。我的身体颤抖了一下，擦了擦脸上的泪痕，抬起头，看见郑天龙从那辆蓝色的小货车驾驶室跳下来，他显然喝多了酒，脸上红得仿佛涂满了猪血。他一边打着酒嗝，一边往他家那座被炸得乱七八糟的楼房走去。当他走到我和躺在地上的薄荷面前时，停住了。我看不见他脸上的表情。我什么也看不见，什么话也没说，晃晃悠悠地站起身来，我的两条腿软绵绵的，踉跄了一下，没站稳。郑天龙伸出手把我搀扶住了。我也伸出双手搀住了他。我们像是一对亲兄弟那样互相搀着对方。突然，郑天龙像挨了一刀的猪那样嗷地叫了一声，死命地从我手中挣脱开来，捂着胳膊向一边逃去，没跑几步，他就一头栽倒在地上。我这才张开嘴巴，噗地将一块肉糊伶仃的东西吐了出来。那是我从郑天龙胳膊上咬下来的一块肉，足有半斤重。它落到地上后，吱吱地滚动着、跳跃着，看上去，像一只剥光了皮的小老鼠。

原载《东海》2000年第5期

点评

　　这篇小说其实藏着两篇小小说，《父亲在油菜地里》和《火光冲天》两个"天灾"和"人祸"的故事，但它们其实讲述的又是一个故事，一个千千万万生活在那个年代、生活在特殊时代环境中的基层老百姓的故事。《父亲在油菜地里》讲述的是天灾的故事，洪水冲垮了村子里大量的房屋，冲毁了地里的庄稼。政府在其他的镇上修建了楼房，让村子里的人搬迁。但"我"的父亲却并不像"我"这么高兴，他反而整天愁眉苦脸。父亲的形象本是瘦小的、佝偻的，但在油菜地里的时候，"我"却觉得他异常高大，父亲的形象是一个典型的安土重迁的农民形象。他不是不想过好生活，但是他担心，"'没了地，我还能干什么呢？'他像是在问我，又像是在问自己。我不知道怎么回答父亲"。或许父亲的疑问也正是中国千千万万农民的困惑。新世纪前后中国的现代化进程加快，传统农民完全依凭土地生存的生产方式遭到前所未有的挑战，但离开了土地他们又凭借什么生活，乃至生存呢？《火光冲天》这则故事似乎是农民找到了出路，郑天龙作为头脑灵活的新型农民在村里办起了鞭炮厂，但却大量招收村里的女童工作，且工作环境恶劣、安全标准低、工时长。最终还是出了事故，鞭炮厂发生爆炸，如花的女孩儿们成了牺牲品。薄荷本来成绩优秀，可面对生存压力，她不得不听从父亲的话辍学进鞭炮厂务工。面对陈老师"再穷不能穷了教育，再苦也不能苦了孩子"的好言相劝，薄荷爸爸一句"不读书有啥丢脸的，人穷了才丢脸哩！"让人哑口无言。可是"农药化肥的价钱年年往上涨，棉花的价钱却年年在往下跌，照这么下去，加上公粮水费和村里的提留，一年忙到头，连本钱都难得保住，难怪越来越多的人宁愿放下庄稼不种，让地里荒掉，也要跑到城里去打工哩"。两个有些"惨烈"的故事，无情揭露出了农民沉重的生存压力，和面对社会、经济变化的无力感。

刘继明的这篇小说通过"底层"书写很生动地把握住了农民在现代化、城市化过程中的弱势群体地位，以及行为失范现象。"底层文学"从20世纪90年代肇始，关怀着"底层"人民的局外生存状态。谢冕就曾说"文学到底是维系着人生的，它总是人生的直接的或间接的、具象的或抽象的画图"。刘继明这篇《短篇二题》就展现了作者对"底层"小人物的同情和深切关怀，他写出了农民的无奈，让人们听到他们的叹气、看到他们的泪水。《短篇二题》通过对世纪交替期出现的社会问题的关注，带来对这一问题的思索，展现出作者真切而深沉的关怀之情。

（朱旭）

多年以前

/邓一光

"写不下去不要硬写，到生活中去，那里有丰富的创作源泉。"廖希铂坐在办公室的那一头，突然这么对我说。

廖希铂的话让我吃惊。他坐在那里，手中捧着一杯刚沏的热茶，慢慢在品。茶是上好的茶，是苍条寻暗粒、紫萼落轻鳞的蒙顶。诗人说，扬子江中水，蒙顶山上茶，这两样廖希铂此刻都有了，一起握在手掌中，人靠在椅子圈里，怡情养性地啜着，有一种"两腋清风生，我欲上青天"的神仙风范。

廖希铂喝茶很讲究，是韶峰嫌淡、银毫嫌艳的讲究，讲究到让人起鸡皮疙瘩的地步。局里凡是喝茶的人都有点怕他，都知道他在茶经方面是个杀手。每到清明谷雨前后，廖希铂就让人胆战心惊，他从什么地方过，隔着两丈远，突然站住，翕了翕鼻子问人"明前龙舞？"或者说"麻姑？"那人或那人就心里发虚地掩紧抽屉，下意识地点头，然后又慌忙摇头。廖希铂已经走开了，脸上淡泊如末道茶汤。

据我的观察，现实生活中，廖希铂其实是个有原则但也很随意的茶客，他是茶布衣而非茶君子。有时候企业到局里来请创作室的他帮他们看看本子，街上的茶叶店里随便买上两斤茶，或者区县文化馆站的人来了，带一包地产茶来孝敬他，只要是新茶，他都接着，嘴角露出一抹平静的笑容来，是谢送茶的人，连着茶也一并不嫌弃。遇到一时没茶了，找人讨一撮，无论瓜片还是火青，只要是绿茶，只要干净，他也都能凑合着喝，从不挑剔。只是在面对了茶中上品时，他的挑战性才来了。也不激烈，只是轻轻松松的一句评价，立刻把茶主人批判得恨不能揭开茶叶筒的盖子钻进去，把自己和那些丢了名分的茶一起埋起来。

廖希铂淡泊地说："雾少雨多，龙舞张狂。"

或者他再简练一点，说："洞气足，麻姑浊。"

我一上班就趴在桌子上写我的剧本，写了一大堆纸，都撕了，痛苦得要命。调到文化局半年了，挂了个创作员的招牌，局里要我尽快进入角色，拿本子出来。我先熬了几个夜，写了两个话剧小品，送给局里看，局里不满意。我又发愤图强，苦干了两个月，拿出一部电视连续剧脚本，局里仍然不满意。领导最后索性对我直说了。领导说，小品是小儿科，说得好听，叫繁荣舞台艺术，说得不好听，那叫眼药水，说得再不好听，那是给文艺晚会提鞋呢。至于电视剧本，鞋倒不是了，是枕头，但那不是文化局的枕头，换句话说，不是文化局的本行。"国家养着我们，大小给了我们一块政府职能部门的牌子，国家要的是戏。"领导这么说。"我们不能把自己弄贱了。"领导还说。

领导这么说了，我只能端正态度，把创作方向转到戏剧上面来。我考虑了两天，打算创作一部新编历史剧，用传统鼓词里罗成后裔的那段故事，写忠良遭谗害、好汉御外侵的事。提纲拿出来了，选题开了论证会，局里上下都觉得这个想法不错，创作室胡主任要我尽快拿出本子，可是一连过了几天，我的写作陷入一种无头绪的状态里，别说唱词了，连这出戏怎么开场我都没能想出来。我觉得自己的状态糟糕透了。我想我才四十岁呀，还不至于得老年痴呆症吧？

我的吃惊不在于廖希铂手握扬子水蒙顶茶的威风，也不在于廖希铂的布衣茶杀手身份。我不喝茶，只喝白开水，如果碰上兜里有了钱，我就喝可乐，一喝两三箱，喝得脸像非洲人。廖希铂在茶这方面的造诣高成什么样子，也不可能对我说"无踪无影，白水暧昧"。或者他再简练一点，说"配方贼，可乐诡"。他就是说我也不在乎，他能把我怎么样呢？

我的吃惊是廖希铂一向不对谁的剧本创作提出任何方式的意见，而现在他却对我提了。

我来文化局半年时间了，和他同在创作室里做同事，平时也偶有交谈，都只限于天气或读报体会之类，从来不提创作上的事。他不但不提创作，他自己也不写一个字。他每天早上准时来创作室上班，扫地，抹桌子，打开水，坐下来看报纸，研究一下棋谱，然后回家，闲云野鹤，日子很有规律，唯独没见他在稿纸上写过什么。我来文化局的时候，领导就对我说了他的情况。当然领导也没有明确地说，是我自己听出来的。领导要我向老编剧们学习。"你们胡主任，她是老资格的剧作家了，她在延安时期就写剧本，写出了很多可歌可泣的好本子，她的作品教育了整整一代人。你们老黄，他是我们自己建国以后培养的第一代编剧家，全国戏剧家协会常务理事，在戏剧创作上是权威，经验丰富得你能学一辈子。你们小张，别看他年轻，有时候有点骄傲，可（二十世纪）八十年代以后戏剧界的大奖，哪一项都被他拿回来过，他这种成绩，再骄傲一点我看也没有什么。"我虚心地听着，我想我该继续虚心下去，就提醒说："还有老廖呢，不是还有一个老廖吗？"领导愣了一下："老廖？对对，还有一个老廖，他是你们副主任，是个老同志。"领导的话到此为止。

后来的事是我自己打听出来的。

廖希铂在创作室里资格很老，除了胡主任，再没有谁能超过他。他不但资格老，而且才华横溢，年轻时写出过不少令人拍案叫绝的好本子，被称作武汉戏剧界的"八绝"之一，而这"八绝"中，无论是胡主任、老黄还是小张，无论他们怎样老资格、权威和骄傲，都没有进入其中，可见廖希铂当年的才气和名气是双响的，远远超过了他的同事。但是不知道从什么时候起，廖希铂不再写剧本了，他开始喝茶。他喝茶，并且说一些"雾少雨多，龙舞张狂""洞气足，麻姑浊"之类的话，让人认定他或是松懈了，或是消极了，要么干脆就是江郎才尽了。我到创作室后，发现室里的人都不大和他交往，他也不大和室里的人交往，大家对他很冷淡，他对大家很淡薄，有点像宁红与铁罗汉的关系，或者玳玳花和普洱的关系。我初来乍到，不说战战兢兢，确实是个半道出家的新手。我也不敢说把九十年代以后戏剧界的大奖全拿回来这样的大话，但既然领导把道路指明了，我也不能把自己弄贱了，也不能只是弄弄眼药水提鞋子之类的活，也得像模像样弄两个本行的枕头出来。我想有一个好的写作空间对我来说太重要了，不愿去涉及别的人事关系，自然也淡化着，好比是杀青时的叶子，不管锅也好，槽也好，瓶也好，总之是要有个合适我成为茶叶的环境。

我已习惯了和廖希铂之间的那种淡泊，他今天突然对我说了那样一番有关创作上的话，而且很慎重，当然会令我吃惊。

我放下笔，让自己从稿纸上挣出来，空出手，把头发弄乱。我说："老廖你说的是老话，这话我从小就听过了。"

廖希铂说："不光你听过，大家都听过。听过是一回事，谙熟个中是另外一回事。我知道，你在人物上卡住了，你对人物的了解是个空白。"

我不服气地说："我了解他们。我读过全本《粉妆楼》。"

廖希铂笑了一下，有点像银针初开的样子："我说的不是人物的生活背景和经历，那种场景和故事的了解并不困难。我说的是人物的身份感和心理活动。比如罗灿，他究竟是个什么样的人，他为什么会那么去做——不是他怎样去救祁巧云而是他为什么会和权奸沈谦结怨，不是他为什么会去勾栏之地而是他眼里的朝廷和天下为何物，不是他出身名门与匪为道的委屈而是他为什么会流着泪水放声大笑。我说的是这个。"

我有点感到沮丧。廖希铂说得对。这个老家伙一针见血。我的确不了解。我的问题正出在这里。好比我是拿着纯净水冲龙井。我想这样的水多好呵。我不知道纯净水太洁净了，它没法对付龙井这样的茶叶。我想让人们有一次绝上的品茗机会，但那显然是不可能的。

"那你说我该怎么办呢？我反正是黔驴技穷了。"我把头发弄得更乱说。

"熟悉生活，"廖希铂干脆地说，"只有生活才能给你提供创作的源泉。"

"怎么熟悉？我不可能回到唐朝去，我就是想回去也回去不了。"我说。

"生活是相对的，任何生活都有借鉴性，都是触类旁通的，朝代只是时空概念。"廖希铂说，"你到市井中去走一走，去茶馆里喝喝茶，去里弄寻寻古旧，"他笑了笑，"甚至你去追追小巷里的小妞，那都会给你带来无穷的创作契机。"

我对他的建议很感兴趣，尤其是最后那一条。但是另外一个问题是："去哪儿呢？"

廖希铂从他的圈椅中站起来，走到茶几旁，旋开杯盖，注满水，把暖瓶放回原处，回到位子上去。"后城街。"他说。

我哑然一乐。

我不是武汉人，但我知道后城街，那是个卖石头和小土铲的花鸟市场。

硬着头皮又写了一周，终于没写下去，我开始考虑廖希铂的话了。

我先问了小张。小张拿疑虑的目光看我，很警觉地问我打听后城街的事干什么。我老实告诉了他前因后果。小张吃了一惊，说："老廖要出山收徒了？"我问这和出山收徒有什么关系。小张不说，只是有些口气酸酸地说："老廖说得没错，去后城街看看，你他妈会受益无穷的。"

小张的话和廖希铂一样，没头没脑的，让人怀疑。这反而使我下定决心去后城街看一看。

我对武汉的情况可以说相当不熟，有时候我得向外地人打听从武昌去汉阳应该坐哪一路公共汽车，或者彭刘杨路在什么地方，起义门在什么地方，我总是被这种缺乏主人翁精神的状态弄得很没趣。在去后城街前，为了心中有数，我去武汉市图书馆，找了一些有关后城街的文史资料翻阅了一下。

以下就是后城街的资料：

清同治三年（1864年），汉阳知府钟谦钧修筑半圆形城堡，从硚口至一元路，全长十一华里（约5500米），用作防洪和抵御捻军。光绪三十一年（1905年），张公堤修成，替代汉口老城堡，旧城堡拆除，沿城基修成汉口的第一条近代化马路，名为后城马路。北伐战争后，后城马路改名为中山路。晚清以后，汉口商业中心逐渐从汉水沿岸和汉正街向租界附近的中山路转移，一时建起了南洋大楼、水塔、大清银行、汉口总商会、初开堂等高层建筑，至三十年代，中山大道极度繁华，惹得四海权贵富贾都往汉口中山路来，当年宋美龄曾专程到中山路，一游其繁华盛景。

后城街，位于中山大道东段，原是老后城马路的起点。光绪二十五年（1899年），英国强行扩展租界辖区，后城街被划入租界内，成为银楼和住宅一条街。这条街上当年住着的全是洋人、买办和皇亲贵族，北伐之后，洋人被赶走，换了军阀和权贵富贾，汉口沦陷后又换了日倭和汉奸，抗战胜利后再换了国民党高官和另一拨支持国军的洋人，直至1949年。

看过资料，我一下子就明白廖希铂的意思了。后城街不是一般的地方，那里藏龙卧虎，遗珠匿玑。往街上一走，谁也保不定撞上一位，会是什么样的历史角色。或者随便一位提笼架鸟的老头，正是人们以为早就消失了的最后的清朝遗老；或者随便一位当街洗涮的男人，老婆在身后唠唠叨叨声都不敢吭，此人正是当年风光一时的"血花市场"老板的孙子；甚至一位受了气的胖女人，穿了大裤衩子，手插了腰，头上鸟窝似的戴满了卷发器，在巷子口唾沫横飞地破口大骂着，她不是别人，正是当年名震江南江北的中原第一青衣云娘本人呢。

我就去了。

后城街不长，约摸一华里（500米）路，下至江堤，上至中山大道，其间蚕吃过的桑叶似的，经纬出一些小巷子。街旁种着整齐的阔叶梧桐。梧桐都是百年以上的梧桐，年轻的也有几十年历史了，长得干粗枝壮，丝毫不见颓败。建筑大多是租界时期的老建筑，既有浪漫流动的英国文艺复兴风格的，又有纤巧精细的德国巴洛克风格的，还有有条不紊的俄罗斯古典主义风格的，不管哪一种风格，建筑一律很讲究。还有一点，我不知道我的感觉对不对，它们很结实。

后城街在经济复苏期后，被政府开辟成花鸟一条街。这个消息我是从报纸上看来的。我最开始看到这条消息的时候，总觉得和经济复苏不怎么协调，有点颓废气，或者说怀旧心态，是没有被商场大潮逼急，还想留一点羞羞答答的老家当下来。现在一看，我的观点改变了，反倒觉得这里要不是辟成博物馆，弄花弄鸟弄犬弄龟倒是挺合适。只不过我还有进一步的提议：龟不用玻璃瓶子装着，让它们在梧桐树下乘凉，想去江里游游泳也行；狗不用皮带拴着，放开它们爱上哪儿溜达就上哪儿溜达，要跑到江堤上去对着来往的轮船叫也别拦它们；花不必养在钵子里，直接就种在街道上，让它们随着大堤外吹来的江风招摇；鸟儿也别拿鸟笼来装着，放出来，让它们自由自在地飞，飞成大家的，不要人群中走出来一个乡音未改的阔佬，上数两代也许正是打鸟易米出身的，如今鸟枪换了劳斯莱斯，拍出一张现金支票来，拎回家去自己冒充归归自然者，那就败了风景。

走进后城街不久我就发现，后城街里茶馆很多，差不多隔几步就有一家，这和这条街的整体风格不协调，准确地说，是和建筑不一致，让人感到什么地方有些不对劲。

没有头绪，我就先进了一家茶馆去喝茶。

我进的这家茶馆和别的茶馆不一样，是利用老建筑开的，不像别的茶馆，是新建筑。茶馆没有招牌，没有茶幌，好像自信茶若好了，招牌是不必要的，这也和别的茶馆不一样。建筑从外面看，总体上保持着哥特传统，但又注意细部上的处理，如卷涡、断山花、断檐、曲线、曲面，这样过多的装饰与追求光影效果，则完全是巴洛克的。但一走进去，我就更有点迷惑了，我迷惑的不是建筑，而是建筑里的家具。进门先是一架黄花梨木的碰头座屏，座屏两边是花架，上置奇松异桧，影墙上悬了几幅字画，看得出不是复制品。绕过座屏，四架三面透雕屏心镶嵌的六扇折屏围出几间雅座来，雅座互不干涉，围屏同样用的是黄花梨木，黄花梨木后，每间雅座都只一张方桌，椅子数把。椅是花梨木官帽椅，手艺饰而不繁，干净利落，沉甸甸的，生了根似的卧在那里。方桌就厉害了，束腰、仿竹节腿、霸王枨、长牙头、勾脚，深沉稳重，古雅静穆，颜色已黑了，竟是名贵的紫檀。这样的家具，分明是明朝的东西，且不是仿明的赝品，它们摆放在一栋哥特和巴洛克混合风格的建筑里，组成一间中西合璧的茶室，不知是一种暗示，还是一种故意的反动，无论是哪一种，都让人心里怪怪的，好像进了一处暗藏玄机的地方，有些神秘的激动。

我站在那里，呆呆的，有些灵魂出窍。幻觉中会有达官贵人、富室子弟、诸司下直、街司衙兵、僧道头陀、娼妓兄弟、卖伎之类进进出出，却没有。茶室里空空的，没有茶客。一个上了年纪的男人，穿一身月白布衣短衫，挽了衣袖，拿一块抹布在那里抹着家具，大约是茶博士。柜台后一个同样上了年纪的男人，捧了一只珊瑚红开框茶碗，碗盖缓滗，借收音机里吡吡啵啵干扰声中的《柜中缘》，一口一口慢慢啜着茶，大约是掌柜。

那个像是掌柜的看见我，放了茶碗，招呼道："客人吃茶？"

我说："是。"

他回头对另一个男人说："老百，待客。"

我就收回灵魂，活过来了，找了一处向街的方桌坐下，心想，果然是掌柜和茶博士了。

叫老百的男人过来，样子有点猥琐，垂着手问："先生想喝点什么？我们这儿茶齐备，叶子都新着，先生您要什么都行。"

我差一点就说出要一大杯可乐了。我把自己控制住，说："什么都行。"

老百没动，满脸的褶子里堆着仙人掌一般的笑，说："先生是等人还是消闲？"

我说："这有什么关系吗？"

老百说："有。先生如果约了人，您先来一壶老竹大方，清清口，定定神，待客人来了您再讲究，或者乌龙，或者功夫红，或者您是偏爱白茶的，那就来贡眉和白牡丹，也许您要黑茶，我们有普洱、六堡散、蜀边、湘黑和老青茶，您可以随便挑。如果先生是消闲，没有约客人，自己用茶，那您就得先说说偏口，我好侍候您。"

我一下子就窘了。只知道茶室是消闲之处，如果说寻找人物和灵感是我来后城街的目的，那茶室就是打烊之地和驿站，是阵地前的掩体，人在驿站里歇着腿，在掩体里观察着，看见是目标了，饿虎抢食扑出去，或死缠烂打，或倾巢之下无完卵，哪里知道还有那么多的讲究？要真知道了这些讲究，我还真不如买一大杯可乐，在街头猴蹲着，无非是个暴露的掩体而已，也没有那么多的麻烦了。

但既然进来了，我也不能退出去，不就是一壶老竹大方吗？我总不能为一壶老竹大方吓破了胆吧？

我把头发弄乱，弄成伪装的样子。我说："老伯，说实话，我不会喝茶，我也不等人，只是想找地方歇歇腿，你看我合适什么，你就给我来一壶什么吧。"

老百仍然不走，仍然是一副卑琐的样子，勾着身子，脸上笑容不变，说："先生口紧，是清淡人，那倒更要讲究了，老竹大方反倒不合适了。要是不忌讳，我给您上一壶珠兰花茶吧，是出伏前我自己用上好的烘青和刚下枝的珍珠兰窨制的，老板前些日子送了客人，店里还剩了二两，我给您用木兰雨水沏上，保准不伤您的口。您看如何？"

我有点耳晕。我说："行，你看着办吧。"

老百去了，是退着去的。后间少顷传来淅沥的水响，大概是在净手。一会儿人回来，用托盘端了几样干干净净的茶点心，碟子盛着，在方桌上依次布好，又退下去。

我在官帽椅上坐了，抓一把南瓜子嗑，一边看街头走过的人。看一会儿，觉着身边有了人，回头一看，是那个掌柜的，还有他的珊瑚红茶盖碗。

他撩了一下长衫，在我身边坐下，说："先生不是后城街的人吧？"

我说："不是。"

他说："先生是吃文墨饭的吧？让我猜猜。不是学馆里教书的，不是写字间里侍候笔墨的，不是广告公司做文案的，报社里遛马路的嘛，也不是。我若猜得不错，先生该是写书的。"

我有些心里暗暗惊讶，脸上不动声色地说："何以见得？"

他笑了一下，说："先生眉宇间有书卷气，坐时依着靠背，是习惯了案头工作的。先生一坐下来就留心看街面的人来人去，神情若有所思，是对人有兴趣。先生若是学馆里教书的，该有一种世道隔阂；若是写字间里侍候笔墨的，该有一份矜持；若是广告公司做文案的，该有一种神道；若是报社里跑马路的，眼神里又缺了急躁。不是写书的，那就是我走眼了。"

我暗自称奇，心想，廖希铂的话果然没错，后城街不是普通的街，藏着龙卧着虎，我刚来，随便寻了一家茶室做掩体，坐下还没喘好气，就有人知道我是吃哪碗饭的，暴露无遗，接下来还会有什么事情发生呢？

我看那个男人：他大约有七十来岁，头发一丝不苟地向后梳着，黑而油亮，不是漆的，是天生的；人长得很清瘦，白皮嫩肉的，眼睛细眯着，是见多识广聪慧绝顶的样子；他身上穿了一袭很考究的藏青中式长衫，翻折袖口宽大洁白，是那种民间家传手艺、店里没处买、名声很大、不多接活收费却很高、只侍候熟客的老裁缝的精心活，衣襟前耷拉着一段银表链，不显山不露水，保养得很好的手指头上暗暗地卧着两枚硕大的祖母绿。这样的装着与这个时代有些间隔了，是有着自己的经历、自己的主张，已经过时了，又不肯妥协，不肯随意，但并不张扬的装着。不用断定我也知道，不管他是不是罗增，他是人物。

我把兴趣转移到他的身上。我说："您没走眼，我确实是吃文章饭的。我写戏，是编剧——您是茶室的主人吧？"

他说："鄙姓呼延，单名舫。闲着没事，自家的宅子，收拾收拾，就是一间茶舍，不为生计，只是自己喜欢，有客客是客，无客自是客，叫主人反倒俗了。"

他"自家的宅子"，我先已从外面看过了，是仰着头看的；宅子里摆设的家具，我进来后也看过了，是瞪了眼深抽一口气看的；连他这个宅子的主人，我也一并看过了，看的是架势和做派。很明显，这个宅子不是一般的宅子，他这个主人也不是一般的主人，正是我"踏破铁鞋无觅处，得来全不费功夫"的那一类人。我很高兴，觉得听了廖希铂的话没错，我来对了。

门外的街上有一个架着鸟笼子的孩子过去了，小肚兜，银项圈，一片瓦的头湿润着。后面跟着过去了一个老头，手里牵着一根红线，红线上拴了一只木头做的拉线耗子，耗子咕噜咕噜的，跟着他走。耗子走远了，远处传来一声脆生生的鸟叫，是新口。

"先生到后城街来，不约客人，又不喝茶，是来收集故事的吧？"

我把头扭回来，看呼延舫，他正捻着几根清瘦的口须，细细的眼里露着见多不怪的神情。

"是，我是来收集故事的。"我说，"我正写一个本子，是写罗成后代遭奸佞陷害，反上梁山，又抵御外侵，精忠报国的事，找不着感觉，有人指点上后城街驱驱浊气的。"

呼延舫说："你说的这个故事倒有意思。不就是祁巧云祁姑娘替柏玉霜上刑场那段事吗？"

我又吃了一惊。我说："这故事您也知道呀？"

他不说他知道，只是轻描淡写地说："盛唐无弱事，那是老辈子们的活法了。"

我说："老呼——我能这么称呼您吧？"

他不卑不亢地说："行，怎么都行，都什么年代了，再不跟着时代走，也不能忌号呀，就算自己忌，别人也不在乎，如今谁还管你叫什么，一律先生小姐地叫，听着好像挺客气的，也就比要吃扁食了缺翘头、上韭菜地里割一茬多点礼性罢了。"

我没在乎他的说法。我知道这是他这种人惯常的一套，这叫失落感。我觉得这样的失落感可以理解，日子好好地过着，突然一天失去了光景，要是我，我也闲不了。

我说："老呼，您家有这样的宅子，一定在后城街住的年头不短，能不能给我讲讲后城街的事？"

我把年头之后有关家世的判断省略了。我心想，就算不忌号，未必不忌祖坟里的事吧，不管失落不失落，时代是真的变了，东风西风，谁知道吹到脸上是什么滋味，说不定揭了伤疤戳了痛，反倒弄出尴尬来。他到现在也间隔着，不问我姓什名谁，这里面的讲究，我当然明白。

呼延舫笑了笑，没说话。这个时候老百从后面出来了。老百竟然换了一身行头，短衫还是短衫，老布还是老布，却是新浆洗过的，清清爽爽一套，领子浆洗得硬硬的，纽扣是布编的，扣得严严实实，手腕上搭了一方茶巾，脸上的神色也不同于先前，一副慎重，换了先前的卑琐。

老百先将脱胎漆茶盘放于桌上，从茶盘中拿出一张干净的白纸，摊开在桌上，取过茶盘里一只晶莹剔透的玻璃茶室，揭开盖子，从茶室里拈了一小撮茶叶出来，小心翼翼地放在纸上，两只指头各揿纸的一端，左右一抖晃，将纸上的叶子筛开，退后一步，轻声说：“先生您请观茶。”

我弄不懂，扭头看呼延舫。呼延舫也看我。我说：“我平时很少喝茶。”呼延舫点点头，将手中的茶盖碗放下，一个指头揿住，将桌上的那张白纸引到面前，用手拨了拨茶胚，又凑近微闭了眼嗅了嗅，然后睁开眼，抬起身子，说：“老百，咱们还有多少珠兰？”老百说：“还能泡两壶。”呼延舫说：“你给我留着。你再给我拿一只杯子来。”

老百又去取了一只杯子，将两只一样透明的玻璃杯放在托盘里，放入茶叶，冲了沸水，加上杯盖，然后退开。

呼延舫将一只杯子端起来，对着光亮处，透过玻璃看杯中的茶。水已静了，杯中的茶缓缓地游动着，沉下去，又升上来，茶胚徐徐开展，现出原形，并渐渐有了汤色，若不是杯中有茶叶舞蹈着，若不是茶叶活过来似的洇出茶血，静了的水是看不出来的。呼延舫说：“一杯小世界，山川花木情。”然后他又揭开杯盖一侧，歪了头，闭了眼，去嗅杯中的香味。片刻，睁了眼，浅浅地啜了一口，口吸气，鼻呼气，舌头搅动着茶汤，如是三番，如痴如醉地咽下，轻出一口气，说：“香于九畹芳兰气，草木英华信有神。您试试。”

我学着他的样子，将杯子端起来，揭开杯盖，贴近鼻子，闻了一下，果然香气氤氲。再喝了一口杯中的茶，立时觉得六腑洞开，有如醍醐灌顶。我说：“好茶。”

呼延舫说：“您这样不习惯茶的，说好，那是感觉。知道茶的，要经过观、闻、尝三道，鲜灵、浓、纯三香者为全香，形、味、气全佳者为高品。"

我说："好是好，太麻烦，不如可乐痛快，同样九味俱全，缭绕徘徊。"

呼延舫轻轻一笑，露出一口雪白的牙，说："当年放翁有诗道，桑苎家风君勿笑，它年犹得作茶神。又说，饭囊酒瓮纷纷是，谁赏蒙山紫笋香。放翁什么样骨气的人，终究也做了茶官，何况我等俗辈。"

我心里一动，想到廖希铂也是喜欢喝茶的，并且众茶之中，唯崇蒙山，只是廖希铂不吟诗，他倒是说很多大白话，或者干脆什么也不说，不知他认不认识这位呼延舫？

老百从后面出来，给我们续水。呼延舫说："老百，这里不用你了，你忙你的去。"老百诺诺地点头退下，一会儿，换了先前的布衣短衫出来，拿了先前的抹布，缩在角落里，一点一点地抹家具。

呼延舫不再动那杯珠兰，仍捧了他的珊瑚红茶碗，啜了一口，把茶碗放下，说："当年的事，如今再没有多少人知道了，老一辈的，死的死了，出走的出走了，活下来没走的，谁还愿意说那种古事？年轻一辈自有年轻一辈的活法，日子不一样了，谁还要听那种古事？"

我先愣了一下，后来明白，他是接着我先前的问。我知道他开始了，这种人，守着一爿中西合璧古里古怪的茶坊，一日日品着香茶，好像岁月全在了渐淡的茶汤里，其实不然，他的经历正如茶叶，不管遇到过怎样的烘制和压缩，如果遇上了好水，再遇到了能解的茶客，是会舒展开，轻轻地浮起来，渗出老日子的汤色来的。我坐直了身子，让自己学着做一杯好水，学着做一个虚心的茶客，认真地听他讲。

"要说起来，当年后城街，比这要宽敞不少，路面是碎石铺成的，能并排走四架马车，两旁的人行道，是整块的青石，道旁的水沟是明沟，镂空铁盖，盖上的透气口鸽蛋大，经常有时髦女子走来，高跟鞋的鞋跟卡进去，让过的军人或街头的巡捕来帮忙，连人带鞋拔起来。"

呼延舫嘴角露出一丝笑，好像人已经回到了早些年，好像又见到了时髦女子风摆杨柳地笃笃走来，鞋跟卡进了地盖里，莺声燕语地召唤过路的军人或巡捕去把她们拔起来。那该是他的孩提时代吧？

"当年的后城街上安静得很，平时没有人走动，宅院都闭着大门，有英、法、德、俄、日各国巡捕巡街。走街串巷的不许进来。人力车也是不许进的，进来的都是马车和汽车，马车带着漂亮的篷厢，人坐在里面，外面看不见。马夫一律穿着湖蓝或者石墨蓝的坎肩，头上戴着黑色小瓜皮帽。马腰上搭着五色饰布，马尾下挂着布袋，接马粪，防止牲口弄脏了路面。汽车是各家自备的，也有长包的，福特道奇什么的。当年的公共汽车都烧炭，屁股上背了个大背包，私家车才烧油。天津汽车行就开在现在的中原电影院附近，专做后城街的生意。"

呼延舫停下来，端起茶盖碗，用盖碗滗了滗汤浮，喝了一口。

"后城街是老城墙根子了。早些年，城墙推倒后，后城马路一直修到硚口。民国十年（1921年）的时候，后城大道成了汉口的繁华闹市区。大华饭店是有名的烟赌娼的乐园，烟馆、赌局、妓院从早到晚开着，客人络绎不绝。边上就是虎豹永安堂和浙江兴业银行。老通城、四季美、五芳斋、蔡林记里人头如攒，到夜里打烊了，扫地的一天能扫出两麻袋鞋子。民国十年建成的新市场，那就更热闹了：大舞台整天出台南北名角的戏，场场空不出台子来；露天电影院上演的是无声电影；雍和厅里是各色百种相声、独角戏、魔术、杂耍；要想玩新潮的，你可以去溜冰场、网球馆、弹子球馆和保龄球馆。你别笑，那时真有这些，去玩的都是公子名媛。那时就兴包馆。有一次，段史蒲的三公子和徐庆鳌的侄女请朋友玩，争着要包保龄球馆，把馆价从八十抬到六百大洋。后来地皮大王刘歆生的大公子刘伟雄出来，给了新市场老板一张法国东方汇理银行的万两纹银票，说：'别争了，今天我想玩球，这张现票你拿着，划多少你看着办。'没等新市场的老板看清票面，大元帅黎元洪的公子坐着奥斯汀来了，到新市场下车，拿手里的司德克（手杖stick的英文音译）敲了敲车灯，对下面跟班的人说，我今天早上起来就不舒服，也不知道哪儿不对劲，你们回去告诉徐司令，中山大道宵禁三天，这三天我就在保龄球馆里待着，我请人喝咖啡。这事到了这一步才算了了。要不了怎么办？您总不能让黎元洪老爷子亲自出来摆平吧？"

呼延舫停了下来，示意我喝茶，我端起茶杯来喝了两口，他给我续上水。

"当年我常去新市场。我在那儿看过梅兰芳的《宇宙锋》和《奇双会》，看过《黑奴》和《荒山血泪》，还看过沃尔顿的大变活人。孙怡云带着尚小云来演《二进宫》那一次，大舞台下至少有一万人。幸亏我在包厢里。那一次挤坏了好些人，还有死了的。"

街上有一辆车过去，不是奥斯汀，也不是福特道奇什么的，是一辆平板车，车上拉着红红绿绿的花草。花草颤颤巍巍的，走远了。

"宣统三年（1911年），革命党人在武昌举事，冯国璋火攻汉口，中山大道一片火海，后城街落满了飞鸟，整条街上都是逃命的猫狗，冯帅的兵见房子就点火，就是没动后城街。民国廿六年（1937年）和廿七年（1938年），小日本的飞机对汉口狂轰乱炸，中山大道一片废墟，瓦砾成堆，后城街却安然无恙，连片瓦都没震破。到民国三十二年（1943年）和三十三年（1944年），美国人想迫小日本竖白旗，开来了军舰，炮轰日军驻地，中山大道又被轰了个稀里哗啦，后城街仍然完好无损。这条街，是谁都不敢动，谁都动不了的。"

呼延舫娓娓说着。他的声音有点细，和他的手指一样，保养得很好。他的口气很平淡，只是叙述，没有语气强调，这种平淡，若不是有过真正经历的，历经过沧海的，大起大落过的，没法做出来。

我有点忍不住。我想我现在已经进入后城街了，我已经站在这条街上了，我差不多已经从街的这一头看过去，看到街的那一头了，我甚至看得更远，已经看到这条街昔日的繁华景象了，看到那景象中影影绰绰的人了，我想我都这样了，还是值得冒一下险。

我问道："老呼，您也是世家出身吧？"

呼延舫微微地一抿嘴，两只修长的手指伸出来，捻了一下清瘦的胡须，说："过去的事，说出来都是故事，说多了就走样了，没有什么意思。"

我怂恿他说："说说吧，我没听过呢。"

他揭开碗盖，喝了一口茶，低头看了一眼茶汤，把茶剩倒进一旁的茶盂里，起身去柜台后面，换了新叶子出来，沏上水，盖上碗盖，坐下。他那样走开又走回来，站起来又坐下，分明是回避，不想涉及那个话题，不想进入自己的过去。但他毕竟还是回来了，并且坐下了，那也就是说，不管过去的历史是什么样子的，不管他想不想回避，他都只能回来，回避不了。

他把目光转到街上去。有一阵他好像是走了神。后来他又回过神来，说："我给您说一段侠妓王金玉的故事吧，这故事与后城街有关，也算与我有关吧。

"民国初年，汉口名妓四大金刚中，有一位名叫王金玉的。此人体态丰盈，缠一对三寸金莲，相貌十分美丽。王金玉性格安静，不喜欢喧闹，琴棋书画无所不能，犹擅讲故事，如果遇到了知音，能三日三夜，娓娓不倦。王金玉能唱汉剧，正旦丝丝入扣，回肠百转，唱起《重台分别》来，连牡丹花董瑶阶都抚掌叫绝。

"清朝末年，晋人某氏以候补知县的身份赴湘候差，过汉口时，与王金玉相识，两人情好甚笃。此人到湖南不久，染上了重病，死前以后事相托。王金玉接到信后，悲痛欲绝，立即关门谢客，打点行李，亲往长沙，料理某氏的后事，并扶柩返晋。那个时候，交通十分不便，路途多有坎坷，所耗银两颇巨，王金玉积蓄散尽，负债累累，返汉后大病三月，仍无怨无悔，人称侠妓。

"民国四年（1915年），大总统袁世凯召湖南名流王湘绮入京任国史馆馆长。王湘绮过汉口时，汉口要人借王金玉在后城街的别墅设宴款待。王湘绮见王金玉清水芙蓉貌，荷间莲花心，别墅收拾得幽静典雅，屋中琴棋陈设，悬挂着名人字画，毫无脂粉勾栏之气，大为叹赏，立生爱慕之心，在王金玉处盘桓数日，不忍离去。王湘绮年已逾古稀，词人老去，风情犹在，为王金玉亲笔题写锤金纸扇一柄，字皆蝇头小楷，弥足珍贵，又书条屏一轴，录李商隐无题律诗一首，有'相见时难别亦难'一句，也是正楷。大总统京城等得不耐烦了，数电频催，湘绮老先生不得不移轿北上。临行前，执娇娃手，涕泪不绝，长叹息道：'金牌十二道道关，从此不与美人谋。'我那时常去王金玉别墅，那天正好在场，亲睹了这一幕。"

呼延舫说到这里，停了下来，端起茶碗来喝了一口。有一只鸟儿飞了进来，落在碰头屏上，歪着脑袋看我们，然后又飞走了。鸟儿不是花鸟市场里卖来卖去，中途逃出来的那种鸟，这点我能看出来。

"再说一个故事给您听。这个故事也与后城街有关，当然，与我也有关。"呼延舫说。

"您是写书的，近代有个著名的科学家叫华蘅芳的，想必您该知道。华蘅芳本是无锡人，早年湖广总督张之洞钦佩他的才学，聘他主持武昌算学馆，家宅就安顿在后城街。华蘅芳为人谨厚，是个书呆子，他埋头西学，终日与学问打交道，从来不计日子苦甜。他有一个侍仆，专门料理他的起居事宜，这个侍仆手脚不净，常偷了他的东西去当了换零花钱，然后把当票放回箱子里。有一次我去华宅，正好碰见那侍仆偷华先生的西洋钟，他要我别告诉华先生，他答应送我一只万花筒。我又不是华先生的亲眷，我管这种闲事干吗？这种事，我们这条街的人都知道，唯独瞒着华先生一人。

"有一年冬天，华蘅芳取皮衣御寒，打开箱子一看，皮衣无踪无迹，转而诘问侍仆。侍仆答道：'前些时主人缺钱用，命我拿去当铺抵典，怎么就忘记了呢？'华蘅芳没头没脑地说：'有这事吗？我怎么不记得了呢？你不是在说假话吧？'侍仆不慌不忙地走过去，从箱子里找出当票，笑着说：'自己藏好了，自己又忘记，还怪小的说假话，这样的主子好难侍候。'华蘅芳立时红了脸，拍拍头，说：'你看我，还真给忘了呢。'然后就安抚侍仆，给他道歉，叫他不要把这件事情往心里去。

"华蘅芳在数学方面的贡献世人皆知，他主持武昌算学馆时，一位西人慕名带着自己的女儿来，让女儿跟着华蘅芳学数学。那西女正值二八，年绮玉貌，同馆的中国学生无不为之倾倒，每天一到上课的时候，学生都想与她同坐，与她搭话，就出了为争执位子摔倒了的，说话心急结巴了的这样一些事。华蘅芳觉得很奇怪，万般想不通，问学生为何举止失态。学生不敢说，旁顾左右言其他。华蘅芳琢磨一阵，恍然大悟，说：'我知道了，你们是为一个人这样失态的，你们是为了西女，你们怎么像乡下人一样呢？看见西人就稀奇古怪，怎么西人看见你们就一点也不稀奇古怪呢？你们这些没骨头的东西，真是让我失望呵。'"

我呵呵笑着，说："这故事很有意思。"

呼延舫淡淡地摇晃着头，又黑又亮的头发衬托着白白细细的脸，使他那张脸有如一张不知底里的面具。呼延舫说："靠了嘴说出来，让人知道的也就是意思了。"

我说："是，都做了戏中人，谁来欣赏戏呢？"

呼延舫说："只是戏是局外人演出来的，与局内人反倒无干了。"

我不甘心，诱导说："老呼，您是戏中人，您就再讲两件，讲您自己的事。"

呼延舫摇摇头，说："郑板桥当年有联道，白菜青盐糙米饭，瓦壶天水菊花茶。我是什么事都见过了，什么事也都经历过了，粗茶淡饭为香，清贫日子是福，不谈往事了。"

呼延舫说罢，就去端茶碗，分明是往昔如海，数数点点也就罢了，总之不愿自己再下到海里去，咸涩重涉了。我知道劝也没用，只好作罢。

那日在后城街无名茶室里喝了三杯上好的花茶，听呼延舫说一些后城街的往事，回到家里，酣睡一觉。第二天我又去了后城街。如是三日，渐渐有了感觉，然后闭门七日，一气将剧本拉了出来。再写时，自感混沌皆开，有气贯穿，朦胧里，是离开了现实，回到了历史，进入戏中人的世界里去了，那几日，我从早上写到晚上，直写得我毛孔四麦，喉头发紧，激动时，恨不得击节高吟，以笔作剑，舞之蹈之。那是我从未有过的创作状态。

剧本交上去后，各方面反映都不错。局里找专家来开了一个研讨会，听了专家们的修改意见。专家们各抒己见，归总起来，都认为本子基础不错，是可造就的坯子，这对我是个极大的鼓舞。我在一旁认认真真地记了笔记，以便再做修改。想到是廖希铂的点拨，我才去了后城街，我去了后城街，才见到了呼延舫，我见到了呼延舫，才找到了创作的灵感，这一切，都源于廖希铂的指点，要不如此，我现在还皱着眉头咬笔杆挠脑袋呢，这么一想，我觉得自己应该知恩图报，感谢感谢廖希铂。

那天晚上，我拎着半斤托人买的极品蒙山，去廖希铂家里道谢。

廖希铂的妻子是汉剧演员，那天有演出任务，不在家。廖希铂一个人在家里独自饮酒，见我去，加了一只杯子，要我坐下喝一杯。我本来不大喝酒，又吃过饭了，差点儿没说出宁愿喝可乐的话，幸亏及时想到自己是来道谢的，再提什么要求就不像话了，马上把可乐的念头打住，在饭桌前坐了下来。

陪廖希铂喝过三巡，廖希铂说他看过我写的剧本，感觉不错，有几场戏可圈可点。我听了很高兴，就说了去后城街采风的事，说了无名茶室里听的故事，谢谢他的指点，并借着他愿意说话的机会向他继续讨教。廖希铂慢慢地呷着酒，说了一些十年磨一戏的道理，显然是喝酒的时候，不愿把话题扯到别的方面去。我听着，在一旁不住地点头，心里想再找一个机会，喝酒的时候不行，喝茶的时候呢，行不行？又坐了一会儿，我就告辞。

廖希铂起身送我，走到门口时，突然说："你说的那家无名茶室，主人叫呼延舫吧？"

我说："是，你知道他？"

廖希铂点点头，说："他不是什么世家。若一定要说世家，那就是卖水的世家。他家祖辈都是卖水的，拉一辆车，在江边灌了水，整天走街串巷，送到人家里去，一桶水两个铜板。后来有钱人家里都接上了自来水，就换了给人送冰。先是人拉着车，后来有了两个积蓄，买了一头叫驴，改成驴拉车，也算是进步，人称吃水饭的。倒是他店里那个做茶童的老百，祖上是显赫一时的人物，明清两朝都有人做过朝廷上的官，曾祖父做到了道台，是历史上有名的汉中三君子之一。到了他爷爷那一辈，家里出了好几个人物，这回不做官了，做买办，是英国汇洋银行在华的代理人，（二十世纪）二三十年代的时候，家业中兴，据说家产加起来，能买下三个汉口。"

我想想呼延舫，又想想老百，我想他们俩的样子，有些不相信，说："这怎么可能？"

廖希铂笑笑，说："有什么不可能？"

我说："呼延舫在新市场大舞台的包厢里看过尚小云的《二进宫》。"

廖希铂说："没错，他是看过，也的确是在大舞台的包厢里看的，他那个时候给人当小跟班，主人想吃茶水果子，他去买了往包厢里送，他要不在包厢里待着，到处乱跑，主人打断他的腿。"

我说："那侠妓王金玉呢？他可是常去她的别墅呀？"

廖希铂说："王金玉喜静怕热，她用水很讲究，不用自来水，要用都灵巷的井水，一到夏天，不可一时无冰，呼延舫是家人遣了去给她送水送冰的。"

我说："华蘅芳又是怎么回事？难道说他也喜静怕热，也不用自来水，要用都灵巷的井水，呼延舫给他送水送冰的吗？"

廖希铂有些奇异地看着我，说："那你要他干什么呢？难道说你要他去帮华蘅芳演算微积分不成？"

我在绝望中，就想到那栋宅子，它似乎是唯一的稻草了，我必须抓住它。

我说："那栋宅子呢？那栋宅子是怎么回事？未必（四川方言，难道之意）呼延舫家里卖水卖发了，发成了阔佬，盘下了那栋宅子？"

廖希铂说："什么宅子？"

我说："就是那栋哥特风格的西洋建筑，那栋摆设着明代家具的建筑，那间无名茶室，那可不是一栋普通的宅子。"

廖希铂把门打开了，说："宅子是宅子，主人可以不断地换，情况就是这样。"

门开了。门又关了。灯光消失在身后。我站在门道里，一时没敢动弹。我没有弄清黑暗中的楼梯，它们一共有几节。

1999年8月30日于汉口花桥

原载《当代》2000年第1期

点评

"写不下去不要硬写，到生活中去，那里有丰富的创作源泉。"这是小说开篇的第一句话，也是小说重要的思想意旨，借小说中一重要人物形象廖希铂之口说了出来。廖希铂是局里一个特别的存在，其他同事不太愿意和他打交道，他对同事们更是淡漠，也不大进行文学创作，只倾心于饮茶、品茶。局里藏龙卧虎，都在剧作上有不俗成就，唯独这个廖希铂似乎无心创作，领导似乎也不怎么提及他或者管束他。没想到"他不但资格老，而且才华横溢"，年轻时"被称作武汉戏剧界的'八绝'之一"。在"我"的剧本创作遇到瓶颈的时候，指点我说"只有生活才能给你提供创作的源泉"。让"我"去到后城街深入生活、寻找灵感。"我"半信半疑中来到后城街，被其历史底蕴和沧桑变化震惊，更是在一座貌不惊人、内里藏乾坤的宅子，遇到了两位传奇老人：呼延舫和老百。从茶馆主人呼延舫口中我听到了很多迷人的故事，结合他的身量、气质猜他定是世家出身。而"小二"老百在"我"眼中有些猥琐。带着满满的干货离开后城街后，"我"闭关写作，一气呵成，剧作受到各方的好评。故事写到这里，重点似乎都还落在对后城街历史的感叹之中，作者是借廖希铂引领

"我"走进后城街，一切都为描述这条传奇街巷服务。但作者笔锋突转。为了感谢廖希铂的指点，"我"登门感谢，从他口中才知道了呼延舫和老百完全反转的身世。后城街的传奇还是传奇，但身份顷刻间被消解。正如廖希铂所言："宅子是宅子，主人可以不断地换，情况就是这样。"宅子不变，但主人可变，人的身份更是在时代的洪流中变化万端。身份的建构和消解源自生活，生活那里有丰富的创作源泉，而这创作源泉反过来不也正是万千人火热的生活吗？

在这篇小说中"茶"是重要的中心意象，贯穿整个小说。茶之意象既承担起了刻画人物性格的重担，又凸显出独特的城市文化韵味，更象征着时代人生的浮浮沉沉。廖希铂品茶的态度，与他的人物性格具有一致性，又通过描写他在茶方面的造诣，展现出人物气质。"我"去到后城街之后发现"后城街里茶馆很多，差不多隔几步就有一家，这和这条街的整体风格不协调，准确地说，是和建筑不一致，让人感到什么地方有些不对劲"。走进貌不惊人的茶馆，却发现宅子里隐藏着乾坤，这也正是老汉口的地域文化和气韵的象征。而这茶馆主人的变更，更见证着中国历史的沧桑巨变，以及人世的浮沉。

（朱旭）

舵　链 /

/马晓丽

真是上贼船容易下贼船难！

舵链断的一瞬间，我们几个机关干部——一起把怨毒的目光射向马副参谋长。就是这个刚愎自用、胆大妄为的家伙坚持出船，非要今天赶到石砬岛。好嘛，让他赶、赶，这下可赶上了，赶上送死来了！

舵链一断，我们最后一点生存的希望也就断了。试想，一个没有舵的小登陆艇，在这种七级大风的海面上，能挺多久？

马副参谋长铁青着脸在船上巡视了一圈后，面孔立刻苍白了。

我一直冷冷地睥视着他。此时，突然控制不住了，对着波涛汹涌的海面撒野般地喊了一嗓子："没用！就算你找到个把救生圈也没用！凭这天，在海水里不出半小时准冻成冰坨子……"话没说完，我突然浑身打了个冷战。

所有的人都不由自主地打了个冷战。

四周突然一片死寂。

一个浪头打来，船迅速向一侧倾斜过去。我紧紧地抱住一根柱子，眼睁睁地看着几米高的海浪一堵墙似的向船压了下来。我两眼一闭，悻悻地咬着牙骂了一句："妈的玩完了！"

明儿个是大年三十。按计划，我们检查组今天应该赶到最后一站石砬岛。这样，明天就可以返回陆地过年了。每年春节前，机关都要派检查组到各个岛转一圈，进行例行检查。今年，司令部派我，政治部派了杨干事，后勤部派的是牛助理。

我们三人组成的检查组一到要塞区，要塞区司令员就乐了，说："好，好，今年检查组人员搭配得好。朱参谋、杨干事、牛助理，这猪、羊、牛弄得挺齐全。

好，吉祥。今年肯定能过个好年。"随后立刻喊道，"马副参谋长。"

"到！"

"你领着检查组转岛检查。"

"是！"

要塞区司令扭过头，得意地朝我们几个扫了一眼说："怎么样？咱也配给你们个大牲口。套上这匹马，你们这支队伍就更整装了。"说罢，哈哈大笑。

马副参谋长果然是个大牲口，高身量，大块头，挂一张黑长的糙脸，操一副底气十足的野嗓门，浑身上下都散发着一股冲人的雄性气味。这一路上，不论走到哪个岛他都吆三喝四的，特喜欢熊人，但下面的干部战士似乎并不计较，反倒都跟他很近乎。

其实，我也挺欣赏马副参谋长那副劲头的，处理问题干脆利落，是个军人，只是这人忒蛮。我们虽说只是几个瞎参谋、烂干事什么的，但毕竟是上级机关派来的检查组。让你领着我们转岛检查，可不是让你领导我们转岛检查。这"领着"和"领导"虽然只一字之差，本质却截然不同。"领着"是带路的意思，充其量也只能算是陪同。但马副参谋长可不管这些，从一开始就拉出了一副"领导"的架势，动不动还在我们面前指手画脚几下子。

我还算过得去，反正本人只是个小中尉，属于那种一出门就恨不得把手挂在耳朵上见人就敬礼的主儿，惯了。牛助理虽然是中校，但他是机关里出了名的老面瓜，胖乎乎的圆脸上全是曲线，没一根直线和棱角，没脾气。所以，最不忿的其实就是杨干事了。杨干事是我们检查组的组长，少校。虽然军衔比马副参谋长低两级，但感觉却大得很。

到要塞区的当天，杨干事挺兴奋，说不错不错，司令、政委都出面了，说明基层很重视我们这次检查。晚上吃饭时，看到只有马副参谋长来陪，脸上先就挂了些颜色。马副参谋长却看不出，只管一个劲儿地劝酒。说是劝，其实就是逼。"不喝？瞧不起我们岛上是不是？瞧不起我们基层是不是？""不喝？对我们工作不满意是不是？对我不满意是不是？""就是嘛，换大杯！当兵的，整那么秀气干什么？！"一会儿工夫，杨干事就出溜到桌子底下去了。马副参谋长叫两个兵把杨干事搀出去休息。杨干事前脚刚离开，后脚马副参谋长就让把白酒撤下去了。牛助理笑眯眯地递给马副参谋长一支烟，边为他点火边说了一句："你这个家伙！"马副参谋长一笑，也回了一句："你这个家伙！"我这才看出，原来他俩熟络得很。

前几个岛转得挺顺利，眼看就剩最后一个岛了，海上却突然起了风。天气预报说有六点五级大风，大家心里就开始犯嘀咕，我们坐的登陆艇吨位小，这种天走得了吗？马副参谋长毫不犹豫地大手一挥：

"走得了！怎么走不了？比这大的风我都走过，没事！走！"

没事当然好，虽然我们心里都觉得有些太冒险，但在马副参谋长那股豪气面前，谁都不好意思表现出胆怯。毕竟人家常年在岛上，经历的风浪多，心里有数，兴许就没事。再说，谁愿意耽搁在岛上？谁不想赶在年三十前回家？

原以为这个大浪肯定把我们打发到海底世界去了，但睁眼一看，船却跑到浪头上了，足足高出了海面四五米。海在下面，瞅一眼都犯晕。我突然明白了，我们眼前这种死法，是诸种交通事故中最操蛋的一种。你看吧，飞机失事就那么几分钟，还没来得及反应过来就完事了。汽车也是，咣当一撞，或者叽里咕噜一翻，一句话没喊出来就闭眼了。多痛快！就是船不行。沉，它得慢慢沉；翻，它得折腾够了再翻。海这家伙最不是个东西了，它从不会让你痛痛快快地去死。它就像个玩惯了老鼠的猫，总是先耍你、玩你，什么时候耍够了，玩腻了，才肯张口吞没你。

一种受耍弄的屈辱感在胸中拼命地冲撞，我忍不住"哕"地一口吐出满嘴腥咸的海水，痛快淋漓地大骂了一声："这个狗天！"

牛助理大口地呕吐着，为我的骂声助威："哇……哇……"

旁边立刻有人跟着大喊了一声："这个狗海！"

我一愣，居然是历来以文人自居，从不说粗话的杨干事。

牛助理继续助威："哇……哇……"

正热闹着，马副参谋长突然大喝了一声："住嘴！都给我把嘴闭上！"

杨干事把变了形的脸伸到马副参谋长面前，一字一句地说："你，先给我把嘴闭上！"

马副参谋长一时没反过劲儿，莫名其妙地瞪着杨干事。

"要不是你坚持走，我们今天能上船吗？！"杨干事气势汹汹地质问道。

"不错，是我坚持要走的。可早上明明报的是六点五级风，鬼知道怎么变成七级大风了？！"马副参谋长几乎喊着说。

"你得负责任！你得为你的行为负责任！你得为这一船人的生命负责任！"杨干事更是一句比一句喊声大，手指头几乎点到马副参谋长的鼻子上了。

马副参谋长足足盯了杨干事一分钟，才说："告诉你，我姓马的从来不会推卸责任！我坚持要走不假，可我这是为了工作！"

"为了工作？"杨干事眼珠子都快凸出来了，"我看未必……"

"哇……哇……"牛助理很及时地大吐起来，打断了他俩的争执。

马副参谋长对着呼啸的海面恶狠狠地凝视了片刻，突然转身对着全船大声吼道："都给我听好了，咱们好赖都是当兵的，长短也是条汉子，别他妈的还没咽气就先死了！大不了就是个死，把精神提起来，豁出去拼了！"

我第一次发现精神这个东西确实是可以提起来的。对呀，大不了就是个死！这么一想，顿时觉得心里轻松了许多，精神跟着就提起来了。再看看周围，暗淡的眼神里都有了些光亮，连晕得像个蔫茄子似的牛助理也有点支棱了。刚才那股子笼罩全船的死气，被马副参谋长昂昂扬扬地临阵一吼，竟然消退了一大半。

就在这时，从上面驾驶舱跌跌撞撞地冲下来一个兵，大声喊道："班长，艇长命令立刻组织抢修舵链！"

我差点忘记上面驾驶舱里还有个小艇长了。

老实说，我对那个小艇长一点儿好印象也没有。第一天上船，我就同他撞了个满怀。当时，他双手捧着一个大玻璃瓶子，不错眼珠地盯着刚泡好的满满一瓶子茶，边走边对身边一个提着暖壶的矮子兵啧啧赞叹着："好茶，好茶。看，全是嫩尖，每一根上都是三片叶片，不多不少，个个在水中直立……"正说到"直立"，我们俩就撞上了，他立刻直立不住，茶水洒了一地。"你怎么搞的？"他怒气冲冲地瞪了我一眼，心疼地望着满地的茶叶嫩尖直跺脚。我赶紧说了声"对不起"，话一出口我就后悔了——我发现他肩上只扛着一杠一星，敢情是个全军最小的官儿！我立刻闭住嘴巴，挺直腰板儿，殷切地期望着他能抬头看我一眼。但他根本就没看我，气呼呼地把瓶子往那个兵的手里一塞，说了句："重泡一杯！"转身就上驾驶舱了。倒是那个矮个子兵看出了我的不悦，讪讪地解释说："没事，首长。我们艇长就喜欢喝茶，这茶是我特地让家里捎来的，第一次泡就……"不解释还罢，一听他解释我这心里的气就不打一处来。这个小艇长也太牛了，黄嘴丫子还没褪净，就学着搞起腐败来了，居然让战士从家里给他捎茶，一看就不是个好鸟！所以，这几天我根本就没理睬过他。我不去驾驶舱，他也难得上一回甲板，偶尔看到他一次，也总见他手里捧着那个大茶瓶子。我就纳闷，凭那副满嘴茶叶末子的小白脸子相，他能当好艇长？这不，船上都开锅了，也没见他这个艇长露过面。

班长倒是个挺有素质的老兵，接到命令后立刻领着几个兵做抢修准备。但直到这时大家才发现，抢修舵链几乎是不可能的。修舵链要从船头处下去，但从甲板到船头的舱盖上面结了厚厚一层冰。舱盖是拱形的，有十多米长，正常情况下船一摇晃在上面行走都很困难，何况现在结了冰，连站都站不住了，根本就别想走过去。

班长怔怔地看着结冰的舱盖，嘶哑着嗓子向马副参谋长请示说："副参谋长，过还是不过？"

马副参谋长脸色铁青，简单地问道："怎么过？"

班长咬了咬嘴唇，狠狠地说出了一个字："爬！"

"有多大把握？"马副参谋长问得很急。

"没有。"班长回答得也很干脆。

马副参谋长认真地瞅了班长一眼，什么话也没说，只重重地在他肩头上拍了一下。

班长立刻转过身，对兵们吩咐道："我先上去。你们负责拉住我腰上的绳子，注意要一点点放，不能太松，也不能太紧。你，站在这个位置上别动，替我长个眼睛，船往哪面倾斜，预先给我个提示。你们俩，做好接着上的准备，万一我……"

"班长！"矮个子兵突然大叫一声跳了出来，"我先上！"

班长瞪了矮个子兵一眼，断然回绝道："不行，你体格太差。这大冷的天，坚持不下来就耽误事了。"

"我行，班长，让我先上吧！"

"不行！我先上。"

矮个子兵急了，连比画带喊：“你不能先上，你是班长，你得留在这儿指挥！”

矮个子兵的理由很充分，班长有些犹豫了，似乎在想如果自己不先上谁先上去最合适。犹豫间，班长的目光在一个戴着上士军衔的老兵身上停留了一下。扫描般地，那张脸唰的一下就没了血色。只见那老兵躲避着班长的目光，边双手抱头缓缓地缩着身子向下蹲去，边在喉咙里喃喃地发出一种很不清晰的咕噜声。但是谁都听清楚了，他是在说，他不去，他坚决不去。他说今天左右也是活不成了，谁也活不成了，咋折腾也没用，他不想瞎折腾，他认了……

风在海面上肆虐地呼啸着，刀子般地割在人们的脸上。脸已经麻木了，没有知觉了，但心却不肯麻木，仍旧随着恶浪一次次地上下颠簸着，一阵阵地翻卷挣扎着。

谁也不说话。

我觉得这时应该有人说点什么，就向马副参谋长望去，但他似乎对刚才的事毫无察觉，正一脸凶相地望着远处。我又去看杨干事，杨干事简直是带着一种巴结的神情紧张地看着那几个兵，嘴半张着直嘎巴，却发不出一点儿声响，憋得脸都发青了。牛助理虽然不吐了，但还在不停地干呕，他的目光很散乱，里面有一种濒死的阴影。我拼命地转动麻木的脑袋瓜，好不容易才想明白，现在最没有资格说话的就是我们这几个当官的了。

是的，我、杨干事、牛助理，包括马副参谋长在内，我们此刻统统都没有说话的资格！平时，我们尽可以在兵们面前指手画脚，呜里哇啦，显示我们的高明；但在共同面对死亡的现在，在面对死亡而我们却什么也做不了的现在，我们有什么理由为了自己的生存而对战士们提出要求呢？！我立刻老老实实地把自己的嘴闭上了。

班长刚刚把失望的目光从老兵身上移开，就惊叫起来。原来，矮个子兵不知啥时把绳子绑在自己腰上，已经开始向船头爬去了。

在班长的惊叫声中，我和马副参谋长同时一个箭步冲上去，一起抓住了绳子。

空气突然凝固了，大家的眼睛都紧盯着那个叉开手脚紧贴舱盖趴着的矮个子兵。冰太滑，戴手套扒不住，矮个子兵摸索着把手套摘掉，开始用手抠着向前蠕动着爬行。留在冰面上的手套随着船的晃动，忽悠一下滑进海里，立刻就被海浪吞没了。所有的人都心中一颤，情不自禁地倒吸了一口冷气。

这是我所见过的最漫长的一次行程，矮个子兵似乎永远也爬不完那短短的十多米距离。在剧烈的颠簸中，他那单薄的身影在舱盖上忽左忽右地滑来滑去，好几次都差一点儿滑进大海。谁也帮不上他，谁都无能为力。大家只能眼睁睁地看着矮个子兵独自与死亡殊死搏斗，为了这条船，为了我们每一个人。我想，我现在唯一能够做的就是把全身的力气聚集在手臂上，随时准备拉紧绳子，把他拉回到我们中间。

几乎是一寸一寸地前行。不知过了多久，当矮个子兵伸长手臂去够船头那根铁柱子的时候，所有的人都不由自主地屏住了呼吸：差一点儿……还差一点儿……就差一点点儿了……矮个子兵的手终于攥住了铁柱子，慢慢地攀着铁柱子站了起来。

"噢！"全体欢呼。

我们终于成功了！我们终于赢得了一线生存的希望！

矮个子兵很快就把舵链抢修好了，船又开始继续航行。但在忘乎所以地欢呼胜利的时候，我们犯了一个致命的错误。当矮个子兵把腰上的绳子解下来，正准备往铁柱子上系的时候，不知谁只顾得高兴了，竟一脚绊在那根救命的绳子上，绳子"呼啦"一声就被拽了回来。

没了绳子，矮个子兵是无论如何也回不来了。

班长急了，拿起绳子就往自己身上绑，非要送过去。矮个子兵在对面看见了，急得直喊："班长，别过来，千万别过来呀！"

"天太冷，船还得走挺远呢！"班长也喊。

"我抗得住！"

班长的声音就有点发哽了："就你那个小体格，一会儿就得冻成冰棍儿！哪怕过去给你送件大衣呢……"

"班长，我不冷！"

"别逞能了，我马上过去！"

"班长！"矮个子兵突然撕裂嗓音大叫道，"你要是过来，我就……我就跳下去！"

人们一下惊呆了。许久，谁也不敢动一下，仿佛只要一动，对面那个矮小的身影就会突然消失。

风，面目狰狞地趁机推搡着人们，不怀好意地舞动起阵阵彻骨的寒风。

马副参谋长走上前，默默地解开了班长腰间的绳子。班长突然蹲在地上，捂住脸呜呜地低声哭了起来。

"起来！"马副参谋长厉声喝道。

班长忽的一下站起来，双脚一并，直挺挺地立在那里，满面泪痕。

"把眼泪给我擦掉！"马副参谋长紧皱眉头，"你在这儿跟他喊话，不许停下来。听见没有？不许停下来！"

"是！"班长抹了一把眼泪，立即转身去与矮个子兵对喊起来。

开始的时候，矮个子兵的声音还挺正常，两人你一句我一句地不停对喊着。但只过了一会儿，矮个子兵的声音就开始发颤了，而且半天才回一句。班长赶紧喊："咱们唱个歌吧！唱歌暖和，提精神！"说着就领头唱起歌来，"咱当兵的人……"

"有啥不一样……"矮个子兵马上就跟着唱了起来。

"只因为我们都穿着朴实的军装……"兵们操起长短不一的嗓子拼力唱起来。

我突然感受一种强烈的冲动，情不自禁地扯开喉咙也跟着唱了起来。我很快就发现不只我在跟着唱，马副参谋长、杨干事，甚至牛助理都在跟着唱。

我们这群精疲力竭的男人，扯着变了调的嗓门，嚎叫般地把这支歌唱了一遍又一遍，早已不知道哪句是头哪句是尾，早已分不清哪句词在前面哪句词在后了。我们只是唱，不停地唱，停不下来，也不敢停下来。我们好像只能这样唱下去了……

直到马副参谋长暴怒地吼叫起来，我们才戛然而止。

前方，矮个子兵不知什么时候早已停止了唱歌。他的头无力地低垂着，深深地耷拉在胸前。马副参谋长正在对着他喊叫，喊得石破天惊、山摇海动。马副参谋长喊："你给我抬起头！我命令你，马上给我抬起头来！"马副参谋长喊，"你只抬一下头就行，抬一下，抬一下呀！"马副参谋长喊，"我请你抬头看着我！看我在干什么？你抬起头！抬——头——呀——"

矮个子兵的头终于摇晃了几下，慢慢地抬了起来。他恍恍惚惚地朝这边望了一眼后，目光突然一闪，惊讶地落在马副参谋长的身上——马副参谋长正在向他行军礼！

矮个子兵的眼睛瞪得大大的，嘴唇急剧地颤抖起来。

班长带着哭腔喊道："你看呀，副参谋长给你敬礼呢！你看到了吗？你抬起头好好看看，我也给你敬礼！我们大家都给你敬礼！"

一只只手臂举了起来，一个个标准的军礼，向着矮个子兵，向着前方这面在狂风恶浪中迎风屹立着的"人旗"。

马副参谋长那霸气十足的大嗓门在海面上回荡着："你看好了，我在给你敬礼。按条令要求，你应该向我行注目礼。首长的手不放下，你的目光就不能离开！你得抬头看着我，不许低头！否则，我就给你处分！"

矮个子兵果然就那样一直抬着头，一直看着马副参谋长。

我看见两颗硕大的泪珠沿着马副参谋长那僵硬的面颊晃晃当当地滚落下来，重重地砸在甲板上。

一条迎风破浪的船上，一个身材瘦小的士兵双手紧攀铁柱，旗帜般地立于船头之上，海风鼓荡起他的衣襟、头发，哗啦啦地发出迎风招展的声响。眼前这幅高扬着"人旗"的画面，永远地刻进了我的脑海，留在了我的生命之中。

远远地，海面上终于出现了一个小小的黑点。石砬岛！我们终于到了！

快到岸的时候，我突然产生了一个强烈的念头，想去驾驶舱看看。我想去看看那个小艇长，想看看这个家伙究竟为什么一直不露面？想看看在这段惊险的航程中，这个小白脸到底躲在驾驶舱里干了些什么？！

我咚咚咚几步蹿上驾驶舱，只扫了一眼，就不由得呆住了——小艇长双手把舵，两眼直视前方，一动不动地站立在那里，两条腿被紧紧地捆绑在舵位上！我这才知道，从起航开始他就让士兵把自己绑在这里了。他说这样站得稳，跑不了舵。整个航程中，他就一直这样僵直地站立着。整整四个多小时啊！我突然很想对他表示点什么，但当我小心翼翼地走近他时才发现，他竟入定般地对周围的一切都浑然不觉，仿佛早已与手中的舵轮、与整条船融为一体了。他是在用全部心智与风浪进行殊死的搏斗！此刻，他那张毫无表情的面孔冷硬得像座冰雕，使我觉得即便是用刀子刮在上面，也肯定不会刮出血，刮下来的只能是冰碴儿。

我呆呆地看着这张被我骂过无数次的小白脸，不由肃然起敬。现在，这位极不起眼的少尉艇长在我的眼里简直无异于一位运筹帷幄、叱咤风云的将军。不错，他是这条船上军衔最低的军官，但却是这条船上最具大将风度的一个。他那面对惊涛骇浪的坦然，他那冷漠专注的神情，他那僵直挺立的姿态，无一不显示出一派大将风度。

船终于安全地靠岸了。

兵们解开绑在小艇长腿上的绳子的一刹那，小艇长直挺挺地咕咚一声倒在地上。

我们七手八脚地把小艇长和矮个子兵抬下船，直奔卫生队。

矮个子兵很快就缓过来了。只是他的双手已经重度冻伤，模样惨不忍睹，弄不好两个小指头都会坏死。

小艇长却一直昏迷不醒。葡萄糖也推了，针也扎了，医生说按理说应该是没什么问题了，可不知为什么他却始终双目紧闭，脸色煞白。昏迷中，小艇长一直含糊不清地反复念叨一个字，但谁也听不出那个字到底是什么。正在大家急得不知如何是好的时候，矮个子兵举着两只缠满纱布的手过来了。

矮个子兵愣愣地在一旁听了一会儿，突然大叫起来："茶！是茶！快，快给艇长泡一大杯茶！"

一大杯浓茶灌进去，小艇长的眼睛腾的一下就睁开了。刚睁开眼睛，他就不停地往外吐嘴里的茶叶末儿，边"噗噗"地吐，边埋怨："怎么泡的茶？噗，水温不够。噗，告诉你们多少次了，噗噗，水温太低影响茶叶的味道。噗！"

兵们兴高采烈地围着小艇长直嚷嚷："艇长，你总算醒过来了。"

小艇长四下看看，发现自己不在船上，立刻不满了："哎，你们怎么把我弄到这种地方来了？！"

"艇长，你昏倒了，别提多吓人了！"兵们抢着说。

"那也用不着上这儿呀，给我灌一大瓶子茶不就得了。"说着，一个蹦高从床上蹦下来，抬腿就往外走，边走边数落矮个子兵，"真是，别人不知道你还不知道？遇到九级风那次，我不就是靠几瓶子茶顶过来的嘛！"接着，比比画画地对周围的兵们说，"嘿！这算啥呀？你们也太少见多怪了。别说是七级风，九级风我都走过！没事！走，回咱们船上去，我可不习惯待在这种地方。"说着，没事人似的蹬腿甩胳膊，精精神神地走了。

兵们嗷嗷地一路欢呼着，紧紧地簇拥着他们的艇长回登陆艇上去了。

我们看得眼都直了。

石砬岛海防团早已为我们检查组准备了酒饭。我们说不行，这顿饭我们得和登陆艇上的全体弟兄一起吃。团长有些为难，因为按惯例艇上历来都是自己起火，从来不下船吃，所以他们没准备这么多的饭。马副参谋长拍拍团长的肩膀说："没关系，我们不着急，就辛苦辛苦炊事班的同志，让他们多弄几个菜，争取从形式到内容都整丰富一点儿，我们等。"

这是我们来要塞区的几天来，第一次想到要和艇上的官兵们一起吃顿饭，尽管我们几乎天天都乘坐他们的船。这次，我们没有按平常的习惯，根据级别大小排座位。大家很随便地不分官兵，不论长幼，热乎乎地混坐在一起了。

马副参谋长举起酒杯说："今天这第一杯酒，我提议由我们这些干部敬全体士兵！"

我们立刻鼓掌，起立，高高地举起酒杯。兵们显得有些手足无措，迟疑了一会儿才纷纷端起酒杯，拘谨地站了起来。只有那个戴上士军衔的老兵始终低着头，无论怎么劝说也坚决不肯碰酒杯一下。他反反复复地说他不配，不配喝这杯酒。

马副参谋长端着酒杯，绕过许多人走到老兵面前说："听我说，你配喝这杯酒！就凭我们今天一起从死里爬出来这一条，你就配喝！谁没有缺点错误？谁没有一念之差？"马副参谋长突然激动起来，"如果说你不配的话，那么我就更不配！是我一意孤行把这条船带入险境的！"马副参谋长停了一下，转过身对杨干事说，"老杨，你在船上说的一句话点醒我。你说我急着走未必是为了工作……"

杨干事的脸呼的一下红到了脖子根，连连摆手："不不不，我……"

马副参谋长用手势制止住他的解释，继续说道："你说得对，我确实有私心。在这里我可以坦率地告诉大家原因，我是想老婆了。我是想赶在年三十前回家，和老婆一起过年。你们瞧，我就这么点儿出息！"马副参谋长尴尬又勉强地笑了一下，接着又说，"听了杨干事的话以后，我一直在想，我老马这是怎么了？我在海岛上干了十八年了，十八年里我一直没太把自己的家当成家，总觉得海岛更离不开我，总好像更惦记海岛上的干部战士，可我现在咋就……我心里挺不好受的，真的，一直不好受……"

停顿了一会儿，马副参谋长情绪一转，敞敞亮亮地对老兵说："你看，跟你比我是不是更不配喝这杯酒？现在我们拉平了。你可以站起来了，大大方方地端起酒杯来。对，就这样。我们一起喝了这杯酒！来，全体注意，听我的口令，一、二、三！"

"干——！"房顶差点被我们的吼声掀掉。

风停了。无风的海面柔顺得让人不可思议，海这家伙的比女人还任性，比女人还喜怒无常！

今天返航。马副参谋长却没来，他让团长转告我们，说他昨天晚上喝醉了，早上起不来，今天就不跟船走了。

杨干事一听就笑了，说："这个老马，赶着赶着回去看老婆，没承想走到最后一站把自己给撂倒了。没办法，谁让他自己不把持着点，只好把他扔在岛上过年喽！"

牛助理看了杨干事一眼，淡淡地说了一句："你以为他真醉了？我亲眼见过他一次喝进去两斤酒，喝完啥事没有。"

杨干事一脸的愕然："照你这么说，他是成心要留在岛上过年了？不可能吧？"

牛助理的声音十分低沉："有什么不可能的？他已经在岛上过了十八个春节了。从上岛到现在，他从来就没在家过过一个年。"一向面了巴叽的牛助理突然急赤白脸地朝团长吼叫起来，"你为什么不劝劝他？为什么？！你知道吗？他老婆得了癌症，他亲口答应过他老婆，说今年一定回家过年！"

团长的眼圈一下就红了，团长说："我怎么能不知道？马副参谋长是我的老团长了，嫂子是我的恩人，连我的老婆都是嫂子给找的！"团长背过身去，停了一会儿才继续说，"马副参谋长的脾气你们也不是不知道，谁劝也没用。我理解他，他一向对自己要求很严，他一直在为昨天的事自责，如果真就这样回去了，他也肯定过不好这个年。就让他留在岛上吧，这样他心里兴许还会好受些。"说完，头也不回地告辞走了。

起航了。

我们检查组终于完成任务，可以按计划回家过年了。但我们却全然没有了回家的快乐，心变得空落落的，好像被遗落在海岛上了。

嫌舱里太闷，我来到甲板上。矮个子兵正独自坐在那里，望着前面发呆。顺着他的目光望去，我看到了结满厚冰的舱盖，看到了镜面般光滑的冰在阳光的照射下发出刺眼的光芒。一想到矮个子兵昨天就是从这上面爬过去的，就不免有一种心惊肉跳的感受，这上面怎么可能过得去人呢？！我回头去看矮个子兵，见矮个子兵的脸上带着和我一样的惊惧。

我说："要不是亲眼看见，谁也不会相信有人能从这上面爬过去。"

矮个子兵呆呆地说："我也不相信。我一看见这些冰就想，我是咋爬过去的呢？我咋就没掉到海里去呢？多可怕呀。"

"你害怕了？"

"嗯。"矮个子兵的声音有些发抖，"我心里害怕得要命。我总忍不住想，我要是掉到海里了，那我妈可咋办？"说着，竟流下泪来。

喉头突然有些发哽，我什么也没说，只拍了拍矮个子兵的肩膀。过了一会儿，我轻声问道："昨天你怎么不害怕？"

"顾不上了。"他想了一下，又说，"其实……也有点怕。"

"那你为什么还要坚持上？"

"不上咋办？"他看了我一眼，"舵链要是不接上，就得任船在海上漂了，总不能眼瞅着船翻了吧？"

"别人也可以上嘛，班长不是已经准备好了嘛。"

"班长哪能上？"他坚决地摇着头说，"万一班长出了事，谁指挥呀？"

"就算班长不上，也不一定非得你上嘛，不是有好几个兵……"

"你不了解情况。"他打断我的话，很认真地说，"我和班长肯定得上一个，明摆着，我们班就我俩是党员。"

我望着他缠满纱布的双手，半天没说出话来。

矮个子兵突然抬头问我："首长，我的手不会残废吧？"

我安慰他说："不会，一下船就送你去大医院治疗。"

他立刻高兴了，说："只要手不残废就行。手不残废就不能让我离开船。"

"你就那么喜欢在船上？"

"喜欢。"他毫不犹豫地回答，"我特别佩服我们艇长，特别愿意跟着我们艇长干。首长，你不知道我们艇长有多神。有一次我们船遇上了九级阵风，大家都蒙了，以为这回肯定完蛋了。艇长大喊一声：'茶！'我赶紧给他泡茶。他咕咚咕咚一连喝了三大瓶后立刻眼睛锃亮，双手紧紧地把着舵盘，左一下右一下地压着浪头走，到底把我们带出风浪区了。从那以后，我每次出航前都给艇长泡一大瓶茶。就今天没泡，这手……"他很遗憾地看着自己的手，满脸沮丧。

我立刻主动接过话茬儿说："我去，我去替你给艇长泡茶。"

连我自己都感到奇怪，给那个比我军衔还低的小艇长泡茶，我不仅心甘情愿，而且显得有些过于殷勤。记得小艇长曾说过泡茶的水温不能太低，我还特地把壶里的水重新烧了个开。当我把一大瓶茶送到小艇长面前时，甚至感到了一些莫名其妙的激动。我想，小艇长看到我亲自给他泡茶，一定也会十分感动，这也许会成为我们交往的开始。我不想隐讳我对他存有一份敬意，我愿意与他成为朋友。

小艇长仍旧站在舵位前。他头也不回地接过瓶子，只喝了一口眉头立刻就立起来了："怎么搞的？用这么热的水？说过多少次了，水温太高会影响茶叶置换的，泡茶的水最好是在九十摄氏度！"说着嘭的一下把瓶子搁到一边了。

我傻了，我的热脸蛋儿整个贴到了他的冷屁股上，他居然看都没看我一眼！我呆呆地愣了半天才想清楚，不是所有的人都能互相走近的。其实，敬重一个人和与一个人交朋友是两个完全不同的概念。

"这个小白脸！"我到底不甘心，还是在心里又狠狠地骂了他一句。骂完，连我自己也忍不住笑了。

陆地到了。

　　《舵链》讲述了来岛上检查工作的机关干部们，与行船的官兵们一起经历海上风浪的故事。原本预报的6.5级大风演变成了更为猛烈的7级，加上寒冷的天气，导致舵链被冻，船只无法继续航行进而靠岸。主动要求以身犯险排除故障的，是船上的一个矮个士兵，在历经艰辛排除故障后因为一时疏忽，维护他安全的绳子脱离了，他不得不像个旗帜似的被晾在寒冷刺骨的海风中，船只靠岸后他才被解救下来，此时他的双手已被严重冻伤。助他们脱离海上危险之境的还有船上的小艇长，在船行进的过程中，为了站得稳，跑不了舵，他从起航开始就让士兵把他的两条腿紧紧地捆绑在舵位上，他就那样僵直着站立了整整四个多小时。小说借这些不是军官，而是普通士兵的形象及行为，正面弘扬了当代军人崇高的精神，但却并不给人以矫揉造作，或者刻意拔高的感觉，因为作者对于人物行为的刻画十分具有分寸感，人物表现出的崇高精神，因其性格特质可做出合理的解释。

　　小说的矛盾冲突集中在遭遇海上风浪后，舵链发生故障需要人只身犯险排除的时刻，无论谁去做这件事情，面临的都是死亡的威胁。班长和矮个士兵争着上，一个老兵此刻躲避众人眼光，不愿前去，而几个当官的更是没这个能力，大家面面相觑，觉得此刻应该有人站出来说些什么，"是的，我、杨干事、牛助理，包括马副参谋长在内，我们此刻统统都没有说话的资格！平时，我们尽可以在兵们面前指手画脚，呜里哇啦，显示我们的高明；但在共同面对死亡的现在，在面对死亡而我们却什么也做不了的现在，我们有什么理由为了自己的生存而对战士们提出要求呢？！"矮个兵最后执意肩负起这项艰巨的任务。事后他坦言当时也很害怕，但船上的工作人员就他和班长是党员，肯定应该他们中的一个去，而班长去了的话就没人指挥了。就是这样朴素的想法，没有刻意拔高，只是还原着符合这个人物形象性格特质的行为，就生动、熨帖地展现了普通士兵朴素而崇高的精神。

　　还有一个人物也体现着军人的无私奉献和崇高精神，那就是马副参谋长，在领着检查组巡视工作的时候，马副参谋长表现出一副领导的做派，原本不是个讨喜的角色。在经历风浪时，杨干事责怪他坚持在大风来了时还要继续行船未必是为了工作。事后石砬岛海防团为检查组准备了酒饭，在和登陆艇上的全体弟兄一起吃饭的过程中，马副参谋长检讨自己当时确实有私心，为了能赶回家陪妻子过年才坚持要在大风中行船的，他让老兵不必羞愧于当时的退缩。后来，马副参谋长没有和大家一起离开，而是坚守在岛上过第十九个春节，原本他答应了患癌症的妻子，今年一定回家陪她过春节的。在面临极端险情的时候军人也是人，也会像船上老兵那样害怕、退缩；在面对生活的时候，军人也是普通人，也会有七情六欲，也会有对家人的眷恋。正是这样对军人"柔软"一面毫不避讳的呈现，恰恰更符合人性的表达，而对人性弱的一面的反省和克服，反过来又更能彰显和弘扬军人崇高的精神信仰和价值信念。

（朱旭）

河柳图

/迟子建

程锦蓝宰鸡，把鸡给宰飞了！

那是只气宇轩昂的大公鸡，它有着通红飘逸的鸡冠和泛着缎子一样诱人光泽的五彩羽毛。尤其是它尾巴处高高翘起的羽毛，既有湖绿色的，又有古蓝和玫红色的，让人觉得这鸡刚从彩虹上落下来，沾染了满身的姹紫嫣红。

程锦蓝第一次宰鸡，本来手就怯，再加上这只公鸡过于美丽，宰它时便心惊肉跳的。一刀下去，刀刃倒是沾上了些许鸡血，可鸡却一耸脖子大叫着飞了起来，从木栅栏一直蹦到仓棚顶上，对着猩红的夕阳又跳又叫着，仿佛对天控诉程锦蓝似的。

李程爱见母亲没宰死鸡，就嘻嘻笑着跑向塑料大棚向裴绍发报告："我妈把鸡给宰上天了！"

裴绍发正小心翼翼地将新鲜的草莓往篮子里摘，听见李程爱这么一说，连忙出了塑料大棚，去看那只逃了命的公鸡。

裴绍发见了那只依然昂首挺胸的鸡，先骂了一句："你神气个屁！"然后他搬过梯子，上了仓棚。鸡见裴绍发上来了，便一抖翅膀飞了下来，使他扑个空。裴绍发没有翅膀，怕跌坏了成了瘸子，只能乖乖由梯子再下来，这使李程爱笑得前仰后合的，觉得人在鸡面前实在是个笨蛋。公鸡落地后便绕过程锦蓝，向东侧的草垛跑去，裴绍发跟着跑去。他边跑边吆喝李程爱："你笑个屁，还不帮我捉鸡！"李程爱便也向草垛跑去。

程锦蓝见夕阳已经垂向山坳，那山上参差不齐的树仿佛一支支长矛和利箭，把夕阳的脸划破了，使它流出鲜血般的殷殷晚霞。程锦蓝想此刻河上的柳枝一定被夕照点染得楚楚动人，那河上的残雪不会是银白色的了，而应是粉红色的。想到河上的柳树，程锦蓝觉得心脏抽搐了一下。

裴绍发终于捉住了公鸡。他提着鸡走过来。鸡身上没有沾上草，而裴绍发却弄了满身的草。他吆喝李程爱："快把你妈手上的刀给我拿来！"李程爱跟在裴绍发身后，头上也沾了不少草屑。他答应着快跑了几步，从母亲手里拿过刀跑回父亲身边。裴绍发把鸡脖子麻利地一拧，然后将刀深深地割进鸡的脖颈。只见那鸡耸着身子剧烈地蹬着腿，伴随着滴滴鸡血的流下，它很快就奄奄无力了，当裴绍发将它"噗"的一声扔在地上时，鸡只是无奈地微微颤抖了几下，便一动不动了。裴绍发对着一直发愣的程锦蓝说："这鸡宰了两遍，身上肯定紫了，要是不赶快秃噜了，肉肯定就不新鲜了。"程锦蓝早已烧开了水，单等宰了鸡就褪毛开膛，于是连忙把死鸡扔进盆中，端到灶房去收拾。几瓢开水浇下去，一股腥气弥漫开来，那些鲜艳的鸡毛就变得黯淡和肮脏了，程锦蓝想想鸡命如此之短，不由得叹息了一声。裴绍发听到叹息声，似有不满地对程锦蓝说："前些年我过生日，莺莺她妈给我宰鸡，总是一刀就宰利索。"李程爱尖声说："莺莺她妈会宰鸡，可她会写粉笔字吗？"裴绍发急赤白脸地啐了一口李程爱，说："鸡能吃，那些粉笔字能吃吗？！"说完，他从灶房往外走，走出门时又教训了一声李程爱："你只知道看热闹，怎么就不知道帮我摘摘灯笼果？"裴绍发非要把草莓果叫成灯笼果，说是那果子圆圆地垂吊着，就像一盏盏红灯笼。

程锦蓝和裴绍发结婚两年了。裴绍发的老婆张桂芝三年前得暴病死了，而程锦蓝的丈夫李牧青四年前同她离了婚。裴绍发带着个女儿裴莺莺，而程锦蓝带着儿子李程爱。裴莺莺十六岁，李程爱十岁。裴莺莺如今在城里读高中，而李程爱则每天跟着母亲去学校读书。程锦蓝是林源镇学校的初三语文教师。程锦蓝觉得自己的新家庭就像一台自行组装的机器，运行时常常发生故障。有时这故障是人的因素，有时又是鬼的因素，还有时是河柳的因素。

程锦蓝进了裴家的门，裴莺莺最先对她发起攻击。裴莺莺那时还是程锦蓝班上的学生，她首先把亡母的放大照片挂在厅堂的北墙上，然后对程锦蓝声称她不能喊她妈妈，只能叫她程姨。程锦蓝心想谁让你喊我做妈了，随你叫"老师"和"姨"都行。不过她不能容忍厅堂那张悬挂的照片，那上面的张桂芝每天都望着她，她进进出出时觉得脊背发凉，鬼气森森的。从照片下走过时，程锦蓝总是低着头。待到家里只她一人时，她却又忍不住要站在这照片前充满好奇地端详半响。照片上的张桂芝圆脸，齐耳短发，眉毛很粗，唇角漾着微微的笑意，看上去朴素而又和善。本来这只是张表情凝固的照片，可程锦蓝却常常看出丰富的内容来。下雨天时，觉得那女人抽着鼻子告诉她，晾在外面的衣裳该收回来了，不然就淋湿了。大风天时，她提醒程锦蓝的头发乱了，该梳梳了。而雪天时，她似乎努着嘴指着炉子对程锦蓝说："多添点柴吧。"

裴莺莺不仅在家里与程锦蓝作对，在学校也常给她难堪。语文课上，程锦蓝在粉笔盒里发现过青蛙，也在黑板前见过被拴着尾巴吊着的死老鼠。事后她调查，那都是裴莺莺所为的。程锦蓝觉得裴莺莺对自己总是满怀敌意，会影响家庭生活的气氛，于是就主动接触她，给她买新衣裳，做她喜欢吃的饭菜，关心她的功课，等等。裴莺莺对新衣和美食来者不拒，穿过吃过后对程锦蓝仍如从前一样，冷冰冰的。而李程爱对待继父则不一样了，也许他年幼好哄，程锦蓝结婚后仅仅三天，裴绍发就让他开口叫自己"爸"了。裴绍发不过是带着李程爱进了次城，让他看了场电影，坐了一回馆子，照了两张相片，李程爱就欢天喜地地管裴绍发叫爸爸了。

程锦蓝熜好了鸡，续上柴火将鸡炖上，这时天已暗了。她把四四方方的八仙桌子搬到炕上，将两盘凉菜摆上去。之后又把酒倒入白瓷酒壶中，打算着吃饭时给裴绍发温酒。裴绍发每天晚上都要喝盅酒，这酒一定要是温的。以往程锦蓝只给他倒小半壶，想想今天是他的生日，料必要多喝两盅，就把壶给灌满了。收拾停当了桌子，程锦蓝便出门去倒脏水。兴许是在灶房的荤腥中忙得有些晕头转向了，这一出门，被清冽的晚风一吹拂，程锦蓝顿觉一身的清爽。东方的天空现出一轮淡白淡白的月影，随着夜色的加深，这月亮就会明显地凸现出来，白色也将成为金色的。程锦蓝倒过脏水，就仰头望那轮月亮，直到脖子发酸了，月色由白转为淡淡的柠檬色。

裴绍发果然喝了一壶酒。他不断夹鸡肉往李程爱的碗里扔，说："吃吧，咱吃得起！这只没吃够，明儿就再宰它一个！"李程爱吃得满嘴油腻，鼻涕都下来了。程锦蓝嫌儿子吃相粗俗，很想教训他几句，但又怕当着裴绍发的面数落李程爱会引起误解，也就闭口不说了。裴绍发吃喝完毕，就坐在暖洋洋的炕头搓着脚哼小曲。

裴绍发喜欢搓脚，说是活血通络。他还喜欢放屁，说是常放屁的人把体内的毒气都排出去了，就不会生病。因而他哼的小曲是伴着屁声呈现的。

程锦蓝收拾停当了灶房，她并没有马上到屋里去。她将灶房的灯关了，透过东窗看月亮。这时她听见裴绍发对儿子大声说："李程爱，你还想不想跟我进城吃水煎包去了？"李程爱响亮地说："想！"裴绍发说："想你怎么还不快把姓改了？叫什么李程爱，多难听啊！要是叫裴程爱，那听着多亮堂啊！"李程爱一抽鼻涕说："我妈说了，我的姓写在户口簿上，要是改姓，还得去派出所，麻烦！"裴绍发笑了，说："我早就跟管户口的说了，改姓的事还能麻烦着你个小屁孩？你只需跟我说通了，明儿我就去给改！"程锦蓝明白，裴绍发这话是说给她听的，他知道她会听到的，所以才这么大声。裴绍发虽然只有小学文化，但他在对程锦蓝的改造上，却显示了他的机敏和非凡才能。程锦蓝一过门，他先对她所带来的衣裳悄悄发难。程锦蓝常穿一件杏黄色圆领的棒线毛衣，这是李牧青送给她的礼物。裴绍发说他一看见这毛衣就胃疼，因为这颜色像黏米饼，他小时吃黏米饼把胃给伤着了，从此后一看见这种颜色就要胃疼挛。程锦蓝明白，他这是忌讳她穿着与李牧青生活时留下的衣裳，只得把这件心爱的毛衣拆了，用那线给李程爱织了条毛裤。即便这样，若是李程爱穿着毛裤时没有套外裤，裴绍发也会吆喝李程爱："快穿上外裤！"程锦蓝有一条灰色亚麻布的连衣裙，这是夏季时阳光明媚的日子她从不离身的一件衣裳。有天程锦蓝下班，裴绍发颇为无辜地告诉她，说是他坐在炕头吸烟，出门时烟头没摁灭，把她放在炕上的裙子给烧了个大窟窿。程锦蓝见那裙子的前胸和后背都被烧透了，而且这窟窿大得能钻进去人头，实在无法再缝补了，只能将它裁成一些碎布头，留着冬天做棉裤时拼里子用。这样两次下来，程锦蓝看透了裴绍发的用意，索性将自己带过门的旧衣裳打了个包裹，寄给乡下的亲戚。裴绍发为此很受感动地进城为程锦蓝买了两大包衣裳，红绿紫粉都有，唯独不见程锦蓝所钟爱的灰色、黄色和白色。之后，裴绍发开始旁敲侧击地攻击程锦蓝的头发，说是一个女人披散着长发让人觉得她是一个疯子，而齐耳短发却显得人朴素和精灵。程锦蓝想想长发干起活来确实很啰唆，有时煮粥将发梢荡进锅里，会弄得又湿又黏的，况且她这两年脱发脱得厉害，剪成短发也无妨。一年下来，程锦蓝就不再是昔日那个长发飘飘、衣着典雅别致的女教师了。她梳着短发、穿着红袄绿裤，就连说话的语调也不像过去那样悄声慢语了，她在课堂上讲课时声音非常粗犷，以至一些喜欢她老声音的学生常常在她的课上堵耳朵。有时程锦蓝独自一人在家，悄悄站在张桂芝面前与她对视时，怎么看怎么觉得自己与照片上的人已经一模一样了。不同的是照片上的人始终如一地贴在墙上冷眼旁观，而她则要忙忙碌碌地操持一家人的生计。有一个夏日傍晚，落日融融，程锦蓝忽然觉得心很空，她独自出了家门，朝学校西侧的河流走去。这河名为乌都河，河段深浅不一，深处有三米左右，而浅处仅仅没膝。乌都河是条冷水河，每年有半年的时间是冰封的。河岸两侧生长着青杨和柳树，初春时柳枝一片殷红，尤其是有一带河的中心生长着一片柳枝，更是红得不亦乐乎。程锦蓝和李牧青都喜欢河上的柳树，常来这里流连。李牧青离程锦蓝而去后，这片河柳只在她梦中出现，梦中河柳的颜色实在是无法无天了，有时是蔚蓝色的，有时是雪青色的，有时又是米黄色的。程锦蓝在那个夏日傍晚走到河畔，蓦然望见夕照中的河柳时，泪水不由夺眶而出。

程锦蓝听见裴绍发在吃喝李程爱早点睡觉，李程爱却说他不困。裴绍发说："你怎么一到晚上就跟猫头鹰似的，两眼直放光？！"李程爱说："我要是两眼不放光，不就成了死鱼了！"裴绍发说："你不去睡觉，那你还想不想进城跟我去吃水煎包了？"程锦蓝听到此不由微微一笑，她转身走进里屋，给李程爱铺好被窝，她明白裴绍发让儿子早睡是为了什么。今天是他的生日，他喝了酒，又吃了鸡肉，在酣然入睡前，性是必不可少的。程锦蓝最初和裴绍发在一起，觉得裴绍发是从死人堆里刚刚爬出来的人，带着隐隐的尸臭，因为曾与他终日厮守的张桂芝死了，她就有这种莫名其妙的感觉，以至她被裴绍发搂在怀里的时候，她浑身冰凉，觉得和鬼盘踞在了一起。而裴绍发也曾兴味索然地跟她抱怨过，说是睡别人睡过了的女人，总有用别人使过的水洗澡的感觉，浊得很。因而他们在一起时总是显得有些别扭，某些时候甚至显出狼狈，没有那种水乳交融的感觉。直到最近，程锦蓝和裴绍发在一起时才觉得他是一个活生生的人，对他油然而生某种依恋感，现在仔细想来，这完全是由于一家小酒馆的出现。

张桂芝过世了，可她的娘家人依然生活在林源镇上。去年夏天，张桂芝的母亲死了。葬礼结束后不久，林源镇忽然出现了一个中年女人的身影，她四十来岁，齐耳短发，面容憔悴，提着个旅行包，向人打听张桂芝家怎么走。碰到她的人无论是谁都吓得掉头就跑，原来她竟与张桂芝长得一模一样，人们以为死去的张桂芝的鬼魂出来了！她出现的当天晚上，有两个撞见她的老人犯了心脏病，而一个九岁的孩子则吓得尿了炕。其实她是张桂芝的孪生妹妹张桂兰。张桂兰两岁时被没有女儿的舅舅给抱走，张桂兰的母亲说好了不再往回要她，两家亲戚自此也不再走动，因而张桂兰一直把舅舅舅母当作生身父母。张桂兰生活在河北的一个平原小镇上，她结婚后仍与舅舅舅母生活在一起。去年初夏，张桂兰的丈夫在家里的小作坊制作鞭炮，预备新年时拿到集市上卖，谁曾想作坊的火药引起爆炸，将张桂兰的舅舅、丈夫和她自己十三岁的儿子都给崩死了。张桂兰当时正在自家的园田剥葱，见葱胡子上爬着只灰色瓢虫，就对它说："你跟我家是一个姓吗？不是一个姓敢吃我家的葱胡子？"张桂兰生性活泼，常常会拿牛马猪羊、鸡鸭鹅狗开个玩笑。她的话音刚落，只听背后传来巨大的"轰隆"声，回头一望，只见作坊已訇然解体，爆炸使砖瓦像花朵一样怒放，葱胡子上的瓢虫首先被吓得掉了魂儿，一个跟头栽到了地上。张桂兰颤抖着走向爆炸现场，发现亲人们已经被炸得面目皆非了。丈夫的鼻子和耳朵像烂草莓一样落入鸡槽，儿子的胳膊挂在栅栏上，而舅舅的一条腿被甩了门口狗窝旁。张桂兰自此后非常惧怕响声，稍有风吹草动都会令她战栗。埋葬了亲人之后，有多家报社的人前来采访，反复问她相同的问题：为什么私开小作坊非法制作鞭炮？张桂兰嗫嚅着嘴唇，说：为着这个"穷"。没有人对她抱有同情的目光，似乎她落到如此凄凉境地是罪有应得的。有两次她对着采访的记者大喊大叫，任谁也劝不住，似乎要把喉咙喊破才罢休。舅母见她精神即将崩溃，就对她说了她的真实身世，说是你不愿意待在这小镇上，就去东北寻亲去吧。张桂兰就是这样出现在林源镇的。

张桂兰没有料到孪生姐姐和母亲相继过世，她到她们坟上哭了几场后，就留在了林源镇。张桂兰的哥哥可怜妹妹的遭遇，出资为她开了家小酒馆。这小酒馆白日生意冷清，而到了夜晚几乎没有闲桌的时候，人们猜拳行令，有的酒客一直喝到凌晨时分才醉醺醺地离去。张桂兰就住在酒馆里，客人何时散净，她就何时打烊。人们常见她近中午时才哈欠连天地将幌子挂在小酒馆的门楣上，林源镇的男人喜欢到这小酒馆喝酒，说她做的豆豉炒白菜和熏鸭子是一绝，好吃得不得了。有人见到裴绍发，就爱和他开玩笑："不去'兰'那喝两盅啊？那也算是你老婆啊，该吃得去吃，一家人嘛！"这小酒馆的名字叫"兰"，所以常听别人在路上说："走，到'兰'喝两盅去！"裴绍发开始还沉得住气，但有一天他和程锦蓝闹了点小别扭，便一气之下来到了兰酒馆。裴绍发在这里一直待到午夜时分才回家。程锦蓝听说裴绍发去了兰酒馆，气得像泼妇一样对他大喊大叫，说是既然张桂芝已死了，你再寻她只能去坟墓，不能去兰酒馆！裴绍发一言不发，由着程锦蓝去发泄。程锦蓝平素从不说脏字，这一回却把掌握的下流词全都骂给裴绍发，令她自己也大吃一惊。自此之后，程锦蓝开始小心翼翼地服侍裴绍发，感觉这个以往离她仿佛分外遥远的男人突然间与她近了许多，她渴望着他拥抱和亲吻自己，渴望着完完全全地拥有他。

裴绍发算是林源镇的富人。他脑子灵活，很早就进城学习塑料大棚植物的栽培技术。别人种黄瓜、茄子和柿子，而裴绍发侍弄草莓和香瓜，这样他每年都有两万元左右的收入。裴绍发摘下了草莓和香瓜，会打电话给城里的货商，他们亲自来林源镇上货，一手交钱，一手交货。裴绍发每回收了钱，在点完钱后总要紧紧地捏住，奋力地甩上一通，使那纸币发出清脆的唰唰唰的声响。然后他返身进屋，把钱藏起来。每回藏钱，他都要把李程爱支出去，给他两元钱，让他到小卖店去买虾条，然后他叮嘱程锦蓝望着门，别让外人进来撞见。裴绍发藏钱的地方，不像别人一样放在褥子或枕头里，他放在墙洞或米袋里。程锦蓝说这样存钱很危险，老鼠随时随地都可以把它们啃成一堆碎屑。裴绍发一撇嘴说："钱和粮食放在一起，老鼠当然是要吃粮食的了！"程锦蓝心想：万一老鼠吃腻了粮食，想换一换胃口呢？裴绍发说他不能把钱存进银行，林源镇的人抬头不见低头见，谁不认识谁啊。银行的人谁会为他存钱的事保密呢？一旦有人惦记你的钱了，谁家手里有个短处朝你借点，你借不借？裴绍发还对银行的安全保卫措施疑窦重重，说是万一有人去银行抢钱，恰恰抢的是我裴绍发存的钱，那不得自认倒霉？听得程锦蓝乐不可支。裴绍发穿着简单，就那么两套衣裳，洗了这套换那套，但他在吃上却舍得花钱，鸡鸭鱼肉不能断了。按他的话说就是："我不能穿得溜光水滑的，肚子里却是一包草。我外面披着麻袋片，肚子里油水旺就行！你吃进肚子里的东西别人又看不见。"所以当有人见他衣着寒酸劝他买两套好衣裳时，裴绍发就一梗脖子说："我哪有钱买衣裳啊，咱要是皇上还行，金缕玉衣也穿得！"劝他的人就有些不快地说："又不朝你借钱，你装什么穷啊。"裴绍发便急赤白脸地扯着人家的胳膊说："你不信是不是？你去我家塑料大棚看看，那草莓和香瓜才结了几个果？你再上我家翻翻，能翻出钱来都算是你的！"其言之诚恳，让人觉得他一直在贫困线上挣扎。

程锦蓝在这个夜晚想起裴绍发的所作所为，不由得兴味索然。把李程爱哄睡了，可程锦蓝却不想陪他了，她推托说还有十几本作业没批改，要弄完了才睡。裴绍发从鼻子里"哼"了一声，说："批那个作业又不挣钱，批它有个屁用！"这话像野蜂一样狠狠地蜇着了程锦蓝。学校已经连续五年每年只给开八个月的工资了。而今年春节之后，却一次也未发过。一些老师被逼无奈罢课两天，镇里这才让教师每人借了三百元钱暂渡难关。林源镇的书记曾对教师说过如下的安慰话："这钱没发给你们，就跟把它们存进银行一样，早早晚晚还不是你们的。黄不了的！现在镇里经济不景气，到时候景气了，你求我欠你们工资，我还不干呢！"而镇里的经济什么时候景气，教师们却是不知道的。只知道城里三天两头就有方方面面的人下来检查指导工作，这时候免不了就到酒馆吃喝一通。不过据说兰酒馆是拒绝他们的，因为镇长常常是打个白条结账，而张桂兰只收现钱。

程锦蓝忧伤而落寞地在灯下批改作业。她给学生留了一篇一百字的有关春天的风景描写，有三位同学写到了柳树。张勇这样写道："春天大大咧咧地来了，它见了谁家的门都进，见了任何东西都打招呼。比如它见了柳树，就拍打了它们一番，说，嗨，我回来了，你们怎么还愁眉苦脸的？柳树被它这一拍，脸就红了，就有喜气洋洋的春天的感觉了。"张勇学习成绩很好，可他家里很穷，父亲是个酒鬼，母亲多病，张勇平素郁郁寡欢，他说初中毕业后他考中专，早点毕业好养家糊口。程锦蓝总觉得这样优秀的学生不上高中考大学实在可惜了。也许是因为内心太压抑了，张勇的作文总是写得异常奔放洒脱。王丽敏这样写柳树："雪还没有化净，柳枝就微微泛红了。我想它之所以红了，是为了给这山间草畔还没开的野花做个榜样，告诉它们该开什么颜色的花，那就是火红火红的。红花一开，春天才显得热闹。"程锦蓝读后不由微微一笑，想如今学生的想象力实在比自己要丰富。记得当年她和李牧青去看春天的河柳，见那枝枝河柳在冰河上泛出炫目的红色时，程锦蓝最丰富的联想不过是把河柳比喻成女人，它们每年春天都来潮一次，这样柳枝就会变成鲜血一样的红色。当时李牧青听了这个比喻后不由站在河岸上拥吻了程锦蓝，当晚他们回到家里后也如胶似漆，李程爱就是那个夜晚水乳交融的结晶。第三个在作文中涉及柳树的王伦，他这样写道："我最讨厌的就是春天，一到这时节，爸爸说膝盖疼，妈妈说腰疼，我讨厌听他们哎哟声。我还讨厌春天的柳树，它们一旦变红了，柔软了，我爸爸就得吆喝我去割柳条，他用它们去编筐，拿到城里去卖。放学后割上两小时的柳条，手掌心的血泡就跟柳枝一个颜色了。"王伦的爸爸王铁林，是镇里有名的编筐能手，每逢春天，他就把一捆捆的砍好的红柳往家里背，编筐篓进城去卖。近两年，他又编起了茶几和箱子，据说这种红柳编成的家具在城里很走俏。

批改完作业，程锦蓝走进里屋，发现裴绍发不见了。她看了看表，已经是十点一刻了，这时候的裴绍发一般是鼾声大作了，他会去哪里呢？程锦蓝出了屋，到厕所和塑料大棚找了一番，未见人影，想想也许去邻居家了，往邻里的房子一望，见灯影杳无，已是漆黑一团，又知裴绍发讨厌串门，心中便有一种不祥的预感，想裴绍发一定是去兰酒馆了。程锦蓝关好家门，急匆匆地朝兰酒馆走去。月亮高悬着，月光使栅栏在路上有着竖琴一样的影子，程锦蓝就有踩着琴弦的感觉。爱管闲事的狗冲她汪汪地叫着，没有行人出现在她的视野中。待走到兰酒馆时，她已是虚汗淋漓了。程锦蓝悲伤地望着兰酒馆的灯光，听着其中传来的裴绍发的隐约话语，恨不能将这酒馆一把火给烧了！她伫立良久，克制着愤怒，然后缓缓走向河岸，去看月光下的河柳。阳光下的河柳是猩红色的，而月光下它们却是紫色的。程锦蓝只觉得周围紫气浮动，她就像置身空中一样觉得自己的心无着无落的。她想若是李牧青不离开她该有多好啊，那就不会有今天面临的尴尬和无奈。李牧青当年在学校觉得自己作为一个名牌师范学校毕业的教师还领不到全额工资实在憋屈，于是愤然辞职，只身去了上海浦东开发区去应聘教师。临走的前一天晚上他和程锦蓝一同来河岸看他们喜欢的河柳。这片河柳生长在河中心的浅滩上，非常茂盛。那夜月光稀薄，河柳看上去朦朦胧胧，就像一片浅灰色的云。李牧青对程锦蓝说，他一定要在浦东找到立足之地，一旦工作有了着落，即接他们母子过去，彻底离开林源镇。程锦蓝无限伤感地说："离开林源镇，就看不到河柳了。"李牧青豪迈地说："到时我租一架飞机，把这些河柳移到浦东去！"明明一句戏言，可程锦蓝听后却无限感动。李牧青到了浦东后，很快就有了着落，他在一所中学做数学老师，月薪九百元。应聘的头一个月，他就给程锦蓝寄回了三百元钱，说是由于程锦蓝学历低，目前看还找不到接收单位，等待时机成熟了再接他们。就这样半年过去了，李牧青给家里写的信越来越少，只是每月从不间断地寄来二三百元，程锦蓝隐隐地预感到李牧青的生活可能有了变化。果然一年之后李牧青趁暑假之机回到林源镇时，告诉程锦蓝他已另有所爱，他想离婚。程锦蓝没有想到从报刊中读到的这类最庸俗的婚外恋故事发生在了她自己身上，她淡淡地对李牧青说："离就离吧。"程锦蓝未哭未闹，那么痛快地离了婚，令李牧青很意外。程锦蓝除了要求李程爱留在身边，还拒绝了李牧青的任何生活费。林源镇的人都骂李牧青是陈世美，咒他将来下地狱。李牧青带着离婚证和调转手续离开林源镇的那天，他请求程锦蓝再陪他看一看河柳，程锦蓝答应了。那是个晴朗的白天，又是个礼拜天，他们向河岸走去的时候很多人都看见了，人们都说程锦蓝没骨气，都跟他离了，还陪他逛什么风景呢？夏日的河柳枝条不再是红色的了，它是翠绿翠绿的。河柳的周围水流缓缓，炽热的阳光被冰凉的河水激得直跳脚，水面上光影浮动。李牧青含着泪水对程锦蓝说："锦蓝，我对不起你，你在这里打我一顿吧，这样我会好受些。"程锦蓝莞尔一笑说："其实这样分手很好，我还能和河柳留在一起。"自此之后，程锦蓝克制自己来看河柳，直至那个夏天傍晚她又忍不住看了河柳后，与它就更加难以割舍了。

程锦蓝伤感了一番，觉得不能纵容裴绍发再去兰酒馆。虽然兰酒馆与她近在咫尺，弄不好会成为第二个浦东，使她第二度失去丈夫。程锦蓝就在河岸上找了两块大的鹅卵石，打算给张桂兰制造第二次的爆炸。她离开河岸向酒馆走去时步履匆匆，热血沸腾，激情澎湃，以至看到兰酒馆温柔的灯光时，她就像见着了敌人一样义愤填膺，勇猛无畏地将两块鹅卵石准确无误地砸向兰酒馆的玻璃。玻璃的爆裂声使她痛快极了，她几乎是哼着歌快步走回家里。裴绍发还没回来，程锦蓝想他也许要帮她收拾了残局才回来。她希望张桂兰会吓得掉了魂儿，这家酒馆明天就会关门。程锦蓝不由得斗志昂扬地走到厅堂悬挂的张桂芝的像前，她鄙夷地撇着嘴角悄声却是严厉地说："你得知道，现在谁是裴家的主人！"说着，她朝那相片"呸"了一口，然后熄灯上炕，蒙头大睡，这一觉竟睡得很沉实，以至夜里裴绍发何时回家的她都不知道。等她起来时，城里来进货的车已停在门外，裴绍发正往车上搬草莓和香瓜。他收了钱点了一遍，仍像过去一样甩了甩。不过甩得没有劲头，轻飘飘的。

他们沉闷地吃过早饭，程锦蓝见裴绍发脸上阴云密布，就早早打发儿子去上学。李程爱乐得独自上学，这样他可以在路上随心所欲地玩上一会儿，可以捡碎玻璃碴当作镜片看太阳，也可以用木棍在湿润的泥地上写他学会的一些字。他喜欢初春的泥地，它柔软而潮湿，写上的字个个扎扎实实地待在地上，就像他的伙伴一样。不过这些字活不了多久，有时是牲畜把它们断肢解体了，更多的时候是种地时人们翻地撒种子把这字给挖掉了。李程爱想自己写的那些字要是也能变成种子发芽该有多好啊。他写的"羊"就该长出只羊来，写的"花"就该开出一带姹紫嫣红的花，写的"河"就该冒出又白又亮的水来。而"好"和"坏"能长出什么来，李程爱有点想象不出。也许"好"字能长出彩虹、小熊和糖果，而"坏"字长出的是毒蛇、狗屎和棺材。

李程爱一走，裴绍发便"哼"了一声，然后他清了清嗓子，说："你砸玻璃的本事不错嘛。"程锦蓝镇定地说："这是头一回砸，下回砸得会更好。"

裴绍发一跺脚说："我只不过去喝几口酒，你就不乐意了，你也不想想，你是个老师，教着几十号学生呢，说砸人玻璃就砸人玻璃，像话吗？"

程锦蓝说："像画（话）我就贴在墙上了。"

裴绍发倒吸了几口冷气，说："你这不是变得蛮不讲理了？"

程锦蓝笑笑，温和却又是坚定地说："总之你以后不许去兰酒馆了！"

裴绍发说："你怎么跟死人计较上了？"

程锦蓝指着张桂芝的照片说："这个人是死的，而兰酒馆的女人是活的！"

裴绍发颇为伤感地说："可我进了兰酒馆，就觉得像进了坟墓，看见了张桂兰，就像见了鬼似的！"

程锦蓝见时候不早了，不再与裴绍发理论，她拿着教案和作文本去学校了。路过兰酒馆时，她见张桂兰的哥哥在镶打碎了的玻璃，她很想上前劝阻一句："先空着吧，万一再被砸碎，不是白白镶了吗？"当夜裴绍发对她说："张桂兰给吓得犯了心脏病了，进城看病去了，这下你高兴了吧？"程锦蓝竟然鬼使神差地打起了口哨，吓得裴绍发目瞪口呆的。

兰酒馆很快又营业了，程锦蓝想张桂兰吓得还是不重。裴绍发不敢贸然再到兰酒馆去，他怕程锦蓝故技重演，若被林源镇的人知道真相，岂不成为笑谈。残雪消融，河柳越来越红了，柳枝吐出了银灰色的毛毛狗。它们绒嘟嘟的，光亮亮的，状如蚕豆，而神似烛火。如果月光如瀑，那些被微黄光晕笼罩着的毛毛狗就泛出光芒，感觉就像萤火虫在飞舞。

裴莺莺突然回家了。裴莺莺在城里住校，虽然城里离林源镇只有两小时的路，且每天都有中客往来，可裴莺莺一般是一两个月才回来一趟。有时裴绍发想女儿，就借进城办事之机去看她。裴莺莺此次回来既不是节日，也不是礼拜日，这使程锦蓝颇觉意外。裴莺莺看上去又黑又瘦，脸上长满了"青春痘"。裴绍发对她的突然而归也心生疑窦，他小心翼翼地问她是不是在学校里闯了祸。裴莺莺在饭桌上冷笑着对父亲说："我回来干什么，你应该知道的。"

可裴绍发绞尽脑汁也想不明白裴莺莺回来要干什么。裴莺莺声言只在家住一夜，第二天上午完了事就走。而她回来办什么事，裴绍发和程锦蓝百思不得其解。晚饭后程锦蓝问裴莺莺："高中的学习生活怎么样？"裴莺莺做出很落拓不羁的神色说："挺好啊，食堂里开了小灶，你只要有钱，就可以顿顿吃好的。"见程锦蓝不语，裴莺莺更加起劲地说："我们同学中有吃摇头丸的，还有谈恋爱的。噢，对了，前些天有个女生还怀孕了呢！"听得程锦蓝一惊一乍的，心想把学生送到这样的学校去，还能指望着成材吗？

晚上趁裴绍发、裴莺莺和李程爱都不在的空当，程锦蓝悄悄地搜查裴莺莺的书包，祈望从中发现点什么。裴莺莺带了一本语文教材，一个日记本和一个剪贴本。剪贴本上贴着五花八门的东西，既有刘德华、周润发、梅艳芳、王菲的彩色肖像印刷照片，又有流行歌曲的歌词和报上登载的一些奇闻趣事。程锦蓝发现其中贴有一则《避孕常识》和《性病的预防和治疗》，不禁大惊失色。剪贴本上还有一些生活小常识，如怎样除去鱼的腥味，用什么办法会使玻璃擦得更明亮，等等，当然也有一些幽默对话。程锦蓝忧心忡忡地放下剪贴本，捧起了裴莺莺的日记本，她迅速翻到日记本的后面，想探明裴莺莺此次归来的动机。裴莺莺这样写道："再过三天就是妈妈五周年的忌日了。我一定要请两天假赶回林源镇，给妈妈上上坟。爸爸娶了程锦蓝，肯定把妈妈忘得一干二净了。生活就是这样子，你死了，一切就得以活人为主了。我其实并不讨厌程锦蓝，只是讨厌她那么没有骨气地嫁给我爸爸。李牧青抛弃了她，她也不至于如此自暴自弃地嫁给我爸这样一个卑琐而没文化的人吧？难道钱就那么管用？我恨钱！我还恨爱情！李牧青和程锦蓝当时是多让我们做学生的羡慕的一对啊。常看他们手挽手到河边去，有人说他们喜欢看河柳。看来这世上没有什么爱情可言，从来不会背叛我的只能是自己，你将来要学会玩男人，别让男人玩了你！"程锦蓝读到此已是虚汗淋漓了。她听见院子里有脚步声，连忙把日记本合上，把裴莺莺的书包放好，面红耳赤地迎门走去。

来人是程锦蓝的同事张晶，她是教历史的。张晶的母亲得了脑血栓，正在恢复期，已经支付不起医疗费了，她是来借钱的。张晶说："锦蓝，学校再不发工资，我打算辞职当裁缝了。"张晶的裁缝手艺不错。程锦蓝说："当教师总比当裁缝好。"正说着，裴绍发领着李程爱进来了，张晶连忙起身对裴绍发说明来意。程锦蓝本来以为裴绍发会一口回绝，而且会装出一副穷样，不料裴绍发说："行，你们当老师的太穷了，手上有个短处，我该帮的。"裴绍发说着从桌上取来纸笔，递给张晶说："我最多能借你一千，你自己写，立个字据，什么时候还，利息我就不要了。"张晶喜出望外地拿过纸笔，哆哆嗦嗦地立下了一张一千元的借据。裴绍发看了字据后一言不发地走了出去，待他回来时，手上已经有一千元钱了。裴绍发使劲甩了甩钱，然后把它们小心翼翼地递给张晶。张晶接过钱，数了一遍，道谢后走了。程锦蓝问裴绍发："你不是从不借钱给人吗？"裴绍发用手揉着胳肢窝尖声说："老王头跟我说过，这个张老师当年说你嫁给我白瞎了，我想让她知道你嫁给我白瞎不白瞎！"

程锦蓝呆望着丈夫，无言以对。

程锦蓝唤李程爱睡下后，裴莺莺回来了。她进屋后便取下了张桂芝的照片，仔细擦拭着。程锦蓝拿起一个三角布兜，出了家门，到小卖店买了两刀烧纸和几个苹果，然后把它们悄悄放在仓房里。之后，她到校长家请了一上午的假，把她的语文课挪到下午上。等她回家时，裴莺莺已经睡了。裴绍发忧心忡忡地对程锦蓝说："过两天我得进城跟莺莺的班主任聊聊，这孩子恐怕要学坏。"程锦蓝问他何以见得？裴绍发一抽鼻涕说："她刚才唱歌唱的词才下流呢，一口一个'亲爱的'。"程锦蓝听后不由"扑哧"一声乐了，她觉得裴绍发在某种时刻是单纯可爱的。

次日细雨霏霏。也许是春雨的缘故，这雨有些脏，落到玻璃窗上很快就会有浑浊的印迹道道出现，而且这雨很阴凉，带给人某种惆怅。早饭后程锦蓝给李程爱找了把伞，唤他先去上学，她上午有事就不去了。李程爱自然是欢天喜地地走了。他想中午时这雨一旦晴了，自己就可以在放学的路上随心所欲地多玩一会，那时他会把更多的字写在湿地上。

程锦蓝从仓房取出兜里的烧纸和苹果，对裴莺莺说："我跟你一起去给你妈妈上坟吧。"裴绍发这才明白裴莺莺回来是为了什么。他怔了半晌，脸一阵凉一阵热的，有些羞愧，有些自责，又有些伤感。裴莺莺满含泪水地看着父亲，她突然抽泣着说："你还不如程阿姨，她都记着妈妈的忌日！"这回轮到程锦蓝不自在了，她的脸红一阵白一阵的。

他们三人给张桂芝上过坟后，裴莺莺就返校了。裴绍发和程锦蓝一前一后地朝家走。到家后，裴绍发忽然很动情地抓住程锦蓝的手哽咽地说："以后我再也不去兰酒馆了！"

程锦蓝甩开裴绍发的手，她见离做午饭的时间还早，就独自出了门，去看细雨中的河柳。她还从来没有在雨中看过河柳。路很湿，淅淅沥沥的雨落在伞上，听上去就像亲吻声一样，温柔而又湿润。田野和山峦微微地绿了，这绿由于还嫩着，又被雨雾所笼罩，因而朦朦胧胧的，晕得有些羞涩，就像初恋的姑娘眼里的神色。河岸上一个人影都没有，偶尔可见几只鸟从河上掠过，它们很快消失在柳树丛中。程锦蓝见乌都河已是彻底冰消雪融了，它簇拥着河上被细雨敲打出的无数涟漪，哗哗地朝前奔流着。程锦蓝不知道乌都河会不会流到黄浦江去，否则她会折上一支河柳，让它轻舟一样地一路飘荡下去。她想李牧青纵然忘记了她，该不会忘记这里的河柳。程锦蓝把伞收来，沐浴着细雨，看河中心浅滩上的那片河柳。此刻的红柳因了雨的滋润，显得更加鲜润明媚。它们如一条条鞭子伸向天空，企图放牧那上面如牛羊一样涌动的乌云；它们又像一群腰肢纤细的穿红裙的舞女，以河水为伴音，轻歌曼舞着。程锦蓝爱这片河柳，她幻想着有一天她的头发会变成河柳，每时每刻嗅着它清新而微甜的气息。

程锦蓝离开河岸时，浑身已经湿透。她见远方有个人影在望着她，她想那一定是裴绍发。

裴绍发在这个下午领着李程爱到派出所把户口簿上的姓改了。从此李程爱就叫裴程爱了。裴绍发显得兴致勃勃的，给李程爱改过姓后，他给了他十元钱，说："裴程爱，天晴了，你去小卖店买点零嘴吃吧，愿意玩到几点就几点回家！"

裴绍发觉得今天这个日子值得纪念，就捉了只公鸡，唤程锦蓝把鸡宰了。这鸡也有着通红飘逸的鸡冠和五彩羽毛，可程锦蓝一点也未觉得可惜，她沉着地拧过鸡脖子，深深地割了一刀，这鸡很快就气绝身亡了。

浓香的鸡汤味徐徐弥漫的时候，天已暗了。李程爱还没有回家。程锦蓝正要出去找，见副镇长侧着身子进来了。副镇长大约闻到了鸡香气，他深呼吸了两下，咂了咂嘴，对程锦蓝说："你得管管你家孩子了，到处乱写什么字！他在镇委门口写了'狗屎、坏蛋'四个字，这要是搁在过去，还不算反标？你们大人还不得跟着倒霉？"裴绍发在旁听了连忙给副镇长赔笑脸，说是小孩子不懂事，就爱往地上划拉几个字，以后不让他乱写就是了。裴绍发还说，赶巧家里炖了鸡，这口福既是赶上了，就别错过了，留下来一起吃鸡吧。副镇长吐了一口痰，然后咽了一口口水说："恭敬不如从命。"

程锦蓝出去寻找李程爱，她去了镇委、学校、小卖店、卫生院等李程爱常去的地方，未见其人影。后来卖豆腐的刘老汉告诉程锦蓝，他见李程爱去河边了。程锦蓝便有些心慌意乱，她飞快地朝乌都河走去。晚霞散了，雨后的空气清冽湿润，分外宜人。河岸的柳树在暮色中显得宁静而安详。程锦蓝看见李程爱孤零零地站在河岸上，垂头看着地上。虽然光线已经黯淡了，程锦蓝还是清清楚楚地辨出了李程爱用柳枝写在地上的三个大字"李牧青"，这三个字一定是被李程爱描画了多次，每一个笔画都深深的，像是一道道纵横交错的鸿沟。程锦蓝鼻子一酸，她抱住李程爱，泪水夺眶而出。

又一日清晨，程锦蓝起床后发现裴绍发不在，她以为他在塑料大棚劳作。程锦蓝走向院子，准备抱柴生火。这时他看见裴绍发呼哧呼哧地背着结结实实一大捆红柳进来了！裴绍发把红柳扔在地上，抹着额上的汗说："河中心的这片柳条真不错，我把它们全都割了，回头让王伦他爸给咱家编上几个筐，用它来盛香瓜和灯笼果！"说完，裴绍发拍了拍手，指着李程爱住的那间屋子说，"裴程爱还没起来？河岸还有一捆河柳没背回来，让他起来，帮我去分担点！"接着，他豪气十足地畅快地喊了一声："裴程爱——"

原载《作家》2000年第10期

点评

　　《河柳图》就是程锦蓝命运变迁的图景，是一个女性在传统与现代、历史与现实、乡村与城市、女性与男性这些矛盾统一体的纠缠中，渐渐失去自我的故事。小说中写到了程锦蓝的两段婚姻，第一段因前夫的背叛而以离婚收场。本是一对才貌双全的璧人，却也抵不过经济大潮的冲击，原本同为老师的前夫辞职南下，说好了安顿下来就接他们母子过去，程锦蓝等来的却是他离婚的要求，他爱上了别人。程锦蓝不哭不闹，不要赔偿，只要儿子。第二段婚姻程锦蓝嫁给了农民裴绍发，裴绍发是村里的富人，在结婚后他开始不断改造着程锦蓝。迫使程锦蓝减去了长发，留成了裴绍发逝去前妻的齐耳短发，收起了喜爱的衣服，最后还让程锦蓝的儿子李程爱改名为裴程爱。在被裴绍发改造的过程中，程锦蓝从没试图反抗，个人的欲望和爱的权利都被压抑甚至是打压着，她也选择了逆来顺受。程锦蓝的逃避被继女裴莺莺无情揭穿，她在日记中写道："我其实并不讨厌程锦蓝，只是讨厌她那么没有骨气地嫁给我爸爸。李牧青抛弃了她，她也不至于如此自暴自弃地嫁给我爸这样一个卑琐而没文化的人吧？难道钱就那么管用？我恨钱！我还恨爱情！李牧青和程锦蓝当时是多让我们做学生的羡慕的一对啊。常看他们手挽手到河边去，有人说他们喜欢看河柳。看来这世上没有什么爱情可言，从来不会背叛我的只能是自己，你将来要学会玩男人，别让男人玩了你！"作者借裴莺莺之口，道出了程锦蓝悲剧性命运的根源，她丧失了个人的主体性和女性的独立意识，并且在受到金钱原则至上的现代文明的冲击之后，自己也在物质与精神的天平上倾向了物质。迟子建这篇《河柳图》，通过对程锦蓝形象的塑造及其命运的书写，体现了作家对金钱原则的批判，表达了对女性独立之精神与个人主体性的呼唤。

"河柳"显然是这篇小说重要的意象乃至"文眼"，作者借河柳贯穿着历史和现实，比如程锦蓝总觉得自己的新家庭运行中常常发生故障，"有时这故障是人的因素，有时是鬼的因素，还有时是河柳的因素"。河柳是程锦蓝与前夫李牧青爱情的见证，他与李牧青恋爱—结婚—生子—离婚，都由河柳见证，直到最后裴绍发强行改了程锦蓝儿子的姓，她是在河柳滩找到了失落的儿子，裴绍发更是借口编筐砍掉了所有的河柳，也砍掉了程锦蓝最后的、所有的梦想与自我。另一方面，"程锦蓝最丰富的联想不过是把河柳比喻成女人"，所以，河柳也是作者关于女性的隐喻，象征着程锦蓝权利和主体意识的逐渐丧失，欲望和爱的权利被压抑，生命力更是被打压。河柳既是贯穿全文，架设小说叙事维度的"文眼"，也是重要的象征意象，寄寓着人物的命运。

（朱旭）

两个故事/

/史铁生

有一年秋天，我在地坛公园遇见一个老人。

柏籽随风摇落，银杏的叶子开始泛黄，我在那园子东南角的树林里无聊地坐着，翻开书，其实也不看，只是想季节真是神秘，万物都在它的掌握之中。

这时候我看见夕阳里走来一个老人。我想等他走过去，然后点支烟继续享受这秋日黄昏的宁静；有些老人总对抽烟的年轻人抱有偏见。我把烟捏在手里，等着，看一条长长的影子向我游近。那影子在草地上起伏、变形，快要爬上对面的一棵树干时停下来。"借个火，小老弟。"一顶旧草帽和草帽下一张堆笑的脸已经凑到我跟前。我给他把烟点上，自己也点上。他没有要离开的意思，挎包扔在地上，蹲下来看我的轮椅，对轮椅的结构提出很内行的批评。见我并不热情，他站起来，绕着我走圈儿，没话找话跟我搭讪：今年的气候不正常呀，你有多大年纪呀，尝尝我这烟吧，这烟如何如何好，以及这么年轻你怎么就把腿弄成这样，用没用过云南白药和看没看过藏医，等等。我想不宜再对他冷淡，也该对他有所关心才好。

"您呢，"我说，"这是上哪儿去？"

他脸上的皱纹于是松开，笑容淡下去，不断地眺望树梢和树梢以上的天空。"天上浮云似白衣，斯须改变如苍狗"，从来如此，并无异常。唯夕阳灿烂，久视令人目眩。

"依你说呢小老弟，最后我们都是上哪儿去？"

我疑惑地看他，表情中必已流露了对他的重视。

"别这样小老弟，所有的话都不过是说着玩玩儿。"

他坐下，掀去草帽，掸他头上的白发，不停地掸，于是乎很久他不再言语。我敢说那是一种空前的景象：头皮屑飘落如雪，纷纷扬扬总有一刻钟之久才见稀疏。

"小老弟，要不要我讲个故事给你听？"

仿佛雪住了，云开天青他再次露出笑脸。我心里挺不高兴，这老半天莫非倒是我在等你讲什么故事？我心说，你要是不走我可要走了，但我却随口应道："什么故事？"人有时候就这么言不由衷。

"关于我的。不过到最后，还有一个比我更不走运的人。"

以下是他讲的故事。

我是个叛徒。不，我是说真的。铁案如山。是呀，现在真正是铁案如山了。现在，这件事，只有我自己可以不信了。再过几年，等我一死，就没人不信了。

其实一样，单我自己不信管什么？什么事都一样，要是没人做证，多大的事也等于零。这些日子我老想：要是你压根儿就是一个人活在孤岛上没人知道，你跟死了有什么不一样？

我的故事差不多就是这么回事。我知道我是怎么一个人，可是我没有证据。我没有证据倒不是说这事本来就没有证据，是说我拿不到证据。拿不到，也不是说还没拿到，对，曾经是还没拿到，现在不是了，现在是肯定拿不到了。肯定拿不到跟从来没有其实一样。

你是不是看我有点儿精神不大正常？好，你觉得没有就好，听我说。

刚才你问我上哪儿去，我现在是哪儿也不用去了，只剩下最后一个大家谁也跑不了都要去的地方了。"条条大路通罗马"，我看压根儿就是指的那地方。可这之前我一直在东奔西走，差不多半辈子，我都在找一个人，几十年里只要有一点他的线索我也不放过，哪怕是地角天边我也要去查看个究竟。因为……因为这个世界上总共就两个人知道我不是叛徒，除了我就只有他。

他叫刘国华。

也许你在电影里见过，过去，敌后工作，经常是单线联系。就是说，一个人只与一个人联系，一个人只受一个人领导，张三领导李四，李四领导王五，但是张三并不领导王五，张三也不知道王五在干吗，甚至压根儿不知道有王五这么个人。要不就是张三领导李四，也领导王五，但李四和王五互相谁也不知道谁。为什么？啊，你真是年轻。这么说吧，除了张三，不管是谁叛变了，都只可能再出卖一个，不至于破坏整个组织。张三也是只与他的一个上级联系，要是他叛变了，他能出卖的人也就不会太多。什么，你说这是对朋友的不信任？嘿呀小老弟，你真是太天真了，刚才我远远地瞧见你，我就想，这个年轻人，以后的日子有他受的。现实！懂吗，小老弟？它跟希望不一样，它要不是跟希望差越差越远就很不错了。好了，我不跟你争，这事你不懂也许倒好。

你还想不想听我的故事？好，慢慢儿听，没准儿不白听。

总之我是单线联系的最后一环，我只听从我唯一的上级的指示，至于他听从谁的指示我管不着，至于他还领导谁我也不问，也没想过要问，问也白问，再问就是犯纪律。

我的上级就是刘国华，老刘。最后一次，他指示我打入敌人内部，以叛变的方式打进到敌人内部去。当然是为了搞情报。简单说吧，我干成了，并且取得了敌人的信任。实际当然不会像我说的这么简单，实际是经历了很多很多危险的，比如说……唉，不说了吧，那些事更是只有我自己知道。

电影？电影毕竟是电影，不过我不反对你按照电影里那样去想象。

可是，就在我好不容易打入敌人内部之后不久，我们胜利了。就是说我打入了敌人内部可是我还没来得及干什么我们就全面胜利了，就是说我什么都没干就不需要我再干什么了。这真让人窝火，让人觉着委屈，一切一切不都白费了吗？不不，麻烦并不在这儿，胜利了怎么说都是好的，这我想得通，一切还不都是为了胜利吗？麻烦的是，胜利之后我却再也找不到刘国华了。

老刘，对，找不到了。问谁谁也不知道。不知道，多简单，可我呢，怎么办？只有老刘知道我是谁，是怎么回事，只有他能证明我其实并不是叛徒，只有他知道我的叛变其实是为了什么。可是找不到刘国华你说什么也没用，没人知道你。可老刘他无影无踪，就是找不到。

就这么，我找了他几十年。

全中国有多少刘国华呀！几十年里我见的刘国华有一百多个，男的女的，东北的，西南的，活着的和死了的，可都不是我要找的那个刘国华。

我没有放弃希望。几十年我一直坚定着一个信心：除非我死了我不信我就找不到他，不信这笔糊涂账就说不清楚。我是叛徒？笑话！那是因为我还没找到老刘，等我找着老刘你们再后悔吧，再看看你们是不是把一个英雄给冤枉了吧！

我也想过，莫非老刘他已经死了？我宁可不这么想，在没找到老刘的尸首或者他确实已经死了的证据之前，我必须得找他，这是我唯一的希望啊。这几十年我能活过来，还不就因为这个？

老刘他真要是死了那也就什么都甭说了。

老刘他要是个没良心的人，那，我也就认命了。

我四十岁上才成家。有个女人跟了我，她说她信我不是瞎说，她说不是瞎说一瞧就知道，用不着什么证据。也有些人对我的话将信将疑，可是你说了半天一点儿证据也拿不出来这算怎么回事？有谁会说自己是坏蛋吗？平心而论是这么个理。说到底我得找到老刘。我老婆心甘情愿跟了我，打一过门就跟我一起找这个刘国华。什么英雄不英雄的，老也老了我早不在乎那玩意了，我只是想不能让我老婆白信任我一回，不能让她总这么跟我受这份糊涂罪。依着她早就不找了，她说不如赶紧生个孩子过咱们的日子吧。她是真喜欢孩子，可我总想把事情弄清楚了再要也不晚。就这么弄来弄去有一天我看见她悄悄掉眼泪，我问她怎么了？她说完了，甭生了，已经绝经了。现在想想，我倒真也算得上是英明，要了又怎么着？叛徒的儿子，长大了也得埋怨我。

总之，那时候我一门心思非找到刘国华不可。

除了台湾，我一点儿不夸张，全国二十多个省我都走到了，所有的市、县我都托人或者写信去打听过了。直到不久前，又听人说起有个叫刘国华的，在南方，一个小镇子上，有个曾经化名刘国华在敌后工作过的老同志。哎呦我想这回有门儿，连我老婆都说这回八成错不了啦。我立刻就去了。在那个小镇子上，一个青砖红瓦的小院儿里，果然，是他，是老刘，是我要找的那个刘国华。当然他是老多了，不过错不了，这么多年他的模样总在我眼前晃，再怎么老我还能认不出他？

可他已经不能算是活人了。

他活倒是还活着，可对我来说，他其实已经是死了。

他的家人把我迎进门，把我领到老刘的床前。我说："哎哟老刘喂我可算找着你喽！你还认得我不？"我泣不成声，哭得站也站不稳，一下子跪倒在他床前，可他瞪着俩大眼珠子什么表情也没有。你猜怎么着？他是植物人了。

他家里人说，刚刚胜利没两天他就躺下了，中风不语。开始还明白点儿事，整天"啊……啊……啊"地躺在床上干着急，话也不会说字也不会写，过了几天干脆人事不知了。领导把他送回家，组织关系转到县上，生活、医疗倒都不用愁，家里人照顾他还有一份护理费。"是呀，能吃能喝就是不省人事，"他家里人说，"连我们是谁他也不认得，整天就这么一个人盯着天花板。""可不是嘛二十多年啦，"他老伴说，"倒也没什么麻烦的，给他翻翻身，伺候他吃喝屙撒呗。"

我还能说什么呢？

我从他家里出来，心想这回行了，不用再找他了，不用再绕世界跑了，也不用逢人就问您认识的人里有没有个叫刘国华的了。一切都结束了。你别说，这么一想倒觉着从头到脚都轻松了。可是我一下子就走不动了，扶着墙左右瞧瞧，那墙头上垂挂下来一串花，红的白的开得正旺，艳得让人害怕，让人不敢看。前面有家小饭馆，我就进去，要了碗面，其实不想吃，就为歇歇，喘口气。老刘的家里人后来还说了好些老刘的事，可说的都是什么我一点儿没听清，心里光记着那句话——"开始他还明白点儿事，整天'啊……啊……啊'地躺在床上干着急"。我想老刘这一定是放心不下我，没问题他是想着我呢，想把我的事给领导上托付托付。老刘毕竟还是老刘哇，我心里挺感动，他没把我忘了，没扔下我不管，行啊，我这心里头挺知足。不单知足，倒觉着对不住老刘了，我怨过他，骂过他，恨过他，我怎么也没想到是这么回事哟。中风不语！老刘啊老刘，得什么病不行啊你？

我坐在那个小饭馆里愣了老半天，最后想：唉，得了，反正该受的我也都受了，什么都甭说了，不如赶紧回家陪陪老婆去吧。毕竟我那老伴是相信我的。我想起她的眼神，那里面纯净得让人想哭，让人想走进去再也不出来，那里面好像通着另外的什么地方，看不见的地方，也许是另一个世界，在那儿，什么事都是清楚的，就像我老婆说的：用不着证据。

老人收住话头，又那么一心一意地眺望树梢，眺望天空。太阳掉到了远处的楼群后面，在那儿闪烁着最后的光芒。

"还有一个人呢？您不是说，还有一个比您更不走运的人吗？"

老人侧目望望我，再把目光放回到天上。

以下是他讲的第二个故事。

我是在那个小饭馆里碰上这个人的。到现在我也不知道他是谁，叫什么，打哪儿来，不知道他到底有什么冤仇。

我在那小饭馆里坐着一直坐到差不多这个时候，这个人来了。他要了酒，站在柜台前一口连一口地喝，两眼直勾勾的。喝了一阵子，他端着酒坐到我对面来。"谁让我最后碰上您了呢，"他说，"您不能不答应陪我一块儿喝几杯。"我没有太推辞。看他一副神不守舍的样子，我猜他是做买卖做赔了，要不就是赌钱赌输了。他说不是，都不是，他说这地方他是头一次来，是来找老三的。

他管他那个仇人叫老三，也不知道他们是什么关系。

总之，他到处找那个叫老三的，为了报仇。他找了好几十年，找了大半辈子，这倒是有点儿像我，不过我可不是找什么仇人，我没有仇人。

他不一样，他是要报仇。他说非得亲手杀了老三不可，不然他这一辈子就活得太窝囊了。他说，几十年了，他没有一天不想着杀了那老东西，大不了一命顶一命呗，那也得杀了他。他说死也得出出这口气，几十年了他说就为这个他才活下来。他要面对面，一对一地把老三杀了，让那老东西明明白白他就是跑到天边去事情也不能算完。他说他做梦都梦见老三死在他面前的样子，梦见那个不可一世的老东西跪地求饶。那也不行，跪地求饶也不行，"我非杀了他不可！"

他说他什么都想好了，这些年他没有一天不在盘算这件事，所有的可能他都想到了，所有的细节都想好了。当然，老三也绝不是个容易摆弄的，"这小子老奸巨猾心毒手狠，不是我杀了他就是他杀了我"，他说那也行，怎么都行，谁杀了谁都行反正一回事。

他不停地喝酒，一口气地说着，差不多是喊，听得我心里发毛。

慢慢儿的他口齿不大利索了，喝高了，把这些话来来回回地说。小老板站在柜台里动也不敢动。

终于，他的声音低下来。"可到底还是有件事，我怎么也没想到。"他说。

简单说吧，几天前他找到了老三。找了几十年终于让他打探到了，老三就在这个镇子上，他立刻就来了。他悄悄跟踪了老三好几天，打听老三的情况，老三竟然一点儿没发现。听起来老三并不像他说得那么老谋深算。老三现在是孤身一人，老了，这些年哪儿也不去，也不跟任何人交往，一日三餐之外就是去河边钓钓鱼。

他心说行啊老东西，你他妈的倒自在，你这一辈子造的孽你以为就算没事儿了？

那天他跟着老三到了河边，太阳还没出来，四周没人，他从草丛里跳出来，跳到老三跟前问老三还认不认得他。这一刻他盼了多少年呀，梦也不知梦见多少回了，他有点兴奋过度。老三看看他，冲他点点头，仿佛还笑了笑，老三正要说什么还没说出来他已经扑上去一刀把老三给杀了。

老三一声没吭就倒在河滩上，血咕嘟咕嘟地流出来，流进河里，把河水染红了一大片。他有点后悔事情办得未免太简单了，不像梦里那么有声有色。

这个人没有立刻就走，他说总觉得事情不大对劲儿，不是那么个意思。哪儿出了什么毛病吗？他在尸首旁边坐了一会儿，心想，其实也就只能这么简单吧，还能怎样呢？河上的雾气慢慢地薄了，阳光在河滩上铺开，爬上老三的脸，他看见那张脸上的笑还没消失干净。他又在心窝那儿补了一刀。可他心里还是嘀咕，还是觉着不对劲儿。这么着，他去翻老三身上，从老三贴身的衣兜里翻出一样东西。

"知道这是什么吗？"他拿出一个小玻璃瓶给我看。

小玻璃瓶里有些褐色的粉末。

"河豚的血！没错儿我问过人了，是河豚的血焙干了碾成的粉。"

我听说过这东西，毒得厉害，一丁点儿就能要了人的命。

"什么意思？"我听见我的声音在颤抖。

"什么意思，你还问什么意思？老三！原来老三他早就想着去死了！"

他举着那个小瓶，眯缝着眼睛翻来覆去地看："这老东西，他天天到那河里去钓鱼，其实是为了这玩意儿！这玩意儿河里已经不多了，一年两年也未准钓得着一条。这老东西可真他妈的有耐性啊，这点儿玩意儿够他钓多少年的你说？你说，老三他是不是早就不想着活了？"

我能说什么呢？吓也吓坏了。

"喂，小老板你过来！你是这地方人，你看看。"

小老板也是早吓坏了，面色如土。

"你看看，是不是河豚的血？"

小老板从柜台里走出来，躲在我身后哆嗦。

"老哥你说说，老三他攒这东西干吗？他要不是打算去死他攒这玩意儿有什么用？老哥你说说，可他攒了这么多为什么还不去死呢？这么多，死三遍都够了，我猜，他是自个儿下不了自个儿的手……"

我和小老板互相靠着，也弄不清是谁在抖。直到警车来了。

警灯在外面闪，随后进来几个警察。

这个人忽然笑起来，说："幸亏我来得早，要不让老三就这么自个儿死了，我还报的什么仇？"

警察站在门口，几支枪对着这个人。

他冲警察喊："我不跑！要跑我早跑了。我在这儿等着，告诉你们老三是我杀的，没错儿他是我杀的，我一个人杀的！"

警察看着他，也不催他。

这个人又哭起来，问我，问小老板，甚至问警察："可你们倒是说说呀，老三他攒这些毒药到底是要干吗呀？是不是他早就想死了只不过自个儿下不了自个儿的手哇？是不是？是——不——是！"

警察说："你，跟我们走。"

原载《作家》2000年第5期

点评/

　　《两个故事》的发生地是读者再熟悉不过的地坛，地坛早已成为史铁生小说中重要的空间场域，但这个小说中的故事跨越了时空的枷锁。像往常一样，史铁生来到地坛，在这里遇到了一个找他借火抽烟并与他攀谈的老人，这位老人讲述了两个与他相关的故事。第一个故事的主人公是老人自己，他花了一生的时间寻找证人，证明他不是叛徒，他不想做什么英雄，他只要清白。为了证明自己的清白，他找寻当年的上级老刘几十年，为此辜负了妻子，更辜负了自己的人生。只有老婆相信他的清白，且觉得用不着证据。但现实的生存处境却是需要这样的证据。几十年后，他终于找到了老刘，讽刺的是，老刘在1949年后就成了植物人，尽管找到了证人，还是无法证明他的清白。第二个故事是关于一个男子寻仇的故事，老人在一个酒馆遇到了这个人，与他萍水相逢，男子酒后向他倾诉自己的遭遇。为了报仇，他也寻找了仇人几十年，想尽各种杀仇人的办法，并预想到了寻仇的困难程度。但当他真的找到了仇人的时候，发现自己轻而易举就杀了仇人，在仇人身上还找到了剧毒的河豚血，原来仇人早就存了自杀的念头。男子却又陷入了仇人为何存下剧毒，又为何没对自己下手的执迷。最终被警察带走。这两个故事的主人公尽管目标不同，但都在几十年执着的追寻中丧失了原本的意义，在以人生作为代价找到了各自的目标后，却发现一切早已失去意义，最终指向的却是虚无。史铁生通过这篇小说，将人生的现实苦难放置于人的内心深处，用理性的智慧之光和诗性精神照亮阴郁和心灵困境。

　　史铁生的这篇《两个故事》很典型在叙事结构上采用了叙述分层，以及不同叙述层次之间的跨层。叙述分层的概念最初由热奈特提出，他认为叙述分层是指"叙事讲述的任何时间都属于一个故事层，下面紧接着产生该叙事的叙述行为所处的故事层"。赵毅衡更明确地将其阐释为"高叙述层次的人物是为低一个叙述层次提供叙述者"。在这篇小说中，"我"与老人的相遇，老人决定要给我讲述这两个故事是一个叙述层次。老人讲述的这两个故事的内容构成另一层次的叙述层，如此便形成了叙述分层。也就是说，在高叙述层次中老人肩负起叙述者的人物，而在低叙述层中老人又成了被叙述的对象。亦即老人的行动是叙述的对象，反过来老人也可以叙述另外的故事。这样的叙事结构，使得小说故事的可靠性大大提高，故事的亲历者又亲自讲述自己的故事，就又拉近了和读者之间的距离。同时不同叙述层次之间实现了跨层交流，又使得小说增强了叙事、审美等的多方面意义。

（朱旭）

某部的于村/

/潘 军

　　1982年10月，24岁的于村从北京一所综合性大学分到A市机关某部。他来某部报到的那一天，遇见了另外两个也来报到的青年。他们先去了办公室，秘书看了看他们几个的介绍信，用手指示了一个方位，叫他们去干部处转组织关系。实际上三人中只有一个姓高的戴眼镜的青年有组织关系。闲谈中于村知道这人是来自本省的一座普通大学，便有了一点优越感。但又想，既然在省里的大学也能进省机关，那何苦当初要去北京呢？至少多花了些钱吧？再一想就觉得不太对劲，也许这位姓高的是高才生才有进省机关的可能，那么是否意味着他于村就是北京的普通生呢？过了会儿，干部处的分管处长来了，对新来的大学生说，具体工作安排要等部领导回来开会研究再定。处长说："你就先去办公室帮忙吧。"这样，姓高的青年被派去侍候一位病人，于村和另一个人被派到资料室，临时帮助整理旧图书。虽然这件事不轻松，但在于村看来，和旧书打交道毕竟还是比和病人打交道好一些。那时于村当然不会知道，其实从这第一天起，他和那姓高的命运就出现了根本的变化。

　　于村在资料室前后干了半个月，成天翻书堆。这些书封存了近二十年，不过比起当时市面上的新书，又明显地好了许多。按照机关的意见，这批书在经过整理后以极低的折价卖给机关内部的人。这中间自然也包括新干部于村。但是他不能优先购买，只能和大家一起行动。有个姓何的主任打了个很生动的比喻说：这就像跑步比赛，你不能偷跑。

　　于村当然不会"偷跑"，这不道德。很长时间过后，他又对自己说：

这是犯规的。

卖书的那天，资料室外面挤满了人，等分管领导发出命令后，人便像决了堤的水一样涌了进去。不一会儿工夫，于村半个月的心血便白费了。那些摆在书架上整整齐齐的书全翻乱了，每个人只顾着抢自己想要的书，这种形象比起每天在办公室的正襟危坐简直判若两人。所幸的是，于村自己想得到的那些书基本上还在。于村花了几十元钱就得到了几百元钱的实惠，这是他进入某部后的第一次安慰。但是后来的事就开始变得枯燥了。于村被分到研究一室，主要研究文教卫生方面的政策。如果他是外人，对"研究室"是会产生好感的，可是等他成为研究室的一员后，他就有了一种被欺骗的感觉。研究什么呀，成天就是写材料、印材料、发材料。他总是公开这么说。室主任就是那个老何，论年龄可以做于村的父亲，他私下对于村说："机关都是这样，研究室的好处就是不怎么出差。"可于村说："我倒情愿多下去跑跑。"

于村不久就得到了第一次出差的机会。他去的地方是靠近长江边上的一个小县城，此行的目的是调查文艺团体的改革情况。这个县的剧团唱的是黄梅戏，于村的家乡也有唱黄梅戏的，因为这点缘故，使青年于村一路的心情格外好了起来。他觉得这仿佛是一次探亲。

于村是随主任老何下来的。他们刚到，县政府办公室的人把他们安置在招待所最好的小楼，开了一个套间。接待他们的是一个姓鲁的秘书，也是今年刚分配来的大学生。由于年纪相仿，于村被对方的热情弄得很不好意思。不一会儿，县里的分管书记就赶来了，谈话不过十分钟便吃饭，自然又是一顿丰盛的午餐。席间，老何的话题明显地比在机关时多了，以至于让于村觉得这个平素窝囊的中年人原本也是很幽默的。老何的胃口酒力也很好，于村却不行，几杯直通通地下肚，太阳穴就跳得快了，只好借上厕所避开。那个鲁秘书随他一块儿出来，问他："定级了没有？"于村说："我刚来呢。"那秘书说："还是你们在上面好，一定级就是副科。"于村说："副科算什么？机关的办事员最低的就是副科了。"那秘书说："可我们在下面，想到这一步没有五年八年是不行的。副科放到下面就是副局长，出门就可以带车子了。"这一说，于村便明白老何刚才的洒脱劲是怎么回事。按照组织原则，在这一桌上老何就是名副其实的首长。

第二天上午，他们在县有关部门的陪同下到了剧团开座谈会。地点是后台的化妆室，却脏得吓人。由此就可想象得出剧团面临着怎样的困境。剧团的人称他们作"省里领导"，声情并茂声泪俱下地反映基层文艺团体的破败局面。于村认真听着情况介绍，自己的情绪似乎也受到了感染。他看见老何也一副认真思索的样子，只是不停地调整坐姿。渐渐地于村就嗅到身边总有一股子臭气在萦绕着，低头朝脚下看看，也没有看见类似粪便的异物，觉得怪，突然听见一个响声自主任腰下传来，断定是放屁了，差点儿想笑。强忍了下去还是如鲠在喉地不舒服，只好再次借故上厕所脱离现场。

于村跑到空旷的剧场里痛快地笑了好几声。回音迭起，好像不止他一个人在笑。笑过，他又点上了一支烟，刚吸一口，隐约听见有人在哭，是个带有童音的女声，闻声望去，便看见在舞台的大幕边上侧立着一个身体单薄的女孩，看上去不过十五六岁。这个穿着灯笼裤的少女显然是剧团招收来的学员，兴许是因为练功吃苦或者想家才这么伤心的。于村便走过去，亲切地问道："怎么了小同志？是不是想家了？"他忽然感到自己的语气有点不对头，像电影里见过的类似政委的味道。于村有些尴尬，却不知道怎么从这局面里撤出来。这时，女孩开口了："我不是想家。"女孩说，"我是怕被送回家。"

于村这才知道，这个剧团因为日益不景气，决定从去年招收的一批学员中裁去一部分，其中可能就有这个叫毛妹的女孩。据毛妹介绍，当初招收她时就有不少的争议，主要是嫌她个子矮。如果不是剧团小旦行当奇缺，她就根本进不来。

"省里领导，您帮帮我吧！"毛妹抽泣着说，那口气简直就是乞求了。

于村的心这才真的软了一回。他安慰了这个实际年龄已有18岁的姑娘，表示可以"说说话"。他倒是履行了诺言，在为期一周的调查结束后，他把这件事委托给了那位鲁秘书。为了有力一点，他谎称毛妹是自己的一位远房的亲戚。等回到机关一个月后，有天下午，于村正在装订材料，接到了鲁秘书的电话，说那件事办完了。于村开始愣了一下，费了很大劲才想起"那事"来，连声称谢。不久，毛妹也给他写了信，说自己命好遇上了贵人什么的。最后，毛妹说自己已改了名字，不再叫毛妹而叫毛梅了。不过于村倒觉得，还是叫毛妹好一些，他想需要指出这一点来，结果因为被抽出去防汛连信也没回。

1985年，于村在机关干了4年，越发觉得没有味道。他每天的工作还是写材料、印材料、发材料。处里新来了一个副主任，就是那位当年和于村一起报到的姓高的青年。当初这个人被派去侍候的病人，是单位的二把手。半年后，一把手因为作风问题下台，他扶正了，便挑姓高的做了秘书。如今几年一过，姓高的就提拔了。事情看上去一点儿也不复杂。这一年好像就是提拔年，几乎每天都能听到谁提拔了的消息。于村本来对提拔之类的事并不怎么感兴趣。但是身处这么一个具体的环境，似乎连木头人也不会无动于衷了。这样于村就隐约地感到有点压力。越是有压力，他就越是看不起姓高的副处长，也越感到这人对自己很挑剔。譬如每回于村写的材料，姓高的总要大改一通，然后还让于村重新誊一遍。这样几次下来，于村就觉得自己像是姓高的一个秘书。而在姓高的那里，俨然就是很自然的事了。于村心里窝着火，总想找机会发泄。

这天，又是安排于村给部长写讲话稿。是为大书法家邓石如纪念馆落成的祝词。大家知道于村对文艺很熟悉，自然这工作就非他莫属了。于村倒也有兴趣，比起以前那些枯燥的材料，这次自然有意思一些。他翻了很多资料，想写得精美一些。第二天，于村就把材料拿出来了，交到主任老何手里，老何说："我对这个是外行，还是高主任看吧。"于是就交到了姓高的那里。于村本想等结果，想看姓高的这回怎么下手。这时来了一个电话，一听，是个女声，就找他于村。对方问："是于老师吗？"于村就很困惑，我什么时候成了老师了？他说："我姓于，请问你是……"

"我是小毛呀！"

当如今叫毛梅的姑娘出现在于村眼前时，后者还是很吃惊。他没想到"女大十八变"这句俗语在这个毛梅身上会表现得如此具体。眼前的毛梅分明就是个亭亭玉立的美人儿，你无法把她与三年前的那个黄毛丫头联系起来。于村当然高兴，甚至动过一瞬的邪念：搂着这样水灵的姑娘睡觉真是人生一大快事。可他还是不明白毛梅为什么要称他作老师？"我像老师吗？"吃饭的时候他这么问道，"我倒真希望有你这样一个学生呢。"

"不叫老师叫什么？"毛梅说，"我总不能叫你小于吧？"

于村心里便颤了一下。是呀，是存在着一个怎么称呼的问题。如果我是处长或者主任，那么今天毛梅就不会叫我作老师了。莫须有的老师。那一刻于村心里特别酸。

毛梅是来省里观摩的。她现在是县剧团的后起之秀了。第二天晚上，于村请毛梅出来散步，他们走到环城马路上，说些海阔天空的话。于村问："你想不想到省里来工作？"

毛梅说："想呀，人往高处走这个理我还不懂？可是我怎么来呢？"

于村知道毛梅是有意把话递过来的，当然这也很好。于村说："这事我有数了，但不能急。"其实这个晚上于村就想说：你嫁给我算了。

话虽没有出口，但事情最后还是做了。在分手的时候，他们拥抱了，也接吻了。据于村后来说，这是他有生以来抱过的、吻过的第一个女人。但他惊讶的是，这事做起来怎么如此镇静而自然。

和毛梅的接触（于村认为这是真正的接触）即意味着恋爱。于村自然很兴奋，但也预想到了，这件事可能会改变自己的某些做事方式。简单地说，他现在不能只图一个人自在了，得注意搞好关系。他想，把毛梅从县里调到省里绝没有当初使她留在剧团那么简单。凭他自己的能力想办成这件事显然不易。本来，他自觉在机关没有太多的烦恼，虽然没有怎么重用他，但他很自由——他可以在法定的八小时以外去干自己有兴趣的事。他是学中文的，业余时间总爱给晚报写一些杂感。这些东西可以使他达到两个目的：在机关内部受到尊重，每月增加收入。那时的工资很低，像于村这种副科的级别，每月就只有六十几块钱。而他的稿费平均起来比工资还要高。因为这个，于村心里有些平衡。你姓高的不就是个副处吗？不就是比我多出二十几块钱吗？于村甚至在心里这样想过，以每月的经济收入，自己就是部长了。这可能就是于村看不起别人尤其是姓高的副处长的原因所在。

这天上班，于村看见自己起草的讲话稿已放在桌上，又被姓高的副主任改了一番。他一见就生气了。"什么玩意儿！装什么孙子！"他就这么嚷着。当时边上并没有第二个人。但是话音刚落，老何与姓高的以及其他人都鱼贯而进了。于村看见他们每一张原本松弛的脸转瞬间都绷紧了，显然自己适才的发泄被大家在门外听见了。他感到自己的表情还在怒着，心想若此时收敛就不好下台。于是血就往上涌了。于村把稿子朝姓高的桌上一撂："你有什么好改的？是不是你动手改了就表示你水平比我高了？"

姓高的说："我没这个意思，你太多心了。"

于村说："我告诉你，这次你自己来誊。"

办公室的人都过来劝了，说"小于你冷静点小于"。于村没有看见老何，后来才知道主任不知什么时候出去打开水了，而平时他是几乎不打开水的。

于村和高副主任吵架的事很快就传开了。当天下午，他被带到部长那里去谈话。部长严肃地批评了他，说："要主任干什么？就是让他对研究室里每一项具体工作负起责任，改稿子是很正常的。"

于村不自主地回了一句："那何不让他自己动手起草呢？"

部长说："起草就是你的工作了，这也很正常，你同样要负起责任。机关每一项工作都是有程序的。"

那个晚上于村感到十分难受。他想这下自己的处境变得难了，甚至想马上调走。可是往哪儿去呢？他原想尽快把毛梅调上来，没想到现在自己也面临着找去处。想到这里，于村就特别伤感。他走出去，外面正下着雨，他也没带伞。雨淋在脸上倒是舒服一些。这是青年于村平生遇到的第一次压力。路过一家小馆子，于村想进去喝点酒，突然里面吵了起来，一个大汉被人从里面推出，那人喊道："得罪你怎么样？老子不犯法，就是皇帝也治不了我的罪！"于村吓了一跳，他弄不清这大汉是什么身份的人物，但那人的这句醉言却把他从沮丧中捞了上来。

这以后于村就变得奇怪了。每天上班他是第一个到，而下班也是第一个走；不请事假但也不接受加班；机关开会他不溜号，但从不发言；他允许别人改他的稿子，但决不重誊一遍。他出差按平均数去，捐款按平均数，甚至打开水也是按平均数。有一天老何在下班时留住他，说想与他谈谈。于村开口就问："我又做错什么了？"老何说："你没错，你做得很好。"老何说，"我今天是以朋友的身份与你交交心的。"主任绕了很大一个弯子才说到正题。主任说："小于，在机关干就得有好忍性，所谓十年的媳妇熬成婆。"于村说："主任，我实话告诉你，我是既不愿当媳妇也不想当婆婆。就这一堆了，大不了把我扫地出门，那也不至于扫到地球外面去吧？"老何一下就被噎住了。

于村在晚报上接二连三地发表杂感，加之他经手写的材料被省委负责人批阅过，机关大院里很快就传出了这样的评价，说某部有个姓于的笔头子很不错。但这小子又他妈的特别犟，不好使。这期间，于村也在忙着未婚妻调动的事，但一涉及找人求人便止步了。他自觉找不上人，也不想去求人，可是县里的毛梅又朝思暮想地盼着早日上来。姑娘每月一半的工资都花在长途电话费上。姑娘在电话里哭泣，说这么拖下去她会很快老掉的。好像就真成了明日黄花。于村心里着急，却又一时拿不出办法来。但他下了决心，如果软的不行就来硬的——结婚算了。一个省内的分居还能不解决吗？

这年的秋天，于村和毛梅结婚了。他们在分居了一年后调到了一起。据说最终还是老何替他的下属跑成的。毛梅还干本行，在A市黄梅戏剧团工作，由于自身条件好，进来了就很受重用。两出戏一唱，竟在市内获得了好评。

故事说到这里，需要一次提醒了。你们也许没忘记，1982年分到某部的是三个青年。那第三个就是我。我的情况比较特殊，在不到一年的时间里，我病了四次。到了第五次，我得了慢性肝炎，一头扎进医院差点出不来了。等我完全好透了，于村的现状又使我茅塞顿开。我知道最不适合在机关的不是于村而是我。这样我就干脆请了病假，回家复习准备考研究生一走了之。到了1988年，我考取了。我离开的时候正是新部长上任之际。这个面目清秀的中年男子，以超凡的记忆力和平易近人闻名省内。为此他特别吩咐办公室准备一次宴席为我饯行，很让我受宠若惊。吃饭的时候，话题就很自然地扯到了当年的三个大学生身上。大家恭维了我几句，但说着说着就说到了于村。有人说："小于这个人倒不坏，能力也很强，就是不适合在机关待。"新部长就问为什么，那人说："他很犟呢，不过又没有明显的毛病。"这时老何插言道："工作中还真离他不开。"新部长说："是吗？我倒要见识一下。"他的口气很自信，具有一种挑战意味。

不久，我在南方听到消息，就在我离开两个月后，于村突然得到了提拨，令机关全体人吃了一惊。我也很意外。

我再次见到于村是在1993年春节。我回A市探亲，在街上遇见了于村，当时他正和毛梅带着儿子去看一个画展。这是我第一次见到毛梅和他们的孩子，便有些吃惊，因为毛梅的个头很高，甚至可以说很时髦，像个模特儿。于村现在已是研究一室的主任了，人也像是发福了许多。他叫毛梅领孩子去看，硬是拉我去他家。他说我们得好好叙叙。他刚分了一套三室一厅的新房，装修也很不错，使我意外的是，墙上却挂了一幅老何的书法，一看就很有功力，学的米芾。我就问："是那个老何吗？"于村说是："不是他是谁呢？"我就感叹道："想不到老何还有这一手？"于村说："这叫会打不出手。"这话一说，于村突然就沉默了，过了会儿才说："你知道吗？老何上个月才走。追悼会上那些挽联没有一个比他的字写得好的。可他走了。"

我们一直谈到傍晚，于村执意要留我吃饭，这时，毛梅和孩子回来了。于村打发老婆赶快做饭，我就说："别忙了，小毛晚上还要演出吧？"

于村就一笑，说："她改行了，调到资料室来了。"

"那何必呢？"我说，"小毛是个好演员。"

"谁说不是？"于村说，"这事不能怪我，怪她自己不争气。你听说过女人结了婚还长个子的吗？"

见我有些摸不着头脑，于村又补充道："她那个剧团男演员都是矮子，没有人能和她配戏。她得顾全大局。"

说到这里，来了电话，于村去卧室里接，我隐约听见他说："喂？部长……这事我正要向您汇报呢……行行，我明天就去查一下，您放心，报告我自己动手……"

于村回到客厅，想很快找到刚才的话头，就问我："我刚才说到哪了？"

我说："男人都是矮子。"

于村眨眨眼睛，似乎还没有明白过来，只说："是呀，怎么这个地方的男人都是矮子呢？"

点评

　　于村是一个个体，也是机关单位里千万青年人的缩影。刚分配到机关的小于，初出茅庐时锋芒直露。同年进机关的另一个年轻人迅速升迁做了他的顶头上司，在写发言稿的事情上故意挫杀他的锐气，面对机关里的汹涌暗流，他进行了直接的反抗。后来受到"启示"，处事态度发生变化，决定按部就班地完成工作，不多做一分，也绝不少做一分，玩世不恭的态度让人一时也挑不出毛病。后来受到新任部长的提拔，从最底层没有级别的小科员，一路高升为"研究一室主任"，乡下剧团里的妻子毛梅也一步一步从乡下走到城市，最后顺利地调入市里某资料室工作。叙事者"我"作为当年同一批进机关单位的三个年轻人之一，一直默默作为旁观者讲述于村的故事，到小说的最后跳了出来，简短介绍了"我"不合适机关后来辞职，近来关心于村近况的经过。然而曾经意气风发、秉笔直言、血气方刚的大学生于村，在机关的染缸中逐步被"阉割"，当年孤傲清高的大学生已经变成了机关单位中的小官吏。小说的最后"我"听到于村与部长通话时的态度，他目前的状态委婉透露出他已经妥协、已被同化。结尾处更是借"我"之口道出"男人都是矮子"的象征性话语。当然，如今的于村已经不会明白其中的嘲讽，或者根本不想明白其中的寓意了。

　　小说中的人物在现实面前总是显得焦虑、无能为力，将人物化的环境中个体生存总因各种欲望而显得困顿，小人物在权势和时代的较量中，也总是躁动不安，不是被阉割、嘲讽、同化，就是逃离或者毁灭。作者借于村之事和"我"之口，对社会规范和时代真相进行着深刻的批判和反思。

（朱旭）

女 声/
/苏 童

　　屈指数来，我在苏州完整生活的时间也只有十八年。我生长在一条市井气息浓郁的街道上，我们那条街上没有什么深宅大院，因此也不了解苏州的大家闺秀。小家碧玉是有一些的，但那种女孩子羞答答的，平时把闺房门一关，她整天在干些什么，只有天知道。所以如果让我来谈苏州的女人，我有信心描述的其实是一些市井女人，而且我一直固执地认为此地女人与彼地女人，造成她们之间主要差异的，其实只是语言和声音，也许对不起一些严格的读者了，我就从声音说起，说三个苏州女人的声音的故事。

　　第一个女人，她的声音与苏州著名的评弹艺术有关——

　　如果你走在街上遇见敏儿他妈，你不会猜到她是个说评弹的女艺人，但是如果有人告诉你，严某某，就是那个围白丝巾的女人，她以前是评弹团的演员。你会说，这就对了，她一定是说评弹的——怎么去分辨一个人是否是说评弹的呢？我也说不清楚，大致是：声音清脆，而且拖着一丝歌唱性的韵脚，眼睛也会说话，更重要的是这些艺人会用眼睛微笑。

　　我印象中这个姓严的女人非常喜欢阳光，主要表现在她对晒被子、晒毛衣、晒萝卜，甚至晒拖鞋的极度热衷上。她如此珍惜阳光，而她丈夫却天天浪费阳光。他常常端着一只茶杯坐在自家门口与别人下棋，敏儿他妈就拿着藤拍子从丈夫的身边穿过来绕过去的，她的婆婆也坐在门口，不是下棋，也不看棋，她漠然地看着媳妇忙碌，有时候整理一下盖在膝盖上的一块毯子。看上去老妇人觉得媳妇如此忙碌是天经地义的，她的眼神在说：我忙了一辈子啦，现在轮到你啦。媳妇也任劳任怨，我记得她在阳光下上下左右地用力拍打晾竿上的棉被，用她特有的歌唱般的声音对邻居们说，天气好得来，被子要晒晒！

说评弹的女人有两个儿子，一个在苏北农场插队，逢年过节才回来，长得像母亲，很英俊的，可是不知为什么看上去脸色苍白，神情总是郁郁寡欢的。小儿子就是敏儿，也是相貌堂堂，不过却是街上有名的问题青年，隔三岔五地惹是生非，别人家的父母找上门来，找家长大人说理，这时候敏儿他爸照例是退到一边，向屋里喊，你快出来，快出来呀！做妈的就应声掀开了门帘，端端正正地走出来面对来人——不是一般地出来，是像上台说书一样，微笑着仪态万方地走出来，就像艺人面对听众那样，面对动了肝火的邻居。开场白是相似的，女人先把自己的儿子数落一顿，然后评说这件事情的来龙去脉——有时仅仅是猜测或者分析，但让对方感到小辈的顽劣历历在目，当你开始点头称是，从前的女艺人话锋柔软地向左歪或者向右对齐了，她能说出一种令人信服的道理，意思是一只碗不响，两只碗才乒乒乓乓，更深的意思是孩子就是孩子，在外面打架斗气是正常的，做大人的不必大惊小怪，吵来吵去倒伤了街坊邻居的和气。职业性的叙事手法使她的一字一句都心平气和，即使对方听着并不是真正地受用，却无法再做计较，因此总是讪讪而去。由于她在处理此类事情上成绩卓著，街上的其他妇女也经常围过去听她是怎么打发上门算账的人，但是效果你也能预料，没有用，许多事情上是没法取经送宝的，再说，也不是每一个女人都像敏儿他妈那样，说过评弹。

当时我们那里的评弹团好像是解散了的。姓严的女人不知道在哪里上班，我有时候看到她提一只布兜匆匆忙忙地从街上走过，沿途用她清亮的声音和一些人打招呼，心里便暗想，她在书场里说评弹时什么样子？搭档是谁？她会不会唱那个余红仙的"我失骄杨君失柳"？当然我无从知道关于她作为评弹艺人的任何细节。我知道许多吃艺术饭的人都要吊嗓子，她却不吊，那么好的嗓子全浪费在与邻居谈论阳光和被子上了。这样的生活是不是有点可惜？我也不能去问她，她就那么在家门口晒这晒那，在街上走来走去。过了好几年，我们城市的评弹团恢复演出了，市中心的书场门口经常贴出演出海报，还有演员的名字，我路过那里时不免要留意严某某这个名字，但是节目换了一档又一档，我从来没有找到敏儿他妈妈的名字。我问我母亲，不是说敏儿他妈妈说评弹有点名气吗？怎么不见她演出？我母亲也不知究竟，光是推测说敏儿他妈妈大概离开评弹团了。

评弹后来在我们那里是老调重弹，不光是书场里，广播喇叭里，甚至在一些茶馆里，都有有名或者无名的艺人在那里不紧不慢地说，嗯嗯呀呀地唱，姓严的女人却缺席，她一直留在自己家里。奇怪的是后来她不再忙于晒这晒那的了，我有一次看见她披一件黑色的呢子大衣，站在门口，指挥她丈夫收一匾萝卜干，她丈夫无法把竹匾顺利地搬进狭小的门洞，她婆婆在一边颤颤巍巍地帮忙，帮的是倒忙，萝卜干纷纷地掉在了地上，让我奇怪的是姓严的女人对此的反应，她一反常态，柳眉斜竖，用她依然清脆的嗓音说，笨煞哉，笨煞哉！我不来，你们搬点萝卜干都搬不来！

让姓严的女人生气的其实不是萝卜干，是她的病。我后来知道她不出来晒被子是因为得了病，乳腺癌。听说她的一只乳房被医生拿掉了。她的歌唱般的声音因此也被什么取走了。邻居们在街上拉住她儿子，就是那个叫敏儿的青年问，你妈妈的病怎么样了？敏儿头一拧，说，她生病，关你什么屁事？邻居们都吐舌头，说，严某某那么好的女人，怎么生了这么个儿子出来？

再后来姓严的女人就去世了。她的摄于（二十世纪）六十年代的照片作为遗像挂在白布上，着了色，很美很妩媚，嘴角眼里都是满满的笑意。我们那儿的殡葬是公开的，大家都去吊唁，看见死者的丈夫、婆婆，还有她的不听话的儿子都在哭，怎么会不哭呢，这户人家的顶梁柱没有了，邻居们也哭，怎么不哭？以后不会有人用那么美妙的声音与你谈论家务事、儿女事了。

坦率地说在她的灵床边我好奇多于悲伤，我心有旁骛，寻找着这个女人艺术生涯的实证。我在高高的雪白的山墙上发现一只琵琶，那只琵琶静静地挂在那儿，似乎已经挂了好多年了。在充斥着悲声哀诉的葬礼上，琵琶被所有人遗忘了，我想应该有人想到把它放在死者的身边，但是这样说明什么问题呢？我也说不清楚，我只是觉得这个女人的一半生活在我们街上，生活在琐碎的生活中，另一半却是逃逸的，逃到哪里去了呢？也许是在哪家书场的台子上，罩着一层灰尘，需要我想象的就是那另一半，包括她怀抱琵琶的样子，包括她的唱腔是哪个流派——我从来就没有听过她的评弹，我想让我去想象这件事有点荒诞，她既然是说评弹的，她既然就住在我们家的附近，我为什么从未听过她说评弹的声音呢？

这个疑团大概是不会有人来解答的，暂且让那个女人安息，我来描述第二个女人的声音——第二个女人的声音与评弹无关，但与广播喇叭有关。

这里所描述的女人，同样有着人们认为最甜美的声线。一点也不奇怪，她是我们家对面工厂的广播员，她的声音应该是甜美的，否则就不公平了，那家工厂有好多青年女工，大家都能说不卷舌的普通话，凭什么让她当广播员？她也一样不懂得如何卷舌，一样把"是"念成"四"，把"阶级敌人"念成"阶级涤纶"。

早晨我经常被这个女广播员的声音从睡眠中说醒，我不用"惊醒"这个词，比较符合实际，一个动听绵软的声音是绝不会让人受惊吓的。她在河对面的高音喇叭里说话，就像一只辛勤的蜜蜂在你的耳边嗡嗡地回旋，你慢慢地就醒了。我听见她在广播里说"文章说"——这是在摘引报纸上的文章，如此的播音结构最正常不过，但当时年少无知，偏偏又爱较真，听到她说"文章说"就纳闷，心想这个女人是怎么回事，文章又不是人，文章没有嘴，怎么会说话呢？

我一直认为那个女广播员播音有误，完全是出于自身的错误和偏见。我母亲就在那家工厂工作，有时候我去那儿洗澡或者吃午餐，在厂区的路上偶尔会看见一个体态苗条梳两条辫子的年轻女子，穿的也是蓝色工装，但是不管是上衣还是裤子都明显修改过了，修改得非常合乎女人人体的曲线，而且她的身上没有粉尘和油污，手里拿着的不是劳动工具或者机器零件，而是一卷报纸或者一本杂志，这使她看上去有一种清水出芙蓉的自得表情。我知道她就是那个女播音员，就是那个"文章说"。"文章说"走在厂里，好多人，男的女的都踊跃与她打招呼，可见她是个受欢迎的人物，这也很正常。就我所知，不管是在工厂、农村，还是学校，当时的广播员各方面都要"过得硬"，群众关系不好，别人会说凭什么让她坐在广播室里念稿子抓革命，让我们守着水泥窑汗流浃背地促生产？知识水平不高不行，否则你老是念错字，会歪曲了《人民日报》或者《红旗》杂志的精神！你的思想觉悟不高就更危险，万一你利用宣传阵地喊出一句反动口号，如何是好？所以我相信女广播是个优秀分子，但对她的"文章说"我是持保留意见的，她就不能换一种说法吗？

有一年秋天，河对岸工厂的高音喇叭突然沉寂了几天，然后出现了一个陌生的姑娘的声音，那个姑娘说话结结巴巴，显示她是个播音战线的新兵，她用一种紧张的声音说，下面请听革命歌曲……等了半天，革命歌曲却始终响不起来，等得你心焦，她还没有把歌曲放出声音，于是那个紧张的声音更紧张了，亡羊补牢地说，今天的广播到此结束，同志们，再见。

新来的广播员让人丧气。凡事就怕比较，我猜在"文章说"从广播站突然消失的那些日子，在工厂的高音喇叭所辐射的区域内，一定有许多人像我一样，心中充满了疑问，"文章说"到哪里去了？"文章说"出什么事了吗？

我与河对岸的广播生物钟般的联系似乎是被强行中断了，不知不觉中我习惯并依赖了一个女人的声音，这结果我原先并不自知。我说我怀念那个女广播员的声音是词不达意的，但我讨厌新来的女广播员尖锐生硬的声音却是千真万确的，由此我也开始讨厌那个工厂的广播站，每天清晨《大海航行靠舵手》的前奏曲把我惊醒时，我总是在床上痛苦地捂紧耳朵，说，吵死人啦！

还是交代清楚那个女广播员的下落吧，这没什么关子可卖。那年元旦——或者春节？记不清了，反正是七十年代初期的某个节日，母亲带我去一家剧场，去看文艺演出。文艺演出中样板戏总是重头戏，建材系统的文艺演出也是相同的模式，先是一个轰轰烈烈的大合唱，然后就是样板戏了，全本样板戏排练起来有困难，就来几个片段。《沙家浜》的智斗开始了，站在"春来茶馆"牌匾下的阿庆嫂是谁？我觉得那么面熟，猛地就听见我旁边的观众狂热而骄傲地报出了一个名字，说，我们厂的广播员啊！她演阿庆嫂！

果然就是那个消失了很久的女广播员。原来她到宣传队去了，这是更上一层楼的事。出于习惯我还是乐意当她的听众。我听她唱"这草包倒是一堵挡风的墙"就跟着哼了起来，我看她翘着食指指向胡传奎、刁德一，觉得这手势比洪雪飞的手势更加英姿勃发。这会儿她是阿庆嫂，我忘了她在广播里的不足之处，她不再说什么"文章说"，整个人就显得完美无缺。这还不算什么，《沙家浜》下面是《红灯记》，留长辫穿红袄的李铁梅粉墨登场了，我记得的是观众们的一片哗然，下面有人用惊叹句说，啊呀，又演小铁梅又演阿庆嫂啊！不得了！

依然是她，就是那个女广播员！那天坐在剧场的椅子上，我突然理解了她从广播站消失的必然性，她真不得了！七十年代，人们还不懂得使用"人才"这个字眼，我也并不懂得如何去崇拜一个女人，但我从此对一个女人的才华铭记在心，这个"文章说",她是一个广播员？她是阿庆嫂？她是李铁梅？她到底是谁？我想说她就像一只万花筒，摇一摇，一定还能变出更多的花样。

现在请大家回忆一下《沙家浜》里刁德一对阿庆嫂的评价，刁德一很警惕又很佩服地说：这个女人不寻常——我听到这阴阳怪气的唱腔，就会想起那个女广播员，当然这说的是她的青年时代。后来呢？有人大概会追问。我其实不愿意描述女广播员的现状，现状的棱角显得那么尖锐，而且无趣，就像我们大多数人相仿的命运，阳光和辉煌有时候只在你的额角上亲吻一次，然后就无影无踪，就像我这里说的那女广播员。

她的现状不像我的文章一味追求完整——她后来结婚了，丈夫是宣传队里的另一个文艺骨干，他们结了婚却失去了同台演出的机会，不是他们不求上进，是宣传队解散了，大家都回到了工作岗位。女广播员不知怎么没有再进广播站，好像是在工会里做些难以总结的杂事。后来她有了个女儿，过了几年，又有个女儿。一晃多年，再后来她当了外婆。九十年代的女广播员体型仍然苗条，但脸上的皱纹很多，给人饱经风霜的印象，这对一个女人的风韵来说并无多大益处。她上街买菜，抱着外孙去浴室洗澡，声音依然清脆甜美，但说的都是些家长里短，听着无聊。种种迹象表明我文章中的女广播员属于过去，而现在的她，生活越变越寻常了。从前的女广播员如今走在荒芜的濒临倒闭的工厂中，停产的厂区安静得出奇，但即使是那么安静，她也听不见年轻时候回荡在厂区的声音了，文章说——外面的报纸越来越多，文章越来越多，但文章说什么，与她有何相干？她管不了那么多，最近她要下岗了。

报纸上的文章说，竞争再上岗。不知这个女广播员现在跟谁竞争，也不知道她是否在考虑，去哪儿上岗对她最合适？

不说下岗上岗的事了，我这就说到了第三个女人——这个女人的生活也与声音相依为命，只不过她的声音用途更加粗鄙更加世俗一些，这个女人的声音并不动听，动听也没用，因为她的声音主要是用来叫卖蔬菜鱼鲜的。

她在街坊邻居的妇女堆中显得有点特别，特别处不在她的容貌，她的容貌很普通，甚至可以说有点粗俗，也不在她的衣着打扮，她的打扮也实在本分，大部分同龄妇女穿什么，她就穿什么。她的特别之处在于她的职业，在严禁城市人口从事私有经济的年代，她竟然以贩卖蔬菜为生，她是一个女贩子！

她是一个女贩子，这决定了她在孩子们眼中是一个形迹可疑鬼鬼祟祟的女人，"投机倒把"使她的眼神中有一种负罪感。但奇怪的是没有谁看见她在我们的视线里贩卖任何蔬菜，人们说她到很远的地方去收蔬菜，然后到很远的农贸市场将那些蔬菜卖掉，这些贩卖的细节都在人们的猜度中，却得不到亲眼所见的证实，这是女贩子最特别之处，也是一些邻居议论纷纷的焦点。有与她熟络的人说，人家怕羞，人家爱面子，她不愿意在街坊邻居面前丢那个人。

她丈夫是个工人，那个说话口吃性格木讷的男人把她从郊县农村娶进门，一口气与她生下三个孩子，却始终没能为妻子寻找到一个正当的工作。一个人的工资养家糊口很难，那个女人虽出身于农家，却并不愿意过什么艰苦朴素的生活，别人家有手表她也想有，别人家有缝纫机她也想有，街上别的妇女认为这是要强，要强就要行动，这女人有一天就行动了，干的是贩卖蔬菜的勾当。

女贩子行踪不定，有时候一连好多天看不见她的人影，这往往是她购销两旺的黄金季节，她早出晚归，除了她的家人，别人是看不见她的，即使看见她也没什么，一般情况下她空着手在街上走（不知她是把蔬菜筐存在什么地方的），看她风尘仆仆的样子，与刚刚从纺织厂下班回家的女工没有什么两样。但有时候她一连几天闲在家里，手里拿着针线，坐在门口与女邻居们东家长西家短地拉家常，作为一个市井妇女，她当然也有市井妇女特有的爱好，喜欢看热闹，谁家夫妻吵架父子斗殴她都要站在前面观看，只是不怎么发言，显然怕让别人倒拔葱，带出她的一把泥来。但看她的表情是很丰富的，同情或者谴责谁，站在谁的一边，脸上是一目了然。后来我们知道这种时候往往是打击"投机倒把"活动最热烈的当口，她按兵不动，在自家门口看看别人家的闲事，是非常明智的。

她是文盲，不识字，但是算账很快，左右邻居卖废品的时候，都要拉着她算一遍，这样才能确保不吃亏。这样的算术才能无疑得益于她的小贩生涯。她人缘很好，除了自己的丈夫和孩子（她经常痛骂他们的蠢笨和顽劣），从不得罪人，所以这个从事"不法"行当的妇女，得到了来自邻居的应有的尊重和理解。有一次街上的孩子们听见女贩子家传来了嘈杂的声音，这使他们很兴奋，都涌到她家门口，看看这户人家有什么事情，但女贩子的两个儿子一个女儿像铁将军一样挡在家门口，只让大人们进去，不让孩子进去，嘴里还不干不净的。他们好像明白母亲刚刚遭受的屈辱，她在市场上遭到了执法人员的粗暴对待，秤被折断了，蔬菜筐子被踩烂了，而且他们的母亲还被人打了。女贩子在屋里哭泣，她的子女就善解人意地放大人进去，让那些能言善劝的妇女去安慰他们的母亲，然而他们发现母亲的悲伤内容复杂，不是那么容易化解的，她在里面突然大叫一声，我命苦哇！这种凄厉的呐喊使孩子们摸不着头脑，也只有大人才得其中之味。但是女贩子的女儿虽然只有十四五岁，她一定懂得母亲做贩子的艰辛，所以她站在两个弟弟的后面，一边替他们挡着门，一边呜呜地回应着母亲哭泣起来。

这就说到了女贩子的几个孩子。女儿没什么可说的，人有点笨，却善良，以后嫁了一个老实巴交的小伙子，小伙子家境贫困，结果连新房里的家具都是女贩子打好了陪嫁过去，那姑娘嫁妆之丰厚让邻居们很是吃惊，他们都说没想到，没想到女贩子这几年贩蔬菜，贩出个如此殷实的家底。没想到的事情尽出在女贩子家中，女贩子的大儿子长到血气方刚的年龄，正准备去下乡插队，有一天突然犯了心脏病，不明不白地就死在了床上。女贩子大病一场，过了一阵恢复过来了，对要好的邻居说，我这样躺下去不是件事情，大的没了，还有小的呢。我还要出去做。邻居知道她是什么意思，"出去做"就是指贩卖蔬菜。可怜天下父母心，女贩子为了小儿子，戴着大儿子的丧带，又出去"做"了。

小儿子长得英俊，讨人喜欢，就是不听话，典型的不爱学习爱打架的中学生，总是有别的孩子家长吵到门上来，说自家孩子被他欺负了。女贩子不在家，这事由她丈夫处理，那男人就朝自己儿子扇耳光，扇了好多年，突然有一天，做父亲的手被儿子牢牢抓住，做父亲的胸口挨了儿子重重的一拳，儿子说，×你妈，你还打我呀，小心我灭了你。

那就是女贩子唯一的儿子了。人们都预见了这个男孩的不妙的未来，只有女贩子盲目地为儿子构造着幸福的蓝图，后来这蓝图就被儿子亲手撕成两半，儿子终于在外面闯了大祸，他用西瓜刀把一个卖瓜人的肠子捅出来，警察当场就把他铐走，女贩子闻讯赶去要人，别人就指给她看西瓜摊前的血迹，女贩子不看血迹，一味地要儿子，警察当然不理她。那没脑子的儿子，最后被送进了外地的一个劳动教养所。

邻居们记得女贩子又是一场大病。那一阵子她卧床不起，连她丈夫都怀疑她是否能挨过又一次打击，但是我已经介绍过了，这是个特别的女人，她的特别之处不仅在于职业，也在于她的坚强和信念。女贩子在探望过儿子以后，很快恢复了生活的信心。她向邻居们抱怨有些人执法不公，谁家的孩子打架打出人命都没进去，靠的都是关系。她没有关系。只能让孩子去吃苦。邻居们似乎都不忍心质疑她无私的母爱，就问她以后准备怎么办。女贩子抹去眼泪，嘴角浮现出坚韧的积极向上的微笑，说，我能怎么办？我就有两只手，出去做呀，赚点钱，等他出来了，要结婚要成家，还得靠我的两只手呀！

女贩子奇迹般地继续她的小贩生涯，随着改革开放的时代潮流，她也扩大了贩卖业务，后来听邻居们说，她不仅贩卖蔬菜，也贩卖鱼虾，在秋季她还来往于阳澄湖甚至洪泽湖，倒卖当红的大螃蟹。还有的邻居，亲眼看见她在百货公司购买金戒指和金项链，她一转身就否认，还骗人说，买不起，是看看解眼馋的。

她儿子后来从劳教所出来了，几年不见的不良少年，长成一个高大而英俊的青年。女贩子积存多年的母爱终于迎来它的主人，这幸运的儿子用母亲的钱开了一家烟杂店，经过一番专政和教育的洗礼，他对打架斗殴失去了兴趣，对挣钱和享受则有了强烈的追求，无论如何算是走上了一条较为安全的道路。因为外形出众，这儿子很快找到了女朋友，他不反对女朋友结婚的要求，而且非常诚实地告诉她，他母亲手里有五十万，都是他的。女贩子的儿子，一个幸运的儿子，让我们听听他是怎么安排女贩子的五十万家产的：

结婚用二十万够了吧，剩下三十万先存到我长城卡上，慢慢花呗。什么？她不给？她敢！不给我就捅死这老×养的！

原载《花城》2000年第3期

点评

作者将故事展开的空间放置在了苏州一条市井气息浓厚的小巷中，描绘了三个不同性格、命运的女人，三个市井女人。三个女人三种不同的女声，其实是三种不同的人生状态。第一个说过评弹的女人在小说中从没弹过琵琶，更没说过评弹，叙事者也跳出来说这个谜团不会有解答。但是烟火气十足的市井生活却被她过出了精致劲儿，她甚至成为了家里的顶梁柱，遇事处理得更是精巧、熨帖，但她不是"女汉子"，她骨子里透露出的不是刚强，是坚韧，是把生活过出花儿来。"我只是觉得这个女人的一半生活在我们街上，生活在琐碎的生活中，另一半却是逃逸的，逃到哪里去了呢？也许是在哪家书场的台子上，罩着一层灰尘"。第二个女人其实与第一个女人有相似之处，都从事过与艺术相关的工作，而与第一个女人不同，作者将这个女人播音时动听的声音，演戏时迷人的状态都摊开了给读者。但到最后她陷入了庸常的生活，完全没有第一个女人的韵致，这韵致不在身段不在声音，在过日子的精巧劲儿。"种种迹象表明我文章中的女广播员属于过去，而现在的她，生活越变越寻常了。""第三个女人的生活也与声音相依为命，只不过她的声音用途更加粗鄙更加世俗一些，……她的声音主要是用来叫卖蔬菜鱼鲜的。"声音的特质透露出的也是她生活的质感，从乡下来的她不识字，但却精明、能干，这是个特别的女人，"她的特别之处不仅在于职业，也在于她的坚强和信念"。

三种声音，三个女人，三种命运。作者想说的很多，留白更多。作者在小说中多处设置留白，不把话说尽了、说绝了、说死了。这种叙事策略，是避免把本就烟火气十足的市井生活描写得庸常、琐碎、絮叨。写第一个说过评弹的女人的时候，作者恰恰就将女人说评弹、弹琵琶的故事情节隐去，虽时时处处调动起读者对此的好奇心，但也就限于卖关子，并不正面描写。这样的处理方式，使得读者从女人处理日常琐事的情态中，自由地联想，有一种美妙的音乐绕梁逶巡又落不到实处的美感，和由此生发出的无法抓攫的心动。在对第二个女人进行描写的时候，作者的留白采用了相反的策略。对于这个女人播音时声音的动听和柔软，演戏时对人的感染都做了详尽的描述。但最后阐述到女人终于陷入庸常生活之后便立即煞笔，不做实处呈现。留给读者各自想象，如此美好的妙人儿最终如何也被市井生活抹去了光华，这样处理徒留无尽唏嘘。第三个女人的声音如同她的命运，如同她对待命运的倔强，粗鄙却充满生命力。对于这个女人的呈现，作者将重点放在她如何一次次与命运抗争，一次次战胜了坎坷。讽刺的是，在小说的结尾处，作者给她留下了一个更大的挑战，也是给读者的留白。让人不禁感叹，她到底还得经过多少生活的磨难？！言已尽，而意无穷，这些叙事中的留白，使小说获得了更丰富的内涵和意义指涉。

（朱旭）

说　说

/彭见明

老安打算去说说儿子的事。

老伴催过老安好几遍了，你什么时候去说说儿子的事？

老安不以为老伴这是唠叨，老伴不是个爱唠叨的人，老伴的催促有道理。

旁人似乎比老伴更关心他儿子的事，不止几个人不止几次对他说，你还不去说说，你儿子就要下去了。

这样内外夹攻，老安就真有些招架不住了，便打算去说说儿子的事。

局里要精简一批人到基层去的事情，老安是听说了的。方案出台好些时日了，实施在即老安也是听说了的。

在老安看来，在他老伴看来，在凡是关心他儿子的人看来，凭他儿子的能力、学历、资历，是在机关里待不下去了的，十有八九要放下去。除非是老安去说说。

而老安去说说，不必求情，不必低眉，他是有说说的资本的——因为现任局长曾和他在一个科室里工作过。老安当科长时他当副科长。

老安从科长位置上退下来时他接他的任——尽管老安一共只当过八个月的科长，谈不上是现任局长的顶头上司，对现任局长的提拔也没帮什么忙，但毕竟他们共过事，而且相处得甚好。老安如今去对局长说点什么，他怎么也是不敢怠慢的。

因此老安的老伴以及人们有理由建议他去说说。但是大家也知道，要老安去为自己儿子的事说话是非常难的事情。老安是个很自律的人。譬如说他自从退休之后就再也没有踏进过办公楼一步。工资打进了银行账户，逢年过节机关里分发点什么一律由儿子代领着送回来，他没有什么事要去办公楼的。这样好，退了就退了，不要去影响人家的工作。

老伴央他去说说，好心人动员他去说说，倒是当事人没有向他透过半点风。

老安晓得儿子是不会央他去帮他说情的，儿子是个老实人，和他一样老实，甚至比他还老实。在工作上尽忠职守是不必说的，这一点老安不用担心。当年局里安排他儿子去上班时，照说做父亲的至少也应叮嘱一番，说说他的机关工作体会什么的，然而父亲给儿子送行时一句诸如此类的话都没有说。知子莫过父，老安觉得没有必要对儿子说什么。老安对儿子的判断是对的，事实上多年来儿子在工作上的表现，没有半点让人有空话讲的地方，他和老伴没有因儿子怄过半点气。儿子这样令他放心，其实这也正是他对儿子放心不下的地方。这也如儿子当年在学校里的情形一样：老实、不闹事、讲清洁、爱劳动、尊敬老师、团结同学、热爱集体、勤奋学习、不旷课、不迟到、不早退……优点多得数都数不过来，然而费尽九牛二虎之力，就是考不上大学，复读一届，还是考不上。老安和他的老师知道儿子尽了心，考不上大学是没有缘分，他们没有指责过他，从不指责。

看在老安多年兢兢业业工作的分上，儿子倒也没费什么周折，组织上便将其安排在他工作过的单位上。

但儿子是置身于一个竞争激烈的时代。随着这个时代特征的日渐鲜明，老安对儿子的忧虑也就与日俱增。坐享其成的日子终将不会长久了的。这一点老安比一般人明白得更早。他退休之后没有别的什么爱好，唯一的爱好是每天风雨无阻到街口邮电局门前的阅报栏前待几个小时，将那里的几份报纸从头到脚读个遍（包括所有广告）。因而对时局他知道得很多。尽管儿子参加工作后不知比别人多付出多少努力才拿到一纸电大文凭，但这又如何？一纸文凭在发展的时代里是越来越不能证明它是能吃饱饭的资本。

局里的改革方案出台之后，老安一点也不觉得惊奇：这一步迟早是要到来的。因而他和他老伴同时想到了他儿子的去留问题。其实打心里说，在这个科技含量颇高的局里，他儿子本就不该在这里混的，在这里混了这么多年已经不简单了。被精简下去本来是情理中的事，有什么值得惊奇的呢？

在全局上下风起云涌，骚动不安的日子里，老安的儿子倒是一副处变不惊的样子。他照样每周过来陪他的父母看几个晚上的电视。老安有一个孝顺的儿子，这在局机关和宿舍附近的居民中间是人人知晓的。许多家长责备娶了媳妇就丢了爹娘的不孝儿子时便说你去看看人家老安的儿子！按人家的说法，儿子唯一的缺点是有点——怕老婆。但不管怕不怕老婆，儿子每周几晚过来陪父母这一点却是个事实。儿媳妇有时也一起过来，但更多的时候是别人邀着打牌去了，打不打牌那是她的自由，老安和老伴绝不干预他们的私事，何况现在打牌能算一件什么事呢？至少不会成为一个孤独的人。比如老安的儿子不打牌便显得有些不合群，晚上没地方去就只好回父母家陪老人看电视。儿媳不常来，儿子却是常来，这一点他老婆也阻止不了他，这就好。至于其他方面怎样怕老婆，老安夫妇管不着，也不想问。

老安是不怎么看电视的，每天看完中央台的新闻联播便躲到房里去了，躲在房里关了门一个人安安静静地看杂志（难怪他叫老安）。他常花一块钱去桥头地摊儿上买过期杂志，一块钱买一堆。他看书报看得仔细，一堆乱七八糟的杂志可以看个十来天，至于杂志上都讲了些什么，他也讲不出来，看了也就看了，他重视的是看的过程，反正比电视好看，他喜欢安静，而电视是吵闹的。

老伴是爱看电视的。老伴一个人看电视没味道，要有人陪着边看边评才有味道，于是儿子就来陪老妈看电视。他们俩一边看着一边议论着什么。老安关上门也能听到母子俩的窃窃交谈。老安和儿子之间的话不多，他从不参与他们母子俩之间的交谈。他们的交谈也不影响老安读杂志。相反老安若有几天听不到这种温馨的声音，心里便觉空寂（儿子其实也是在陪着他啊）。老伴的体会则更深，她对老安说，倘若儿子下到基层去了，谁来陪她看电视呢？晚上不看电视又干什么呢？

过来看电视的儿子，在火烧眉毛的日子里，仍表现得很平静。老安和他老伴也不便向他打听。这是个敏感的问题，说不定儿子心里翻江倒海呢。而儿子又是个内心脆弱的人，一旦触及这样的问题，儿子会承受不了的，所以老安夫妇绝不会主动提及此事。

但老安已分明察觉到儿子是在强装镇静，哪怕是一丝一毫不祥的表情流露，做父亲的怎么会看不出来呢？

正因为儿子如此强咽万千愁苦，不在他面前诉半句苦，更无央他说情的意思，老安的心才彻底软了下来，他要为儿子去说说，更何况，有知情人告诉他：局里还有好几个岗位是适合他儿子去干的，最后看谁的手长，谁就摘着那几个果肉本也不丰实的"桃子"。

老安退休以后虽说不再去办公室，但他对局里的情况仍是了如指掌的。如果要精简人，他的儿子自是首当其冲。但是论家庭情况，最困难的也应算是他儿子了。其实老伴把儿子放下去的问题看得太简单了，怎么只是个没有人来陪着看电视的问题呢？老安和老伴都是快七十岁的人了，老伴的心脏不好，还犯着风湿病，儿媳妇又是个不想事不操心的人，有时间就躲出去打牌，孙子的功课以及接送都落在儿子一人身上。老安和老伴一共生过三胎，儿子是四十岁上才养下的，如今也只剩下他这一根独苗了，儿子身上的家庭负担在全局年轻人中是最重的。一旦他下到百里之外的试验基地了，家里有个什么事，怎么办？

当然，如果要数困难，谁都能数出一大堆来，谁也不想离开机关啊。

依老安本来的思想境界，他是不能去说这等事的。但他现在是一个矛盾的人了，他常常对"境界"二字表示怀疑。他不去摘那几个"桃子"，人家也不去摘吗？那些关心他的人已经给他讲了很多活灵活现的人家是如何地四处活动的细节了。

所以老安终是坐不住了，答应老伴：去给儿子说说。

老安表现出来的这种庄重，一时还令老伴不敢相信呢，他真会去说？

当老安和老伴商量如何去说的细节时，老伴才相信了他是真要准备放下"架子"了——不要以为平民百姓没有"架子"，他们依然是有"架子"的，只是这种"架子"微不足道罢了。虽说老安口里不承认是去向昔日的同事、今日的一局之长求情，他使用的标准用词始终是不掉"架子"的"说说"，但是在选择"说"的具体操作方法时，走的仍然是当下千篇一律的模式。

最常见也是最奏效的方式，便是送礼。

老伴已经将一个皱巴巴的存折攥在手里了。老安知道，那上面的数字，都是五十、一百地积累上去的，老安说你那是干什么，老伴说你怎么进门呀。

老安说，非要提着礼物进门呀？

老伴苦笑道，你真是个没有文化的书呆子，如今还说这样没水平的话。

老安有些生气，莫说是我没有钱，就是有人花钱替我买好礼物叫我提进门，我也做不出来。老伴叹了一口气，都是什么时代了，你还是端着一个"架子"哟。

老安道，我老安就是老安，别人做得出来我做不出来，这是没有办法的事。

老伴说，我还巴不得你不花钱呢。打点送局长的礼物，少说也要花去我们俩半年的伙食费呢。

老安是坚决不肯送礼物的，他简直不敢想象他老安躲躲闪闪拎着一袋子烟酒什么的去敲昔日同事的门是个什么样子。

但是如何进门呢？真就空着一双手进人家的门？你就这样进去，自在吗？就这样空口套近乎吗？你如今是什么？他如今是什么？

为想这个问题，老安没有心情去看不花钱的报纸和花一元钱买过期杂志看了。他就专门思考如何敲开局长的门的问题。以至于几天后常去阅报栏看报的读友看到他便大呼小叫，老安你是不是病了？这一叫，老安才明白过来他已经好些天没出门了。

老安对老伴说，想来想去，下班后去人家屋里说私事，没有礼物，倒也真是不好进门。这样吧，我去办公室找他说说。去办公室找领导，我有这个权利，走的是正当渠道。老伴说，那你还等什么呢？

于是老安就整整衣冠去办公室找局长了。

好几年没有进这个门了啊，他在这栋楼宇里待了几十年，他对这栋昔日由苏联人援建的结实而高大的楼房别说有多深厚的感情了。而他又多么不愿再进这栋楼房啊，退休时他暗暗发誓再也不来办公室闲逛的，退了就退了嘛……

但他还是破戒了，为了儿子啊！他走进那宽敞而略显昏暗的过道时心里真不是滋味。

（二十世纪）五十年代的建筑物，外表一如往常，在这个城市里算得上是"古董"了。但室内装修却是最现代的——这一点老安并不觉得奇怪。这样做似乎更符合现任局长的心性，他是个善藏锋芒、不动声色的人。

局长室依然是在最好的楼层。与以往不同的是多了一个挡道的女秘书。女秘书当然是不认识老安的，老安说他是局里的退休干部，于是女秘书马上显出一脸桃花。局长用的秘书，当然不是浅薄无知的那种，她彬彬有礼，却是不让老安去见局长。她委婉建议老安，至少也应是电话预约的。她说局长是个工作有条理的人，如果预约了，就好列入接见的程序中了。

老安是个谦和本分的人，女秘书话说至此，他就再也没坚持。他迅速走出这栋有些沉闷的楼宇。为什么要走这么快呢？老安担心他一冲动便会做出什么说出什么不雅的动作和话语来。一个昔日的科长去见昔日的副科长居然要电话预约？这是很容易让人冲动的词汇啊。老安之所以是老安，不是他不冲动，而是善于克制冲动。

何必冲动呢？冲动又能解决什么问题？从本质上说他毕竟是去有求于人啊。既然人家下了逐客令，就快走吧，走了一切就都一如往常了。

电话预约，多么时髦而又冷漠的词汇。而老安至今未装电话。

老安不装电话，因为没有人打电话给他，他也没有电话打到哪里去。儿子曾许诺由他出一半钱替他们装一部电话。老安说不是装不装的问题，而是装了干什么的问题。

老伴晚上对老安说，他出一半钱，他哪里有钱？钱都在他老婆身上。老安说，男人身上没钱的家庭最稳当，你知道吗？

电话预约？打个电话说要见他？说要说个事？我是什么人？他是什么角色？这条路子，显然又不是老安能走的。

老安回到家里时，觉得自己是显得十分平静的。但老伴只看他一眼便什么都明白了。老伴知趣地没有问他半句。

但是不管怎么样，局长的面是要见上的，儿子的事是要说一说的。老安从来都没有做过半途而废的事，也正是由于他的这种优秀品格，就是在退休前他还要被提拔当上科长。不这样安排，便是领导对不起他了，而不是他有愧于组织。

后来老安冥思苦想，终于想出一个最好的办法，那便是每日上下班时，佯装到办公室前面的草坪里慢跑锻炼身体，那样便可以碰到出进大门的局长了。既没掉"架子"，又达到了目的，面子也顾了内子也顾了，船也过得舵也过得，真可谓是一举两得。

于是老安便每天去那草地上慢跑。他既不会舞剑又不善太极拳，对气功更无兴趣，只有跑步学起来不算难，便取了这个项目。好在也没有人看出他跑步姿势的别扭来。昔日年轻的同事上班见了他，问，老安，锻炼啦？这样老安就放心了，我真是在锻炼呢！

老安脚在跑着，眼睛却紧盯着局长的黑色轿车，远远见局长的车驶来，他便紧跑几步，往门厅那儿靠。可惜每次局长下车或是上车，都有人簇拥着他，老安看到他，他却看不到老安。而退休了的老安是绝对不可以挤上去主动和局长打招呼的。他希望局长先看到他，那样就好了。

老安安慰自己，别急，总会逮着机会的。

老安的想法很对，总是有机会的。有一日，局长终于从人缝中发现老安了。局长将手中的包交给秘书，拨开那些包围他的手下，走下门厅的台阶，站在老安的面前，主动地朝老安伸出手来，握住，亲切地说，老安，怎么总是看不到你呀。老安忙说，这不是看到啦？还好吗？还好。锻炼哪？也算是锻炼吧。

我记得你说过不锻炼的人也能活到九十九，好像你对锻炼不感兴趣的嘛。

人老了，气衰了，就不能说那个话了。

局长拍一下老安的肩膀，我看你还没到说"老"字的时候。这个牛皮可不能吹。有空来坐坐呀。

老安说，我还真没工夫去看你，好在我们的关系不一般，没去看你也不会见怪的。

哪里哪里。有空来坐呀。局长再拍一下老安的肩膀转身就走。

老安一急，我怎么只顾了说闲话？好不容易逮着他，还不抓住机会说儿子的事更待何时？

老安忙说，倒是真有个事要……

老安的"说"字还没出口，局长已经决然转过身去，迈着快捷有力的步伐走上了台阶，迅速没入门洞。左右周围跟着一群人。谁也不曾注意老安的存在了。

局长是说了请他去坐。可是，去哪里坐？去家里坐是要带礼物的，这个坐老安可不能去。去办公室坐，要电话预约。那么，还有没有其他说说话的途径呢？

老安又想了些日子，再也没有想出什么奇妙的办法来。而这种事，又不好和谁去商量，就是商量，凭老安这些看看报的朋友，谁又能给他献出什么好主意来？

后来老安终于想出一个好办法。他对老伴说，我看我们还是和儿子一起到基地去吧。我以前是去基地看过的，那儿空房子多着哩，一人住三间四间都有。猪圈空着，牛圈空着，菜地荒着，鱼池干着，山上的树如今恐怕抱都抱不拢了。我们何不住到那里去呢？替儿子做点饭，种点菜，养点鸡，早晚去山上走走，那儿空气新鲜，说不定你的身体还会养好……

老安越说竟越兴奋。老伴知道，他是没有和局长说上话的，也许再也说不上话了，已经死了那份去说说的心了，老安少有的兴奋竟也感染了老伴，她想他们本也是从乡下出来的，老安讲的那个基地，确实也容易让无所事事终日关在城市笼子里的老人想入非非。

这以后几天，老两口便兴致勃勃地讨论着再回乡间过日子的种种设想，好像他们不久就要随下放的儿子出征了。而且，据说那附近还盖了个很不错的小学，那么，小孙子也可以去那里念书了，一家人，终日厮守在一起，该有多好。

吃了这个定心丸，老安的日常生活又恢复了常态。他一如往常地去读报和买过期杂志。

一日，他在桥头买杂志时，一位关心他的老友拍着他的肩膀说，还是老兄你有板眼，幸好你及时去说了。老安一懵，说了？我说什么了？

老友道，你还装宝，榜都出了几天了，你要请客才对。

儿子说他留下来了。说他们这帮人，下去九个，留下三个。老安惊诧，你怎么留下了？

儿子说，我听局长在会上说，我是全局唯一没有人去说情，也没有人替我说情的，所以就留下来了。老伴说，不让你下去了，你也不回来说说。

儿子说，这有什么好说的？他显得轻描淡写的样子。老安在心里琢磨：他真是轻描淡写，不看重去留吗？

老伴看电视只坚持到晚上十点，这时候儿子就告辞回去了。他骑单车回去只需十分钟。回去正好赶上替做作业的儿子检查作业。然后替他洗脚，安顿他上床睡觉，而这时，儿媳妇不知在谁家的麻将桌上酣战。

这天晚上老伴显得很高兴，她对老安说，想不到憨人自有憨福，我担心头个要下去的就是他。

老安高兴不起来。说迟早我们要做下去的准备，不信你看吧。

老伴说，信也罢，不信也罢，很快我们就看不到了，还活得几天？那样就好了。

老安批评，怎么能这么说呢？怎么能这么消极呢？

原载《时代文学》2000年第2期

点评

　　"说说"其实就是说情，是中国社会"博大精深"的"关系学"中重要的一环。这篇小说就是作者对时代特征和人情社会的寓言式表达。老安不太适应"新时代"的某些规则，一是性格使然，二是"新时代"到来之际他已退休，离开了工作岗位也交出了手中仅有的一点权力。但儿子小安却又将他拉回到这种关系网之中，不是儿子主动地拉，而是周遭的人默默的、细微的，却又无处不在的力量，将他拉入其中，网罗进来。儿子小安毕业后进了老安之前的工作单位上班，"但儿子是置身于一个竞争激烈的时代。随着这个时代特征的日渐鲜明，老安对儿子的忧虑也就与日俱增。坐享其成的日子终将不会长久了的。这一点老安比一般人明白得更早"。果然，随着时代和政策的改变，单位要下放一批人到基层，而人选还未定，所以单位里的人都闻风而动，开始托人情、走关系，都不想被下放到乡下去。儿子小安还是一如往常定期回家陪父母看电视，只字不提下放的事。倒是老安身边的熟人、卖报摊贩等告知他这一消息，提醒他行动起来，老伴儿也劝他去找过去的同事说说。老安最初很排斥，后来经不住熟人们的热心和妻子的唠叨，便决定试着找机会说说。但因为不懂"新时代"的规则，又不太圆滑，几次尝试都以失败告终。结果却出人意料，小安并没有被下放，局长在会上说，因为他是全局唯一一个没有去说情，也没有人替他说情的人。

　　小说写到这里，转了一个弯，算是出人意料的结局，就这样收束也无可厚非，总算是留给读者一些希望，但作者终究还是没有"大发善心"。小安不用下放，老安的妻子很高兴，觉得想不到憨人自有憨福，但老安接下来的一句话却当头一盆冷水泼下来："迟早我们要做下去的准备，不信你看吧。" 老安看似简简单单的一番话却分量十足，把小说的意蕴又引向了更耐人寻味的境地。老伴却说就算有那天，恐怕也看不到了，老安却批评老伴消极。小说也就在这里结束，老安预计小安还是会被下放，呈现出消极的一面，却又在最后批评老伴不应该消极，两者形成极大的反差，貌似自相矛盾，但其实前后相互映衬。无论是从整个小说来看，还是最后特意强调老安对老伴的批评，都足见老安这个人物形象并不是消极的人物设定，但却在儿子下放的这个事情上表现出消极的一面，其中的讽刺意味便不言而喻了。

（朱旭）

俗世奇人 /

/ 冯骥才

刷子李

　　码头上的人，全是硬碰硬。手艺人靠的是手，手上就必得有绝活。有绝活的，吃荤，亮堂，站在大街中央；没能耐的，吃素，发蔫，靠边待着。这一套可不是谁家定的，它地地道道是码头上的一种活法。自来唱大戏的，都讲究闯天津码头。天津人迷戏也懂戏，眼刁耳尖，褒贬分明。戏唱得好，下边叫好捧场，像见到皇上，不少名角便打天津唱红唱紫、大红大紫；可要是稀松平常，要哪没哪，戏唱砸了，下边一准起哄喝倒彩，弄不好茶碗扔上去，茶叶末子沾满戏袍和胡须上。天下看戏，哪儿也没天津倒好叫得厉害。您别说不好，这一来也就练出不少能人来。各行各业，全有几个本领齐天的活神仙。刻砖刘、泥人张、风筝魏、机器王、刷子李等等。天津人好把这种人的姓，和他们拿手擅长的行当连在一起称呼。叫长了，名字反而没人知道。只有这一个绰号，在码头上响当当和当当响。

　　刷子李是河北大街一家营造厂的师傅。专干粉刷一行，别的不干。他要是给您刷好一间屋子，屋里任吗甭放，单坐着，就赛升天一般美。最让人叫绝的是，他刷浆时必穿一身黑，干完活，身上绝没有一个白点。别不信！他还给自己立下一个规矩，只要身上有白点，白刷不要钱。倘若没这本事，他不早饿成干儿了？

　　但这是传说。人信也不会全信。行外的没见过的不信，行内的生气愣说不信。

　　一年的一天，刷子李收个徒弟叫曹小三。当徒弟的开头都是端茶、点烟、跟在屁股后边提东西。曹小三当然早就听说过师傅那手绝活，一直半信半疑，这回非要亲眼瞧瞧。

那天，头一次跟师傅出去干活，到英租界镇南道给李善人新造的洋房刷浆。到了那儿，刷子李跟管事的人一谈，才知道师傅派头十足。照他的规矩一天只刷一间屋子。这洋楼大小九间屋，得刷九天。干活前，他把随身带的一个四四方方的小包袱打开，果然一身黑衣黑裤，一双黑布鞋。穿上这身黑，就赛跟地上一桶白浆较上了劲。

一间屋子，一个屋顶四面墙，先刷屋顶后刷墙。顶子尤其难刷，蘸了稀溜溜粉浆的板刷往上一举，谁能一滴不掉？一掉准掉在身上。可刷子李一举刷子，就赛没有蘸浆。但刷子划过屋顶，立时匀匀实实一道白，白得透亮，白得清爽。有人说这蘸浆的手法有高招，有人说这调浆的配料有秘方。曹小三哪里看得出来？只见师傅的手臂悠然摆来，悠然摆去，好赛伴着鼓点，和着琴音，每一摆刷，那长长的带浆的毛刷便在墙面"啪"地清脆一响，极是好听。啪啪声里，一道道浆，衔接得天衣无缝，刷过去的墙面，真好比平平整整打开一面雪白的屏障。可是曹小三最关心的还是刷子李身上到底有没有白点。

刷子李干活还有个规矩，每刷完一面墙，必得在凳子上坐一大会儿，抽一袋烟，喝一碗茶，再刷下一面墙。此刻，曹小三借着给师傅倒水点烟的机会，拿目光仔细搜索刷子李的全身。每一面墙刷完，他搜索一遍。居然连一个芝麻大小的粉点也没发现。他真觉得这身黑色的衣服有种神圣不可侵犯的威严。

可是，当刷子李刷完最后一面墙，坐下来，曹小三给他点烟时，竟然瞧见刷子李裤子上出现一个白点，黄豆大小。黑中白，比白中黑更扎眼。完了！师傅露馅了，他不是神仙，往日传说中那如山般的形象轰然倒去。但他怕师傅难堪，不敢说，也不敢看，可忍不住还要扫一眼。

这时候，刷子李忽然朝他说话：

"小三，你瞧见我裤子上的白点了吧。你以为师傅的能耐有假，名气有诈，是吧。傻小子，你再细瞧瞧吧——"

说着，刷子李手指捏着裤子轻轻往上一提，那白点即刻没了，再一松手，白点又出现，奇了！他凑上脸用神再瞧，那白点原是一个小洞！刚才抽烟时不小心烧的。里边的白衬裤打小洞透出来，看上去就跟粉浆落上去的白点一模一样！

刷子李看着曹小三发怔发傻的模样，笑道：

"你以为人家的名气全是虚的？那你是在骗自己。好好学本事吧！"

曹小三学徒头一天，见到听到学到的，恐怕别人一辈子也未准明白呢！

蓝　眼

古玩行中有对天敌，就是造假画的和看假画的。造假画的，费尽心机，用尽绝招，为的是骗过看假画的那双又尖又刁的眼；看假画的，却凭这双眼识破天机，看破诡计，捏着这造假的家伙没藏好的尾巴尖儿，打一堆画里把它揪出来，晾在光天化日底下。

这看假画的名叫蓝眼。在锅店街裕成公古玩铺做事，专看画。蓝眼不姓蓝，他姓江，原名在棠，蓝眼是他的外号。天津人好起外号，一为好叫，二为好记。这蓝眼来源于他的近视镜，镜片厚得赛瓶底，颜色发蓝，看上去真赛一双蓝眼。而这蓝眼的关键还是在他的眼上。据说他关灯看画，也能看出真假；话虽有点玄，能耐不掺假。他这蓝眼看画时还真的大有神道——看假画，双眼无神；看真画，一道蓝光。

这天，有个念书打扮的人来到铺子里，手拿一轴画。外边的题签上写着"大涤子湖天春色图"。蓝眼看似没看，他知道这题签上无论写吗，全不算数，真假还得看画。他唰地一拉，疾如闪电，露出半尺画心。这便是蓝眼出名的"半尺活"，他看画无论大小，只看半尺。是真是假，全拿这半尺画说话，绝不多看一寸一分。蓝眼面对半尺画，眼镜片唰地闪过一道蓝光，他抬起头问来者：

"你打算卖多少钱？"

来者没急着要价，而是说：

"听说西头的黄三爷也临摹过这幅画。"

黄三爷是津门造假画的第一高手。古玩铺里的人全怕他。没想到蓝眼听赛没听，又说一遍：

"我眼里从来没有什么黄三爷。你说你这画打算卖多少钱吧。

"两条。"来者说。这两条是二十两黄金。

要价不低，也不算太高，两边稍稍地你抬我压，十八两便成交了。

打这天起，津门的古玩铺都说锅店街的裕成公买到一轴大涤子石涛的山水，水墨浅绛，苍润之极，上边还有大段题跋，尤其难得。有人说这件东西是打北京某某王府流落出来的。来卖画的人不大在行，蓝眼却抓个正着。花钱不少，东西更好。这么精的大涤子，十年内天津的古玩行就没见过。那时没有报纸，嘴巴就是媒体，愈说愈神，愈传愈广。接二连三总有人来看画，裕成公都快成了绸缎庄了。

世上的事，说足了这头，便开始说那头。大约事过三个月，开始有人说裕成公那幅大涤子靠不住。初看挺唬人，可看上几遍就稀汤寡水，没了精神。真假画的分别是，真画经得住看，假画受不住瞧。这话传开之后，就有新闻冒出来——有人说这画是西头黄三爷一手造的赝品！这话不是等于拿盆脏水往人家蓝眼的袍子上泼吗？

蓝眼有根，理也不理。愈是不理，传得愈玄。后来就说得有鼻子有眼儿了。说是有人在针市街一个人家里，看到了这轴画的真品。于是，又是接二连三，不间断有人去裕成公古玩铺看画，但这回是想瞧瞧黄三爷用吗能耐把蓝眼的眼蒙住的。向来看能人栽跟头都最来神儿！

裕成公的老板佟五爷心里有点发毛，便对蓝眼说："我信您的眼力，可我架不住外面的闲话，扰得咱铺子整天乱哄哄的。咱是不是找个人打听打听那画在哪儿。要真有张一模一样的画，就想法把它亮出来，分清楚真假，更显得咱高。"

蓝眼听出来老板没底，可是流言闲语谁也没辙，除非就照老板的话办，真假一齐亮出来。人家在暗处闹，自己在明处赢。

佟老板找来尤小五。尤小五是天津卫的一只地老鼠，到处乱钻，吗事都能叫他拿耳朵摸到。他们派尤小五去打听，转天有了消息。原来还真的另有一幅大涤子，也叫《湖天春色图》，而且真的就在针市街一个姓崔的人家！佟老板和蓝眼都不知道这崔家是谁。佟老板便叫尤小五引着蓝眼去看。蓝眼不能不去，待到了那家一看，眼镜片唰唰闪过两道蓝光，傻了！

真画原来是这幅。铺子里那幅是假造的！这两幅画的大小、成色、画面，全都一样，连图章也是仿刻的。可就是神气不同——瞧，这幅真的是吗神气！

他当初怎么打的眼，已经全然不知。此时面对这画，真恨不得钻进地里去。他二十年没错看过一幅。他蓝眼简直成了古玩行里的神。他说真必真，说假准假，没人不信。可这回一走眼，传了出去，那可毁了。看真假画这行，看对一辈子全是应该的，看错一幅就一跟头栽到底。

他没出声。回到店铺跟老板讲了实话。裕成公和蓝眼是连在一块的，要栽全栽。佟老板想了一夜，有了主意，决定把崔家那轴大涤子买过来，花大价钱也在所不惜。两幅画都攥在手里，哪真哪假就全由自己说了。但办这事他们决不能露面，便另外花钱请个人，假装买主，跟随尤小五到崔家去买那轴画。谁料人家姓崔的开口就是天价。不然就自己留着不卖了。买东西就怕一边非买，一边非不卖。可是去装买主这人心里有底，因为来时黄老板对他有话"就是砸了我铺子，你也得把画给我买来"。这便一再让步，最后竟花了七条金子才买到手，反比先前买的那轴多花了两倍的钱还多。

待把这轴画拿到裕成公，佟老板舒口大气，虽然心疼钱，却保住了裕成公的牌子。他叫伙计们把两轴画并排挂在墙上，彻底看个心明眼亮。等画挂好，蓝眼上前一瞧，眼镜片唰唰唰闪过三道光。人竟赛根棍子立在那里。天下的怪事就在眼前——原来还是先前那幅是真的，刚买回来的这幅反倒是假的！

真假不放在一起比一比，根本分不出真假——这才是人家造假画的本事，也是最高超的本事！

可是蓝眼长的一双是吗眼？肚脐眼？

蓝眼差点儿一口气闭过去。转过三天，他把前前后后的事情捋了一遍，这才明白，原来这一切都是黄三爷在暗处做的圈套。一步步叫你钻进来。人家真画卖得不吃亏，假画卖得比天高。他忽然想起，最早来卖画的那个书生打扮的人，不是对他说过"黄三爷也临摹过这幅画"吗？人家有话在先，早就说明白这幅画有真有假。再看打了眼怨谁？看来，这位黄三爷不单冲着钱来的，干脆就是冲着自己来的。人家叫你手里攒着真画，再去买他造的假画。多绝！等到他明白了这一层，才算明白到家，认栽到底！打这儿起，蓝眼卷起被袄卷儿离开了裕成公。自此不单天津古玩行没他这号，天津地面也瞧不见他的影子。有人说他得一场大病，从此躺下，再没起来。栽得真是太惨了！

再想想看，他还有更惨的——他败给人家黄三爷，却只见到黄三爷的手笔，人家的面也没叫他见过呢！

所幸的是，他最后总算想到黄三爷的这一手。死得明明白白。

死 鸟

天津卫的人好戏谑，故而人多有外号。有人的外号当面叫，有人的外号只能背后说，这要看外号是怎么来的。凡有外号，必有一个好笑的故事；但故事和故事不同，有的故事可以随便当笑话说，有的故事人却不能乱讲，比方贺道台这个格涩（天津方言，特殊、与众不同的意思）的雅号——死鸟。

贺道台相貌普通，赛个猪崽。但真人不露相，能耐暗中藏。他的能耐有两样，一是伺候头儿，一是伺候鸟。

伺候上司的事是挺特别的一功。整天跟在上司的屁股后边，跟慢跟紧全都不成。跟得太慢，遇事上不去，叫上司着急；跟得太紧，弄不好一脚踩在上司的后脚跟上，反而惹恼了上司。而且光是赛条小狗那样跟在后边也不成。还得善于察言观色，摸透上司脾气，知道吗时候该说吗，吗时候不该说吗；挨训时俯首贴耳，挨骂时点头称是。上司骂人，不准是你的不是，有时不过是上司发发威和舒舒气罢了。你要是耐不住性子，皱眉撇嘴，露出烦恼，那就叫上司记住了。从此，官儿不是愈做愈大，而是愈做愈小——就这种不是人干的事，贺道台却得心应手，做得从容自然。人说，贺道台这些能耐都出自他的天性。

说完他伺候头儿，再说他伺候鸟儿。

伺候鸟的事也是另外一功。别以为把鸟关在笼子里，放点米，给点虫，再加点水，就能又蹦又跳。一种鸟有一种鸟的习惯，差一点就闭眼呛毛，耷拉翅膀；一只鸟有一只鸟的性子，不依着它就不唱不叫，动也不动，活的赛死的差不多。人说贺道台上辈子准是鸟儿。他对鸟儿们的事全懂，无论吗鸟，经他那双小胖手一摆弄，毛儿鲜亮，活蹦乱跳，嗓子个个赛得过在天福茶园里那个唱落子的一毛旦。

过年立夏转天，在常关做事的一位林先生，打江苏常州老家歇假回来，带给他一只八哥。这八哥个大肚圆，腿粗爪硬，通身乌黑，嘴儿金黄；叫起来，站在大街上也听得清清楚楚。贺道台心里欢喜说：“公鸡的嗓门也没它大。”

林先生笑道：“就是学人说话还差点。它总不好好学。怎么教也不会，可有时不留神的话，却给它学去了。不过，到您手里一调理，保准有出息。"

贺道台也笑了，说道："过三个月，我叫它能说快板书。"

然而，这八哥好比烈马，一时极难驯服。贺道台用尽法子，它也学不会。贺道台骂它一句："笨鸟。"第二天它却叫了一天"笨鸟"。叫它停嘴，它偏不停。前院后院都听得清清楚楚，午觉也没法儿睡。贺道台用罩子把笼子严严实实罩了多半天，它才不叫。到了傍晚，太太怕把它阿死，叫丫环把罩子摘去，它一露面，竟对太太说："太太起痱子了吧！"把太太吓了一跳。再一想，这不是前几天老爷对她说的话吗？不留神竟给它学去了。逗得太太咯咯笑半天。待贺道台回来，对老爷说了。没等她去叫八哥再说一遍，八哥自己又说："太太起痱子了吧！"

贺道台给逗得咧嘴直笑，还说："这东西，连声音也学我。"

太太说："没想到这坏东西竟这么聪明。"

自此，贺道台分外仔细照料它。日子一长，它倒是学会了几句什么"给大人请安""请您坐上座""您走好了"之类的话，只是不好好说。可是，它抽冷子蹦出几句老爷太太平时说的"起痱子"那类的话，反倒把客人逗得大笑，直笑得前仰后合。

知府大人说："贺大人，从它身上就知道您有多聪明了。"

贺道台得意这鸟，更得意自己。这话就暂且按下不提。

九月初九那天，东城外的玉皇阁"攒九"，津门百姓照例都去登阁，俗称九九登高。此时，天高气爽，登高一望，心头舒畅，块垒皆无。这天直隶总督裕禄也来到了玉皇阁，兴致非常好，顺着那又窄又陡的楼梯，一口气直爬到顶上的清虚阁。随同来的文武官员全都跑前跑后，哄他高兴。贺道台自然也在其中。他指着三岔河口上的往来帆影，说些提兴致的话，直叫裕禄大人心头赛开了花。从阁上下来，贺道台便说，自己的家就在不远，希望大人赏脸，到他家去坐坐。裕大人平日决不肯屈尊到属下家中做客，但今日兴致高，竟答应了。贺道台的轿子便在前面开道，其余官员跟随左右，骑龙驾虎一般去了。

贺道台的八哥笼子就挂在客厅窗前，裕大人一进门，它就叫："给大人请安。"声音嘹亮，一直送进裕禄的耳朵里。

裕大人愈发兴高采烈，说道："这东西竟然比人还灵。"

贺道台应声便说："还不是因为大人来了。平时怎么叫它说，它也不肯说。"

待端茶上来，八哥忽又叫道："这茶是明前茶。"

裕大人一怔，扭头对那笼子里的八哥说："这是你的错了。现在什么时候了，哪还有明前茶？"

上司打趣，下司拾笑。笑声贯满客厅。并一齐讪笑八哥是个傻瓜。

贺道台说："大人真是一句切中了要害。其实这话并不是我教的，这东西总是时不时蹦出来一句，不知哪来的话。"

知府笑道："还不是平日里说者无意，听者有心。想必贺大人总喝好茶，它把茶名全记住了！"

裕禄笑道："有什么好茶，也请裕禄我尝尝。"

大家又笑起来。但八哥听到了"裕禄"两字，忽然翅膀一抖，跟着全身黑毛全爹起来，好赛发怒，声音又高又亮地叫道："裕禄那王八蛋！"

满厅的人全怔住。其实这一句众人全听到了，就在惊呆的一刻，这八哥又说一遍："裕禄那王八蛋！"说得又清楚又干脆。裕禄忽地手一甩，把桌上的茶碗全抽在地上，怒喝一声："太放肆了！"

贺道台慌忙趴在地上，声音抖得快听不见："这不是我教给它的——"话到这里，不觉卡住了。他想到，八哥的这句话，正是他每每在裕禄那里受了窝囊气后回来说的。怎么偏偏给它记住了？这不是要他的命吗？他浑身全是凉气。

等他明白过来，裕禄和众官员已经离去。只他一个人还趴在客厅地上。他突然跳起来，朝那八哥冲去，一边吼着："你毁了我！我撕了你，你这死鸟！"

他两手抓着笼子一扯，用力太大，笼子扯散，鸟飞出来，一把没有抓住。这八哥穿窗飞出，落在树上。居然把贺道台刚刚说的这话学会了，朝他叫道："死鸟！"

贺道台叫仆人们用竿子打，用砖头砍，爬上树抓，八哥在树顶上来回蹦了一会儿。还不住地叫："死鸟！死鸟！死鸟！"最后才挥翅飞去，很快就无影无踪了。

自此，贺道台就得了"死鸟"的外号。而且人们传这外号的时候，还总附带着这个故事。

背头杨

光绪庚子后，社会维新，人心思变，光怪陆离，无奇不有，大直沽冒出一个奇人，人称背头杨。当时，男人的辫子剪得太急，而且头发受之父母，不肯剪去太多，剪完后又没有新发型接着，于是就剩下一头长长的散发，赛玉米穗子背在后脑壳上，俗称马子盖，大名叫背头。背头便成了维新的男人们流行的发式了。

既然如此，这个留背头姓杨的还有吗新鲜的？您问得好，我告您——这人是女的！

大直沽有个姓杨的大户。两个没出门的闺女。杨大小姐，斯文好静，整天待在家；杨二小姐，激进好动，终日外边跑，模样和性情都跟小子们一样。而且好时髦，外边流行什么，她就立即弄到自己身上来。她头次听到"革命"二字，马上就铰了头发，仿照维新的男人们留个背头。这在当时可是个大新闻。可她不管家里怎么闹，外头怎么说，我行我素，快意得很。但没出十天，麻烦就来了——

这天傍晚，背头杨打老龙头的西学堂听完时事演讲回家，下边憋了一泡尿。她急着往家赶，愈急愈憋不住，简直赛江河翻浪，要决口子。她见道边有间茅厕，便一头钻进去。

天下的茅厕都是一边男一边女，中间隔道墙，左男右女。她正解裤带的当口，只听蹲着的一个女的大声尖叫："流氓，流氓！"跟着，另一个也叫起来，声音更大。她给这一叫懵了。闹不清流氓在哪儿，提着裤子跑出去。谁料里边的几个女的跟着跑出来，喊打叫骂，认准她是个到女厕所占便宜的坏小子。过路的人，上来把她截住，一拥而上，连踢带打。背头杨叫着："别打，别打，我是女的！"谁料招致更凶猛的殴打，"打就打你这冒牌的'女的'！"直到巡警来，认出这是杨家的二小姐，才把她救出来送回家。背头杨给打得一身青，脸上挂了彩，见了爹娘，又哭又闹，一连多少天，那就不去说了。

打这儿，背头杨在外边再不敢进茅厕，憋急了就是尿在裤兜里，也不去茅厕。她不能进男厕，更不能进女厕。一时间，连自己是男是女也弄不清了。

她不去找事，可是事来找她。

她听说，大直沽一带的女厕所接连出事。据说总有个留背头的男子闯进去，进门就说："我是背头杨。"唬住对方，占些便宜后扭身就跑。虽然没出大事，却闹得人心惶惶。还有些地面上的小混混也趁火打劫，在女厕所的墙外时不时叫一嗓子："背头杨来了！"叫这一带的女厕所都赛闹鬼的房子，没人敢进去。

背头杨真弄不明白，维新怎么会招来这么多麻烦。不过留一个背头，连厕所也进不得。而且是进厕所不行，不进厕所也不行。不知是她把事情扰乱，还是事情把她扰乱。一赌气，她在屋里待了两个月。慢慢头发长了，恢复了女相，哎，这一来女厕所自然就随便进了，而且女厕所也肃静起来，好似天底下的麻烦全没了。

蔡二少爷

蔡家二少爷的能耐特别——卖家产。

蔡家的家产有多大？多厚？没人能说清。反正人家是天津出名的富豪，折腾盐发的家，有钱做官，几代人还全好古玩。庚子事变时，老爷子和太太逃难死在外边。大少爷一直在上海做生意，有家有业。家里的东西就全落在二少爷身上。二少爷没能耐，就卖着吃。打小白脸吃到满脸胡楂，居然还没有"坐吃山空"。人说，蔡家的家产够吃三辈子。

敬古斋的黄老板每听这话，心里暗笑。他多少年专卖蔡家的东西。名人家的东西较比一般人的东西好卖。而黄老板凭他的眼力，看得出二少爷上边几代人都是地道的玩主。不单没假，而且一码是硬邦邦的好东西。到手就能出手。蔡家卖的东西一多半经他的手，所以他知道蔡家的水有多深。十五年前打蔡家出来的东西是珠宝玉器，字画珍玩；十年前成了瓷缸石佛，硬木家具；五年前全是一包一包的旧衣服了。东西虽然不错，却渐渐显出河干见底的样子。这黄老板对蔡二少爷的态度也就一点点地变化。十五年前，他买二少爷的东西，全都是亲自去蔡家府上；十年前，二少爷有东西卖，派人叫他，他一忙就把事扔在脖子后边；五年前，已经变成二少爷胳肢窝里夹着一包旧衣服，自个儿跑到敬古斋来。

这时候，黄老板耷拉着眼皮说："二少爷，麻烦您把包儿打开吧！"连伙计们也不上来帮把手。黄老板拿个尺子，把包里的衣服一件件挑出来，往旁边一甩，同时嘴里叫个价钱，好赛估衣街上卖布头的。最后结账时，全是伙计的事，黄老板人到后边喝茶抽烟去了。黄老板自以为摸透了蔡家的命脉。但近两年这脉相可有点古怪了。

蔡家二少爷忽然不卖旧衣，反过来又隔三岔五派人叫他到蔡家去。海阔天空地先胡扯半天，扭身从后边柜里取出一件东西给他看，件件都是十分成色的古玩精品。不是康熙五彩的大碟子，就是一把沈石田细笔的扇子。二少爷把东西往桌上一撂那神气，好赛又回到十多年前。黄老板说："真是瘦死的骆驼比马大，二少爷的箱底简直没有边啦！东西卖了快二十年，还是拿出一件是一件！"蔡二少爷笑笑，只淡淡说一句："我总不能把祖宗留下来的全卖了，那不成败家子了吗？"可一谈价就难了，每件东西的要价比黄老板心里估计的卖价还高，这在古玩里叫作：脖颈价。就是逼着别人上吊。

像蔡家这种人家卖东西，有两种卖法：一是卖穷，一是卖富。所谓卖穷，就是人家急等着用钱，着急出手，碰上这种人，就赛撞上大运；所谓卖富，就是人家不缺钱花，能卖大价钱才卖。遇到这种人，死活没办法。蔡二少爷一直是卖穷，吗时候改卖富了？

一天，北京琉璃厂大雅轩的毛老板来到敬古斋。这一京一津两家古玩店，平日常有往来，彼此换货，互找买主，熟得很。

毛老板进门就瞧见古玩架上有件东西很眼熟，走近一看，一个精致的紫檀架上，放着一叠八片羊脂玉板刻的《金刚经》，馆阁体的蝇头小字，讲究至极，还描了真金。他扭脸对黄老板说："这东西您打哪来的？"脸上的表情满是疑惑。

黄老板说："半个月前新进的，怎么？"

毛老板追问一句："谁卖您的？"

黄老板眼珠一转，心想你们京城人真不懂规矩，古玩行里，对人家的买主或卖主都不能乱打听。他笑了笑，没搭茬。

毛老板觉出自己问话不当，改口说："是不是你们天津的蔡二少爷匀给您的？这东西是打我手里买的。"

黄老板怔住，禁不住说："他是卖主呀！怎么还买东西？"

毛老板接过话："我一直以为他是买主，怎么还卖，要不我刚才问你。"

两人大眼对小眼，都发傻。

毛老板忽指着柜上的一个大明成化的青花瓶子说："那瓶子也是我卖给他的！他多少钱给您的？我可是跟白扔一样让给他的。"

毛老板还蒙在鼓里，黄老板心里头已经真相大白。他不能叫毛老板全弄明白。待毛老板走后，他马上对伙计们说：

"记住，蔡二少爷不能再打交道了。这王八蛋卖东西卖出能耐来了，已经成精了！"

青云楼主

青云楼主，海河边一小文人的号。吗叫小文人？就是在人们嘴边绝对挂不上号，可提起他来差不多还都知道的那类文人。

此君脸窄身薄，皮黄肉干，胳膊大腿又细又长，远瞧赛几根竹竿子上晾着的一张豆皮。但人不可貌相，海不可斗量。他能写能画，能刻图章，连托裱的事也行；可行家们说他——手糙了点儿。因故，天津卫的买卖没他写的匾，饭庄药铺的墙上不挂他的画。他于书画这行，是又在行里，又在行外。文人落到这步，那股子"怀才不遇"的滋味，是苦是酸，还是又苦又酸，只有他自己知道了。

于是，青云楼这斋号就叫他想出来了。他自号青云楼主，还写了一副对子挂在迎面墙壁上："人在青山里，心卧白云中"。他常常自言自语念这对子。每每念罢，闭目摇肩，真如隐士。然而，天津卫是个凡夫俗子的花花世界，青云楼就在大胡同东口，买东西的和卖东西的挤成个团儿。再说他隔墙就是四季春大酒楼，整天鱼味肉味葱味酱味换着样儿往窗户里边飘。关上窗户？那管屁用！窗玻璃拦得住鱼鲜肉香，却拦不住灯红酒绿。一位邻居对他说："你这青云楼干脆也改成饭馆算了。这'青云楼'三字听着还挺好听，一叫准响！"

这话当时差点叫他死过去。

天旋地转，运气有变。一天，有个好事的小子陈八，带来一位美国人拜访他。这人五十多岁，秃头鼓眼大胡子，胡子里头瞧不见嘴。陈八说这老美喜欢中国的老东西，尤其是字画。青云楼主头一回与洋人会面，脑子发乱，手脚也忙，踩凳子挂画时，差点来个人仰马翻。那老美并没注意到他，只管去瞧墙上的画，每瞧一幅，就哇啦哇啦叫一嗓子，好赛洗屁股时叫水烫着了。然后，嘬起嘴啧啧赞赏一番。这一嘬嘴，就见有一个樱桃样的东西，又湿又红，从他的胡子中间拱出来。青云楼主定神一看，原是这老美的嘴唇。最后他用中文一个字一个字对青云楼主说："我、太、高、兴、了、谢、谢——我、太、高、兴、了、谢、谢——"他大概只学了这几个字，反反复复地说，一直到告辞而去。

青云楼主高兴得要疯。他这辈子，头次叫人这么崇拜。两个月后，他收到一封洋文写的信。他拿到《大公报》的报馆去找懂洋文的朱先生。朱先生一看就笑了，对他说："你用吗法子，把人家老美都折腾出神经病来了！他说他回国后天天眼睛里都是你写的字，晚上做梦也是你的字，还说他感到中国的艺术家绝对都是天才！"

青云楼主如上青云，身子发飘，一夜没睡，天亮时，忽来灵感，挥笔给那老美写了"宁静致远"四个大字，亲手裱成横披，送到邮局寄去。邮件里还附一张信纸，提个要求，要人家把字挂在墙上后，无论如何站在这字前面，照张照片寄来。他想，他要拿这照片给人看。给亲友看，给街坊邻居看，给那些小看他的人看，再给买卖家那几个大老板看，给报馆的编辑们看，最后在报上刊登出来。都看吧！瞪圆你们的狗眼看看吧！你们不认我，人家老美认我！

他在青云楼中坐等三个月，直等到有点疑惑甚至有点泄气时，一封外皮上写着洋文的信终于寄来了。他忙撕开，押出一封信，全是洋文，他不懂，里边并没照片。再看信封，照片竟卡在里边，他捏住照片押出来一瞧，有点别扭，不大对劲，他再细瞧，竟傻了。那老美倒是站在他那字的前边照了相，可是字儿却挂倒了，全朝下了！

泥人张

手艺道上的人，捏泥人的"泥人张"排第一。而且，有第一，没第二，第三差着十万八千里。

泥人张大名叫张明山。咸丰年间常去的地方有两处，一是东北城角的戏院大观楼，一是北关口的饭馆天庆馆。坐在那儿，为了瞧各样的人，也为捏各样的人。去大观楼要看戏台上的各种角色，去天庆馆要看人世间的各种角色。这后一种的样儿更多。

那天下雨，他一个人坐在天庆馆里饮酒，一边留神四下里吃客们的模样。这当儿，打外边进来三个人。中间一位穿得阔绰，大脑袋，中溜个子，挺着肚子，架势挺牛，横冲直撞往里走。站在迎门桌子上的"撂高的"一瞅，赶紧吆喝着："益照临的张五爷可是稀客，贵客，张五爷这儿总共三位——里边请！"

一听这喊话，吃饭的人都停住嘴巴，甚至放下筷子瞧瞧这位大名鼎鼎的张五爷。当下，城里城外气最冲的要算这位靠着贩盐赚下金山的张锦文。他当年由于为盛京将军海仁卖过命，被海大人收为义子，排行老五，所以又有"海张五"一称。但人家当面叫他张五爷，背后叫他海张五。天津卫是做买卖的地界儿，谁有钱谁横，官儿也惧三分。可是手艺人除外。手艺人靠手吃饭，求谁？惧谁？故此，泥人张只管饮酒，吃菜，西瞧东看，全然没把海张五当个人物。

但是不一会儿，就听海张五那边议论起他来。有个细嗓门的说："人家台下一边看戏，一边手在袖子里捏泥人。捏完拿出来一瞧，台上的吗样，他捏的吗样。"跟着就是海张五的大粗嗓门说："在哪儿捏？在袖子里捏？在裤裆里捏吧！"随后一阵笑，拿泥人张找乐子。

这些话天庆馆里的人全都听见了。人们等着瞧艺高胆大的泥人张怎么"回报"海张五。一个泥团儿砍过去？

只见人家泥人张听赛没听，左手伸到桌子下边，打鞋底抠下一块泥巴。右手依然端杯饮酒，眼睛也只瞅着桌上的酒菜，这左手便摆弄起这团泥巴来；几个手指飞快捏弄，比变戏法的刘秃子的手还灵巧。海张五那边还在不停地找乐子，泥人张这边肯定把那些话在他手里这团泥上全找回来了。随后手一停，他把这泥团往桌上"叭"地一戳，起身去柜台结账。

吃饭的人抻脖一瞧，这泥人真捏绝了！就赛把海张五的脑袋割下来放在桌上一般。瓢似的脑袋，小鼓眼，一脸狂气，比海张五还像海张五。只是只有核桃大小。

海张五在那边，隔着两丈远就看出捏的是他。他朝着正走出门的泥人张的背影叫道："这破手艺也想赚钱，贱卖都没人要。"

泥人张头都没回，撑开伞走了。但天津卫的事没有这样完的——

第二天，北门外估衣街的几个小杂货摊上，摆出来一排排海张五这个泥像，还加了个身子，大模大样坐在那里。而且是翻模子扣的，成批生产，足有一二百个。摊上还都贴着个白纸条，上边使墨笔写着：

　　贱卖海张五

估衣街上来来往往的人，谁看谁乐。乐完找熟人来看，再一块儿乐。

三天后，海张五派人花了大价钱，才把这些泥人全买走，据说连泥模子也买走了。泥人是没了，可"贱卖海张五"这事却传了一百多年，直到今儿个。

大　回

大回姓回，人高马大，手大脚大嘴大耳朵大，人叫他大回。叫惯了大回，反倒没人知道他的名字。

大回是能人，专攻垂钓。手里一根竹竿子，就是钓鱼竿；一个使针敲成的钩，就是鱼钩；一根纳鞋底子用的上了蜡的细线绳，就是鱼线；还有一片鸽子的羽毛拴在线绳上，就是鱼漂。只凭这几样再普通不过的东西，他蹲在坑边，顶多七天，能把坑里几千条鱼钓光了，连鱼秧子也逃不掉。

甭管水里的鱼多杂，他想要哪种鱼就专上哪种鱼；他还能钓完公鱼钓母鱼，一对对地往上钓。他钓的大鱼比他还沉，钓的小鱼比鱼钩还小。

人说钓鱼凭的是运气，他凭的全是能耐。

钓鲫鱼用的红虫子，又小又细，好赛线头，而且只有一层薄皮儿，里边一兜儿血红的水。要想把鱼钩穿进去，那可不易；弄不好钩尖一斜，一股红水出来，单剩下一层皮儿了。可人家大回把红虫子全放在嘴里，在腮帮子那里存着。用的时候，手指捏着鱼钩，张开嘴把钩往里边一挂，保管把那小红虫漂漂亮亮穿在鱼钩上。就这手活，谁会？

他无论钓什么都有绝法，比方钓王八。

钓鱼时钩到王八，都是竿儿弯，线不动，很容易疑惑是钩上了水下边的石块。心里急，一使劲，线断了！大回不急，稳稳绷住。停了会儿，见线一走，认准那是王八在爬，就更不急着提竿。尤其大王八，被鱼钩钩住之后，便用两只前爪子抓住水草。假若用力提竿，竿不折线断。每到这时候，大回便从腰间摸出一个铜环，从鱼竿的底把套进去，穿过鱼竿一松手，铜环便顺着鱼线溜下去。水底下的王八正吃着劲儿，忽见一个锃亮的东西直朝自己的脑袋飞来，不知是吗，扬起前爪子一挡，这便松开下边的草。嘿，就势把它舒舒服服地提上来！

这招这法，还在哪儿见过？

天津卫人过年有个风俗，便是放生。就是把一条活鲤鱼放到河里去。为的是行善，求好报。放鱼时，要在鱼的背鳍上拴一根红绳，做个记号。倘若第二年把这鱼打上来，就再拴一根红绳。第三年照样还拴一根。据说这种背上拴着三根红绳的鲤鱼，放到河里，可以跳龙门。一切人间的福禄寿财，就全招来了。

可是鲤鱼到处有，拴红绳的鱼无处弄到。鱼要是给鱼钩钩过一次，就变得又灵又贼。拴一根红绳的鲤鱼在鱼市上偶尔还能看见，拴两根红绳的鲤鱼看不见，拴三根红绳的连撒网打鱼的也没瞧见过。你想花大价钱买，他会笑着说："你有本事把河淘干了，我就有本事把它弄上来。"

怎么办？找大回。天津卫八大家都是一进腊月，就跟大回定这种三根红绳的鲤鱼了。

大回站在河边，看好鱼道。鱼道就是鱼在水里常走的路，大回有双神眼，能一眼看到水里。他瞧准鲤鱼常待的地界，把一个面团扔下去。这面团比栗子大，小鱼吃不进嘴，大鱼一口一个。但这面团里边决不下钩，纯粹是扔到河里喂鱼，一天扔一个。开头，那贼乎乎的大鱼冒着危险试着吃，一吃没事，第二天再来一个，胆儿便渐渐大起来，最后见了面团张嘴就吞。半个月二十天后，大回心想差不多了，用鱼钩钩个面团扔下去。错不了——一条拴红绳的大鲤鱼就结结实实绷住了。

可是这法子最多只能钓到拴两根红绳的鲤鱼。三根红绳的鲤鱼决不上钩。这三根绳的鲤鱼已经给钓到三次，就是吃屎也不敢再吃面团了。使吗法子？就用小孩的粑粑做鱼食！大回不是把鱼琢磨透了？

南门外那些水坑，哪个坑里有吗鱼，哪个坑里的鱼大小，哪个坑的鱼有多少条，他心里全一清二楚。他能把坑里的鱼全钓绝了，但他也决不把任何一个坑里的鱼钓绝了。钓绝了，他玩吗？故而，小鱼不钓，等它长大；母鱼不钓，等它瀎子。远近钓者都称他"鱼绝后"。这可不是骂他，是夸他。

这外号并不好——

辛亥变革后的第三年，夏至后转一天。大回钓了一天鱼，人困力乏。多半辈子，整天站在坑边河边，风吹日晒，身子里的油耗得差不多了。他在鼓楼北的聚合成饭庄，吃饱肚子喝足酒，提着一篓子鱼摇摇晃晃回家。走不动就靠墙睡会儿。他家在北城根，这一段路不近，他走走停停直到午夜，迷迷糊糊就趴在大街上了。这时街上走过来一辆拉东西的马车，赶车人在车上睡着了。但就是醒着也瞧不见他——凑巧这段路的几盏街灯给风吹灭了。这真是该活死不了，该死活不了。马车从他身上轧过去时，车夫那老家伙睡得太死，居然也没觉出来。转天天亮才叫人发现，大回给车轧成一个片儿了，赛张纸似的贴在地面上。奇怪的是，人轧瘪了，鱼篓子却没轧着，里边的鱼还都活着。等巡警一追查，更奇怪的是，那车上拉的东西，竟然是一车鱼！这事叫人听了一怔一惊，脖子后边冒出凉气来。

有人说，这事坏就坏在他那个外号上了，"鱼绝后"就是叫"鱼"把他"绝后"了。但也有人说，这是上天的报应，他一辈子钓的鱼实在太多了，龙王爷叫他去以命抵命。可事情传到东城里的文人裴文锦——裴五爷那里，人家念书的人说的话就另一个味儿了。人家说：

能人全都死在能耐上。

刘道元活出殡

天津卫的买卖家多如牛毛。两家之间只要纠纷一起，立时就有一种人钻进来，挑词架秧，把事闹大，一边代写状子，一边去拉拢官府，四处奔忙，借机搂钱。这种人便是文混混儿。

混混儿是天津卫土产的痞子。历来分文武两种。武混混儿讲打讲闹，动辄断臂开瓢，血战一场；文混混儿却只凭手中一支笔，专替吃官司的买卖家代理讼事。别看笔毛是软的，可文混混儿的毛笔里藏着一把尖刀；白纸黑字，照样要人命。这文混混儿之中，拔尖的要数刘道元。

买卖家打官司，谁使刘道元的状子谁准赢，没跑。人说，他手里的笔就是判官笔，他本人就是本地人间的判官，谁死谁活，全看他笔下的一撇一捺。可是他决不管小店小铺的事，只给大买卖写状子。大买卖有钱，要多少给多少。他要是缺钱，也用不着去借，只要到大买卖门前，往门框上一靠，掌柜的立时就包一包钱，笑嘻嘻送上来。那些武混混儿们来要钱，都是用爬头钉打嘴里把自己的嘴巴子钉在门框上，不给钱不算完。那模样龇牙咧嘴，鲜血直流，真把人吓死。但人家文混混儿刘道元决不这么干，他倚在门框上的神气，好赛闲着没事晒太阳。只要钱一到手，扭身就走，决不多事。这便是文混混儿的这个"文"字了。

刘道元有钱，不买房置地，不耍钱，不逛窑子，连仆婢也一概不用。光棍一个人，一直住在西门外掩骼会北边的一个院子，由两个徒弟金三和马四伺候着。赚来的钱，吃用之外，全都使在义气上了。他走在路上，只要听到谁家在屋里哭哭啼啼，说穷道苦，或者穷得打架，便一撩窗子，一把钱哗啦啦扔进去。掩骼会那一带，不少人家受过他的恩惠。可谁也不敢当面谢他；你谢他，他不认账，还翻脸骂你。

要论混混儿的性子，不管文武，全一个混样。

一天，他忽把俩徒弟金三和马四叫到跟前说："师傅我今年五十六，人间的事看遍了，阴间的事一点也不知道。近来我总琢磨着，这人死后到底吗样？我今儿有个好主意，我装死，活着出一次殡，我呢，就躲在棺材里，好好开开眼。可我人在棺材里，外边事不能料理，就全交给你们俩了。听着！你们俩王八蛋别心一黑，把我钉死在棺材里！"

金三灵又快，马四笨又慢。金三说："哪能呢，师傅要是完了，我俩还不如一对丧家犬呢。师傅！您的主意虽好，可人家死人，都得累七作斋，至少也得七天。您哪能天天躲在棺材里？那里边又黑又窄又闷，您受得住？再说您要是急着吃东西、急着屙屎怎么办？我的意思，棺材摆在灵堂上是空的，您人藏在后院那间堆东西的小屋里。后院绝对不准人去。吃喝一切，我俩天天照样伺候您。等到出殡那天，您再往棺材里一钻。至于那棺材盖儿，哪能钉呀，您还得掀开一点儿往外瞧呢！"

刘道元笑了，说："你这王八蛋还真灵，就这么办吧！"

跟着，天津卫全知道大文混混儿刘道元死了。还知道他是半夜得暴病死的。于是刘家门外贴出讣告，家内设了灵堂，放棺材，摆牌位，还供上那支大名鼎鼎的判官笔，再请来和尚，吹吹打打，作斋七天。来吊唁的人真不少，门口排成长龙，好赛大年夜卞家开粥场。

刘道元藏在后院小屋里，有吃有喝，还有个盆，能够屙屎，倒蛮舒服。金三一直在前边盯着应酬，马四不时跑来向师傅送个消息。开头，刘道元很是得意，心想自己活着时威风八面，人"死"后一样神气十分。可是两天过后，一寻思，有点不对。那些他给打赢官司的大掌柜们，怎么一个没来；没名没姓的人倒是蜂拥而至。是不是来看热闹来的？这些人平时走过他家门口，连扭头朝里边瞥上一眼都不敢，此刻居然能登堂入室，把他这个大混混儿日常的活法，看个明白。马四说，头年里叫他一纸状子几乎倾家荡产的福顺成洋货店的贺老板，这次也来了。他大模大样走上灵堂，非但不行礼，却"呸"地把一口大黏痰留在地上。随后，任吗稀奇古怪的事全来了。

作斋的第四天，一条大汉破门而入，居然还牵着一条狼狗进了灵堂。进门就骂："姓刘的，你一死，借我那十条金子，叫我找谁要去？你不还我钱，我就坐在这儿不起来。"他真的就坐在堂屋中央一动不动。占着地界儿，叫别人没法进来行礼。金三马四从来没见过这汉子，知道是找碴儿讹钱来的。上去连说带劝也没用，只好动手去拉；谁料这汉子劲儿奇大，一拳一个，把金三马四打得各一个元宝大翻身。金三马四都是文混混儿，下笔千斤，手中无力，拿他没辙，干瞪眼等着。直到后晌，他闹得没劲，才起身离去。临出门时说十天后要来收这几间屋子顶债。他牵来那只大狼狗一蹿，把摆在桌上用来施舍给孤魂野鬼的大白馒头叼走一个。

马四人实，把这些事全都照实说了。刘道元一听，火冒三丈，气得直叫："哪个王八蛋敢来坑我！我刘道元跟谁借过钱？我不死啦！我看看这个王八蛋是谁？"这就要到前边去。

马四顶不住，赶紧把金三找来。金三说："您一出去，还不是诈尸了？咱的戏可就没法往下演了。师傅您先压压火，一切都等着出完大殡再说。您不也正好能看看这些人都是吗变的吗？"

金三最后这句话管用，眼瞧着刘道元的火下去了。自此，马四不再对师傅学舌前边的事。刘道元忍不住时，向他打听平时那些熟人们，哪个来哪个没来。马四明白，师傅心里问的是另一个文混混儿，大名叫一枝花。那家伙整天往他们这儿跑，跟刘道元称兄道弟，两人好得穿一条裤子，可是打刘道元一"死"，他也跟死了一样，一面不露。马四哪敢把这情形对师傅说？马四愈不说，他心里愈明白。脸就愈拉愈长，好赛下巴上挂个秤砣。后来干脆眼一闭，不闻不问了，看上去真跟死人差不多。

这天下晌，院里忽有响动，不像是金三马四。侧耳朵再听，原来是邻居那个卖开水的乔二龙，还有他儿子狗子，翻过墙头，来到他的后院。隔窗只听狗子说："爹，金三马四一来，咱再翻墙跑可就来不及了。"乔二龙说："怕吗？脓包！金三马四连苍蝇都打不死，你还怕他们。这刘家无后，东西没主，咱不拿别人也拿！跟我来——"

刘道元肺快气炸了。心想：我"活"着的时候给你们钱，你们拿我当爷爷；我"死"了就来抄我的家！你们还要干吗？扒我的皮做拨浪鼓吗？

他想砸开门出去，但不行，不能为这两个狗×的把事坏了。心里一急，不知哪来的主意，竟装出一个女人腔，拿着嗓子细声尖叫："快来人呀！有坏人呀！"这一喊，竟把乔家父子吓得赛两个瞎驴，连跑带蹿，噼里啪啦翻墙跑了。幸好的是，前边念经的和尚们鼓乐正欢，没听到他这边的叫声。等马四再来时，却见他一桌子吃的东西，全扔在地上了。

过了一七，总算没出太大差错，万事大吉。金三把供桌上的判官笔放进棺材，对人说这支判官笔必须给师傅陪葬；还说，这支笔是支金笔，华世奎那支笔只是支草笔，这支金笔只配他师傅一个人使。然后，他悄悄去请师傅，趁人不注意，赶紧入棺，起灵出殡。刘道元骂一句："真他妈不知是活够了，还是死够了。"便一头钻进了棺材。

棺材里，金三给他一切准备得舒舒服服。盖是活的，想开就开；里边照旧有吃有喝，还有个枕头可以睡觉。他哪有空儿睡觉，好不容易"死"一次，也得"死"得再明白些。

棺材抬起，往灵车上摆放的时候，就听到金三和马四一左一右哭起来。金三灵，说哭就哭，声音就赛撕肝扯肺一般。刘道元想，还是金三好，马四这王八蛋连假哭也不会。可是金三的假哭却长不了，闹一会儿就没声了。这才听出马四这边也有哭声。马四来得慢，声音不大，可动了真格的，呜呜哭了一路，好赛死了亲爹。这没完没了的哭，反而扰得刘道元心烦，愈听愈丧气。刘道元已经弄不明白，到底是真的好还是假的好了。

走着走着，刘道元忽听，外边乱糟糟，声音挺大，好赛出了吗事。跟着灵车也停住了。他心里奇怪，两手托住棺材盖，使劲举开一条缝，朝外一瞧，只见纸人纸马，纸车纸轿，黑白无常，银幡雪柳，白花花一片。街两旁却黑压压，站满瞧出殡的人。到底吗事叫出殡的队伍停住了？他透过旗杆再一瞧，竟看见一些人伸拳伸腿挡在前面，原来是会友脚行的滕黑子那帮武混混儿。他心想这帮人平日跟他一向讲礼讲面，怎么也翻脸了，想干吗？这时他突然瞧见，他那弟兄一枝花也站在那帮人中间。只听一枝花在叫喊着："那支判官笔本来就该归我，他算个屁！死了还想把笔带走？没门儿！不交给我，甭想过去！"

刘道元的脑袋"轰"的一下——但这次没急，反倒豁朗了。心里说："原来人死了是这么回事，老子全明白了！"双手发力一推棺材盖，咣啷一响，他站了起来。

这一下，不但把出殡的和看热闹的全吓得吱哇喊叫，连截道的那帮混混儿也四散而逃。

刘道元站在灵车上大笑不绝。

原载《收获》2000年第3期

点评

　　这篇小说更像是多篇微型小说的集合，各个故事和人物之间没有联系，但都是共同生活在天津卫的"俗世奇人"们。其中有"刷子李""蓝眼""死鸟""背头杨""蔡二少爷""青云楼主""泥人张""大回"（能人全都死在能耐上）、"刘道元活出殡"九个故事。生动反映了清末民初天津普通市民阶层的风俗人情和生活情态。谈到写"俗世奇人"系列的初衷，冯骥才先生自己曾这样解释："鄙人写完《神鞭》与《三寸金莲》等书后，肚子里还有一大堆人物没处放，弃之实在可惜。后来忽有念头，何不一个个人物写出来？各自成篇，互不相关；读起来正好是天津本土的'集体性格'。于是就此做了。"也诚如作者所言，故事不仅写活了一个个人物，更写活了天津这个地域的性格，表现出独特的地域文化和地域性格。奇人们大隐隐于市，市井街巷更是藏龙卧虎，"天津卫本是水陆码头，居民五方杂处，性格迥然相异。然燕赵故地，血气刚烈；水咸土碱，风习强悍。近百余年来，举凡中华大灾大难，无不首当其冲，因生出各种怪异人物，既在显耀上层，更在市井民间"。

小说在语言与叙事形式上也亮点颇多，语言上独具"津"味儿特色，为表现出人物的性格特征助力，也是天津市井文化的生动表达。作者并不再炫耀原汁原味的方言土语，无论是人物语言还是叙述语言都干净利落，且十分诙谐幽默，既咬文嚼字又不刻板、造作，浓郁的生活气息扑面，从而塑造出鲜活灵动的人物形象，使人如临天津市井其境，领略到天津人和天津这座城市独特的魅力。至于小说的形式，作者自己认为"只这类小说才这样写，这是文本的需要"。既继承了中国古典小说的"传奇"叙事传统，又吸收了现代小说的文体特征，创造性地继承与创造了独具魅力的"俗世奇人"文体。小说既着重描写"奇人奇事"，突出"传奇"特征，又不拖沓、絮叨，重视人物形象的特征化塑造。侧重撷取最能体现市井奇人之奇技、绝活的片断，或人物性格凸显得最为鲜明传神的一二事件、细节，做精巧的打磨，也体现出作者非凡的艺术创造力。当然也正如作者自己曾笑称，他不是受到冯梦龙的影响，而是因两人同姓，故而是"家传"，《俗世奇人》对于《三言二拍》，在传奇、杂学、语言三方面有所借鉴。

（朱旭）

天花乱坠

莫 言

一

在我的童年印象里，凡是有一条好嗓子的女人，必定一脸大麻子，或者说凡是一脸大麻子的女人，必定有一条好嗓子。当然她的面部轮廓是很好的，如果不是麻子，她肯定是个美女。当然她的身体发育也是很好的，如果遮住她的脸，她肯定是个美女。

有一年春节前夕，青岛的歌舞团下来慰问他们的知青，到我们这里来演出革命现代舞剧《沂蒙颂》。露天的舞台搭在一座小山下，舞台上铺上了崭新的苇席。还特意从公社驻地牵来了一条电线，电线上结了一个大喇叭两个大灯泡，就像一根藤上开了一朵喇叭花结了两个放光的瓜。演出定在晚上，但刚吃过午饭山坡上就钉满了人。舞台前的平地上人更多，闹闹哄哄，拥拥挤挤，活活地就是开水锅里煮饺子。到了傍晚，人更多，全公社的贫下中农和地富反坏右的子女都来了。地富反坏右分子不准来。怕他们趁机搞破坏，便将他们集中到生产队的猪圈里，由手持红缨枪的民兵看守着。演出一开始，民兵们也忍不住了，有的爬到树上，有的爬到房顶上，往舞台的方向看，看不明白，就听音乐。电流一通，电灯就放了光，照耀得天地通明，远看还以为起了一把大火。电喇叭哧啦啦地一阵响，一个青岛来的大胖子上台讲话，拖着长腔，很是张狂。大胖子讲完话下去了。公社的那个小瘦子上来讲话。小瘦子讲完话下去了。一个知青代表上来讲话。知青代表下去了。终于都下去了。音乐起，像刮风一样，呜呜地响。演出开始了。先是出来几个人在舞台上蹦蹦跳跳，个个活泼，劈腿下腰，一蹿老高，男的像猿猴，女的赛花豹。他们在舞台上蹦来蹦去，打着各种各样的手势，看得我们眼花缭乱，脑袋发晕。但他们一句话也不说，有时候看到他们的嘴唇打哆嗦，好像那话就到了唇边，但最终还是什么也不说。我们起初还觉得新鲜、惊奇，但渐渐地就生出厌烦来。青年们另有关注点，馋得口水流过下巴，但老人和孩子，就齐声抱怨。说这青岛怎么派来一群哑巴，比比画画的，什么意思嘛！就算我们听不懂青岛话，懒得给我们说，但他们的知青总能听懂青岛话吧？大老远地跑了来装哑巴，真他娘的不像话！正当我们失望到极点时，突然从舞台后边发出了惊天动地的声音。俺的个娘，可了不得了！我们兴奋无比，当然也吃了一惊。旁边那些有文化的人就说：听，幕后伴唱！在幕后伴唱的那个女高音激起了我们无穷无尽的联想。她的嗓子实在是太好了，太美妙了，我们活了十几岁，还从来没有听见过这样好听的声音。人的嗓子，怎么能发出如此美妙的声音呢？不像公鸡打鸣，也不像母鸡下蛋；不像鲜花，也不像绿草；不像面条，也不像水饺——比上述的那些东西都要好听好看好吃。难道我们听见的都是真的吗？能发出这种声音的女人会是个什么样的女人呢？她在幕后高声唱道：

"蒙山高，沂水长，俺为亲人熬鸡汤……"几句歌儿从幕后升起来，简直就是石破天惊，简直就是平地一声雷，简直就是东方红，简直就是阿尔巴尼亚，简直就是一头扎进了蜜罐子，简直就是老光棍子婆媳妇……百感交集思绪万千，我们的心情难以形容。这时候舞台上的戏也好看了，那个穿着红棉袄绿棉裤的小媳妇也活起来了，她打着飞脚，模仿着一把把往灶里填柴的样子，后边伴唱道："加一把蒙山柴炉火更旺……"她用脚尖点着地走路，拿着个大水瓢，一趟趟地往锅里倒水，后边伴唱道，"添两瓢沂河水情深意长……"

第二天，我们一到学校，议论的必然是头天夜里看到的演出，看电影是这样，看舞蹈也是这样。那时候我们的文化生活虽然没有现在丰富，但印象极其深刻，看一次胜过现在一百次。现在的人是用皮肉看演出，当年我们是用灵魂看演出。大家议论最多的毫无疑问是那个幕后伴唱的女高音，竟然就有人说了：她是个身材高大的女人，一脸黑麻子，非常难看，但她的嗓子是一等第一的好，是无法替代的好，全青岛找不到第二个，于是就给她安排了一个幕后伴唱的角色，这也算是废物利用吧。张小涛说他到后台去看过，说那个女人坐在一把椅子上，身上裹着一件军大衣，戴着一个大口罩，把大部分的脸都遮了，只露出两只眼，目光十分严肃，谁都不敢惹她的样子。说轮到她伴唱了，就慢吞吞地站起来，从耳朵上摘下口罩带子，露出了半个脸，脸上一片黑麻子，嘴很大——这是一个伟大发现，唱歌的或是唱戏的，绝对找不到一个樱桃小口，一个个都是血盆大口——然后她张嘴就唱，没有一点点预备动作，譬如清理嗓子运气什么的。我们学校的音乐教师唱歌之前，一般地都需要十分钟的准备时间，就像运动员上场之前的热身运动，伸伸腿，抻抻腰，呜呜啦啦，一般地还要喝上几口胖大海。那是一种中药，据说对嗓子特别地保养，即便你是个天生的公鸭嗓子，喝上几口，嗓门立刻就变得像小喇叭一样，哇哇的，特别嘹亮，特别清脆，无论唱多么高的高音，哪怕比树梢还要高，都不在话下。还是说那个女大麻子，人家张口就唱，那条嗓子，光滑得像景德镇的瓷器，连一点儿炸纹都没有，简直是绝了后了，盖了帽了，没法子治了，只能用天生地养来解释了，除此之外别无解释。后来我进了也算是文艺界，见了一些唱歌的，听了一些别人封的或者是自己吹的金嗓子银嗓子，但都比不上三十年前青岛歌舞团下来慰问他们的知青演出革命现代舞剧《沂蒙颂》时在寒冷的露天幕后披着军大衣戴着大口罩身材高大健壮皮肤黝黑一脸大麻子的那个女人的嗓子好。那个嗓门气冲牛斗的青岛的大麻子女人，你如今在哪里？如果一个人真的有来生，我一定要去苦苦地追求你，就像资本家追求利润一样，就像政治家追求权力一样，就像那个先被财主的女儿追求后来又转过来追求财主的女儿的黑麻子皮匠一样。

二

所谓皮匠，就是补鞋的。这个名称有点古怪，因为在我们那里，很少有人穿皮鞋，补鞋的基本上只跟麻绳子和针锥打交道，但硬把补鞋的叫皮匠，也没人反对。我说的这个皮匠也是个黑麻子，也有一条好嗓子，他不唱歌，他唱戏。皮匠的故事大概发生在清末民初，太早了太晚了都不合适。这个故事是我在棉花加工厂当临时工时，听看门的许老头讲的。许老头说，那个皮匠是外地人，年纪大概三十出头，身体不错手艺也不错，如果脸上没有麻子，应该算条好汉子，可惜让那一脸大麻子给毁了。他白天在街上缝补破鞋，手艺好态度好生意当然就好，生意好收益自然就好。光棍一条，不攒钱，什么好吃就吃什么。到了晚上，回到租住的小店里，要上二两黄酒，用锡壶烫了；切上半斤猪头肉，用蒜泥拌了；再要上两个烧饼，切开用肉夹了。吃饱了喝足了，靠在被窝上养神，这一刻赛过活神仙。许老头特别向往这种生活，每每说到此处，眼睛里就放出光来，但放光也白搭，二两黄酒，半斤猪头肉，两个烧饼，在我们的年代，别说没钱，有钱也不一定能买到，那时酒要酒票，肉要肉票，烧饼要粮票。皮匠酒足饭饱赛过活神仙的时候，小店掌柜的就提着胡琴来了。掌柜的是个戏迷，嗓子不行，但拉得一手好琴，从西皮到二黄，天下的调门没有他不会拉的，即便有不会拉的，只要让他听上一遍，马上就会了。他拉琴时歪着头，眯着眼，嘴巴不停地咀嚼着，好像嘴里嚼着一块没煮烂的牛板筋。掌柜的一来，住店的客人都兴奋起来，围上来，等着听戏。那时的店，多数都是大通铺，大家围在一起，就像一家人似的。真正会唱戏的人其实都有瘾，胡琴一响，他的嗓子就会发痒，你不让他唱他也要唱，只有那些半会半不会的人，才需要别人三遍四遍地请。话说那小店掌柜的在铺前一坐，把胡琴往大腿上一架，拧着旋子，调了两把弦，然后就吱吱咯咯地拉了起来。皮匠起初还绷着，眯着眼睛，装作没事人儿，但很快就绷不住了，嘴唇吧嗒，眼睛放出光来，然后就挺身坐起，放开五分嗓子，和着胡琴，唱了一个小段子。众人习惯性地喊了一声好。其实真正好的还在后边呢。只见那皮匠从铺上蹦下来，站在掌柜的面前，舒展了一下腰身，轻轻地咳了一声，然后就目光流动，手指微颤，进入了大戏《武家坡》，第一句西皮导板，"一马离了西凉界——"正像那俗话说的穿云裂石，气冲霄汉，众人发自内心地喝了一声彩，一个个也都进入了情况，忘记了人世间的痛苦和烦恼。接下来转成原板，"不由人一阵阵泪洒胸怀。青是山绿是水花花世界，薛平贵好一似孤雁归来……"他的歌唱像一群美丽的鸟，在我的故乡一百年前的夜空中飞翔；他的歌唱像一股明亮的水，从小店里漫出去，在我的故乡一百年前的大街小巷里流淌。他的歌唱进入一般人的耳朵，基本上等于浪费，所谓对牛弹琴大概就是这么个意思。所以你的嗓子再好，要寻一个知音也不太容易。拉胡琴的小店掌柜和围着他听戏的房客们，顶多也就是一些比较高级的戏剧爱好者，皮匠真正的知音，是一个女人。这个女人，据许老头说是貌比天仙，好看得无法子形容，究竟有多么好看，每个人可以根据自己的需要去大胆地想象，怎么想象也不会过分。这个女人是本地最大的财主的女儿，芳龄十八，待字闺中。这个女子不但长得好看，而且还有出色的艺术鉴赏力，她精通音律，会弹琴吹箫，能赋诗填词，还喜欢听戏。那时没有电视机、录音机之类的东西，所以听戏的机会并不多，而且能到我们那地方来演戏的戏班子，水平一般地不会太高，所以说小姐对戏曲的鉴赏力基本上是天生的，小姐对戏曲的爱好也基本上是天生的。话说那天夜里，小姐正在闺房里写诗，突然看到一阵美不胜收的声音，像一群美丽的鸟，像一股明亮的水，穿越了她的窗户，进入了她的房间，准确地说是直接进入了她的内心。那时候还不兴自由恋爱，要想冲破封建礼教的束缚去夜奔不容易，就算是小姐有这个勇气，也没有那个体力。因为小姐的脚裹得格外成功，是本地最著名的小脚，这样的小姐虽然令男人艳羡令女人嫉妒，但实际上是半个残废，一行一动都要丫鬟搀扶，风稍微大一点就站立不稳。那时的道路不好，别说没有水泥沥青路，连稍微平整点的砂石路都比较难找。路边不可能有路灯，连电都没有嘛，手电筒当然也没有。那个年代里人们夜间轻易不出门，万不得已出门，富人家就点一个纸灯笼，穷人家就点一根火把，真正的穷人连火把也点不起，只好摸着黑走。我列举了这些难处，就是为了把小姐夜里偷偷地循着歌唱去找皮匠的可能性排除，然后好让这个故事沿着我设计的道路前进，当然，从根本上说，这个故事还是我在棉花加工厂当临时工时听看门的老许头讲过的，老许头讲述的基本上是事实，让他造谣，他也没那才能。小姐得了相思病，这是老许头说的，不是我的编造。那时候得相思病的小姐比较多，现在得相思病的小姐基本上没有了。在那个封建落后的时代，家里有一个得了相思病的小姐，是一件很不光彩的事情。起初还不知道是什么病，财主夫妻审问丫鬟，丫鬟说，可能是被一个唱戏的给害了。到了夜里，财主夫妻注意听，果然听到了那迷人的歌唱。第二天悄悄地打听，知道了那歌者是一个外地来的皮匠。财主是个善良的人，如果是个恶霸地主，就会派人把皮匠杀了，或是买通官府，捏造个罪名，把他送进大狱。那年头进了大狱十有八九是活不出来的，即便能活着出来，也肯定不会歌唱了。财主知道女儿得了这样的病，感到很耻辱，很愤怒，气头上甚至产生过由她死去的念头。但年过半百，膝下只有此女，还得指靠着她招个女婿来养老，于是就悄悄请医生来治疗。医生装模做样地把了脉，说心病还得心药医，解铃还得系铃人，这样的病，靠药是不可能治好的。眼见着小姐病势沉重，财主夫妻商量，索性就把那个皮匠招来为婿吧，至于面子啦，门当户对之类的就顾不上了。财主装作修鞋，到街上去看那个皮匠，不看不知道，一看吓一跳。回家后对着妻子长吁短叹，说如果把女儿嫁给皮匠，真就把一朵鲜花插到牛粪上了。财主的妻子是个大户人家的女儿，饱读诗书，很有头脑，听了丈夫的话，她的脸上不但不愁，反而浮起了一片喜色。她问丈夫那个皮匠到底有多丑？财主摇着头说，就像咱女儿美得没法子形容一样，那人丑得也是没法子形容，说他三分像人七分像鬼都是美化了他。老夫人大喜道，好了，老爷，咱家闺女有救了。第二天，老夫人化装成一个贫妇，亲自去看了那个皮匠。回来后，她对丈夫说，老天保佑善人，闺女真的有救了。第二天，财主夫妻对女儿说，孩子，我和你爹知道你的心事，事到如今，我们也顾不了许多了，救你的命要紧。我们明天就把那个唱戏的招来家做女婿，但听说这个人长得比较难看，明天，你在帘子里，偷偷地相一相他，相中了马上就拜堂成亲，相不中再做商量。小姐兴奋无比，当天晚上就吃了两个馒头。第二天，财主撒了一个谎，说有许多破鞋，请皮匠到家里去修。皮匠高兴而来。财主让下人找来了几双破鞋，摆在大堂里，让皮匠修着，然后让丫鬟将小姐悄悄地搀扶到帘子后边。小姐心里像揣着一个兔子似的，想好好看看这个朝思暮想的心上人是个什么模样，打眼一望，顿时昏了。皮匠不知帘子后边的事，还在那里得意洋洋地补鞋。小姐的相思病就这样好了。世上没有不透风的墙，财主家发生的故事传进了皮匠的耳朵，皮匠感到好像一块到了口里的肥肉又被人抢走一样，心中无比遗憾。这个不知深浅的人，竟然每天夜里跑到财主家院墙外边歌唱，想把小姐勾出来。小姐还是喜欢听他的歌唱，但跟他结为连理的念头是彻底地没有了，有的只是纯粹的艺术欣赏。皮匠还不死心，制造了一只小弓箭，箭头上插着一些表示爱心的书信，一箭一箭地往小姐的窗户里射。小姐看了皮匠那些文理欠通，错字连篇的信，心里感慨万千，说，你这人啊，哪怕你的相貌有你的嗓子十分之一的好，俺也就狠狠心嫁给你了，可惜啊！小姐感念皮匠一片真情，也珍惜自己那一段阴差阳错的痴情，就将自己的一只绣鞋用红纸包了，并且附上了一张纸条，纸条上写着，"看人不如听声，见鞋胜过见人"，让丫鬟送给他，想用这种方式把这件风流案了结。皮匠得了绣鞋，回去一看，当场就昏倒在地。活过来后，把玩着绣鞋，爱不释手，如获至宝。自知身份地位相差太远，但一片痴心难改，很快就得了相思病。从此后，鞋也不修了，不分白天黑夜，在财主家的院墙外边，歌唱不休，歌词大概是"小姐小姐好丰采，九天仙女下凡尘。何日让俺见一面，这一辈子没白来……"歌词虽然不错，但好话说三遍狗不要听。财主夫妇烦得要命，想采取果断措施，又怕惹女儿生气，闹出个旧病复发，所以只好由着他唱。秋去冬来，寒风刺骨，大雪飘飘。皮匠被火热的爱情燃烧着，不吃不喝，如同交尾期的鸟儿歌唱不休，终于口吐鲜血，倒在雪地上死了。

他为了爱情而死。

他为了歌唱爱情而死。

地保带着两个叫花子将他抬到乱葬岗上。叫花子说这个家伙轻得像一节枯木，简直无法想象这样一个熬干了精血的身体，如何还能发出那样凄凉高亢、令全村人长夜难眠的歌唱。棉花加工厂的看门人许老头几十年前对我说，地保被皮匠的事迹感动，为了防止野狗糟蹋了这个天才歌唱家的身体，特意让叫花子在乱葬岗上挖了一个深坑，将他的身体推下去。当他的身体往深坑里跌落时，小姐的那只精巧玲珑的绣鞋从他的怀里掉出来。地保和叫花子感叹几声，便把他和害了他性命的绣鞋埋掉了。

三

自从十八世纪的英国人琴纳发明了牛痘接种法，人类就有了消灭麻子的最安全最有效的方法。但一直过了二百多年，直到中国共产党领导人民群众建立了新中国，接种牛痘预防天花才真正开始全面实行并被广大老百姓接受。从此，天花这种夺去过无数儿童生命的恶症被消灭，麻子也基本上绝了迹。那个在一百年前怀揣着绣鞋死在雪地里的麻子，他的爹娘不给他接种牛痘是可以原谅的，因为那时老百姓对新事物不理解甚至抱抵触态度。也可能是家里太穷，连接种牛痘的费用都没有；或者兄弟姐妹太多，父母照顾不过来——总之是可以原谅的。但那个在三十年前的寒夜里披着军大衣在露天的幕后为舞剧伴唱的女子，她的爹娘为什么不给她接种牛痘呢？她生在新中国，长在红旗下，享受着免费接种牛痘的权利，但她的父母硬是没给她接种牛痘，让她落了一脸大麻子，这样的父母是不可原谅的。当然，如果她不是一脸大麻子，她能发出那样如泣如诉、如怨如慕、欲生欲死、似甘似苦让我三十年还忘不了的歌唱吗？进一步还可以说，那个皮匠，如果不是落了一脸大麻子，又如何能成为一个悲惨爱情故事中的主人公被我们口碑相传而永垂不朽呢？

麻子被牛痘疫苗消灭了，用灵魂歌唱的人被光滑的脸消灭了。

还有一种比较粗俗的传说：说皮匠得了小姐的绣鞋之后，摩挲把玩，春心动荡，可以与《红楼梦》里得了风月宝鉴的贾瑞大爷相比。贾大爷最终死在那面镜子上．皮匠死在那只绣鞋里。还有一种对小姐名声极为不利的说法：皮匠寒冬腊月里赤着下体，将绣鞋挂在阴茎上，在财主家院墙外边，一边高歌一边行走，引来了许多看客，使小姐的名誉受到了极大的伤害。财主忍无可忍，只好雇来杀手，趁着一个风雪之夜，将皮匠给整死了。我在感情上不愿接受这种结局，但既然有人这样传说，只好记下，供大家参考。

原载《小说界》2000年第3期

点评

小说的名字起初令人有些费解，读完全篇后竟觉这"天花乱坠"四个字着实起得妙，既是巧妙的实指，又是涵义丰赡的虚指。小说主要讲述了两个故事，分别是一女一男两位主人公，这两人都天生一副好嗓子，作者特别强调他们好嗓子的天生性。两位主人公一个善于唱歌，一个长于唱戏，两人都嗓门清脆、嘹亮。那个青岛歌舞团下来慰问演唱的大麻子脸女人的歌声迷住了男人，那个手艺不错的皮匠因为唱戏觅到了知音，唱歌的女人唱倒了男人，唱戏的男人迷住了女人。可惜却也是最要紧的，这两人又都因为出过天花而一脸麻子。他们唱歌和唱戏的美妙令人陶醉，加上他们满脸麻子的脸，妥妥帖帖"天花乱坠"的神韵。莫言果然是莫言，给这篇小说起了一个俗而大雅的篇名，既不露刻意雕琢，又不事半分讥讽。在小说的结尾处，一句"麻子被牛痘疫苗消灭了，用灵魂歌唱的人被光滑的脸消灭了"足可点睛。

在如何讲述这两个故事的选择上，这篇小说明显带有说书人的风格，吸收了口头文学的特质。这种对中国古典文学传统叙事方式的继承，莫言自己曾称之为"大踏步的撤退"，这里所谓的"撤退"是因为"我们有自己的语言和讲故事的方式"，要"向中国传统小说学习"，"向民间回归，向我们的民族文化，向我们的民间口头文学来学习"。莫言在2012年获得诺贝尔文学奖后的演讲中，更是对此做过明晰的剖白："我该干的事情其实很简单，那就是用自己的方式，讲自己的故事。我的方式，就是我所熟知的集市说书人的方式，就是我的爷爷奶奶、村里的老人们讲故事的方式。" 这篇小说采用的就是典型的村里老人讲故事的方式。小说的第一个故事是"我"的回忆，"我"对"你"讲述小时候亲历的事情；第二个故事是转述故事，"我听棉厂的徐老头跟我讲了黑麻子皮匠追求财主女儿的故事"。用这种吸收自中国民间口头文学的叙述方式，讲述民间故事的方式容易引人入胜，调动起读者的情绪和神思，更给人一种亲切感，就像是在与人面对面聊家常。这不仅是"撤退"，更是传统的焕发新生。

（朱旭）

王树的大叫

王方晨

这天是星期四。早上，国锦玲正要出门，电话响了。是王树单位的电话。

"每人五百元的东西，快来拿吧！"

国锦玲一听就有气，坐了一会儿发现要迟到了，才匆匆往外走。凑巧王树回来了，国锦玲看也不看他，说："你还回来呀！你单位分东西了，刚打来电话。"

王树迟疑了一下，就转身从门前走开了。他穿着一件臃肿的军大衣，国锦玲怎么看都不像是自己的丈夫。但她已有悔意，外面天气这么冷，他刚回来，就让她挡在了门外！不就是五百元东西吗？不要又能怎样？

"王树！"她冲着空荡荡的楼梯喊，"王树！"寒风呜一声顺楼道冒上来，国锦玲下意识地用戴着手套的手捂住了鼻子。

王树来到单位，一眼瞅见大门口的地上放着一大堆东西，里面有桶装的精制油、冻成块的刀鱼、袋装的大米等等，十分丰盛。

局办公室的办事员刘国兴看见了他，说："你很及时呢，我上班前给你家打的电话，你老婆说你还没回来。"马上把东西分好了，摆在一边。

王树瞅瞅办公楼，说："这么静呢。"

刘国兴抄着手，在地上跺着脚，抱怨说："在开迎2000年元旦茶话会呢，哼！说是把这些东西放在楼道里不好闻，吃到嘴里怎么不嫌呢？偏让我站在这里受冻！"又朝王树笑了笑，"你在村上也不会受这份儿洋罪吧？听说胡兰村的老百姓心地朴实，一到冬天都争着给你送柴取暖。过去有个八路军伤员冻伤了脚，胡兰村一位十七八的大闺女二话不说，解开扣子就把那脚揣进了怀里。王树，哈哈哈，"他越笑越厉害了，"你老实交代，胡兰村有没有黄花闺女给你暖脚？村主任女人，哈哈哈，也是不错的，哈哈哈！"

王树不再理他，去了办公楼里，果然连个人影儿都看不着。上了四楼的楼梯口，听见从会议室传出了朱萃娜局长的声音，就知道茶话会才刚开始。朱萃娜局长在发表新年贺词。王树顿时收住了脚步。

国锦玲早早从班上回来，发现王树已经在家里坐着了，但他姿态生硬，好像坐在别人家里。她很为自己早上的态度不安，就忙着到厨房做菜，王树走过去帮她她也不让。饭后，国锦玲脸上腾地一红，对王树说："我下午不上班。"

不用再说什么，王树就去开了热水器。他在卫生间洗澡的时候，国锦玲就把碗筷洗了，还铺了床。王树从卫生间出来，腰上裹着浴巾，她看一眼就觉得自己不知什么时候已经融化了，正像一朵绚烂柔媚的云在忽悠忽悠地飘。她也要去洗一洗的，卫生间里还残留着王树的气味儿。那是一种什么味儿呢？很显然，是一种盐碱味儿，是胡兰村的味道。

国锦玲的兴致几乎就要低落下来。她只要一想到王树在胡兰村包村就会生气。五年了，市里在各地包村的工作组都换了好几批，可王树仍然没有抽回原单位的迹象，而现在再过一天就是2000年元旦！当初单位选派王树下去包村时，她和王树还都以为这是王树将要得到提升的信号，很是兴奋了一阵子。但王树迟迟不能返回单位工作，他们就觉得包村跟充军发配，甚至跟右派分子蹲牛棚差不多是一回事。单位就像已把王树遗忘了，没谁去关心他在那里生活得怎么样，就连逢年过节单位分东西，明知王树在村上，也不安排人送过来，都是打电话让国锦玲去取。国锦玲每次去领东西都忍不住想跑到王树单位领导的办公室去闹一场，可一想到王树将来还要在人家手下工作，还要尽力谋求个一官半职也就按捺住了。那些东西简直就像一堆狗屎，可她还要手提或雇车弄到家里来。她心里哪能好受？

更让国锦玲不好受的还有王树。胡兰村是一个偏僻小村，条件艰苦简直难以想象。在那块严重盐碱化的退海之地上，村民们种一葫芦收一瓢，常年累月喝的都是些坑塘里的积水。王树到那里的头几个月每天都拉肚子，后来肚子倒不拉了，身上却一个劲儿地起皮屑，回家洗一次澡几乎能洗出半斤盐来。他的神情相貌也在浑然不觉中变了，哪里还是原先那位整整齐齐的机关公务员王树，地地道道一个土得掉渣儿的老农民！国锦玲焦急无奈，王树不回来想他，回来了就觉得心里没好气。

不过，国锦玲说什么也不能再对王树没好气了。这可是2000年的前夕哩，全世界都在庆祝千禧之年，他一家要再满脸的受苦受难那不是把全世界都当成了敌人吗？加入全世界狂欢的队列里来，而且还要比汤加基里巴斯的狂欢早上一天零六个小时，在东八时区一九九九年十二月三十日正午就把这场狂欢给狂欢喽！

国锦玲无边地亢奋起来，飞快地擦干了身子，一阵风似的跑出卫生间。

王树仰躺在床上，目光直直地看着天花板。国锦玲刺溜钻进了被窝，马上缠住了他。他很惊异她的急迫，无疑也被调动起来。国锦玲哼哼唧唧的，像蛇一样扭动着。但很显然，与她的热情相比，王树做得还远远不够。她止不住睁眼一看，王树脸上一副苦大仇深的模样。凭她以往的经验判断，王树只要出现这副苦大仇深的表情，就证明他已找到了感觉。而此刻他明明……看似卖力，却总让人感到虚飘飘的，又没节奏，又搔不到痒处，像在偷懒。国锦玲正想提醒他一下，他却猛地一打寒战，噗！像只气球被刺破，不前不后地完事了。国锦玲恨得一扭身，也不收拾，就躺着不动了。躺了半天，听见王树也没动静，心里回不回头地斗争着。终于回头了，就发现王树还是一脸的苦大仇深。

"你怎么啦？"她克制着自己，问他。

王树不吭声，目光僵直。

她就又问了一句。

"唉……"王树长长地叹了一声。

国锦玲本来没能达到狂欢的境界，心里窝火，这时候就呼地爆发了。

"以后要回家就先把气在胡兰村叹了！"她翻身坐起来，说，"人家谁不是欢天喜地的，你就这样过2000年元旦吗？你想怎样过随你。可你还要我跟你这样过！"一边说着，一边拿卫生纸把自己擦了擦，扑腾，又重重地侧身躺下，一把扯过被子，把头蒙上了。

王树意识到自己不该这样只顾自己。想想国锦玲也真不容易，在过去的五年里，说她每天都在守活寡一点也不为过。这都是因为自己无能才带累了她。记得他上次回家已是一个半月之前的事了，不说国锦玲在家怎么样，他自己可是在这些天里跑过好几回马呢。刚才不怨国锦玲感到不满意，他也是感到不如人意的。可不知怎么，他总是像脱离了这个身子，一点儿也管不住自己。

心里愧意上来，王树就准备重新表现一次。摇摇国锦玲，国锦玲不动，拉她蒙头的被角，却发现她在里面把被角攥在了手里。

"锦玲，我还行的。"王树小声说。国锦玲没动静。等了一会儿，他就索性坦白了自己的心事："我在想今年的元旦该怎么过。往年逢年过节都要去朱局长家，今年还去不去？上午我到单位，正赶上局里开迎元旦茶话会，朱局长的讲话我听到了。她说这次过元旦不让局里的人去她家了，三百五百的东西她也看不到眼里，谁要去她家她就给拿到局里。你看看，你看看，她该不是嘴上说说吧。她要真把人挡在门外，或是把东西给拎到局里那可就难看了。我原来计划在元旦到她家坐坐的，我在胡兰村呆了五年，局里也该把我抽回来了。唉，还让你跟着受苦。"

国锦玲在被子里抽动了一下，王树就以为她在哭呢。可国锦玲突然把被子从脸上掀开，并没有哭。王树放了心，目光却看着别处。

"再说，我也到了要提副科长的年限了，局里应该考虑这件事。"

国锦玲也替王树感到为难。王树说着就又沉到了自己的担忧里面，浑然忘了国锦玲刚才埋怨他的话。这么坐着，没提防国锦玲一下子把他扑倒了。

"你怎么不死呢！"国锦玲牙咬得咯咯响，"你死在胡兰村就能成孔繁森，你成了孔繁森也能让我跟着舒口气。你怎么就不死呢！"国锦玲母虎似的压在了他身上。

很显然，他们两口子的狂欢就要输给汤加基里巴斯了，国锦玲真的不甘心就这么输了。

荒野里的简易柏油路只通到下镇。坐车到下镇的人在路上都有这样的感觉，那就是觉得自己在朝天的尽头进发，而要到胡兰村还得走十几里的土路。王树下了车就去镇政府骑他回家时寄放在那里的自行车。这镇政府，其实就是在白花花的盐碱地上兀起的一座普通院落，跟当地农家没有大的区别，只是房屋的墙体半是泥坯，半是红砖，那红砖已显出了被盐碱侵蚀的痕迹，像码起的坚硬的腌肉。

王树走进去，镇政府认识他的人就告诉他胡兰村的胡金千来找镇长了。王树没问胡金千来干什么，就说："这辆车子怎么没让他骑回去？那么远的路不得走两三个小时吗？"

"胡主任知道你要回来的，"那人说，"他把车子骑走了，你不也得走着回村？"

来到镇外，四处一片白光，明晃晃的刺得人眼疼。冬季干旱，盐碱泛了上来，厚厚的一层，从一些枯黄的野草中显露着，整个大地就成了一块蒙着灰尘的银子。天苍苍，野茫茫，枯草像是秃子顶上的几根毛，支支立立的，傻傻的，宁折不弯的样子。偶尔的一群羊在地平线上出现。跟大地一个色儿，干透的坷垃似的。

就这地儿，兔子都不来拉屎，王树却一下子在这里生活了五年。有时候王树觉得自己就要被吹过盐碱地的阵阵咸风吹成了一条咸鱼，就要像一棵树在盐碱滩上叶萎根枯，最终变成一根干柴。可是，即使这里如此不宜于人类的生存，在方圆几十里的地界里，却散布着十几个像胡兰村那样的小村子。村子里的人在这里生活的时间不长，也有百十年的历史了。想到这个，王树心理的失衡也便得到些微调整。

路上并不好走，亏在下镇王树受过胡金千的感染，心情也还稳定。自己骑的这车子还是胡金千主任的呢。胡兰村也就为数很少的几辆自行车。过去有什么事王树经常借胡金千主任的车骑，他早就想在离开胡兰村之前一定给胡主任买辆新的。这辆车已经很旧了，挡泥瓦都没有，钢漆掉光了，灰溜溜的，骑起来一路生涩地响，但也说不出它原来就是这样，还是骑旧的。五年了，即使当时是新车，又能怎样呢？这一路丁零当啷的繁响伴随着王树，像在报告王树的归来。果然，还没到胡兰村口，就远远看见蹲在墙根底下的老人都已向他转过了脸，一直等他走近。

"来了，王组长。"他们招呼他。

可是王树心里却陡然悲凉起来。他离开胡兰村前后四天，城市的每个角落都洋溢着新千年到来的喜庆，而这里，别说是公元两千年了，就是说它还处在公元千年都能让人相信。瞧瞧这些老人脸上的那份儿沧桑，身后的黄土墙，杂乱排列着的几户农家小院，就是兀然听到一声"俺们大宋皇帝"你都不会觉得奇怪。时间仿佛在这里停止了，老人们本来是闲散地聚集在墙根下的，却让王树看着那么滞重，差点儿一口气没喘上来。

王树胡乱应着老人，慌慌地来到村委会自己住的一间小屋。他感到很累，刚在床上躺下，胡金千就赶来了。胡金千是个中年人，黑脸膛上刀刻的一般。把他当中年人看的时候你会觉得他老，把他当老人看你又觉得他不大稳重。腮帮子一鼓一鼓，浑身铁铸似的，都是坚韧有力的筋肉，举手投足呼呼生风，对一位老人来说，的确是很不相称的。

"王组长，"胡金千进来就说，"黑镇长也同意了，镇上也要出一份请功书，村上的我找人写好了，今天我让村里人签上名，明天一早我就去下镇寄出去。"

王树一听，身上汗津津的："我说老胡，这事就算了吧。"

"怎么能算了呢，"胡金千坐下来，说，"请功书上没有一句夸大。市里要是不相信，可以来调查的。"

王树支吾着说："这……这没用的。村里以前也写过，可是……"

"上边什么时候受惊动，我才什么时候不写！"胡金千说，"2000年春节前上边的人不来给个说法，我天天写。"果不其然吧，对胡兰村来说1999年还没过去呢。

王树显然受了感动："老胡，这很不好的，上边会以为是我……"说着，低下头。他想说胡金千这样做会使他有唆使村里给市委组织部写请功书的嫌疑，却没说出来。他又抬起了头，脸上平静着："再不要写了，你这是赶我走吧，我还没在胡兰村待够呢。"

"瞎说！"胡金千打断他，"胡兰村是啥地方，我还不知道？早在五十年前，这里是匪徒的窝点！不是罚劳役谁会到这里来？咱村的这些人，往上数两代，哪有几个身世清白的？咱生在这里，那是没办法。咱就是这儿一撮土，一捧碱，一墩黄蓿草，刺蓬棵。你呢？你是机关里的干部，在大学里读过书的人，胡兰村又怎么能耽误了你的前程？"

"看你说的，胡兰村怎么耽误我的前程了？"王树笑着说。

"还没耽误？五年了！"胡金千站起来，拉起王树的手，"走，城市里兴过元旦，到家里我也给你道个喜。你嫂子已经准备下了，我就知道你要来的。"走到外面推起了车子还不放王树的手。王树没法也就跟他去了。

盐碱地上，无风的日子，目无遮拦，看那天空像块玻璃，连点儿线头似的褶子都没有。但刮起风来，尘沙弥天盖日，那风干冷刚硬，好像专门钻人裤裆，刀子割一般，人是出不了门的。王树来到胡兰村头两天是好天气，村子人没事干都聚到空地上看公羊羝架。胡金千几次让王树回去，说村子里一到冬天就整天都是元旦了，犯不上留在这盐碱窝里受罪，还让弟妹跟着挂心。可王树哪会答应！想想计划中的要为胡兰村开挖引黄灌渠的事，就说，咱去地里看看。这里正要出门，风就来了。呜呜的，哇哇的，唿唿的，啪啪的，什么怪声都有。这风一刮啊，王树就想没个三四天停不了。人却说大风不终朝呢。三四天过去了，风才有了停息的意思。天空露了一下脸，嚯！那可真叫蓝啊，纯得没丁点儿杂质。没等出门，风又刮起来，这下子又是三四天。

风刮完了，王树急着邀上胡金千就朝村北走。远离了村子，这世上除了蓝天和大地，差不多什么也没有。王树忽然兴奋起来，脚步也加快了。胡金千不时瞧他，他发觉了，胡金千就说："你有什么喜事吧，王组长？"

王树一愣："我有什么喜事？"

"你脸上红红的，可能就要有喜事了。"胡金千说。

王树摸一摸脸，觉得很热。

"我敢说你就要有喜事了。"胡金千语气肯定，又猜测道，"莫不是咱这两封请功信起作用了？"

王树就想把话题岔开。"唉，"他把目光投向远处，"我要能争取一笔支农资金就好了，也不至于这灌渠2000年也没修。"

"咱村的不管用，也许镇长的那一封管用。"胡金千说，"镇长孬好是个官儿，咱可屌吗不是。"

王树把他落到了后面。"我想喊一声。"他头也不回地说。

胡金千跟上来："那你就喊呗。"

"我想对着这天和地喊一声。"

"那你就喊呗。"

王树拉开了架势，运足了气。可又把气泄了，看看胡金千。"我喊不出来。"他讪讪地笑着。

"我喊，"胡金千说，"这还不容易？我张嘴就来！"

胡金千双手又着腰，朝前挺着肚子。嗷嚎——他喊："老天你听！日头你听！

大地你听！草窠里的小兽你听！咸水沟的鱼儿你听！所有会跑的，能喘口气的你听！快把话儿传到上边人的耳朵里。上边的大官小官你听，快把王组长接回他该住的地方！"

王树怔着。刚才他仅仅是有了一股对着空旷的苍黄天地大吼一声的冲动，很显然胡金千也并没有真正理解他的这份儿感动，可是现在他的确是让胡金千感动了。天和地都在抖似的。王树不由地鼓起了胸膛，里面有充沛的气在猛顶，但到了嘴里，却只是轻轻的一句话。"你喊，你喊，"王树对胡金千说，"让上边的人拨下钱来，咱好修引黄灌渠。"

胡金千看看他，停下来，认真地说："求神可不能贪得无厌。能把你的事给办了也就行了。胡兰村多年都这样过来了，就还能过下去。"收了姿势，说什么也不再吆喝了。

要再走，就远远发现有人从后面一溜儿小跑地追过来。"村主任！王组长！等等！"那人挥手叫着，跑近了，气喘喘地说，"回村吧，王组长单位的车来了，要叫王组长回去上班呢。"

胡金千止不住把脸转向王树。王树像是一时没反应过来，胡金千就意味深长地笑着对他说："老天不聋吧。"

返回村里，看见一辆白色中巴车停在村委会的院子里。刘国兴则站在院子外面东张西望。胡金千上前热情地握住刘国兴的手，就要往村委会拉，还一迭声地叫别人去弄饭。可是刘国兴的眼睛仍在四处乱瞅，敷敷衍衍地说："我们还要赶回去。"又转向王树，"快把你的行李搬到车上吧。"

"那怎么能行呢？"胡金千忙说，"怎么也得吃了饭再走。"

刘国兴坚持要离开，胡金千也就只好叫人帮着收拾。

"这太急了点儿吧。"胡金千说，"王组长五年都在这里过了，这顿中午饭都不吃就要走吗？"

刘国兴望着王树一笑："我倒想吃了饭走，但车没空。"他对胡金千说，"下午单位还要用车。"

胡金千无奈放弃了挽留。"唉，王组长突然要走我还真舍不得。"胡金千又忙对刘国兴说，"王组长在我们村上了很多致富项目。村里家家都养了小尾寒羊。那家伙！长得牛犊子似的。还有人搞了苇编。孤寡老人现在也有人照顾了，偷鸡摸狗的也没有了。王组长正准备组织村里人开挖灌渠，我们刚才还在……"

"都搬光了吗？"刘国兴突然问别人。

胡金千哑了一瞬，下意识瞥瞥王树。王树一言不发地站着，他就又转向刘国兴。"王组长给我们村做的事……"他说。

"走吧。"刘国兴对王树说。

王树上了车。

王树麻木似的，垂着头。

车子开出村委会大院，开到街上，在村子里留下几道很显眼的车辙。车子颠簸着，但一会儿就出了村子。王树垂着头也知道刘国兴正在乱瞅。王树终于把头抬起一点儿。村口站着很多人，但要看清胡金千主任已是不可能了。刘国兴忽然哧地一笑。

"我怎么没看见女人？"刘国兴说，"胡兰村的女人都到哪里去了？给你暖脚的女人到哪里去了？哈哈哈！王树，喂喂，王树，我看你是不大乐意回去呢，你是不是还想留在胡兰村？你是在想胡兰村的女人吧。"

他们赶到单位，王树才猛然意识到自己已经远离了那片白花花的原野。下班时间已过，单位的人几乎走光了。朱萃娜局长比别人迟一步，正要上车就看见王树到了。王树在默默地往地上搬行李，锅碗瓢盆却哐哐啷啷响成一片。

"王树。"朱萃娜局长主动招呼他。他停下来，直直地站着。"你很辛苦的，在家休息休息，明天再来上班吧。"朱萃娜局长平易近人地说。可她一眼看见了地上的行李。"这是怎么回事？"她厉声对刘国兴说。

刘国兴支吾着。"局长，"刘国兴说，"张青还要……"张青是这辆中巴的司机。

朱萃娜的脸色很难看。"搬上去！"她说，"你会不会办事啊！"说着，猫腰上车了。

朱萃娜局长的车开走了。刘国兴烦躁地对王树说："搬吧。"

王树就又搬上去了。

"快点快点！"来到王树住的楼下，刘国兴不停催促着，"快搬下去！我和张青还要去东方商场，我老婆在那里看上了一套组合沙发。张青你看这辆中巴能装得下吧。"

"我看没问题。"张青目量着车里的空间。

行李重又堆在了地上。中巴"呼"的一声开走了。王树在地上站半天，才拎起一只白铁锅往家里走。

国锦玲满脸地惊异。"你……"国锦玲目光停在那口锅上，"把锅烧烂了就扔了呗，用得着往家拎？"她有些生气。

王树一声不吭地走到沙发前，坐下，手里依旧拎着那只锅。

"我吃过了，"国锦玲说，"饭还热着，你自己去吃吧。"要往卧室走。

"我回来了。"她听到了从王树身上发出的低低的声音。她收住脚步。可是，王树陡然痛哭起来，开始时像是长风吹过苍茫的原野，有一分说不出的壮阔和流畅，渐渐地就声噎气堵起来，让国锦玲嗒然色变。她走过去，但她并不敢去抚慰他，似乎他随时都有可能摇身一变，成为一头暴怒的雄狮。他在剧烈地颤抖着，整个身子都在抽动。在国锦玲的眼里，果真有根根钢毛直直地立了起来。她止不住有些退缩，任他扯心裂肺似的哭着。他的头低低伏在那只空锅上，又使哭声发出了回音，国锦玲就觉得其实那是自己也在跟着痛哭。

王树的哭声终于低了。"我白在胡兰村待了三年，"他抽泣着叙说道，"我三年前就可以回来了，可是……可是，我却被扔在了那里，朱局长压下了组织部下派办的通知。要不是胡主任他们把请功信写到了下派办，局里还不会想到让我回来。"

"去告她！"国锦玲脱口叫了一声。她身上哆嗦起来，喘喘地说，"去，去！去告她！这太欺负人了！"泪水唰地下来了，但她立刻又忍住了，眼里冒出了火。

王树已经比刚才平静多了。他把头从锅上抬起来。

国锦玲气冲冲地要朝外走。

"你去哪儿？"王树又抽泣了一声，问她。

"告她！"国锦玲走到了门口。

王树忙站起来。"别，"他说，"算了吧。"

"不行！"国锦玲神情坚决地说，"你惹她了吗？过去哪一年的春节元旦你没到她家看过她？你挣的那点儿工资，够给她送礼的吗？她怎么能这样？"国锦玲百思不得其解，"她怎么能害你！"还要往外走。

"看你说的，她……她怎么能害我呢？"王树上前阻拦妻子。

"那她到底是为什么！"国锦玲的确怒气难消。

王树一脸困惑。"她为什么呢？"他费劲地思索着，"她是懒得告诉我吧。"

国锦玲更加愤怒了。"哼，她懒得告诉你！她凭什么？就凭她是局长吗？"一甩头，"我就是要去当面问她！"

王树紧紧拉住她的胳膊："算了，锦玲，你问烦了，我这三年的苦岂不白吃了。"

国锦玲胸口起伏不定。"我要让她这个局长当不成！"国锦玲咽不下这口恶气，但仍然停下了，"要让她当不成！"

"哎，"王树也不知为什么觉得自己的胸襟无比宽阔起来，就像压根儿没有痛苦过，"那不是跟她过不去吗？也许吃这份儿苦是有好处的。"

国锦玲就向他转过脸来："你说算了？"

王树点点头。"反正已经熬过去了。"他说，"我再也不用回胡兰村了。"

国锦玲低下头去，好大一阵才又抬起头来。"她欠了你的，她得感到愧疚，"国锦铃说，"她见了你得感到愧疚。"

王树没想到妻子会表达得这么深刻。他不由得会心一笑。

"我去给你把饭热热。"国锦玲吁了口气，说。

王树重新回到自己科里上班。同事们愤愤不平。"局办公室这些王八蛋，也太狗眼看人低了！"同事们已经得知刘国兴昨天接送王树时发生的事情。"王树，你得让朱局长狠剋他一顿！他是难看还没挨够。你不知道，元旦晚上这小子提着几瓶酒到朱局长家去，让朱局长堵在了门外，他放下就走。星期一朱局长一上班就把他的酒给拿到了局里，劈头盖脸给了他一顿好训。元旦茶话会上朱局长明明说不让人到她家里去的。王树，你到朱局长那里告他一状，他肯定吃不了兜着走。"

王树怎么可能跟一个小小的办事员过不去呢？王树抿着嘴笑笑，一言不发。同事们这才感到经过五年之久的下乡锻炼王树已非往日的王树。看他脸上淡淡的笑容就能知道他该有多么沉稳理智，多么宽宏旷达。忽然他们也笑了起来，简直越看王树就越想笑。你说说这不是很逗的吗？同一批下乡包村的人早在三年前就一个个回来了，该提的提该调的调，可唯有王树还继续留在一个能把人腌成咸鱼的盐碱滩上。要不是局里忽然想起他来，他都有可能在那里待上一辈子。瞧，整个人黑黑的，皮肤都毛糙了，手上结了老茧，指关节也突出起来。别说是一辈子，就是再过三年他也能被村里人同化掉！可是他今天一来就对每个人微笑、点头，就像他从来没在那片盐碱地上待过两年又比别人多待三年似的，就像他一直就在局里上班似的。看来下乡也真的能锻炼人。局里没人能拿朱萃娜局长怎么办，但像刘国兴那样的小办事员，给他脸不要脸，就索性不给他脸才对。同事们如果不认为王树是宰相肚里能撑船，那就无法解释王树何以从一上班微笑到现在。五年的下乡生活，可把王树锻炼到家了。他们科里不缺科长，也不缺副科长，谁又能保证下一步王树不被提升为副科长和科长呢？

不过他们仍然看着王树感到好笑。科里的笑声驱散了王树久别五年之后可能产生的陌生感。他觉得自己一下子跟科里的一切融合在了一起，他是这个科的一块肉，一根骨头，一泓血，这个科反过来也成为他身体的一部分，甚至还是他灵魂的一部分，推而广之，他就成了这个局的一部分，反之亦然。他该是多么快乐呀！他真想跟每个人热情拥抱，跟每个人热情贴脸，真想招呼每个人都站过来，亲密地相互把胳膊搭在肩膀上。可是他分明知道这样做不到，他就一个劲儿地用手揉着自己的眼窝，仍旧微笑。

中午下班的时候科里的人为王树接风洗尘，凑份子在街上一家饭店订了一个单间。因为下午还要上班，局规定不准午饭时喝酒，大家也就举着盛满水的酒杯对王树说了很多情深意厚的话。唱了几首卡拉OK歌曲，看着要到上班时间了，才从饭店出来。在街上发现每个人脸上都红红的，就像喝了酒的样子。"这就怪了，怎么像喝了酒呢？"大家疑惑地说，并有些担心，"让领导看见会以为咱们真的喝酒了呢。来，闻闻有没有酒味儿。"

一位同事抱住王树的脖子闻，王树身上暖洋洋的，就像提前感受到了春天。

"没有。"这位同事说。

"你什么也没闻到吗？"别人问他，一眨眼睛。

"一股柴火味儿，"他心领神会地说，又煞有介事地摇摇头，"不，王树，该不是你在身上撒了盐吧，你怎么咸乎乎的？"

同事们忍俊不禁，笑起来。王树脸上讪讪的。忽然大家都不笑了，神色庄重了好大一会儿。

"那是朱局长的车吧，"大家说，"鲁E，0，0，9，8，5，朱局长的车过去了。"

大家又渐渐放松了。那位跟王树开玩笑的同事为表示歉意，一把搂住他的肩膀，一伙人就快乐地簇拥着到局里去了。

因为没有午休，同事们都觉得有些疲乏，在办公室坐下来，谁都不想动。王树看看墙下的两只热水瓶，就走过去，刚要伸手就听见有人说：

"王树，你放着吧！我来打。"

王树已经把热水瓶拿在了手里，但仍然被他抢过去了。王树眼看着他走出门去，自己却坐不下来。环顾一下，发现地上散落着纸片和瓜子皮，就又要去扫地，不料仍然被人拦住了：

"王树，你歇着吧！我来扫。"

整个下午王树都被科里友爱的气氛感动着，他几乎不想离开片刻。下班了，他有意留在了最后。拾掇了一阵，正要走开，科长却转了回来，搭眼一看心里就明白了。科长是要拿一份文件的，他在桌子上忙乱地翻寻着，让王树等他，两人好一起走。可找了半天也没找着，王树也替他着急，在旁留神看着。终于找着了，科长舒了一口气，连说"就是它就是它！"王树也舒了口气，他简直觉得自己这一天过得太完美了。

出了局大门，两人就要各自乘坐公共汽车回家。王树真有些对局里恋恋不舍，也有些对科长恋恋不舍。科长转身朝另一个方向走了，他还在后面注视着，没想到科长又停了下来。科长发现了他在一直看他。

"王树，"科长莞尔一笑，说道，"我问你，胡兰村的请功书是怎么写的？"

王树不由一怔。

"听说那份请功书把你夸成了焦裕禄、孔繁森，"科长说，"真有你的！"

王树脑子里嗡地一响。他知道科长误解了，也肯定很多人都误解了。显而易见，在很多人眼里那封请功书是在他的指使下写成的，说不定还是他亲自写的呢，最起码他也是直接参与了这事。

科长见他哑口无言，便又宽和地一笑。"没什么，"他说，"做出成绩来自己不提，谁还会提呀。你总不能在村里待上一辈子吧。"拍拍王树的肩膀，一声"明天见"，走了。

王树在原地愣了半天。街灯唰地亮了，团团的光晕连在一起，严严地罩着城市，夜空都仿佛不存在了。这就是区别！那张夜空，在胡兰村他都不知看过多少遍了，每一颗星星都会尖锐地提醒他，他正生活在一片远离都市文明的旷野。此刻，王树眼前亮堂堂的。灯光就像厚厚的一层棉被，紧裹着这座城市，像裹着一个婴儿，寒冬腊月里，王树怎么一点儿都不觉得冷呢？王树迈开大步向前走去。他的心里怦怦直响，这生的鼓动，与都会的脉搏，打着在，吹着在，叫着在，喷着在，飞着在，跳着在……

将近春节，局里的各项事务紧锣密鼓地进行着，而新春气象也随之透露出来，人人都是满脸笑意。可是突然，这脸笑意凝固了，大有些人的脸色竟变作灰黑，像局办公室的刘国兴，已经显出了一副丧魂失魄的模样——王树觉不出什么。

王树不想让人们看出自己觉不出什么，处处谨慎着，仍终于有人对他说："啊，王树，你是不怕的。"

这一天上午，科里人也这样对他说。

"王树，朱局长叫你！"局办公室的刘国兴在门口一探头，就缩了回去。

王树疑惑着。

"你有什么好怕？"科里的人说，"你是不用再去了。你还怕会再让你在村子里熬上五年吗？"

王树镇定下来。

王树来到朱萃娜局长的办公室。朱萃娜局长热情地起身相迎。"坐下坐下。"她和气地说。

"你找我，朱局长？"

"有事要跟你商量。"朱萃娜局长说着，叹息一声，王树听出了遗憾，但听不出歉疚。"小王，很对不起，"她接着说，"在你上个阶段的包村期间局里对你关心不够。你是不是有什么想法？可以对我谈谈。"

王树矜持万分："我有什么想法？我没什么想法。"

朱局长欣赏地点点头，笑道："看来锻炼锻炼是对人有好处的。小王，想必你已经知道了——"

王树一下子从座位上挺直了腰，但他又马上取消了自己的怀疑。

"上边又给了我们局下派的名额，还是包下镇的胡兰村，"朱局长继续说，"局党组研究过了，鉴于你上次的表现，还有你对胡兰村是熟悉的——"

王树腾地站了起来，瞪圆了眼，僵直地望着朱局长。朱局长不由一慌，忙示意他坐下来。"你好好考虑考虑，烈火见真金。这一次包村时间短，才一年半，"朱局长有些说不下去，"结束后我们是该提拔的提拔，你们科还需要一个副……"

"嗷！"王树猛地大叫一声。

"你要干什么！"朱局长神色突变，身子向后一仰。

王树却慌乱地低下头，像是在地上寻找什么。看样子他马上就要坐下了，但他一扭头跑了出去。

朱局长松了口气。刚才她的确是被王树异常的表现吓了一跳。她还以为他就要向她扑过来呢。她叫人可能来不及了，她的反应很快，当时就决定如果出现不测，就先把桌子上的那块镇尺拿在手里。

现在办公室里只剩她一个人，但王树的大叫却似乎还没有消失，让朱萃娜局长怎么听都不像是从一个人的嗓子里发出的。再倾听一下，除了这声喊叫，四处静悄悄的，她竟然什么也听不到，就像整个局的人都死光了。她的心情烦躁，隐隐感到将有一个世纪之久的更年期眼看就要远远地来到了。但是不大一会儿一种微小的动静就响了起来，并渐渐地增大着。陡然间，整个局都像解除了符咒似的，苏醒过来，迅速恢复了往常的景象，空气里也重新透露着欢乐的新春气息，嘈然有声。

国锦玲下班后没见王树回来，还以为他工作忙在局里加班或者去参加什么场合了，就没放在心上。到了晚上也没见着他，就免不了着急起来。打电话给王树的同事，也没得到明确的解释。她在家里忧心如焚，却不知道王树已经远在胡兰村了。那里的人们上溯三代，不是杀人越货的强盗，就是被官府通缉的要犯，然而他们却是二十世纪末共和国最为卓越的良民。

几天以后国锦玲在胡兰村见到了满面尘灰的王树。这是她头一次来这里。

"我想过了，姓朱的是要堵住别人的嘴。"国锦玲一针见血地说，"她要以为这样能堵住别人的嘴那就错了！"

"不就是一年半时间嘛，很快就能过去。"刚刚跟胡金千主任从野外回来的王树这样宽慰妻子，又独语似的说，"一年半时间，灌渠就能修好了。"

国锦玲暗暗决定不再从王树那里寻求支持。她当天就离开了村子。

穿过原野的时候国锦玲自始至终都没有看到一棵树。四处白花花的，她要是栽在盐碱地上的一棵树，土壤里浓重的盐碱就会杀得她的脚疼，而她也陡然感到脚疼起来，她差不多就要叫出声了，她就要变成一棵树了，但她仍是她自己。

国锦玲没有叫，她果决地把视线从原野上移开，并想到自己回城做的第一件事应该是告状。既然饶恕是无效的，那就甭信邪了！

原载《岁月》2000年第7期

点评

《王树的大叫》看似是写实其实更是写寓言，只不过作者对主人公的城市和乡村生活细节都处理得十分到位，王树对于乡村和城市不同的生活体验也十分深刻。《王树的大叫》中主人公王树作为城里的干部无奈被下放到在胡兰村包村，帮助村民们脱贫致富。一起下派的干部只有他还没有被调回城里，其实早几年他就该回来了，但局长压下了这件事情。不过他在胡兰村是真心帮助村民，赢得了村民的赞扬，而他自己也在这一过程中蜕变，获得了精神的充实。与此不同的是，在城里的单位中，王树却是一个不怎么受重视和关注的小人物。在家庭生活中，王树的妻子国锦玲责怪他懦弱无能调不回来，又心疼他在乡下吃了这么多年的苦，夫妻关系布满阴云。在单位中，王树的行为又常常被同事讥讽和恶意揣测，更是像冤大头似的不断遭受局长朱萃娜的故意欺压。王树并没有像他的名字一样长成生命力旺盛的大树，而其生命力在城市的生活规则中被打压得委顿下来。也正如他的名字一样，大树只有在厚实的泥土中才能参天生长，在胡兰村他为村里人谋福利时办实事果断、要强，到了城市里却立马转换成轻易妥协的懦弱分子。在村主任的努力下，好不容易被调回城里的王树，又受到以朱萃娜为首的一帮所谓的官员们的压榨，因为又分发下来新的下派任务，便决定又将他下派到农村。面对一次次的欺压，他没有选择反击，他像是新时代的阿Q一样忍辱以自保，想着阿谀送礼，妻子要去讨说法也被他坚决制止。而只能在独自一人的时候默默发出一声似人非人的大叫，用这莫名的大叫发泄内心的愤懑，怒对无奈的现实。

王方晨的这篇《王树的大叫》的批判意义并不仅仅停留于对社会丑现象的还原，更非仅仅停留在对官僚主义的鞭挞，他将目光直指幽暗深处的国民性、人性的深度。既揭露了城市小人物精神漂泊的无根之感，在当下价值崩坏、道德沦丧、物欲肆流的氛围中，迷失了自我。更深刻揭示出国民的奴性病不仅是在20世纪初的历史形态，也是影响当下社会发展的精神毒瘤。由此作家也以先锋派的姿态开创了"乡土先锋"（吴义勤语）的叙事风貌，将乡土叙事、现实批判和先锋特征熔于一炉，是创新小说创作新路径的重要的可能性尝试。

（朱旭）

夏天的羊脂玉

/温亚军

一到大暑，玉龙喀什河的第一个汛期如期而至。说是洪水，其实没有一点洪水的恣意狂妄，倒像一群怀孕的母绵羊，温顺地铺满了宽阔的河床，缓慢地向塔克拉玛干沙漠深处流去。浑浊的河水，来自遥远的喀喇昆仑山上的冰川雪山，裹挟着大量的泥沙，也带来了人们盼望已久的玉石。

采石的人们早已做好了一切准备，亢奋地站在玉龙喀什河边，望着一河的浊流去用焦灼的目光抚摸着温顺的河水，想着泥石流下面的玉石，像喝多了烈酒似的全身燥热，脸上全是温热的红斑。

这时候的天空，少有地晴朗。整个春天，还有初夏一直漂浮在和田上空的尘沙，也因了玉龙喀什河汛期的到来，被冲刷得异常干净。空气里也多了红杏早熟的香气，更多的还是采玉工脸上流露出的像天上太阳一样的灿烂光辉。

已有人在河边搭起了采玉时栖息的帐篷，架起了炉灶。只是天太热了，帐篷里像蒸笼一样，汗水像河水一样流个不停，炉灶是派上了用场，一个劲地烧着沸水，一壶一壶地冲着奶茶，灌了一肚子的奶茶。却没有人抱怨，甘愿忍受酷暑的煎熬。这是准备采玉呀，谁敢抱怨？玉是有灵性的，特别是最贵重的和田羊脂玉，这是玉中的极品，比人有灵气，稍有不慎，它就会不来。采玉的人都知道，对玉要绝对地虔诚，不敢有一点亵渎之意。

汛期是要持续几天的，多则半月、一月，少则也得八九天才能告一段落，这完全取决于天气。天气好，昆仑山上的冰雪就化得多，汛期就长了，气温降了，冰雪就化得少，山上就结冰了，不流不动了，玉龙喀什河里就成了石头滩，玉就在石头堆里采。一般采玉的人们不把采玉叫采玉，而叫找矿。找到矿了，就是采到玉了。采玉的人却不愿把玉挂在嘴上，怕玉听见了，藏在石头堆里找不到。

汛期持续着，人们心情正好着，虽然内心很焦急，但都不表露出来，只有耐心地等着洪水退去，才好下河床里展示找矿的本领。

真正的找矿，是折磨人的，没有好的耐心，是找不到好矿的。

塔尔拉地处玉龙喀什河中游一带，属于河床缓冲地带，是找矿的最佳位置。上游水太急，玉石随着石流，落不了脚，只有到了塔尔拉，河床宽了，地势平坦了，水流缓慢，玉石就沉到了水底，落到石堆里，单等人们来找了。

但在整个汛期，人们都汇聚到河边，日夜守候着，生怕迟了一步，找不到矿。要知道，第一个汛期过后，是矿最多的了，往后，就越来越找不到好矿了。汛期持续了十天左右，浊流有点下降的趋势。玉龙喀什河畔真正热闹了。有的人家连自家羊群都赶来了，全家老小，一个不少，全搬到了河岸上。尽管塔尔拉居住的村庄离河边不远，可谁还愿意留在村里，心思全在河边了。人们一年的吃穿用全在矿上拴着呢。

莫雷尔也不例外，早在五天前，全家人就住到了河边。他家是全村最后一个来到河边的，这几年，莫雷尔一直是最后一个到河边，他也就孤身一人，说是全家，也就他和那几只羊，算是完整的家人，来去方便，可他总是落在别人的后边。

莫雷尔的性子缓，像玉龙喀什河里的洪水，不急不慢，可他在缓慢中，每年总能找到好矿，比不上别人的多，却也比别人的矿好，年年有收获，落空的时候比别人少。所以，大家都说莫雷尔运气好，问他找矿的诀窍，他也答不上来。时间长了，大家都说莫雷尔怪。莫雷尔就是怪人。

天气还很好，没有凉下来的意思。这样的话，洪水回落得就很慢，人们在河边走来走去的，心里焦急，有的就喝上了酒，有的摆开了摊子（赌博），有上了年纪的，围坐在一起，边喝着奶茶，边议论着关于矿的话题，都是暴露在七月的骄阳下。这时候的河边上，气氛就有点闷闷的，那种热闹劲也多少有点闷闷的，叫人提不起劲来。

莫雷尔一贯拒绝河边上的热闹场所，他将自家的羊放出去，任它们在戈壁滩上啃草，自己回到帐篷里，歪在一堆铺盖上，就迷迷糊糊地睡着了。

这一天，莫雷尔正歪躺在铺盖上迷糊着，忽然间被一阵乱叫声惊醒，他爬起来往河里一看，河水还是那么多，还是那么浑浊地流着，没有一点要退却的迹象，又不是该找矿了，乱叫啥呢？莫雷尔一向对别人的惊呼不感兴趣，他又歪倒了。

正迷糊间，莫雷尔被人推醒，恍恍惚惚地听推醒他的人说，是有人被洪水冲走了。

这怎么可能呢？水流这么缓慢，连玉石都冲不走，咋能冲走人呢？

来人急急忙忙地说完就走了。

直到天黑，莫雷尔才弄清楚，确实是有人被河水冲走了。

被河水冲走的，是塔尔拉的能人阿里江。他被人从下游找到时，已成了一个喝饱了泥水的僵尸。有人看到阿里江的尸体后说，他也真是的，等不及了，哪有跳到河水里就找矿的，这不是找死？！也有人说，阿里江也是太能了，总想走在别人前面，这回算是走到前面了。

莫雷尔起初听到这一消息，惊得说不出话来，想了想，慢慢地就平静了下来。他想着阿里江是个找矿能手，绝不会傻到河里有水，就跳进去找矿的地步吧。阿里江才不会那么傻呢！

莫雷尔卷了支莫合烟，慢慢地抽着，辛辣的莫合烟味在燥热的夜晚里更加刺鼻，莫雷尔已经闻惯了这种气味，他不在乎，只是一口一口地吐着白烟，脑子里想起阿里江以外的事来，好像阿里江的死与他无关，他的突然死去原因也与他无关。

的确应该是这样，当年，阿里江从外地来，不明不白地加入到塔尔拉采玉的队伍里来，莫雷尔并不像其他村人那样，另眼相看多出的一个找矿人。这矿又不是谁家的，是上天赐给塔尔拉人生存的唯一出路，谁都可以依靠玉石生活下去，阿里江的加入又没抢去谁家的饭碗，人们却容不下他，但谁也没有正式出面干涉他找矿。阿里江在找矿方面确有非凡的本领，不光是找到了不少的羊脂玉，而且还异想天开地沿着玉龙喀什河一直往上游走去，他想着越往上游走，就可能找到最好的矿，听说他还走进了昆仑山，最终被冰冷的雪峰给顶了回来，确认了塔尔拉人祖先已经验证过的事实：塔尔拉是最好的找矿地带。阿里江的这一壮举被塔尔拉人嘲笑的同时，也被年轻的一代所推崇，他们心里想着我们咋就没有走到玉龙喀什河的上游昆仑山中，去探一次险呢？一时阿里江在塔尔拉年轻人的心目中，就成了英雄。后来的事对莫雷尔的打击很大，就是他一直暗恋着的塔尔拉最美丽的姑娘——来丽，不明不白地成了阿里江的妻子。莫雷尔后来只听说那年阿里江找到了一个大矿，一个足有五斤重的羊脂玉，就用那块羊脂玉换取了来丽的爱慕。莫雷尔一直没弄清楚，在和田这个产玉的地方，一个五斤重的羊脂玉不算稀奇，在这个全疆唯一不用公斤衡量重量的玉乡，五斤只是五斤，而不是五公斤，一块羊脂玉是打不动整天跟玉打交道的采玉姑娘的。莫雷尔知道，阿里江能娶到来丽这样的姑娘，还有别的，是别的什么，他不知道，他只知道阿里江一来到塔尔拉，就采到了羊脂玉一样的来丽。原来的来丽的确在他心目中像羊脂玉一样贵重。

一切都过去之后，莫雷尔的痛苦也就过去了，只是他有点变了，变得不爱和任何人接触，本来他就是一个孤独的人，就更加孤独了。

抽完三根莫合烟后，莫雷尔嘴里发苦，他喝完了一大壶温热的奶茶后，嘴里还是很苦，他对这种苦味熟悉已久，自从来丽嫁给阿里江后，他觉得什么东西都是苦的，包括这些日子，还有那种高贵稀罕的羊脂玉，羊脂玉那种滑柔、细腻，天然羊脂一样凝重，说是含在嘴里，满嘴羊脂香味对他也是苦的，是那种生涩的苦味。他品尝着这种苦味，一直在想着一个永远也想不通的问题，为什么人们要喜爱这种玉石？又不能吃不解渴，它只能是一个饰物。

莫雷尔胡思乱想了一阵，站起身来，走到外面，看了会儿晴朗的夜空。大漠的夜晚很明亮，玉龙喀什河边也因了阿里江的死而变得异常寂静，偶有一两声羊的叫声传来，也只是单调的几声，过后又恢复了寂静，有点点烛光从每个窗棚、帐篷里透出来，在明亮的夜空里也显得太微弱，根本不值得一提。他到河边走了走，碰上几个静坐在河边的人，别人与他打招呼，只问他去过阿里江家了没有，莫雷尔答了声，没有！

别人就说他们都去看了，死得惨哩，塔尔拉还从来没人这样死过，图个啥呢？汛期快过去了。

图个啥呢？莫雷尔在心里念叨了一下。

别人又不说话了，看着河水发呆，也不和一贯不善言辞的莫雷尔说话了。

图个啥呢？莫雷尔在心里又念叨了一遍这几个字，突然全身一紧，在七月燥热的夜晚里打了个冷战，他不明白自己是怎么了，会打冷战。他在河边站了一会儿，决定去村子里，到阿里江家看看，别人都去看了，自己也该去看看。他就来到村里，来到了阿里江的家里。

阿里江的家里灯火通明，却没几个人了，只有几个老女人还守在来丽的身边，怕来丽想不开。

来丽及他们的儿子阿里洪坐在地上，发着呆。惨白的灯光照在同样惨白的来丽脸上，莫雷尔见了满心的惨白。他走过去，也没有合适的话说，就用手一个劲地摸着阿里洪的脑袋。七岁的阿里洪莫名其妙地望着莫雷尔，望得久了，阿里洪就开口说，你不停地摸我干啥，我又不是羊脂玉，有啥摸头？

莫雷尔被孩童奇怪的话语击了一下，随即把手拿开，不知所措地望了望来丽。来丽这时也望了一眼他，一眼的呆痴。

那几个劝说来丽的婆娘，这会儿赶紧站起身来，像换了班似的，一边唠叨着，一边退出去走了。

留下莫雷尔一人，陪着来丽母子，他变得局促起来。自从来丽嫁给阿里江后，他就没有来过他们家，更没有和来丽说过话。这会儿又不知说啥才好，就站了会儿，又不好就此走掉，想了想，他就走上前去，看着躺在床板上的阿里江。

阿里江已被洗去了身上的泥沙，正安静地躺着，像熟睡了似的，只是他的身体比平时胖了许多，是河水泡胀的，脸也有点变形，还微张着嘴，嘴边还闪着白光，一晃一晃的，怪吓人的。莫雷尔当着来丽母子的面，没好意思后退，就弯下腰，装模作样地细看一下死者，他留心看了一下阿里江的脸，目光在嘴上又闪了一下，这回他才看清楚，阿里江的嘴里含着一块晶莹透明的玉，他肯定那是羊脂玉，所以阿里江嘴边被灯光照得一直在闪着光。一弄明白阿里江嘴里含的是羊脂玉，莫雷尔的肚子里忽地涌上一股酸水来，直冲到了喉咙里，他恶心得想吐，赶紧抬手捂住嘴，想往出退。这时，阿里洪站起来，跑了过来说，我爸嘴里放的是一颗羊脂玉，他们（指那些老人）说我爸就不会臭了！

莫雷尔嘴里支吾着，赶紧退了出来，在外面吐了个昏天黑地。吐过，他不想再进去，就回到了河边的帐篷里，一晚上没睡着觉，一闭上眼，全是阿里江嘴里的羊脂玉在眼前闪着刺目的白光，他怎么也睡不着。

阿里江死后的第三天中午，玉龙喀什河里的水开始回落了。这时河水已经有点变清了，但还是看不到河床里的石头，凭经验，再过两天，汛期就会过去了，今年的找矿工作也快开始了。

午后，阿里江的儿子阿里洪来河边找莫雷尔，说是他妈找莫雷尔有事。

阿里洪说话声音很响，吸引了河边人的目光。莫雷尔走出帐篷时，他发现大家都看着他，他没多想，就随着阿里洪去了他家。

阿里江的尸体还停放在床板上，屋子里已经有股臭味了，有不少苍蝇盘旋在尸体周围。来丽站在一旁，正用扇子驱赶着那些苍蝇。

见莫雷尔来了，来丽停下手中的扇子，望着莫雷尔，凄苦地笑了一下，说了句，我只好叫你来了。

莫雷尔一怔，忙说，赶紧找人收拾一下，安葬了吧，这天气放不住。

来丽说，叫不来人，他们都等着找矿。

莫雷尔说，我去叫，水还没退完呢，等啥呀，这面的事要紧呢。

算了。来丽说，他们不会来的。

莫雷尔就没话，静静地站着，他也没有上前，他怕看到阿里江的脸，更怕看到阿里江嘴里的那颗羊脂玉，他会恶心呕吐的。

来丽说，我只有求你帮我了，我一个人咋办呀。

莫雷尔没吭声，在心里说道，我早该来帮她一把的，我咋没想到，现在只剩下来丽孤儿寡母的，出这么大的事，自己咋就没往这想一想？

莫雷尔和来丽来到戈壁滩上的墓地里，选了一块地方，开始给阿里江挖墓坑。戈壁滩上的石子沙土很硬，挖一个墓坑不容易，又只有两个人，没人替换，挖了一天，也没挖到小腿深。来丽就坐在墓地里哭开了，一边哭一边说着自己命苦。

莫雷尔劝了一阵，见没有用，就一个劲地挖坑，心里头也是闷闷的。

来丽哭够了，又来挖坑，边挖边说，当初，阿里江可没有亏过谁，这会儿死了，却没有人帮着来挖墓坑，这人心都长到哪去了？

莫雷尔不吭气。

来丽又哭开了，边哭边说，当初阿里江给村里人带来了多少好处，他一来就发明了一种制造羊脂玉的办法，大家钱没少挣，却骂他人太能了，处处把他当外来人看。

说到制造羊脂玉，莫雷尔想到，当年阿里江到了塔尔拉后，不久就发明了用质地上好的普通岫玉制造假羊脂玉的事，他把岫玉植到大尾羊油脂最厚的羊尾巴肉里，然后把装有岫玉的羊尾巴伤口用针线缝上，让羊带着岫玉过上一年后，再割开羊尾巴取出来，岫玉里浸透了羊脂，能以假乱真地充当羊脂玉出售，挣了不少玉贩子的钱。那时候，塔尔拉的人谁不说阿里江能干呢，连莫雷尔自己都种植过，虽然他没种植成功。但别的人成功了，不都是为了羊脂玉挣钱多嘛。

说到底，玉到底是何物呢？一想到羊脂玉，莫雷尔就想到了死后的阿里江嘴里含的那块玉，不由得他又呕吐了起来。

墓坑挖到第三天的时候，玉龙喀什河里的水已退尽了，找矿的人们一窝蜂地冲到河床里找矿去了。墓坑还没挖好，三天了才挖了一人多深，离埋人还差一截子。

莫雷尔到河边照看自己的羊群时，已见到有人找到矿了，人家兴奋地告诉他，他无动于衷。别人就对他说，再不去找，今年就别想了。

有人就说，人家莫雷尔不用找矿的。

为啥？

他找到了更好的矿。

莫雷尔一听，也没发火，这几天他也听到了人们说他与来丽的风言风语，他没有计较，他只想着，尽快帮来丽埋了阿里江才是，阿里江的尸体已经腐烂了。至于别的，他没多想，他也不想去想，他对来丽现在没有一点想法，过去的都已经过去了。

再回到墓地，来丽见莫雷尔不吭声，就说，要不，你去吧，别耽搁了找矿。

莫雷尔说，挖吧，再挖一天，就好了。

来丽说，你走吧。

莫雷尔就发火了，你挖不挖？不挖你就走开！

墓坑挖好后，要埋阿里江时，阿里江的儿子阿里洪要取了他爸口中的羊脂玉。莫雷尔拉住了阿里洪的手，说不要取。

阿里洪说，这可是一颗真羊脂玉。

莫雷尔说，让它跟你爸去吧。

来丽听了，泪水涌了出来。

下葬时，是早晨，太阳刚升起来，把墓地照得血一样红。莫雷尔望着墓地上一堆堆沙土沐浴在血一样的阳光里，他的心里红红的一片，像着了火似的发烫，烫得他口干舌燥，就随手抓过一瓶奠给阿里江的"昆仑大曲"酒，用牙咬开盖子，狠灌了一阵子，然后将酒瓶摔碎在戈壁石上。那些玻璃碎片在阳光下闪着血一样的光，刺得他两眼生疼，他的眼前又闪动着阿里江嘴里含着羊脂玉的光来，他不敢再看，闭紧双眼，眼睛里涌出一股股泪来，在阳光下，像流出来的血水。

填完墓坑，莫雷尔突然问来丽，阿里江为啥掉进河水里？这是他一直想问的一个问题，也似乎是他早就知道了的一个结局。

来丽哽咽着说，他的眼里只有玉，只有羊脂玉，他强迫我嫁给他，却说我是一块假玉，他说他喜欢真正的羊脂玉，他经常无理取闹，那天喝多了酒，又动手打了我后，就说要去找真正的玉，后来……

莫雷尔用手势制止了来丽再往下说，来丽的悲痛刺得他的心好疼，他真不知该怎样来理解这件事，他在心里深深地憎恨起这玉来，都是这破玩意儿把人害成了这样，在每个夏天，都为它奔命，却真正地没有奔出一个好命运来，可悲的人们……他转过身，望了一眼呆站在一边的阿里洪，他的眼睛被阿里洪手上的一束白光刺得生疼，他的心抽动了一下，随口问阿里洪，你手里拿的是什么东西？

阿里洪将手伸了过来，这是玉呀，一颗真正的羊脂玉，你咋连玉都不认识了？

莫雷尔望着阿里洪和他手里的羊脂玉，竟无话可说。

这时，来丽冲了过来，问儿子这颗玉是从哪里来的。阿里洪理直气壮地说，这是我爸嘴里含的那颗，不是我偷的。

来丽一听，泪涌了出来，一巴掌就打在了儿子的脸上，骂道，你个畜生，谁让你拿出来的？

挨了打的阿里洪也不哭不叫，只是紧紧地攥着那颗滑润的羊脂玉，牙关咬得紧紧的，用愤怒的目光瞪着他的母亲，本来圆胖的脸蛋也变了形。

莫雷尔的眼睛晃了晃，他看到的阿里洪分明是一个精明的阿里江，一个把玉看得比命都贵重的采玉人。玉是什么？玉使一个孩童过早地成熟了，心变得像玉石一样冷硬，可以不顾父子的亲情，心里装满了无穷无尽的玉。

莫雷尔的心就乱了，乱得全身麻木，他目光也变得麻木，呆痴地望着来丽愤怒地硬从阿里洪手里抠出那颗玉来，烫手似的两手替换着，最终怕烫似的将玉扔向阿里江新鲜的坟堆。玉落在坟堆上的戈壁乱石上，碰撞出一种沉闷而坚硬的声音，这声音灌进莫雷尔的两耳里，分明是活着的阿里江找矿时常常发出的那种叹息声，那是找矿找得艰难却不甘心时发出的叹息声。

莫雷尔奇怪地在这种叹息声中望着那颗从坟堆顶滚到坟堆下面的羊脂玉，他看到，它混在戈壁石中，在耀眼的阳光下，也只是一颗石头。

原载《北方文学》2000年第3期

点评

《夏天的羊脂玉》是一篇关于苦难和欲望的小说。玉龙喀什河中游一带是汛期过后找矿的最佳位置，附近的村民每到这时就几乎会全村倾巢而出，住到河流的附近，日夜守候着，以方便寻找羊脂玉。但这次却出事了，塔尔拉的能人，外乡来的阿里江掉进河里淹死了。以这个突发事件为切入点，作者通过各方对待这一事件的态度，写出了原本温润、美好的羊脂玉对人心的腐蚀。首先是其他村民的态度，在阿里江的尸体被打捞上来后，起初还有村里的其他妇女过来安慰阿里江的妻子来丽，但因为阿里江下葬的日期正是找矿的好时候，村里人不愿意帮来丽安葬阿里江，怕耽误自己找矿。作者借来丽之口道出了人心的冷漠："当初，阿里江可没有亏过谁，这会儿死了，却没有人帮着来挖墓坑，这人心都长到哪去了。"不仅如此，在莫雷尔宁愿耽误自己找矿也要帮助这孤儿寡母安葬阿里江的时候，村民们却又开始风言风语起来，不仅不帮忙，还要嚼舌根说他找到了更好的矿。除此之外，阿里江与来丽儿子的态度更是令人心寒、心惊。来丽将一颗真的羊脂玉球放进阿里江的嘴里，听说这样尸体就不会腐坏，在下葬的时候也准备随其一并葬下。在下葬阿里江之前，他的儿子阿里洪就要拿走父亲嘴里的羊脂玉球，被莫雷尔和母亲制止，可安葬好阿里江之后，却发现这孩子还是将羊脂玉球偷偷拿了出来。莫雷尔看着因为被母亲责打而愤怒的阿里洪，"分明是一个精明的阿里江，一个把玉看得比命都贵重的采玉人。玉是什么？玉使一个孩童过早地成熟了，心变得像玉石一样冷硬，可以不顾父子的亲情，心里装满了无穷无尽的玉。"尽管阿里江一出场便死去，但却是小说的中心人物，由他的死牵扯出各方的态度以及欲望。其实那个精明的能人阿里江，他自己恰恰就是欲望漩涡中的重要人物，当年到了塔尔拉后不久他就发明了用质地上好的普通岫玉制造假羊脂玉，最后却命丧玉龙喀什河。

　　苦难的人们靠着这大自然的恩赐生活，原本纯净的雪山之下该也是一片纯净的世界，人心却因为苦难而滋生的不当欲望被绞杀。作者到底还是没有彻底残忍，留下了莫雷尔如玉般纯美的人性之光，也借他之口道出自己的困惑和慨叹："一直在想着一个永远也想不通的问题，为什么人们要喜爱这种玉石？又不能吃不解渴，它只能是一个饰物。……他在心里深深地憎恨起这玉来，都是这破玩意儿把人害成了这样，在每个夏天，都为它奔命，却真正地没有奔出一个好命运来，可悲的人们……"

（朱旭）

响 器/

刘庆邦

　　庄上死了人，照例要请响器班子吹一吹。他们这里生孩子不吹，娶新娘不吹，只有死了人才吹打张扬一番。

　　大笛刚吹响第一声，高妮就听见了。她以为有人大哭，惊异于是谁哭得这般响亮！当她听清响遏行云的歌哭是著名的大笛发出来的，就忘了手中正干着的活儿，把活儿一丢，快步向院子外面走去。节令到了秋后，她手上编的是玉米辫子，她一撒手，未及打结的玉米辫子又散开了，熟金般的玉米穗子滚了一地。母亲问她到哪里去，命她回来。这时她的耳朵像是已被大笛拉长了，听觉有了一定的方向性，母亲的声音从相反的方向传来，她当然听不进去。

　　大笛不可抗拒的召唤力是显而易见的，不光高妮，庄上的人循着大笛的声响纷纷向死了人的那家院子走去。他们明知去了也捡不到什么，不像参加婚礼，碰巧了可以捡到喜钱、喜糖和红枣，但他们还是不由自主地去了。他们是冲着大笛吹奏出的音响去的。这种靠空气传播的无形的音响，似乎比那些物质性的东西更让他们热情高涨和着迷。高妮的母亲本打算一直把玉米辫子编下去，编完了高高挂在树杈子上，给女儿做一个榜样。可大笛的音响老是贴着树梢子掠来掠去，她编着编着就走了神，把玉米辫子当成了女儿的头发辫子。她还纳闷呢，高妮滑溜溜的头发什么时候变得像玉米皮子一样涩手呢！做母亲的哑然笑了一下，很快为自己找到一个听大笛的借口：去把高妮找回来。

　　院子里已经站满了人，高妮的母亲进不去了，只能站在大门口往里看看。响器班子在院子一角，集体坐在一条长板凳上吹奏。他们一共是三个人，一个老头儿，一个中年人，还有一个小伙子。吹大笛的小伙子坐在中间，老头儿和中年人分别在两边捧笙。他们面前置有一张方桌，上面有暖水瓶、茶碗和纸烟。高妮的母亲认出来了，这是镇上崔豁子的响器班子，那个老头儿就是四乡闻名的崔豁子。据说从崔豁子的曾祖父那一辈起就开始吹响器，到崔豁子的儿子这一辈，他们家已吹了五代。换句话说，周围村庄祖祖辈辈的许多人最终都是由他们送走的。他们用高亢的大笛，加上轻曼的笙管，织成一种类似祥云一样的东西，悠悠地就把人的魂灵过渡到传说中的天国去了。吹奏者塌蒙着眼皮，表情是职业化的。他们像是只对死者负责，或者说只用音乐和死者对话，对还在站立着的听众并不怎么注意。他们吹奏出的曲调一点也不现代和复杂，有着古朴单纯的风格。不消说曲调代表的是人类悲痛的哭声，并分成接引、送别和安魂等不同的段落，以哭出不同的内容来。它又绝不模仿任何哭声，要说取材的话，它更接近旷野里万众的欢呼，天地间隆隆滚动的春雷。人们静默地听着，只一会儿就不知身在何处了。有人不甘心自我迷失，就仰起头往天上找。天空深远无比，太阳还在，风里带了一点苍凉的霜意。极高处还有一只孤鸟，眨眼间就不见了。应该说这个人死得时机不错，你看，庄稼收割了，粮食入仓了，大地沉静了，他就老了，死了。他的死是顺乎自然的。

　　大笛连续发出几个直冲霄汉的强音，节奏也突然加快。笙管紧紧地附和着，以它密集的复合音，把大笛的强音接过来，再烘托上去。原来死者的女儿哭着奔丧来了，响器在做呼应的工作。响器推动了死者女儿的悲痛，使女儿家悲上加悲，哭得更加惊天动地。这时响器的声响仿佛是抽象的、统摄性的，对女儿家的哭声既不覆盖，也不吹捧，只是不露痕迹地给以升华，使其成为全人类共享的幸福的悲痛。从高空垂洒的阳光给每一位听众脸上都镀上了金辉，他们的表情显得庄严而神圣。庄民的感觉是共同的，世间有了这样的乐声相伴，死亡就不再是可怕的事情了。

　　有人碰了高妮的母亲一下，示意让她看一个人，那个人是她的女儿高妮。高妮的母亲这才看见了，高妮站在离响器班子很近的地方，满脸的泪水已流得不成样子。死者是别人的祖父，又不是高妮的祖父，两家连姓氏都不相同，可以说没有任何血缘和亲戚关系，高妮不该这样痛心。再说，一个十四五岁的闺女家，当着这么多人流眼泪是不好看的，是丢丑的。高妮的母亲生气了，她生高妮的气，也生自己的气。双重的气愤促使她挤过人群，捉住高妮的胳膊，不由分说就往外拉。

沉浸在乐声中的高妮吃惊不小，好像她在梦境中正自由地飞翔，被外力一拽，突然就跌落在真实的硬地上了，就被摔醒了。还不知道拽她的人是谁，她就恼了，本能地夺着胳膊，做出反抗。当知道了拉住她的翅膀，破坏了她飞翔的不是别人，而是她的母亲时，她就更恼怒了，几乎踢了母亲。母亲强有力的手仍不放松她，一股劲把她拉到院子外头去了。母亲说，你娘还没死，你哭什么哭！

高妮不承认她哭了。

没哭你脸上是什么？是蛤蟆尿吗？母亲松开她，让她用自己的手摸摸自己的脸。

高妮还没摸自己的脸，嘴里浓浓的咸味已做出证实，她确实在不知不觉的情况下流泪了，泪水通过分水岭般的鼻梁两侧，流进嘴角里去了。她用手背自我惩罚似的把眼睛抹了一下，脸上掠过一阵羞赧，辩解说，她不是为死人而哭。

那你为什么哭？母亲问。

高妮说她也不知道。

母亲说好了，回家吧。她往后退着，说"不，就不"，转身又钻进举丧人家的院子里去了。母亲狠狠地骂了她，可她没听清母亲骂的是什么。或许母亲的骂只是大笛的一个修饰音，轻轻一滑就过去了。让高妮感到失落的是，当她重新挤到响器班子的桌案前时，乐手们停止了吹奏，手指间夹进了点燃的纸烟，送到嘴边的是粗瓷茶碗。有那么一瞬间，高妮没想到乐手们的吹奏告一段落，需要休息一会儿，以为高明的乐手们要换一个吹奏法，把纸烟的细烟棒和大口径的茶碗也会弄出美妙的声音来。停了一会儿，见纸烟和茶碗上升起的只有缕缕细烟，她才意识到都是由于母亲的干扰，她有可能把最好听最动人的部分错过了。这个当娘的可真是的，天上打雷地上雨，别人流泪不流泪关你什么事！好在死者还没有出殡，等不了多大一会儿，响器还会重新吹奏起来。怀着期待的心情，她难免多看了几眼那个吹大笛的小伙子的嘴巴，想听听小伙子说话的声音是怎样的。在她的想象里，小伙子说话的声音应该和大笛是同一类型，一开口便是鸿鹄般的长鸣。然而小伙子没有说话。不说话也不要紧，在高妮看来，小伙子的嘴巴本身就很特殊，而且漂亮。大概由于嘴唇长期努力的缘故，小伙子唇肌发达，唇面红艳，整个嘴唇饱满结实而富有弹性。如果把这样的嘴唇用指头按一下，说不定唇面在压下和弹起的时候本身就会发出音响。

高妮看人家，人家也注意到她了。她被母亲强行拉回去，又自己跑回来，这一点在场的人都看到了。别看小伙子崔孩儿在吹大笛时不怎么抬眼，院子里的一切他仍能尽收眼底。他欢迎这样忠实的听者。崔孩儿以艺人的欢迎方式，把烟盒拿起来，盒口对着高妮伸了一下，意思问高妮要不要吸一根烟。高妮长这么大还从没有人给她让过烟，这个陌生而崭新的方式把高妮吓住了，她满脸通红，脑子里轰轰作响。她身后站着不少人，有小伙子，也有大姑娘，那些人喜欢逢场作趣，都往前推她。高妮感到有人推她，就使劲坐着身子往后退，她越是往后退，别人越是往前推。毕竟寡不敌众，高妮到底被后面的人推到崔孩儿面前去了，要不是有桌案挡着，那些人或许会一直把高妮推送到崔孩儿的怀里去。在响器班子暂歇期间，一个小姑娘被捉弄，这无疑是一个不错的插曲，于是听众的嘴巴都毫无例外地咧开了，有的嘴巴还迸发出短促的被称为喝彩的声音。这样的欢乐气氛跟院子正面灵堂里的气氛并不矛盾，说不定死者的后人所追求的正是这种效果。我们的高妮小脸红得可是更厉害了，因为她无意间看见大笛手正对她微笑，并把嘴唇噘起来，做出了一个类似吹的姿势。天哪，他难道要吹我吗！人们面对突如其来的荣幸，第一个反应往往不是接受，而是躲避。高妮也是这样，她转过了身，张着双手饿着膀子与推她的人相抵抗。就在这时，响器又吹奏起来。响器一响，人们顿时肃静下来，不把逗高妮当回事了。高妮很快就后悔了，后悔没有接过大笛手递向她的纸烟。不会吸烟怕什么，什么事情都有一个开头，都是从不会到会。高妮还有一个后悔……

死者出殡时，响器班子是在行进中吹奏。送殡队伍可谓浩浩荡荡，络绎不绝。走在前面开道的是两位放三眼枪的枪手，其次才是响器班子，紧随其后的是八人抬的棺木，最后白花花的举哀队伍是死者的孝子贤孙及其他亲属。围观的人们不在秩序之内，这些人黑压压的，要比秩序内的人多得多。他们有着较大的自由度，喜欢看什么听什么就选择什么。比如高妮喜欢听响器，她就跟定响器班子，寸步不离。响器在旷野里吹奏，跟在庭院里吹奏给人的感觉又不同些。收去庄稼的千里大平原显得格外宽广，麦苗长起来了，给人间最隆重的仪式铺展开无边无际的绿色地毯。在长风的吹拂下，麦苗又是起伏的，一浪连着一浪。高妮不认为麦苗涌起的波浪是风的作用，而是响器的作用，是麦苗在随着响器的韵律大面积起舞。不仅是生性敏感的麦苗，连河水，河堤外烧砖用的土窑，坟园里一向老成持重的柏树，等等，仿佛都在以大笛为首的响器的感召下舞蹈起来。响器的鸣奏对举哀队伍的帮助更不用说，它与众多的哭声形成联动，你中有我，我中有你，浑然天成，不分彼此。关键在于，如果没有响器的归纳和提炼，哭，只能是哭，有了响器的点化，哭就变成了对生死离别的歌咏，就有了诵经的性质，并成为人类世代相袭的不朽的声音。高妮走在响器班子左侧前面一点，为了听得真切，看得真切，她不惜倒退着走路。高妮心中热浪翻滚着，她再次不可避免地流泪了。麦地里腾起的尘土刚粘附在她的泪痕上，后续的更加汹涌的泪水就把前面的泥土冲刷掉了。这样反复几次，高妮差不多成了一个土妮子了。

死者入土后，响器班子没有再进庄，他们各自把响器收到布褡裢里，从地里拐上大路，直接向镇上走去。他们走了，高妮怎么办。高妮有些不由自主，也尾随着他们上了大路。他们看见她了，崔豁子扬扬手让她回去。她没有回去，站在了原地。崔豁子他们往前走时，她又尾随过去。他们像是简单商议了一下，崔豁子和大儿子先走，由小儿子崔孩儿站下来等她。按他们通常的理解，这个不难看的小姑娘大概是被崔孩儿迷住了，有一段情缘需要了结。崔孩儿问，你跟着我们干什么？高妮的回答连她自己事先也没想到，她说，我想跟你学吹大笛。崔孩儿眨了眨眼皮说，就你，想学吹大笛，你不是说梦话吧。高妮肯定地说，我不是说梦话。崔孩儿没有从正面答复她，说，那，我让你吸烟，你为什么不吸？高妮说，我吸，你现在给我吧！崔孩儿抽出一根烟，没交到她手里，直接杵进她嘴里，打火为她点燃。高妮真的不会吸烟，她鼓着嘴，像吹大笛那样吹起来了。崔孩儿让她吸，往里吸，吸深点儿，指了指她的肚子。她这才把烟吸进去了。烟的味道很硬，有点噎人，还有点呛人，但她使劲忍着，没让自己咳嗽出来。她把人家让她吸烟当成一场考试了。她吸着烟，眼巴巴地望着崔孩儿。崔孩儿仍没有答复她，说，你的嘴是不是太小了？高妮心想，这又是关乎能不能让她学吹大笛的大问题，赶紧说，我的嘴不小，你看，你看！她把嘴尽量张圆，凑上去让崔孩儿检验。崔孩儿闻到了她嘴里哈出的少女才有的香气，看到了她灯笼一样的口腔里那粉红的内壁，就微笑着抓自己的脖颈子。高妮注意到了崔孩儿的笑，问，你同意收我当徒弟了？崔孩儿说，这事还得问我爹。他让高妮等等，抢了几步，追上了父亲和哥哥，把高妮的要求向父亲讲了。高妮没有站在原地等，跟着崔孩儿就追过去了。崔豁子回头把高妮上下打量了一下，说，回去请你爹来找我吧！高妮大喜过望，两眼顿时开满泪花，说，那我给您磕头吧！崔豁子制止了她，还是说，让你爹带上你来找我吧。他又补充了一句，告诉你爹，去见我不用带礼物了。高妮一路小跑回去了。崔豁子却对他的两个儿子说，她爹不会同意。

崔孩儿问，要是她爹同意呢？

崔豁子颇有意味地对小儿子笑了笑，说，那就看你小子愿意不愿意教她了。

崔孩儿脸上红了一下。

跟崔豁子估计得一样，高妮家的人不同意高妮去学吹大笛。高妮的父亲外出做工去了，不在家。母亲听了她的想法，直着眼看了她好半天，断定女儿是中魔了。母亲捉过她的手，用做衣服的大针，在她大拇指的指尖上扎了一下，挤出一粒血珠，说，好了，睡觉去吧，睡一觉就好了。高妮不去睡觉，告诉母亲，崔师傅都同意收她为徒了。驱魔没收到应有的实效，母亲不会相信中魔人的一派胡言，她进一步把吹大笛和死画了等号，说，我看你是作死啊！高妮听母亲说到了死，她说是的，哪儿死了人就到哪儿去吹。高妮第一次找到了自以为正确的人生方向，她的心情相当愉快，脸上挂满了轻松活泼的笑容。高家的小姑娘笑起来可真灿烂，可真干净！可这些都被母亲看成是高妮着魔的表现，看来可怕的魔已钻进高妮身体里去了，钻得还不浅。母亲说，我可就你这么一个闺女啊！母亲说着眼泪就流下来了。母亲流泪是有用意的，她试试能不能用这种方法把女儿感化过来。无论怎么说，母亲流泪还是值得重视的，高妮反过来做母亲的工作，说等她学成了，就回来给母亲开一个专场，母亲想听什么，她就吹什么。母亲登时大怒，使出了最后的杀手铜，你敢去学吹大笛，我马上把你的腿棒骨打断！

母亲一方面对高妮采取了控制措施，不让高妮走出院门；另一方面紧急给高妮的父亲捎信，让真正的家长回来处理这件棘手的事情。母亲的控制措施就是让高妮干活儿，用活儿占领高妮的手脚。她让高妮接着编玉米辫子，编完玉米辫子准备让她穿辣椒串子，穿完辣椒串子再教她学绣花，反正以打消高妮学吹大笛的念头为原则。

　　高妮提出不愿意编玉米辫子，愿意穿辣椒串子。母亲做出让步，同意她先穿辣椒串子，辣椒有满满一竹筐，够高妮穿半天的。辣椒是通红的，辣椒的把儿还是绿的，看上去很是美丽。高妮捏起一个辣椒欣赏了一下，穿在线绳上了。辣椒穿在一起像一挂鞭炮。"鞭炮"穿到半截儿，她的手哆嗦了一下，把头直起来了。她听见起风了，风呼呼的，一路吹荡过来。在劲风的吹荡下，麦苗拔着节子往上长，很快就变成了葱绿的海洋。风再吹，麦子抽出穗来，开始扬花。乳白色的花粉挂在麦芒上，老是颤颤悠悠的，让人怜惜。当风变成热风时，麦子就成熟了。登上河堤放眼望去，麦浪连天波涌，真是满地麦子满地金啊！母亲问她不好好干活儿愣着干什么？她回过神来才听清不是起风，空气中隐隐传来的是大笛的声响。她看了一下母亲，相信母亲没有听到，母亲似乎没长听大笛的耳朵。据高妮判断，大笛声像是从北边的庄子传过来的，离他们的庄子不过四五里。从远处听大笛，大笛的声响不是很连贯，有点断断续续，梦幻一般。它走过河水，走过大路，走过原野，走过树林，是从高空的云端下来的。撩开云幕下来的音乐就不是人歌，而是天歌，或者说是仙乐。这样梦幻般的仙乐听来别有一番韵味，更能牵动人的思绪，让人想到哪里就到哪里，想看什么就有什么。高妮这会儿又看到了一大片荞麦地，荞麦花开得正盛，满地里都是白的。她想这些花朵也许是蝴蝶吧。这样想着，荞麦花果然变成了蝴蝶。亿万只白色的蝴蝶翩翩起舞，煞是壮观。高妮怎么也坐不住了，她借口去趟茅房，攀上茅房里的一棵桐树，登上茅房的墙头，轻轻一跳，就摆脱了母亲的监控。

　　高妮来到北面的庄子，果然看见是崔家的响器班子在那里吹奏。崔家名义上是在镇上开理发店，拾掇活人的头发，可周围庄子里老是有死人，他们家就老是有生意做，老是有的吹。也许在他们看来，打发死人比伺候活人更重要。高妮把崔豁子喊成爷爷，说爷爷我来了。崔豁子的嘴正接在笙管上，腾不出嘴跟她说话。好在吹笙者的脑袋总是一点一点的，高妮理解为爷爷对她的到来点头了。正吹大笛的崔孩儿，两边的腮帮子鼓得像分别塞了鸡蛋，也没法跟她说话。当她目不转睛地向崔孩儿报到时，崔孩儿也用眼睛跟她交流。崔孩儿的眼睛光闪闪的，很亮。这表明崔孩儿的话也说得很亮，让高妮感到欣喜。响器暂歇时，崔豁子问高妮，你爹怎么没来？高妮撒了谎，说她爹在外地打工，还没回来。她母亲不敢见人，就让她自己来了。崔豁子问，你没说谎吧？高妮摇头。崔豁子还有问题，要是你爹用绳子把你绑回去，你还来不来？高妮说，来。崔豁子说那好，你先学敲梆子吧。崔豁子弯腰从搭在长条板凳上的褡裢里取出一副梆子。梆子是两件套，一圆一扁，一瘦一胖。梆子乍一看是黑色的，再看黑里却透着红，闪耀着厚实的暗光。高妮没料到梆子会如此光滑，她刚把梆子接到手里，出溜一下子，那只椭圆微扁的梆子就从手里滑脱了，比一条鱼儿蹿得还快。高妮赶紧把梆子捡起来，抱歉似的对爷爷笑了一下。爷爷说，我看你是喜阳不喜阴。这句话高妮没有听懂。

两个儿子都明白老爷子的心思。三月里，邻镇逢庙会，他们的响器班子应邀去和另一支响器班子比赛。比赛难解难分之际，对方突然使出一件秘密武器，让一个女子担纲吹起大笛来了。女大笛手一上阵，他们这边的听众很快被吸引过去了。尽管女子吹得不是很好，中间出了不少漏洞；尽管他们爷儿三个使出了浑身解数——但原本属于他们的听众还是没有回头，一边倒的形势到底未能扭转。那场比赛对老爷子是一个打击，也是一个刺激，他说，现在的人爱听母鸡打鸣，谁也没办法。看来老爷子也要培养一名女将了。

高妮不知道梆子怎么敲。爷爷让高妮看他的脚，手跟着他的脚走，他的脚板子往地上轻合一下，高妮手中的梆子就敲一下。高妮敲响梆子的第一声几乎把自己吓了一跳，梆子声这般脆朗清俊，哪像是木头发出的，简直是金玉之音。这么好的梆子不是好敲的，敲响容易，敲到点子上难。爷爷让她看着爷爷的脚敲，她倒是看了爷爷的脚，可她不是敲晚了就是敲早了，敲晚了如同敲在了爷爷脚下的空地上，敲早了呢，就如同敲在爷爷的脚踝骨上。爷爷皱起了眉头，样子像是有些痛。她想可能是自己敲慢了，敲得不够勤快，于是加快了速度。这下更不得了，对于爷爷来说，她这么干等于沿着爷爷的腿杆子一路敲上去，一直敲到膝盖骨那里。爷爷脚板合地的力量加重了，跟用脚跺地差不多。爷爷还瞪了她一眼，这一眼瞪得好厉害哟，高妮头上出汗了。

高妮的父亲是在镇上崔家的理发店找到高妮的，其时高妮正对着整面墙一样宽的镜子在梳理头发。父亲对她做得和颜悦色，没有露出任何恼怒的迹象。父亲说给她买了一身衣服，让她回家穿上试试。走到街上，父亲给她买了一串冰糖葫芦，还把人家找回的零钱给了高妮。高妮长这么大了，父亲还从没给过她这么高的待遇，她差不多有些感动了。回到家，父亲把自己的做法总结了一下，对女儿说：你想穿什么，爹给你买；你想吃什么，爹给你买；你想花钱，爹给你；不管你想要什么，爹都尽量想法达到你的要求——只是千万别再去学吹大笛了，吹大笛不是女孩子家干的事。高妮没有说话。父亲用现实的观点对高妮晓以利害，说现在外面的男人都不好，高妮到了男人堆里，也会变得不好，那样的话，以后嫁人就难了，就嫁不出去了。

高妮说，嫁不出去就不嫁。

父亲让她再说一遍，她果真又说了一遍。那么父亲只好拿她的皮肉说事。父亲下手很重，把她打哭了。她听见了自己的哭声，哇哇的，通畅而嘹亮，像是从肺腑里发出来的，底气相当足，跟大笛的声音也差不多吧。父亲不许她哭，命她憋住，憋住！这就是父亲的权力，把她打疼，又不许她哭喊。从她很小起，父亲就对她行使这种权力。过去父亲让她憋住她就憋住，憋得眼珠子都疼了，这一次她不打算听父亲的话。特别是当她听见自己的嗓门潜力这么大，声音器官这么好，几乎可以和翻卷着金属嘴唇的大笛相提并论，心中一阵狂喜，决定这次放开算了。于是她往大里调整了一下口型，哭得更充分些。好比哭丧的来了，大笛要掀起一个高潮，她配合父亲的猛揍，也试着给自己的哭喊掀起一个小小的高潮。父亲像是忽略了她的人体本身同时又是一个发声体，对她突然爆发出的洪大哭声显得有些出乎意料，还有那么一点惊慌。父亲的办法是拿过一块毛巾，塞进她嘴里去了。说来高妮的警惕性还是不够高，见父亲抓起一块毛巾，她还以为父亲动了恻隐之心，要为女儿擦一擦眼泪。毛巾的运行方向大致上是对的，只是具体落实时，没落实在眼睛上，而是落实在她洞开着的嘴巴里去了。这一下事情变得比较糟糕，毛巾吐不出来，咽不下去，她哭喊不成了。

鼓着腮帮子貌似吹大笛的高妮，只能在脑子的记忆里重温大笛的音响。大笛响起来了，满地的高粱霎时红遍，它与天边的红霞相衔接，谁也分不清哪是高粱，哪是红霞，哪是天上，哪是人间。然而好景不长，地上刮起了狂风，天上下起了暴雨。那风是呼啸着过来的，显示出无比强大的吹奏力。地上的一切，不管是有孔的和无孔的，疾风都能使它们发出声响。屋顶的茅草被卷向空中，发出像是雨燕的叫声。枯枝打着尖厉的口哨。石碌发出的声音闷声闷气。土地的声响跌宕起伏，把历代刀兵水火的灾变性声响都包括进去了。大风把成熟的高粱一遍又一遍压下去，倔强的高粱梗着脖子，一次又一次弹起来。高粱对陡起的大风始终持欢迎态度，高粱叶子不断哗哗地鼓掌。红头涨脸的高粱穗子是把酒临风的诗人风度，一再欢呼：好啊！好啊！暴雨显示的是快速打击的力量，谁敲梆子也比不上暴雨敲得快，再密集的鼓点也不及雨点密集度的千万分之一。这还不算，暴雨的声响带有上苍的意志，唯我独尊，是覆盖性的，它一下来，地上的万物只得附和它。暴雨下了几天几夜，红薯被淹没了，谷子被淹没了，地里白水浸浸，成了一片汪洋。这时候，高粱仍有上佳表现，举出水面的高粱如熊熊燃烧的火炬，暴雨不但浇不灭它，经过暴雨的洗礼，大片的高粱简直成了火的海洋。可是，人们吃不住劲了，纷纷扎起木筏子，一边饮泣，一边从水里捞谷子，捞豆子……高妮脑子里的大笛响到这里，眼泪又禁不住滚落下来。

等到高妮脑子里的大笛响到下一个乐章，漫天的大雪就下来了。大雪虽然也是水变成的，但它是固体，而不是液体，它落在哪里，就在哪里积累下来了。坟成倍地扩大着。草垛上面像是又增加了一个草垛。树枝上的雪越积越厚，白色鸟般栖满一树。枝条越压越低，终于承受不住，"白色鸟"乱纷纷落地。树枝刚恢复到原来的位置，后来的"白色鸟"又争先恐后地落在上面。地里的清水井被称为大地的眼睛，雪在井沿边神工般地往中间砌着，井口越收越小，后来终于连大地的眼睛也给遮盖住了。不用看了，天地间满满当当，都被大雪充塞了，整个世界都是白的。你想看什么也看不到了，世界上仿佛什么都没有了，一种被称为白色或者无色的颜色轻轻一涂，整个世界就变成了空白。可大雪还在下着。谁要以为落雪无声那就错了，它是无声胜有声，在人们心上隆隆轰鸣。在轰鸣声中，人们退回来，垂下头，真的无话可说了，只有流泪的份儿了。高妮的眼泪流得可真痛快，她的双眼就那么张着，眼泪无遮无拦，汹涌而下。

母亲把她嘴里的毛巾掏出来时，是让她吃饭。她咬紧牙关，当然不会吃。母亲解开捆她的绳子，她还是不吃。她不光不吃饭，连话也不说了。

父亲请来了一位亲戚，帮着做高妮的说服工作。这位亲戚是一位慈善的老太太，老太太的三个儿子都进入了上流社会，她因此被当地尊为教子有方的人。老太太用历史的观点，说吹大笛属于下九流里面的一个行业，一个人如果选择了吹大笛，一辈子就被人看不起了，死了也不能埋进老坟里。老太太说得苦口婆心，高妮仍坚持绝食，拒绝说话。后来老太太说了一句话，这句话让高妮感恩戴德。老太太对高妮的父亲说，人各有志，算了，给孩子一条活路吧！

高妮实现了自己的诺言，父亲打了她，绑了她，都没能改变她学吹大笛的决心。她也有不明白的地方，崔爷爷怎么就料到父亲要绑她呢？看来人一老就跟神仙差不多了。崔爷爷说，行，我看你这孩子能学出来。他指定崔孩儿当高妮的师傅。

崔孩儿一开始并没有教高妮学吹大笛，高妮刚把大笛摸住，他就不让高妮动。高妮说，师傅，你教我吧。师傅说，你过来。高妮走到他跟前，他却努起自己的嘴去找高妮的嘴。高妮对师傅这样做不大适应，还是说，你教我学吹大笛吧。师傅说，你不要犯傻，我这不是正在教你嘛！他拿起大笛，让高妮数数大笛上有几个孔。高妮数了，师傅说，你再数数你自己身上有几个孔。高妮仰着脸在心里数了一下，不错，她身上的孔和大笛身上的孔一样多。既然如此，她愿意听凭小师傅从她嘴上教起。崔孩儿小师傅不愧是一个吹家，他一会儿就把高妮身上的孔全吹遍了。当吹到关键的孔时，高妮就响起来了。之后，高妮趁机向师傅提了一个问题，爷爷为什么说她喜阳不喜阴。师傅解答道，那对梆子，圆的为阳，椭圆的为阴。你把圆的抓在手里，椭圆的掉在地上，不是喜阳不喜阴是什么。师傅还说，你喜欢我就是喜欢阳。高妮没有否认。

没人会关心高妮为练习吹大笛吃了多少苦，受了多少罪。一个人来到世上，要干成一件事，吃苦受罪是不言而喻的。两三年后，高妮吹出来了，成气候了，大笛仿佛成了她身体上的一部分，与她有了共同的呼吸和命运。人们对她的传说有些神化，说大笛被她驯服了，很害怕她，她捏起笛管刚要往嘴边送，大笛自己就响起来了。还说她的大笛能呼风唤雨，要雷有雷，要闪有闪；能让阳光铺满地，能让星星布满天。反正只要一听说高妮在哪里吹大笛，人们像赶庙会一样，蜂拥着就去了。

消息传到外省，有人给正吹大笛的高妮拍了一张照片，登在京城一家大开本的画报上了。照片是彩色的，连同听众占了画报整整一面。有点可惜的是，高妮在画报上没能露脸儿，她的上身下身胳膊腿儿连脚都露出来了，脸却被正面而来的大笛的喇叭口完全遮住了。照片的题目也没提高妮的名字，只有两个字——响器。

原载《人民文学》2000年第4期

点评

　　刘庆邦创作《响器》不是为了向读者讲述一个曲折的故事，而是赞美那些比物质性的东西更让人"热情高涨和着迷"的东西，高唱一曲嘹亮的生命之歌，表达人类争取生命自由的美好愿望。刘庆邦自己就曾说："如果用两句话来概括这篇小说，那就是写了人类的音乐性，音乐的自然性。人类、音乐、自然，你中有我，我中有你，三者是相通的，是浑然一体的。"的确，在这篇小说中，作者刻意隐去了乡村生活艰辛的部分，这样做并不是回避矛盾，而是继承了沈从文书写浪漫乡土的创作道路，对乡村生活进行诗意化的、审美化的处理。正如作者自己直言："我们写小说的过程归根到底是审美的，我对自然之美、情感之美、民俗之美的表现和赞美都很热衷。"所以作者在这篇《响器》中才会如此关注并热衷于书写乡村中美好的事物与景象。

　　在这篇小说中音乐性与自然性相互成全，最精彩的就在于对响器迷人音响的表现，和表现高妮对大笛的执着，都是将无形化为有形，通过自然景物来呈现这些缥缈的感觉。比如"高妮不认为麦苗涌起的波浪是风的作用，而是响器的作用，是麦苗在随着响器的韵律大面积起舞。不仅是生性敏感的麦苗，连河水，河堤外烧砖用的土窑，坟园里一向老成持重的柏树，等等，仿佛都在以大笛为首的响器的感召下舞蹈起来"。高妮的父母不同意她一个女孩子学大笛，她倔强不同意，父亲无奈将高妮捆绑起来打，作者甚至将高妮的哭声与大笛的声响结合起来，更赋予其节奏感。嘴里被父亲塞了毛巾后，"鼓着腮帮子貌似吹大笛的高妮，只能在脑子的记忆里重温大笛的音响"，"等到高妮脑子里的大笛响到下一个乐章，漫天的大雪就下来了"。高妮对大笛的执着追求，和大笛声响的迷人魅力，作者通过大段大段景物的动态描写呈现，意象连接着意象，比喻承接着象征，让读者领略到散文般的诗意。恰如作者自我剖析道：

"这里面，故事可能不再重要，重要的反是味道，是音乐的自然性。看这个小说，好比你看到一棵树，你只看到满树繁花，而不在意枝干。我的观点是，每个人都是一个响器，都渴望发出自己最'惊心动魄'的声音，而我的作品就是我的响器。"

（朱旭）

小说二题

/王安忆

伴你而行

自从街角有了这片绿地，气氛就变了。

原先，这里是一片棚户，挤在西区的街心里。外表看不出来，走进去，吓一跳，好像是到了旧电影里。刚开埠时，无产无业的闲散劳力集聚的地方。低矮，歪斜的板壁房，碎砖垒的小天井。也能看出历史沿革，主弄的路面，铺了水泥，柴爿门上，钉着铁皮门牌，标着路名、弄名、号码。枝蔓般的支弄虽然多而且曲折，也还是有秩序的，分而注明，一支弄，二支弄，三支弄甲巷、乙巷。岔道的中央，有集水站、集粪站、公厕、烟纸店、公用电话，还有居委会。显见得是已经成熟了的一套自治的系统。看起来，他们不怎么入流的，其实，他们倒是这城市的老住户了。静安寺路还未开到这里，这里只是一片垃圾空场，他们就扎下了。看着市区一点一点向这蔓延过来，又绕过他们，最后包围了他们。他们中间不少人是这里三代以上的居民了，是这城市的老土地。在这种相对封闭的环境里，他们的口音也有些特别。当然，他们不是苏北人，苏北人的集聚地多是在市北。他们要杂一些，各自带来乡音，久而久之，就演变成另一路的沪语。有一些约定俗成的字词，他们自可心领神会。他们彼此都相熟得很，不像周围弄堂或者公寓里的住户，那样淡然处之。他们可是热络得很呢！所以，走进去，除了觉得旧，还觉得热切。尤其是夏天，天气暖和，各家的门都敞开着，穿了睡衣裤的女人，就在巷道里走来走去。饭桌都开出来了，小孩子端了碗，串桌子吃饭，男人的酒也是混着喝。烟纸店的门前，是个中心，店主把电灯开得格外亮，许多小道消息和流言蜚语，就在这里集散传播。

等到新加坡的一个房产商买下了这片地皮，将这里的居民动迁到了郊区，然后推土机推平房屋，人们才忽然发现，这片棚户原来占地有这么大，有多少人在这里生活过啊！这片棚户从街角的口上掏进去，从两边街面房屋的后面，铺陈开来。所以，人们就不会知道，在这个栽了悬铃木，有着罗曼蒂克风的街角里面，这些二层或者三层，底下做商店，上面是住家的街面房子后面，竟然有着漫漫一片人家，几乎把这个街区的心脏掏空了。现在，那里，包括沿街的这一弯房子都夷为平地，就真有些叫人惊了。由于经济不景气，房地产受挫，这片空地闲置了两年，堆着破烂砖瓦、木板木条、废旧管道，还有随手扔下的垃圾纸屑，起风的时候，一些特别轻和薄的白色透明塑料袋飞扬起来，好像墓地上飘扬的幡旗，带着股凄婉的意思。再后来，市政部门就下令让所有的房产商，都要将暂缓开发的空地改造成绿地，优化城市环境。于是，这里就成了一片绿地。

建筑垃圾清理走了，地全部深翻一遍。在厚积了灰尘油腻，结了饼的坚硬地面底下，竟还是柔软的深棕色的泥土。接着，平地被推成缓缓起伏的丘陵，覆盖了草皮，像高尔夫球场似的。中间铺了几条错综蜿蜒的彩色石子小路，栽种了几样花木，安了木头长椅和石桌石凳。于是，放学的孩子们来踢球了。老人们来散步，打拳，下棋。恋人们也来了，在草地上偎依着。有一个女乞丐，独占了一条长椅，铺上她那条肮脏的线毯，椅子底下塞了她的破家当。一只草篮，一个衣服卷儿，还有个麦当劳的大号纸杯，里面盛着一些纽扣、线团什么的。绿地的风景并没有因此显得不协调，相反，多了一种风趣，变得生动了。她要是有一天没有在这里，大家会生出疑惑，并且，谁也不会去占她那条长椅。有一个雨天，这里还来过一个外国人，在细雨中读书，想来是一个自然爱好者。汽车经过，车里的人看见，在城市灰蒙蒙的污浊的空气里，浮现出一方绿洲。

事情的发生，是在春末夏初的季节。天比较长了，但还不太长。当我下班回家，走在这里，暮色已经降临了，但是那种明亮的暮色。绿地后面的房屋顶上，镶着一道淡金色的边。那多是一些老式楼房，虽说是旧了，可轮廓依然很秀媚。三角形的屋顶，坡面上立着砖砌的壁炉烟囱，在二层的地方，又突出一面披厦，披厦的平顶上是露台。窗户多是高而窄，窗户顶上有雕花，浮出来。在暮色淡薄而柔弱的光中，这些细节其实看不太清楚。但是，这些丰富的线条却使光的明暗变得微妙起来。在这一排旧楼房中，还突兀着一两幢新楼。谢天谢地，不是火柴盒式的新式公寓楼，面上贴着亮闪闪的墙砖，窗户一排排连起来，铝合金的窗框，看起来就像现代化工业的车间。这两幢新楼是仿古典的，假洛可可风，半圆形的阳台，罗马门柱，廊窗，带花饰的顶和檐。可是总还是憋不住透出新富的俗丽，这主要体现在那种特别鲜亮而且光洁的新型外墙涂料上，它细心地将楼体包裹起来，好像上了一层釉似的。可恰恰是这层"釉"，暴露出建筑材料的轻、薄、劣质和廉价。可尽管如此，它们也要比新式公寓楼好得多，它们总归是有一些曲线。而且，因为新，鲜艳，它们还跳眼得很，在一圈旧楼中，是个亮点。暮色的光线，在它们的顶上，也反射得比较明亮。这，就是绿地的地平线。

月季花开了。疏朗的枝叶间，这朵，那朵，盛开着花朵。花瓣张得很开，边缘有些残破似的，却显得灿烂。绿地上的花多为月季和迎春，迎春此时早已谢了，剩下一蓬蓬的枝条，伏在绿地的边缘和土坡上。树呢，有几棵棕榈，几棵柳树，一小片竹子在绿地最边上，绿地竟也有着略显荒凉的角落，那里少有人至。草长得很疯，有几处几乎要过膝，割草机刚推过，下一场小雨，又长长短短地茂盛起来。暮色时分，空气湿润，草地毛茸茸的，起着反光，绿就有了深浅，一层层地滚过去。

这时候，绿地上人比较少，人们多是在吃晚饭，或是吃过了晚饭，在忙着收拾碗碟。要过一时，才出来，到绿地上散步玩耍。女乞丐也没到呢，她的那张长椅上空着，椅腿跟前放着麦当劳的纸杯。不晓得是她自己，还是别人，往里放了一张广告的印刷品。我从我们的写字楼出来，过了红绿灯十字路口，沿了一条蜿蜒的街道向北走去，再过一个三岔路口，就拐进一条两头通的大弄堂。这条弄堂贯通了两条大马路，据说已经有六十年的历史。它有着姜黄色沙粒的墙面，黑瓦的屋顶，高大的门框和窗框漆成深铁锈红。它至少有十数排房屋，从这头到那头，每一排房屋平均分两边，中间就是主弄，前排房屋和后排房屋之间是横弄，一扇扇黑色的铁栅栏门，连起了山墙。一侧的铁门与邻弄相隔，另一侧则面街，街边上的梧桐树就在铁门外摇曳着它们茂盛的梧桐叶，将树影洒落到弄内来。这条弄堂因为宽大和两头通，实际上已成为一条通道，许多过路人从这里走过，甚至汽车也从这里走过。这里的居民已经习惯这些过路人侵入他们的领地，他们平静和淡漠地走他们自己的路，做他们自己的事情，就当没我们这些过路人。我从弄堂的这头走到那头，朝西拐个弯，就到了那片绿地。我本可以沿了绿地边上的街道走一条直线。但我总是要从绿地中间穿过，宁可多走一些路。绿地中间，有两条小路相交，分开，又相交，穿过丘陵，热烈的棕榈树林，有一条还通到了凄婉的小竹林。说是"林"，其实至多不过十来棵树，二十几竿竹子，丘陵也只是个小土坡。可它们照样营造了气氛，甚至于，还稍稍改变了气候。为了在绿地流连得再久一些，我还会走下彩色石子的路面，在草地上走一段。方才说过了，这个时间，绿地上几乎没有人，天色呢？有一点暗了。事情就在这时候发生了。

当我将要走出草地，走上街道的水泥路面，偶尔一低头，在我脚边的草地上看见了一个光点。这个光点，就像手电筒的光那样大小，但是比手电筒的光要强得多，散发出橘红的颜色。它停在我的脚边。我转过身抬起头，寻找它的来源。光源收起了。天空很明净，有一些很细小的飞虫旋转着飞行。远处的地平线静静地伫立着，有一些窗口过早地开了灯，在暮色里显得有点昏暗，还有点黯然神伤。我回过头来，光停在了脚边。光里面的草丛，变了颜色，不再是绿的，而是变成淡金色。我挪动了脚步，它竟也跟着来了，它的脚步里带着些跳跃。我再转过头去，还是什么也没有，暮色倒又暗了一成。绿地上的人多了些，或走或坐，那女乞丐也回来了，打开包裹，在清理她的财产。我又挪了一步，它再跟我一步。我索性不去看它，走出草地，踩上了街面。它也来到街面上，溶溶的一个圆点。我过马路，因为要留心来往的车辆。没有注意它。然后，我就到了马路的对面。马路对面是一圈围墙，围墙一直伸延到街角，再转过去。我就顺着围墙向前走，前边的街角正对着一个宽阔的几岔路口，红绿灯交替闪烁，映在柏油路面，有一些交相辉映的效果。都市的夜景将要开幕了。忽然，我又看见了它。它就在围墙上，在我身边。我停下脚步，它也停住了，好像一下子没停稳，晃了晃，再又停住了。我只得走了，它还跟着，直到我转过街角。

这是激光手电的光。这种新型的激光手电，光的射程相当远，倘若没有障碍物，几乎可以一直照射下去。问题是，它究竟来自何处。

　　从那天以后，它就天天跟着我了。好几次，我走着走着，冷不防地一转身，还是没逮住它。它敏捷极了，一下子收了回去，至多在空中留下一线淡泊的弧光。我望着绿地那一排地平线，绰约有致的房屋的轮廓。猜想是哪一个窗口里，有它。因为天气暖和，窗户全打开了，静静地看着我。我与它们隔了绿地，对视了一阵。我再接着走我的路。它又来了，脚前脚后地跟着。我用脚尖去触碰它。它跳开来。我追它，它就在草地上转着圈。一旦我反转身来，面对光源的方向，它就一下子隐去。回过身，又来了。我追不上它，只得停下来，继续往前走。它也老实下来，继续跟着我，一跃一跃的。走过草地，走上街面，再过马路。现在，即便在车辆疾驶的马路中心，我也能注意到它了。它灵活地在车辆间穿行着，有时候，还会停在某一辆汽车的反光镜上，驶出一段路，再又回来。还有一次，它停在一个女孩子高高束起的马尾辫上，看起来，它还挺花心的。随了小女孩子一颠一颠的脚步，颠一段，再回来。它已经认我了。

　　它确实认我了。要是我晚了半个钟点，走到绿地，人已经比较多了。而且，天长了一些，到绿地来的人也更多。有些不是住在附近，而是住得更远的人，也都往绿地上来乘凉，散步，玩耍，谈情说爱。这时候，简直有点拥挤了。可是它，总是能准确无误地找到我，停在我的脚边。当然，它会到人多热闹的地方去流连一下，可最后还是回到我这里。我不再费心去寻找它的源头，找也没用。那么，索性让它安心，我有意背着绿地后面的房屋，不回头，由它去。它就有些放纵了。我不去触碰它，它反来触碰我。开始，它小心地向我靠拢，靠拢，再靠拢，接着，就触到了我的脚。一经触到，立即跳了开去。然后，它就连着来了，碰一下左脚，再绕过去，碰一下右脚。碰一下右脚，再碰一下左脚。它反反复复地玩着这一套把戏，也不嫌单调。我只当看不见，它才渐渐地停下来。它停了一会儿，又向我靠拢过来。当它又一次触到我的脚，却没有跳开，而是沿了脚踝上来，停在我的裙摆上。随着我走路，还有风吹，裙摆一摇一荡，一摇一荡，它就乘在上面，荡着秋千。我呢，就将手掌摊开来，贴了裙子，轻轻地一舀，它就到了我的手心。红红的，亮亮的，圆圆的一点。我用手小心地托着它，走过马路，沿了对面马路的围墙走，走。这一段路，它一直停在我的手心，一动不动。直走到街角，一拐弯，它跳开了，回家去了。

　　这段日子，天天这样，我一旦走到草地的中间，它就来了。一直送我走到对面街角，拐弯，跳开，两下里分手，各自回家。下雨了，它就停在我的伞上。我的伞顶上就有那么圆圆的一点光。雨小了，我收起伞，它滑下来，滑到脚边的、湿淋淋的草地上。在雨里，它更亮了些，而草地呢，越发地绿。四下里都是细密的雨丝，在不太暗的天光里，像一些闪烁的绒毛。地平线上的房屋，被湿润的空气洗刷得明亮起来，比好天的时候更加显眼，轮廓清晰。天空在一种灰蓝的基调中，依次派生出一系列从属的颜色，渐渐向一种高贵的蟹青色接近，绚丽地铺陈开来。风在上面画下了透明的流线型的长线条。这一回，绿地上真的人很少了，只有我，还有几个匆匆走过的路人。那个自然爱好者也不在。这里就全是我们的天地了。它离我稍远了些，在草地上走着狐步舞的步子，划过来，划过去。凡它走过的地方，细细的草丝，便翻卷过来，又复过去。月季花谢了，花瓣洒了一地，新的花蕾还没成熟。可是有一种无名的小白花却开着，当它无意间掠过，它们也挣一下地一摇。棕榈可是绿极了，叶子肥大，棕色的树干挺立，在丘陵顶上，散布着热带风情。我们走了上去，穿行过来。天色比平时暗得早了，而路灯也亮得早了，绿地角上的小竹林，很幽密。它比往常明亮得多，就像一盏小灯笼，在雨里跳跃着。我忍不住又回过头去，它依然敏捷地收回了。只是，空气中的湿气将它的余光留住的时间略长了一些，雨丝中，一线弧光缓缓、缓缓地收拢，消失。后面，绿地边缘的楼房，全亮着灯，照耀着空无一人的绿地。

可是，它渐渐地微弱了。夏日来临，天越来越长，我走到绿地的时候，太阳方才走到地平线，也就是那排房屋顶上。在明亮的天光里，它的光，几乎消失了。可它还是来到我的脚边，停在草地上，随我走过去，走上水泥街面。在灰白色的水泥街面上，它越发难发现了。在马路那边的围墙上，它也苍白得和白石灰墙面一样的颜色。到拐弯处，我走过来，它跳回去，那一跳，也软弱了。它显然是怕我找不到它，更加紧地跟我，就停在我的脚背上。我也怕丢了它，小心地移动脚步。有一回，它援着我的裙边上来，又停到了裙摆上。我像过去那样，摊开手掌，贴了裙摆下去，舀起它。它在我的手心里，即刻就要融化了，是那样浅淡的一点光。

我托着它走，走，忽然间，围墙里新起的高楼，那玻璃幕墙将最后一点阳光反射过来。唰的一下，击中了我的手心。它不见了。它已经微弱到了这样的程度，可它还是来。为了让我看见，就停在我的脚尖，或者甩动的手指尖上。天是那么长，六点钟的日光，还像是在午后，而不是傍晚。太阳悬在楼房的上空，光芒相当锐利。绿地上的草被太阳晒得有点黄了，月季花倒又开了一茬。有几次，我没有找见它，直到我走下草地，脚在月季花的枝叶的影里，方才看见，它微弱地停在那里。我的手再托不起它了，它无影无踪。太阳老高地几乎是悬在中央，围墙里高楼封顶，玻璃幕墙锐利地反射着阳光，光芒四射。过往的汽车，光洁的车身也反射着阳光，光就变成一种流速的形态。绿地温柔地起伏着，丘陵托起棕榈，又伏下去，延至荒凉的竹林一角。迎春花的枝条一蓬蓬地垂在绿地的边缘，月季的有节的枝子上，缀着花朵。花朵底下，藏着些昆虫。不是蟋蟀、蝈蝈、金蛉子，那类著名的。而是无名的，没有来历和氏族的小虫子，它们有着化身术。

比邻而居

当时，装修的时候，就有人提醒我，不要使用这条公共烟道。应该堵上，另外在外墙上打一个洞，安置排油烟机的管子。可是，我没听他的。好了，现在，邻居家的油烟味，便走过我的排油烟机管道，灌满了厨房。

我无法确定，这是哪一户人家的油烟气。我们这幢楼里有十六层，每一层有七套公寓。从构造上看，我是与我西边比邻而居的公寓共用这条烟道。就原理来说，油烟是向上走的，所以，绝不会是楼上人家的油烟，甚至不会是同层楼面人家的。而我是住十二楼。这样，范围就缩小了。就是说，这油烟气仅只是来自十二楼以下，相邻的两套公寓。但这范围也挺大，除去一楼，是物业管理部门的办公室，再除去我自己，共有二十一套公寓，入住的人家大约是三分之二。就是说，有十二三户人家，可能将这油烟气排入我家的厨房。而我可以确定，我家厨房的油烟气，仅来自其中一家。

这是由油烟的气味决定的。这气味是一路的，就是说，是一种风格。怎么说？它特别火爆。花椒、辣子、葱、姜、蒜、八角，在热油锅里炸了，轰轰烈烈起来了。它似乎是靠近川菜的一系，可又不尽然，葱、姜和酱的成分多了，使它往北方菜系上靠了靠。但，总而言之，这家吃上面是大开大合，大起大落的风范，相当鲜明和强烈。所以，我肯定这只是一家的油烟进入了这家的管道。不晓得是基于一个什么样的原理，这家的油烟没有直接走出烟道，而是中途被吸入我家的排油烟机出口。或许，很简单，别人家都预计到会发生这样串烟的情形，所以都放弃了这条现成的烟道，只剩下我们两家。

这家人吃方面还有一个特征，就是每顿必烧，从不将就。一早，就传进来葱油味，还有一股面粉的焦香，显见得是在烤葱油饼。那气味呀，就好像在嘴里狠狠地咬了一口似的，唇齿之间都是。中午，可能是榨菜肉丝面。榨菜，在锅里煸得半干，那股榨菜香，油香，还有铁锅香，先是刺鼻，后就柔和了，洋溢开了，那是添上水的缘故。晚上，气味可就丰富了。这是一日之中的正餐，拉开架势，大干一场。气味是一层一层过来，花椒和辣子是主力，带着一股子冲劲，将各种气味打过来。还发现，这家爱用麻油炝锅，真是香气四溅。这些气味在我家厨房里澎湃起伏，时候一到，总是七点钟光景，便一下子消散了，决不拖泥带水。他家不仅爱吃急火爆炒的菜，也吃炖菜，那气味就要敦厚得多了。他们常炖的有猪肉、牛肉、鸡鸭，除了放花椒、八角、茴香这些常用的作料外，他们似乎还放了一些药材。这使得这些炖菜首先散发出一股辛辣的药味，然后，渐渐地，渐渐地，这股子辛辣融化为清香，一种草本性质的清香，它去除了肉的肥腻味，只剩下浓郁的蛋白质的香气。他们每隔那么十天半月，还要做一回肚子，无可避免，是有一股腥膻气，很快，大量投放的白酒起了作用，腥膻还是腥膻，但却变得有些诱人。那气味是厚起来的，起了浆似的。再接着，花椒啊，大料啊，葱啊，蒜啊，一股脑下去，气味就像爆炸，砰一下起来了。他们可真会吃啊！

为挡住他家的油烟，我也想了些办法。在排油烟机与烟道间的缝隙里打硅胶，不管用。将排油烟机管子口上装了叶片，运作时，叶片旋转着打开，停止时，则垂下来闭合了，也不管用，油烟气依然从叶片的缝隙里挤了过来。这股油烟特别顽强，非从我家厨房走不行。周围的缝隙堵死了，它就使劲推开叶片。有时，我都能听见，叶片"喝啷喝啷"地响，就好像是我们自己在用排油烟机似的。总之，挡不住它。倘若，真要将排油烟机管子改道，堵住烟道口，那就要动大工程了。一旦装修结束，便不想再动了。所以，就随它去吧！也只能这样。

时间长了，我对他们还生出些好感，觉得他们过日子有着一股子认真劲，一点不混。并且，也不奢侈。他们老老实实，一餐一饭地烧着。烧的那股浓油赤酱的味，使人感到，是出力气干活人的胃口和口味。全是实打实的，没有半点子虚头。烟火气特别足。在我的印象中，他们没落下过一顿。一到钟点，气味就涌过来，灌满一整个厨房的角角落落。一个钟点以后，就消散了。对了，决不会超过一个钟点，到时候，一定就收了。这说明他们在吃方面，一是有规律，二是很节制。这些，都给人富足而质朴的印象。是小康的生活气息。

这天一早，在葱油烤香来临之前，却过来一种陌生的气味。这股子气味由弱渐强，后来竟从我家厨房一直进到客厅，转眼间，满屋都是。第一个念头，是什么东西烧着了。因为它分明是一种烟熏火燎的气味，甚至可以看见，空气变了颜色，变得灰和白。再接着，想到的是某一种草。这种草，有着十分古怪的气味：苦、涩、土腥。于是，有一些记忆渐渐回来了。这是艾草！这天原来是端午，他家在熏艾呢。他们可真够意思，竟然在这高层公寓房内熏艾。可是，有什么不可以呢？艾草的气味多么好闻，干、爽、利索。它带有一种涤荡的意思，将所有的浊气都熏灭了。艾的气味在房间停留得相当久，整整一个白天。之后的葱油烤香也好，榨菜味也好，肉味也好，炝锅也好，花椒大料也好，都是在这层艾草烟气里走的。它们虽然火爆得很，可却是三分钟热劲，一炸而就，没什么余味，时间一过，便过去了。而艾草的薰香——现在我也以为它是香的了，或者，不叫香，叫"芬芳"——艾草的"芬芳"，经久不散。经它洗涤过的室内空气，清洁多了，多日里沉积下来的陈旧的气味，被扫得干干净净。第二天，再过来的油烟气，也爽利了许多，肉是肉，鱼是鱼，料是料。以前，其实，多少是串了味，混起来了的。

他们的油烟气味那么强劲，倘若不是大锅大火地烹炸，是很难达到这效果的。他们好像从来不侍弄那些细工慢火的吃食，传过来的气味从来不是微妙的，鲜美的，有涵养的，而且少甜味。他们吃方面，崇尚一个"香"字，"香"其实是味里的正味，虽然简单了些，却比较有力度。唯有"香"，才可这般全面彻底地打入我家的排油烟管道，时到我家厨房。现在，我家的厨房就浸在这股子"香"里面。灶具，台面，冰箱，排油烟机外壳，都积起了一层薄薄的油腻。这就是我和我的邻居家，最亲密的接触。

有一段日子，在一日三餐之外，还增添了两次草药的气味。这草药的气味也是浓烈的，"噗"一下进来，涌满了厨房。他们家的每一种气味，都有着一股子冲劲。草药的气味是生腥，辛辣，股苦，底下又铺着一层瓦罐的土气味。是因为草药气的影响，还是实际情况如此，这段日子里，他们一日三餐的气味比较不那么浓郁了。倒不是说变得清淡，而是带些偃旗息鼓的意思。花椒、大料、辣子、葱蒜、鱼肉、肠肚，都不像以往那么热火烹油一般，大张旗鼓，气味要略平和一些。炖菜呢？他们炖的是鸡汤，对了，他们几乎不炖清汤，而这一回，千真万确，就是鸡汤。没有那么多作料的杂味，而是单纯的鸡的香味。但是，这鸡汤的香味却又要比通常的鸡汤浓厚。就是这样一个"清"，也"清"得十分强烈。好像有什么力量，将这鸡的原味，突出了一把，是什么在起作用呢？是不是火腿？不是，他们家不吃火腿，从没有火腿的熏腊的香。我说过，他们不吃这样的口味复杂的东西。当然，腊肉另当别论。京葱或者蒜薹，爆炒腊肉，那香带着股子蹿劲，一下子蹿了过来。也不是咸蹄髈，他们不吃"腌笃鲜"一类的，那种带了些暗臭的腌香，他们不吃。他们不接受那类暧昧的气味。无论香和臭，他们都是要比较响亮和明确。再细循着那股鸡汤的浓香找下去，我终于觉出了，他们在汤里放了一只鳖。而且，一定是只野生的鳖。养殖场里的鳖有一股膻味，而在此，鳖也是"清"的香，却香上了数倍，数十倍。鸡汤的醇味潺潺地流淌过来，足有两天余味缭绕。好像将那火爆劲务实了，沉住了气，一点一点来。

这段日子蛮长的，这么算吧，每周炖一次鸡汤，总共炖了有四至五次。那么，就有一个月出头的时间。草药的苦气味和鸡汤的香味，是这段时间油烟味的基调。这也是认真养病的气味；耐心，持恒，积极，乐观。草药的气味先后有些变化：有一段是以苦为主；有一段苦虽苦，却略有回甘；又有一段奇怪地，散发出海带那样的咸腥气。但一日也没断过，准时在上午九时许注入我家厨房，再在下午四时许渐渐收梢。鸡汤的香气是二十四小时长留的，方才说过，余味缭梁。再有准时准点的一日三餐，这段时间，我家厨房的气味就相当丰富，层层叠叠，密密实实。端午时，艾熏洗过的空气里，又积满了种种气味。不过草药的气味多少也有一些洗涤的作用，还有瓦罐的泥土气也有洗涤的作用。它们刷去了些油腻，使这肥厚起来的空气清新了一些，也爽利了一些。

之后，忽然，有一天，我家的厨房里滚滚而来一股羊肉汤的气味。其中一定也添加了什么奇特的配料，它一点不膻，而是香气扑鼻。它的香气是那么醇，又那么稠，以至，香气就好像一咕噜、一咕噜地涌进我家厨房。为什么判断它是羊肉汤，而不是爆羊肉、炖羊肉？是因为没有炝锅的油味，还有葱姜料味，它相当单纯，又相当肥厚。不过到后来，就有别的成分参加进来，就是芫荽，还有辣油。于是，那香味就变得尖锐了，而且带着一种异端的气味。芫荽就有着这样异端的性质，它放在哪里似乎都有些离题，可其实却是突出主题。现在，羊肉汤的香味简直是翻江倒海，都能听见响了。就知道，他们家人的病好了，要重重地补偿一下，犒劳一下，羊肉汤就登场了。倒不是说羊肉汤有什么宝贵的，但它确有一种盛宴的气氛，带有古意。古人们庆贺战功，不就是宰羊吗？果然，草药味从此消遁。炖汤的绵长的气味也消遁。余下一日三餐，火爆爆地，照常进行。

早上的葱油烤香里，间或是韭菜的辣香，或者鸡蛋的酥香，还有肉香，是煎肉饼，还是锅贴？中午有麻酱的油香气，和豆瓣酱的带些发酵味的酱香。晚上的气味总是最丰厚，锅的作料味一阵一阵蓬起来。这家的灶火旺得很哪！不知是有心，还是无意，在一段膏腴厚补之后，总要间插进一种草本的气味。比如端午时节的艾草，比如草药，当然，这是一个意外的插进。可是还有，秋天的时候，荷叶的气味来了。荷叶裹着肉、花椒、香菇、米粉的气味，*丝丝缕缕*地进了我家厨房。荷叶的携着水汽的清香又一次洗涤了油腻之气。之外，又有稻柴的气息，与肉、葱姜、八角、桂皮，以及红酱油的气味裹在一起，扑入我家的厨房。总之，时不时的，就有这些乡土的气味送过来。从此可见，这家吃方面，很重视接地气，并且，顺应农令。

在较长一段稔熟的相处之后，我家厨房却来了一个不速之客，那就是一缕咖啡的香气。这是另一路的气味，和他们家绝无相干。它悄悄地，夹在花椒炸锅的油烟里，进来了。这是一股子虚无的气息，有一种浮华的意思在里面，和他们家实惠的风格大相径庭。因此，我断定，这又是一户新入住的人家，很没经验地，也将排油烟机管子接进了烟道，又恰逢顺时顺风，于是，来到我家厨房凑热闹了。它这么蹑着手脚跟进来，似乎带着些试探的意思，然后，又有一小缕异样的气味来了，奶酪的气味。也是另一路的肥厚，种气不同，不同宗的腔和香。所以，它们很容易就划分出来，两下里归开来。现在，它们和它们，桥归桥，路归路，各行其是。接着，那新来的又引进了洋葱，月桂、大蒜粉。要注明一下，大蒜和大蒜粉可是不同的气味，差就差那么一点，前者辛辣，后者则没有那么强烈，稍差一点，可就这么一点差异，就改变了性质。大蒜粉更接近于一种香料，而且有着异国的风情。还有橄榄油的清甜油味也来了。这一路的风格显然要温和，光滑一些，比较具有装饰感，唤起人的遐想。而老邻居那一家则是实打实，香、辣、脆，吊着人的食欲。但，终是相安无事。后来的也很谦恭，悄悄地潜来，又悄悄地潜去。和它不那么实用的性格相符，它并不是按着一日三餐来，不大有定规，有时一日来一次，有时一日两次，有时，一日里一次不来。也不在吃饭的点上，而是想起了，就来，想不起，就不来。显得有些孱弱似的。而那先来的，从来一顿不拉，转眼间，油烟全面铺开。又转眼间，油烟席卷而去。总是叱咤风云的气势。但是，有时候，夜已经很深了，那新来的，悄然而至。咖啡的微苦的香味，弥漫开来。

气味终究有些杂了，可是，泾渭分明，决不混淆。你来我往，此起彼伏。再过段日子，又来了一个，显见得是苏锡帮的，气味特别甜，空气都能拉出丝来。又有糟油的气味，带着酒香。"腌笃鲜"也来了，好在竹笋的香味有穿透力，使得腌肉的暗臭变得明朗了。这股子油烟虽然帮系不同，但到底是同宗同族，还是有相通的渠道。所以，渐渐地，就有些打成一片。倒是第二位，因是不同的出典，虽然弱一些，却能够特立独行，在一片气味中，划出自己的疆域。可是，第四位却来了。第四位一方面缺乏个性，另一方面又颇善融会贯通。它什么都来：香、辣、酸、甜，大蒜有，大蒜粉也有，麻油有，橄榄油也有。有一日，先是红烧的牛肉，投了葱、蒜、花椒、八角，接着，忽又漾起一股朗姆酒味，想来是将朗姆酒做了料酒。再接着，啤酒的苦涩清甜也来了，最后，是芫荽。于是，所有的气味就全打成一团，再分不出谁是谁的来路。我们这些比邻而居的人家，就这样，不分彼此，聚集在了一处。

这一日，厨房里传出了艾草的熏烟。原来，端午又到了。艾熏味里，所有的气味都安静下来，只由它弥漫，散开。一年之中的油垢，在这草本的芬芳中，一点一点消除。渐渐地，连空气也变了颜色，有一种灰和白在其中洇染，洇染成青色的。明净的空气其实并不是透明，它有它的颜色。

原载《当代》2000年第5期

点评

　　这篇小说由两部分组成，分别从不同的微观角度展示了现代化给上海这座城市带来的变化和新气象。在《伴你而行》中，作者单刀直入，直接正面描写了现代化给城市街道带来的变化：改造棚户区、街心绿地、火柴盒式的新楼、激光手电的光等等，都渐次出现在"我"的生活中，小弄堂遍布的这一街区一天天发生着变化，围墙里拔地而起的高楼，街心建起了绿地，新型的激光手电在下班的路上追随着"我"，这一切现代化的改变几乎天天都伴"我"而行。这既是上海城市环境和街道因为棚户区改造而变化的故事，也是城市化进程中的一个缩影。如果说《伴你而行》是王安忆从外部环境入手，呈现现代化对城市的影响的话，那么《比邻而居》就是从内部切入，将火柴盒式的楼房内部的生活场景通过烟火气散布开来。"我"也搬进了高层公寓，由于使用了公共烟道，一到饭点"邻居家的油烟味，便走过我的排油烟机管道，灌满了厨房"。而通过这些形形色色的油烟味，"我"也嗅出了各家生活的隐秘，尽管邻居们从未露面，但通过这些油烟，"我"对他们的生活已十分熟悉。有过日子有着一股子认真劲老老实实的，既很规律又很节制的小康生活；有透露出一股子虚无的气息，有一种浮华意思的；有苏锡帮的；有一方面缺乏个性，另一方面又颇善融会贯通的，等等。"我们这些比邻而居的人家，就这样，不分彼此，聚集在一处"。邻居们一面未露，仅是根据各家不同的油烟气味推测出邻居们的饮食习惯、经济状况、生活状态、健康情况等，从而充分展示了城市人内心活动的丰富性和生活的复杂性。通过这种微观的写作手法，王安忆从内到外直观地呈现出了现代化给上海带来的变化：不仅是城市外观上的改变，还有城市整体的精神面貌和气质。

　　王德威曾概括王安忆叙事风格，"叙事方式绵密饱满，兼容并蓄，其极致处，可以形成重重叠叠的文字障，但也可以形成不可错过文字的奇观"。这篇小说就是如此，作者并没有构筑起故事情节的复杂网络，而是通过不厌其烦地铺陈琐细的生活内容，细腻地描写平常人的平常事。这个短篇并非堆砌着一堆毫无意义的生活琐事，而是以勾勒的方式描绘了一幅刻有鲜明时代印记的市井风貌图，作者絮絮叨叨但不显啰唆的内心独白，看似漫不经心、不着边际，实则内有机巧。不以故事的情节性和戏剧性取胜，而以缓慢的叙述、细节的处理、生活的感悟、哲理的思考见长。

（朱旭）

小镇邮递员/

/衣向东

　　玲从邮电学校毕业后，被分到五马镇当邮递员. 她很无奈地对男朋友苦笑了一下，就去报到了。五马镇在距县城20多公里的山旮旯里，那里的山路像鸡肠子一样从山顶耷拉到山根，又从山根挂上山尖尖。五马镇的村落就疙疙瘩瘩地拴在鸡肠子小路上，把细窄的路坠得愈加精瘦。本来玲是希望分到县城的，她的男朋友在县城财政局工作，为此她和男朋友都跑上跑下地活动了一番，却没活动出个子丑寅卯来。

　　去就去吧。玲属于那种能想得开的人，已经这样的结局了，牢骚和气闷有什么用呢？只是男朋友粗粗细细长长短短的叹息，让她听了心中生出几分空落感。

　　玲报到的第二天上午，她就骑着自行车去散落在山谷里的村子送报纸信件，说是骑车，其实是推着车子走的，自行车上驮了一摞沉重的报纸信件。这些报纸信件是昨晚被分到五马镇邮电所的，邮递员要赶在午饭前把它们分送下去。报纸信件都送到村主任家里，然后由村主任或是村主任的老婆在大喇叭里喊张三李四去取信件。因为玲不熟悉山路和山路上拴着的那些村子，所以她走得很慌张，走出了满头的汗水。每到一个村主任家，玲都要被惊异的目光审视一遍，然后回答是新分来的吧等等之类的问话，回答完后又慌着赶路，连喝水都怕浪费时间。

　　但是玲还是慢了，午饭时分，她才赶往最远，也是最后的一个村子张店。刚翻上眼前的山坡，想站定擦一把流到腮边的汗水，坡顶却忽地站起一个干瘦的老头儿，紧紧张张地冲着玲奔来。时值8月，阳光拥满了山谷，山野寂静而深远，瘦弱的玲恐惧地愣在那里。

　　"有我的信吗？"老头儿说。

　　玲定了定神，问老头儿："你是张店的？"

"是呀是呀，俺叫张满仓，等你两个钟头了呢。"

玲朝山下的张店张望了一眼，张店就在山根下，爬上山顶有2里多路呀，跑出这么远送信？玲疑惑地打量老头儿的时候，老头儿也在审视她。玲说没有，今天张店没有一封信。老头儿的目光就直勾勾地盯住自行车上的邮袋，半天才用力咽了口唾沫。他一定在等一封很重要的信，玲从他急巴巴的目光中肯定了这一点。

老头儿的目光从邮袋转移到玲的脸上时，他就突然笑了，玲惊奇他那憔悴而干瘪的脸上竟能开放出孩子般灿烂的笑。"你是新来的？"老头儿问。玲点点头，她发现老头儿仍仔细打量她，就忙推车准备赶路，却被老头儿拦住，说道："你回去吧，俺把报纸带给村主任。"

玲犹豫了一下，摇摇头，仍旧朝前走。虽然只是几张报纸，但是玲毕竟刚上班，负责任哩。老头儿只好跟在她身后走，但是没走多远就气喘吁吁，渐渐地落远了。

"姑娘，俺叫张满仓。"老头儿在身后喊。

"姑娘，有俺的信别忘了给……"

老头儿蹲到路边忙着喘气去了。

回到邮电所，玲把遇到张满仓的一些事情跟老邮递员说了，老邮递员"嗨"了声，说，你怎么不让他把报纸带回去？没事的，他常爬到山坡上等信，等他儿子的信，这人神经兮兮的。

玲从老邮递员那里知道了张满仓的情况，原来他的年龄并不大，也就五十六七，因为年初得了一场大病，竟苍老了许多。张满仓的老婆十几年前就死了，他有个女儿嫁到了邻村，前年因为和婆婆吵架，一气之下喝了毒药，剩下个儿子在北京当兵，其他的亲人就没有了。据他说儿子在新兵连结束的时候，就被挑选到天安门广场上专管升国旗，已经升了10年了。起初村里的人信以为真，在新闻联播前，很注意地辨认从天安门城楼走出的国旗护卫队员，却一次也没有发现他儿子的影子。村里人都知道他有吹牛的毛病，比如别人地里的黄瓜才开花，他却说自己地里的黄瓜有大拇指粗了，你到他地里去瞅一瞅，那黄瓜的藤蔓刚爬上木架子，连花都没有。

"能吹着哩，他村没有一个人信他的话，见他瞎吹就走开了。"老邮递员说。

不过，张满仓的儿子在部队当了5年兵被破格提干是真的，武装部那里有登记，但是他儿子提了干后的4年里竟一直没有回来过。

后来的日子，玲果然经常在山坡上遇到张满仓，熟悉了后，也就放心地把报纸交给他带回村子。只是一直没有他的信件，让他一次次流露出失望的神色，而玲就被他的这种失望和这种坚忍的等待感动了，很希望自己手里能有张满仓的一封信，于是玲也不知不觉地盼起他的信来，每天傍晚分拣信件时都很注意他的名字。

大概是盼信心切，张满仓一天夜里梦见儿子来信了，那信安静地躺在邮电所的桌子上，信皮上印着天安门城楼，四周闪着金光。他一激动就醒了，其时天刚微亮。他静静地坐了一会儿，越想越觉得儿子一定来信了，于是穿齐衣服上了路，奔镇邮电所去。走走歇歇，歇歇走走，10公里的路走完后，邮电所刚好开门，他就火烧火燎地闯进去，对那个老邮递员说："俺的信来了？给俺吧，不用你们送了。"

"谁说有你的信？"老邮递员莫名其妙地问。

张满仓理直气壮地说："俺夜里做梦来信了呀！"

"你没做梦娶媳妇？"

老邮递员其实也就27岁，说话很不注意方式，一句话噎得张满仓说不出话了，他愣愣地看着老邮递员，仿佛还在梦中。玲觉得他走了很远的路一定渴了，忙倒了杯水给他，说"大伯你别急，有信我会尽快送你的"。他摆手拒绝了那杯水，神色黯然地走出邮电所。看着他缓慢移动的身子，玲一阵心酸。

这天傍晚玲正在分拣信件，她的男朋友骑着摩托车从县城风风火火赶来，说要接她去他家里吃饭。玲让男朋友再等几分钟，说分拣完信件就走。但是就在这个时候，玲发现一张500元的汇款单上写着"张满仓"，她愣了一下，又仔细看了一遍，没错，就是张店村的张满仓，汇款单下面的地址写着"天安门国旗护卫队"，寄款人"张雷"。在汇款单的附言栏内，写着一句话："国庆后回家看你。"

玲就激动起来，她想这个"张雷"一定是张满仓的儿子了，附言中的"国庆"就是国人皆知的10月1日共和国50周年庆典。于是她就想起了张满仓那失望的目光和伤心的叹息，这张汇款单和一句简言，对张满仓来说是多么重要！她看了看坐在一边等她的男朋友，犹豫片刻，才说："你……能不能和我跑一趟张店？"

"去张店？现在？现在去干啥？！"

"有张汇款单急着送去……"玲晃了晃手里的汇款单。

"汇款单有啥急的？现在送和明天上午送有啥两样？"

"……你别问了，我就求你和我跑一趟。"玲觉得解释得再多，男朋友也不会明白的，于是索性什么都不说了。

男朋友显然生气了，因为他的脸都涨红了，但是他看到玲那种执着的神态，只好憋了满肚子的气去发动摩托车，而那摩托车又很不识时务，被他踹了两脚仍不吭气，他就又猛烈地踹，嘴里还骂："日你祖宗，我摔了你！"

玲站在一边默默等待着，虽然知道男朋友的火气是冲她来的，却又不便说什么。也是，男朋友家里正等着自己去吃饭，自己却为一张普通的汇款单摸着黑赶10里的山路，看起来实在莫名其妙，你还能说什么呢？至于自己对张满仓的同情，这是感觉上的东西，无法告诉男朋友，无法取得他的理解。

摩托车发动起来，男朋友跳上车等着，连一声"上来吧"的话都不说，玲就主动上了车。尽管山路坑坑洼洼，他们坐着摩托车颠上颠下，却没颠出他们一声的话语，两个人沉默了一路。

到了张满仓家门外，玲对男朋友说："你等我一下，我一会儿就出来。"走了两步，又回头补充，"对不起啊，辛苦你了。"说完这句话，玲的心里突然有些怅然，本来这种客气的语言已经不适宜在他们两个人之间使用了，他们早已过了那种客气的阶段，而这种客气只能拉远了两个人之间的距离。

张满仓把汇款单捏在手里，一连"啊呀"了几声。玲知道张满仓会这么兴奋的，她匆忙赶来的目的似乎就是为了欣赏他孩子般的笑。他的这种兴奋使玲得到了一种安慰。等到张满仓满脸皱褶里的笑抖落完之后，她就要抽身而去，没想到却让张满仓的一句话定在那里，怎么也拉不动腿了。"嗨！国庆后回来，俺恐怕看不上他一眼了，这个小兔崽子！"张满仓兴奋后突然很无奈地说。

玲愣愣地看着张满仓，看着他脸上的表情在瞬间大起大落。张满仓明白了玲的吃惊，说"你不信吗？你看俺还能撑两个月？"他说着，又像孩子一样笑了。他说"你坐你坐，别站着，其实年初俺就查出得了胃癌，你不要跟别人说呀，俺怕传到儿子耳里，晚期呢，医院的一个熟人说了实话，说治也没有用，白糟蹋钱，也就是半年的光景吧，俺现在已经熬了半年了，就是想熬着看儿子一眼"。张满仓话语停顿的时候，玲的目光才仔细打量了昏暗的屋子，不用说，没有女人的屋子里的物品总是没有条理，黑黑的一张方桌上落满了厚厚的尘土，窗户上有两块玻璃碎了，夜风正从破碎的地方吹进屋里。当然，一个行将离世的人是不会在意这些的，他现在的心思都放在儿子身上，就在与玲说话的时候，他的眼睛已经朝儿子的照片瞅了几瞅了。那是一张放大了的军人标准照，挂在墙壁的正中，相框里的小伙子一副严肃的神态。

当张满仓发现玲正注意儿子的照片时，他就仰起头，用一脸祥和宁静的表情，陪同着玲打量儿子的照片，估计玲已经很细致地看完了，他才开始赞美儿子，赞美中也不时地夹杂着零星的埋怨。"俺稀罕他的钱？俺还没看到他穿着军官服装是啥样子，写信想让他回来两三天，让他在大街上走一走，也让他们看一看。"他说最后一句话时，扭头冲着窗外撅了撅下颌，玲明白他说的"他们"是指的一些村人。

"让他在大街上走走！"张满仓又以自信的口气重复了一遍。

"我看你身子骨挺结实，大伯。"玲安慰他说。

张满仓连连摇头，摇头时又咳嗽了，好半天才喘上一口气来。玲等他平息下来，忙说要走了。玲知道男朋友在外面一定等得不耐烦了，但是张满仓并不想轻易放过她，张满仓正需要一个人听他讲话，尤其说关于儿子的话题，现在话题刚扯开，不痛痛快快说完，今晚的时光怎么熬？因此他拦住了玲，说"你等等听俺说句话"。如果是张店村人，此时肯定抽身就走，或许还会说"算了算了，你自己一人对着西墙吹牛吧"。但是玲却站住了，虽然心里急得火烧火燎的，脸上却依旧挂着浅浅的笑。张满仓说"俺问你姑娘，你有没有对象？"玲摇摇头，她以最简单的方式答复了张满仓，想尽快脱身。张满仓惊喜地叫了一声"真的没有？"然后忙去看儿子的照片。玲读懂了他脸上的惊喜，就羞涩地一笑，说"我走了大伯"。张满仓在她急急走动的身子后追赶了几步，忙不迭地说："闺女，还来……还来呀。"

那天晚上玲没有去男朋友家里，准确地说是她男朋友谢绝了她。当她从张满仓家里匆匆走出后，男朋友愤然地瞅她一眼，说"这么晚了到我们家干啥？回邮电所吧"。男朋友把玲送回五马镇邮电所之后，屋子也没有进就走了。当时，玲就知道自己和男朋友的一段恋爱已经结束了，而结束的原因与去张满仓家里无关。

玲没有太多的伤心，只是叹息了两声，仍旧去翻山越岭地送信了。她就是这种安于现状的人，知道伤心也没用，自己没有门路被分到了五马镇，有什么办法？总不能甩手不干了，逃出这个小镇吧！

玲再遇到张满仓的时候，自然有了一种亲近感，如果她不了解张满仓的病情，不了解他盼望儿子回来的那份心情，或许她也不会把张满仓放在心里。张满仓毕竟是个快要走到生命尽头的人了，他内心的孤独和痛苦跟谁去说说呢？张店村的人几乎没有人愿意坐在他面前听他反复地赞美他的儿子，而他除去赞美儿子，还有什么事情能使他难以忘怀呢？因此，每当张满仓拽她到家里坐一坐时，她也就安静地坐在张满仓对面，陪他打发一些时光。

张满仓又给儿子写去一封信，让儿子千万千万要回来两天，就两天，再忙也要回。玲劝慰他说："大伯你别性急，他不是说国庆后就回嘛。"张满仓连连摇头，说自己等不到那么长的日子了，怎么也要在死前给儿子订了婚，去了这份牵挂。"俺相中了个姑娘，长得好，心眼也好，就是让他回来看一眼，看一眼俺心里就踏实了。"玲知道他说的姑娘是谁，玲就羞红着脸笑一笑，说"部队有纪律，不像咱农村这么自由"。张满仓已经看出玲默认了这件事情，就很牛气地说："俺知道他有纪律，可俺就让他回来两天，他要不回来，心里就是没有他这个爹了，你等着看吧，这几天他准回。"

在张满仓的心里，已经把玲划归了自己的儿子，而玲也明白张满仓的那份心情，两个人似乎心照不宣了。但是张满仓心里总藏不住一丝喜悦，很快就把这件事情传播到大街小巷，说儿子这几天就要回来与漂亮女邮递员相亲了，等等。当然村里的人并不相信，咂着嘴说："就他家那条件，还想娶女邮递员，真是癞蛤蟆想吃天鹅肉。"有的婆娘还拉住玲问个究竟，玲笑笑说："他想怎么说就怎么说吧。"

村里人自然又把张满仓的话当成笑料了，在街头见到他时，经常笑嘻嘻地问："你儿子该回来了吧？你儿子不回来，人家邮递员小玲就要跳井自杀了。"起初，张满仓还认真地说，就这几天、就这几天，但是一天天过去了，并不见儿子的影子，他才自言自语地说："他不回来也该回封信呀？"

张满仓又蹲在通往村子的山路上等信了，他的身体也在苦苦地等待中日渐虚弱消瘦。玲每次在山坡上遇见他，都不知道该如何面对他，他总是满怀了希望问一句："有俺的信吗？"起初玲还责怪他，说"大伯你怎么又在这儿等呢？"后来她就什么都不说了，很想偷偷地从他身边走过，不去看他那张紧张而迫切的面孔。而张满仓后来也不问了，只看一眼玲的神态，就叹息一声，颤颤地从地上站起来，扭头朝村子走去。这时候，玲的心就一阵紧缩，并恨起那个当兵的人，再忙也该给家里写封信吧？

玲从心里盼望那个当兵的人能够回来一次。

大约距10月1日还有半个月的一天夜里，张满仓怀里抱着儿子的照片死去了。村主任给他儿子发了电报，过了3天才收到了他儿子的回电："执行任务不能返回，请伯伯叔叔们帮助料理父亲后事。"

于是，村主任按照乡村的规矩，在张满仓的院子里支了口大锅，蒸馍炖菜，招待料理丧事的人。因为张满仓是军属，所有的消费都由村里支出，来帮忙的村人就特别多，像整个村子大会餐一样热闹，那场面完全不像是料理丧事了。村人们大声说笑着，在院子里架起了一扇门板，把张满仓从屋里抬出来放在门板上，举行一些丧事仪式。最主要的是摔老盆，就是由死者的儿女在死者面前将一个瓷盆举过头顶，然后摔碎在地上，以示继承死者的遗志。本来村主任是让张满仓家族的一个小伙子代摔老盆，可是当这个小伙子头缠白布走到张满仓面前时，看热闹的人开始起哄，有的说"你这个儿子怎么不哭爹呀？"有的说"你摔了老盆后就和他一样能吹牛啦，快摔呀！"小伙子受不住乱糟糟的哄笑，生气地拽了头上的白布，说"我不摔了，谁爱摔谁摔！"

村主任觉着摔老盆的仪式还是要搞的，就对小伙子说："别听他们瞎嚷嚷，你摔，给你30块钱行吧？"

小伙子说："谁想要钱谁摔。"

就在这时候，玲走到了前面，谁也没有注意到她是什么时候站到了人群后面的。玲举起了瓷盆，泪流满面地说："大伯，你就把我当成你的女儿吧。"话音刚落，手里的瓷盆已经在地上摔得粉碎，那"啪"的一声脆响，把围观的人吓了一跳。人群立即静下来，静静地看着玲趴在张满仓面前哭泣，哭声里透出无限的悲伤。

很快，一些心软的女人被玲的哭声感染了，也开始抹起眼泪。男人们停止了说笑，很认真地低头做事。

张满仓的丧事在一种沉闷的气氛里了结了。

张店村人对玲的举动感到吃惊，议论猜测是难免的。然而，他们刚刚把这件事情嚼得没有多少味道了的时候，却吃惊地发现建国50周年国庆大典的序幕上，那个举着指挥刀行进在国旗护卫队里的指挥员，竟是张满仓的儿子！这个从张店村走出去的小伙子，在万人注目中，步伐铿锵有力。他那坚毅的目光注视着前方，注视着电视机前的每一个张店村人。鲜红的国旗在他身后跃动着，向上、向上，蓬勃向上！

玲坐在电视机前哭了，她甚至不知道自己为什么哭得这么伤心。

消息很快从张店村传到县里，又由县里传到省里。敏感的省电视台记者立即赴京采访了张雷，然后在省电视台播出。张店村的人才知道张雷是国旗护卫队的队长，从年初就开始带领国旗护卫中队的兵们训练，当国庆大典在即，他们的训练进行到关键的演练阶段时，他接到了父亲去世的电报，能赶回来摔老盆吗？于是，村里人都替张满仓叹息，说他死得太不是时候了，并且又把玲的话题扯起来，猜测她和张雷究竟会怎样。有的婆娘干脆拦住到村里送信的玲问："你们通信了没有？他啥时候回来？"

玲只是笑笑，并不回答。她能说些什么呢？

10月中旬，张雷终于回到了张店村，小轿车从他家的门前一直排到村头外，他的身边围满了省里和县里的领导，还有报社电台的记者们，五马镇的镇长挤了半天也没有凑到张雷面前。张店村的村主任却很风光了，当张雷握着村主任的手，感谢村主任料理父亲丧事的时候，照相机、摄像机一齐对准了村主任，弄得村主任握住张雷的手半天不敢松。

玲是在张雷从家里走出来，准备去坟地看望父亲的时候，夹杂在人群里瞅了张雷两眼。当时站在张雷身边的村主任发现了玲，就对张雷耳语几句，于是张雷在众人的包围中，仓促地回头看了一眼玲。但是，他没有来得及看第二眼，就被一群人吵吵嚷嚷地簇拥着走了。

在父亲的坟墓前，他一下子跪倒在地，边哭边说："爹，请原谅儿子的不孝吧，儿子回来看你了——"但是，他只匆忙地哭了两声，又被人群簇拥着上了小轿车，一溜烟奔县城去了。后来他的哭声被电视台播放了，虽然只是哭了两声，但他那无限的伤悲和对父亲的思念，感动得许多人流泪了。

张雷离开家乡一个多月，他回家乡的报道才渐渐地从报纸电视上消失了，张店村也恢复了往日的宁静。

一天中午，玲去张店村送完了报纸返回时，路过张满仓的坟地，她突然感到很累了，就去张满仓的坟墓前坐下。瞅着坟墓，一种从来没有的孤独感涌上了她的心头。她不知道张满仓是不是已经了却了他的心愿，她很想和躺在坟墓里的张满仓说说话，想告诉张满仓她是如何想念那个当兵的人。

玲似乎没有一丝站起来的力气了，她就长久地坐着。深秋的风从山坡吹过来，在坟地里盘旋着，卷动着坟地里的枯草，发出"沙沙"的声响。

天已经凉了。

原载《解放军文艺》2000年第6期

点评

　　《小镇邮递员》写了乡村邮递员玲和农民张满仓之间送信和等信的故事。玲在分配工作时因为没有门路，被分到了乡镇上，做了小镇邮递员，穿梭在不同的村子送信，尽管分配的结果不尽如人意，但她没有沉溺在抱怨、难过的情绪中，而是尽心做好自己的分内工作。张满仓是玲在给张店村送信时认识的村民，他自豪于儿子是在天安门国旗护卫队服役，但村民们不相信他，还觉得他整天神经兮兮。张满仓对儿子深深的思念之情体现在一次次盼望接到儿子的来信，玲不像其他同事和村民对待张满仓冷漠的态度，却十分理解、同情老人。

张满仓的盼望一次次落空，小镇邮递员玲以善良、纯美的心灵一次次温暖着张满仓，甚至不惜错过去男朋友家吃饭，从此也与男友分手，虽然这并不是主要原因。后来张满仓的儿子终于回来了，衣锦还乡，人们都看到了在国庆阅兵式中大放异彩的国旗护卫队队长张雷，也就是张满仓的儿子，但张满仓没等到这一刻就去世了。小说通过张满仓写出了军人高大的形象，更写出了小镇邮递员玲美好的心灵，从她身上彰显出了浓浓的人情美、人性美。

小镇邮递员玲的心灵美正是通过对比被表现得淋漓酣畅。小说前半部分写到村民们对张满仓的不信任，认为他疯疯癫癫，但玲却十分同情老人，时常抚慰老人思念亲人而无法相见的心。接着张满仓做梦梦到儿子来信了，便徒步几十里山路来到小镇的邮局询问信件，却被玲的同事态度不是很好地说得哑口无言，而玲却顾念老人走了这么远的路，想让他进来歇歇脚，喝口水。小说的后半部分写到村里为张满仓办葬礼，村里人打打闹闹，一点不严肃，不像是在做丧事，也都不愿意为张满仓"摔盆"。玲此时挺身而出，以"女儿"的身份送张满仓最后一程，她真心为张满仓哭泣，因而感染了一些心软的人也流下了眼泪。后来张雷和张满仓的事情被电视台、新闻记者们大肆报道，来村里采访的时候，玲也并没有像别的村民们那样去凑这个热闹。

作者衣向东自己曾说："我是一个平民作家，喜欢写小人物微不足道的梦境，我常常被他们的这些梦所感动，心灵深处涌动起一股不可抑制的创作欲望，渴望倾诉自己的情感。"《小镇邮递员》中张满仓作为平凡的小人物，对儿子深切的思念之情深深感动着人们；女邮递员玲作为平凡的小人物饱含朴素的情感，她表现出的超越功利的爱与善良闪耀着人性之光。衣向东在小说中倾诉着他对这些人物的情感，张扬着平凡小人物的伟大灵魂。艰难生存着的小人物，承受着重大生存压力的同时，依然坚守着善良、真诚这些人性中闪耀的光点，更具有撼人心魄的力量。

（朱旭）

又见葚子红

黄燕萍

一

天叔公家的大龙叔，终于要盖新房讨媳妇了。

地基将打在昔日的牛房处，因此牛房要拆掉，连带门前那棵大桑树也得一并砍了。

"咔——咔——"斧头一下一下地落在树干上，大龙叔赤着肩膊，背脊流着一渠水。他伐树的态度很沉默，很用劲，仿佛计较着要在最短的时间内用最少的斧数把桑树砍倒，此外便没有其他的想法和心情——然而这桑树少说也有一二十年了，大龙叔跟我说过他小时候也常爬上桑树摘葚子吃，还养了一大木箱的蚕宝宝。

天开始乌阴起来，空气中弥漫着一股树叶的清新的腥味儿，有着薄薄的刺激和辛酸。木屑遍地乱飞，满树的桑叶，青青绿绿地抖成模糊的一团。

我坐在门阶前，听着单调的伐木声，重的一言，轻的一语，反反复复地叹息着即逝的无限岁月，言语中自有故事。

几只小油鸡在我面前踱来踱去，在觅食，时而抖抖翅膀，时而低下头在地上磨嘴尖子，我弯身抓起一只有黑斑的，捧在手里。它开始挣扎，吱吱地乱叫，我用另一只手盖着它，它便不叫了，还开始啄我的掌心，毛茸茸酥痒痒的，然而我并不怎样为意了，只怔怔地看着乌云下那抖成一团的芜绿。

我的思想还停留在不久前爬在树上吃葚子的好光景。现在是秋天了，已过了结葚子的季节，然而这几天附近的孩子知道桑树要砍了，就都来爬树，希望还可以找到一两颗葚子，然而都无所获。直到昨天，其他孩子都失望了，就我一个人来找葚子，我用手抵着树干，踏着牛房墙身剥落了的凹位，半晌便整个人躲进浓荫内，谁都说我伶手俐脚的，像这当儿我便能在树上蹿上蹿下，然而树上除了叶子还是叶子，我失望极了，这时天叔婆挽着一个空的黑胶桶从树下经过，我开始拼命地摇树干，大叫着天叔婆天叔婆的。

"哎呀！馋丫头，还不死心啊！"天叔婆仰着脖子跟我喊，"甭摇了，快下来，叶子都快谢了，哪里还有指望找到葚子！"

我讪讪地抱着树干滑了下来，嘟着嘴立在她跟前。天叔婆放下手上的空桶，边替我拔掉沾在头上的桑叶，边喃喃地嘲我："瞧你这副馋德性，趁早叫你爸爸申请你去香港，往后咱村恐怕没有哪家的男生敢讨你！"

"谁稀罕！"我气鼓鼓地跟她嚷起来，又踢翻地上的空桶。

"好哇，还耍赖！有本事以后连媒婆也赶，看哪里有媒婆敢上你家。"她一边笑骂一边抓着我的手臂，要揍我的屁股，我跳着脚叫嚷着避来避去，然而天叔婆忽然收敛了笑意，扶着我的肩，低低地叹了口气，跟我说："亚子，女孩子长大了总得嫁人，虽说嫁出去的女儿是泼出去的水，但做人要有个良心，别像从前住在这里的那个丽菊……"说到丽菊，天叔婆不屑地往地上啐了一口，骂了一声"婊子"便不再说下去了。

那一年我九岁，念三年级，已经略懂人事，对去年住在牛房里的盲乞丐、驼婆子跟他们的女儿丽菊都仍有记忆。

"知道不？"天叔婆再说，我有点手足无措，只茫然地胡乱点了点头。

"咔——咔——"在龙叔手里的斧头依然有劲。小油鸡仍在瞎啄着我的掌心，啄得我有点痛了，我遂放了它。

大龙叔暂停了伐树，拿起放在树下的衬衫抹他那一头一身的汗，又跑到井边打了一桶水，再拿勺子舀水，就着勺子咕噜咕噜地喝水，我想着新近妈妈跟人牵面线①，话题添了"大龙的新媳妇"。那是个把月前跟大龙叔对看②成的一个邻村女孩，我也见过，脸圆圆的、红红的，头重得什么似的，半天也抬不起来，两掌总也是合着，夹在大腿内侧，仿佛它们生来就粘在那里。我觉得她长得没什么，总不及去年住在牛房里的丽菊俏。然而天叔婆到处跟人夸耀这媳妇儿能做能劳动，在自家里喂猪、揽羊、下田样样都能，又说她屁股大，易子相，后年一开年给讨过来，未过尽年就准有娃儿抱。

我心里想着，口里就不自觉地跟大龙叔说起话来："大龙叔，别人净说您的新媳妇儿能做能劳动。"

"嗯。"大龙叔顿了顿，依旧喝水。

我又正经八百地跟他说："别人还说，您的新媳妇儿生成易子相，赶后年讨过来，年底准有娃儿抱。"

这下子大龙叔呛着了，一口水稀里哗啦全喷出来，他捂着嘴咳个半死，咳完面红耳赤，赧笑着叱我瞎说，拼命搔他那立得像梅花桩似的短发，转身又复去砍树。

我一阵激动，很想问他是不是已经忘了丽菊。还是他对丽菊的好，是不是都没了？他现在提起丽菊，是不是会像其他人那样愤愤地往地下啐一口。然而我都没问，就是很有点纳闷儿搞不清是怎么档子事儿，搞不清见面都笑笑招呼的人，谁待谁真的好？

"咔——咔——"砍树声依旧单调，我怔怔地看着大龙叔没有表情的身影。而那些轻轻重重的砍树声，说的并不是桑树本身的命运，而是无限岁月中的片片段段——多么悠长啊！直说成枝枝丫丫的参差叹息——盲乞丐跟驼背婆子的故事，以及我那些可爱的、回不去的童年岁月！

二

"成器嫂、成器嫂哟——"天叔婆隔着我家的围墙唤妈。

"哎——"妈应了她。

"孩子今晚下山，俺割了半斤猪肉，搭个啥瓜菜弄款汤水才好？"

天叔婆问，眼睛溜过我家院子里那架胖胖的丝瓜。

"天暑呢，弄款丝瓜汤。俺家割几根去，长得挺好呢！"妈转身去提菜刀。

"怎好？怎好？"天叔婆有推辞的言辞而无推辞的意思。

"天——叔——婆——"我大叫了她一声，便躲到矮瓜葫芦下去了。

天叔婆分明是见着我了，却装着糊涂跟我耍："亚子可躲哪儿去了？呀！分明听着声，怎不见影呢？哎哟，可别欺着天叔婆老眼昏花！"

我这时哈哈地笑着跳出来，笑得太得意，一个跟跄踏倒了几棵番茄，我也不管，一骨碌翻过围墙，照例去天叔婆的衣袋搜糖吃——她可是我的小合作社。

"七岁了！亚子，都上小学了，瞧你这馋！"天叔婆用手揪我的辫子，还是缠我不过，遂从口袋里掏出一块糖给我："哪，该你的！"

我着实喜欢天叔婆，尤其她家门前的那棵大桑树，冬过了便萌新叶，不久就挂满累累的葚子。待到葚子一红，我便每天爬到树上去吃个够。桑树是长在牛房外的，茂盛的叶子覆盖着整幢牛房。她家的牛房早荒着，牛早年卖了。天叔婆家的大龙叔跟小龙叔，这些年都上山采石，家里便没人捏锄头柄了。她家又是办合作社的，如今仅养了几头猪，种了几分菜畦。

"天婶家里来了远客？"妈问，一边挑了几根胖胖的丝瓜割下来。而后隔着围墙与她聊将起来。

"哎？惠安③来的。隔表的疏亲，敢情是对可怜人！"

"怎？怎！"妈顿时挑了眉毛。

我这时自又爬上围墙，分腿坐在围墙上，解了纸，把那颗化得黏糊糊的糖球含在口里，又把沾在糖纸上的糖浆细细舐。

"那女的！"天叔婆咽着口水，刚一开口表情便自然而然地精彩起来，"伊原来不是跟俺这表亲的。俺这表亲是个瞎子，无田亦无地，就靠讨乞，要碗饭过日子，四十出头了，还打着光棍，谁个不算定他是没个孝子举幡的。"

"怎又讨了那女的？"妈搭上一句。

"就是说！无巧不成书。"天叔婆敛起眉，指甲狠狠地在墙上刮，刮得咔咔作响，愤愤地续着又说，"他跟那女人的男人是同村的。也是作孽！那女人替伊原先的男人养了个女儿，续着又养了个儿子，问题就出在养那儿子的当儿上头，哎哟——"

"怎么？"妈问，"难产来着？"

"可不是！明明阵痛了，孩子就是硬窝在伊肚子里头不冒头，痛得伊呼爹唤娘的，那痛哟！只让伊恨不得把头叩死在墙上才好，才不是一般难产。"

"哟——"妈听得目瞪口呆的，急急地问，"后来呢？"

"后来哦！"天叔婆叹了口气，"横躺着抬到医院，开刀啦，将那儿从肚子里抱出来。听说呀……"天叔婆用手捂着半边嘴压低了声音，"送子娘娘让伊这般折腾，是伊原先那男人作了孽，种了祸！"

"怎的事？"妈妈下意识地把头探前就着天叔婆，我也紧张起来，艰辛地咽着口水，竖起耳朵静静地听着。

"就说当伊怀着那儿子，还没见肚子的时候，有一趟伊男人上山时，看到一头母狗……"天叔婆说着脸色一沉，"伊男人也是馋，也是贪，又想着自家的女人才养了一个女儿，炖锅狗肉让自己壮壮阳，赶明儿叫女人添个儿子！就抓着那头母狗，死活按着，拿一块石头把母狗打死了，麻袋里装着背到堂兄弟家下酒。唉！烧水煺毛，剖开母狗的肚子一看，作孽哟！那母狗有孕的——"

"呀！"妈惊叫起来，我也觉得胸口有点发闷，怪不舒服的。

"就是这作孽呀！宰猪屠狗，好歹也给留个后，伊男人这般狠毒，连母带子断了那头狗的命脉，神明不怪鬼怪也恨呀！那头母狗的怨气更重！男人起初有点纳闷儿，却不当一回事，过几天伊跟男人说那红事儿三两个月没来了，料是家里要添人口。男人这才磨磨蹭蹭说这事与伊听，伊这回知苦了！那母狗的怨气竟真报在伊跟孩子身上。万项因果报应啊！"天叔婆叹道。

"唉！"妈也陪着天叔婆叹气，又问，"儿子呢？敢情养不活了！"

"倒是养活了。"天叔婆用食指搔搔头，续道，"就可怜那做妈的，让这歪胎一折腾，身子日垮一日，背也日驼一日。田也下不了，重活儿出理不了！就见着背峰高起来，竟似倒背着一只镬了！"

我这时开始听出了一点意思，暗想这么高的驼背，可有多么奇怪！

"伊那男人，呸！是歹种！起初还有个良心，日子久了，就嫌伊丑，又看伊分明不中用了，就拼着性子来作践伊。啧，孬！"天叔婆说得咬牙切齿，"伊男人的姐妹还在人前人后数落伊，说伊那副破身子就有那么娇贵，生个仔还得进医院生，比起城里的太太小姐款了！自家兄弟储的钱都让伊玩没了，如今更装着病相，下田呻吟，养猪叹气，专把重活儿往自家兄弟身上推，直是折磨。苦得伊日哭夜也哭，那哭又让人说话！伊男人也不是省油的灯，跟村里的野女人混上了，起初还顾忌着伊，理亏着伊，后来听着姐妹的话，就认定是伊亏负了自己，愈发狠了，找野女人腰骨也挺得直。呸！那对狗男女，不避臊的，有一回山里头席地盖天就干起那回事来，让同村的人撞见了，气得伊直要寻死……"

"哪回事？"我听糊涂了，急着要问清楚。

天叔婆正说得兴头，冷不防被我这么一问，这才觉察我也全神贯注地在听，遂住了嘴，掩着嘴窃笑起来。

"小孩子瞎插什么嘴！"妈叱责我，又支使我别处耍去，我不肯，她就说，"小孩子有耳朵没嘴巴，知道不？"我胡乱答应着，她们就不理我，又说下去了。

"后来！"天叔婆续着说，"伊那狼心狗肺的男人硬跟她离了婚，又跟同族撵了伊出门，儿子留下，女儿归了伊，硬是叫伊……"

"可怜！可怜！"妈脱口低语。

"就有那么些人看不过眼，可怜伊孤苦伶仃的，就将伊说给我这表亲。"天叔婆又叹了口气，顺下眼，"这款人，便也将就了！一起吃饭，不过图个照应。就说两个人都不能劳动，只好互搀着四处行乞，就求糊个口，把女儿拉扯大。到现在都有六七个年头了，如今女儿已经长成了，两老便盼着以后仰仗伊！"

"这应当。"妈说，"也祈着守得云开见月明！"

"女儿允了亲。这也不知怎么着，虽说女儿归了伊，可这亲事还是伊往日的男人做的主，允的是伊往日那男人的表侄。"

"这可……"妈忧心忡忡的。

"就是！如今就盼着女儿还有个良心，念在两老靠讨靠乞也拉扯大伊。来年三四月间便回去办亲事，俺便留他们住下。那牛房倒还稳当，能遮风挡雨，总胜过要么没着没落，要么枕石盖天的。再说女儿也有十六七岁光景了，随着行乞总不是办法，可怜他们，俺家也积个阴德……"

"是是，天叔、天婶菩萨心肠，谁个不晓！"妈漫口应着。

她们又接着聊了几句，都是恭维话，半晌天叔婆便满脸得色地回家做饭了。

天边那片橘子红的火焰烧尽了，只余下一堆灰烬，那灰色慢慢地笼罩了整个天空。妈牵着我的手进前院，依旧叮嘱我："亚子，打后大人说话可别瞎插嘴！"我很不解，啥瞎插嘴？我不过是图问个明白。妈妈接着又吩咐我别把刚才那些话胡乱说与人听。我答应了，却犹自在想：到底那驼婆子的背有多高？有多奇怪？

妈嘱我别把盲乞丐跟驼婆子的事胡乱说与人听，但是甫进前院，她自个便到厨房去找伯娘，将这事一五一十说与伯娘听。吃过晚饭，别家的女人惯常到我家来串门子，也有村里未出嫁的姑娘，而姑娘是会在我家的楼房里过夜的。

一众人聚在电灯下打毛衣，嘴里忙说着东家的长和西家的短。那晚盲乞丐跟驼背婆子的事就成了话题，女人们说得沸沸腾腾，同仇敌忾。说到盲乞丐跟驼背婆子的当儿，大伙儿便富于同情地叹口气；说到驼背婆子往日那男人，大伙儿就一起气得咬牙切齿；说到伊男人同那野女人在山里头干那回事，大伙儿神神秘秘地压着嗓子，防着孩子听见，说完哄哄闹闹地一阵笑，一阵骂。姑娘家到底面皮薄，一口笑只能饱饱地忍在嘴里，脸上尽是一片羞迷状。

那时候奶奶、伯父和爸爸都在香港，家里就由伯娘跟妈担当。两家早年已分了家当，虽则一起住，但是田分开种，饭也是分开做的。伯父那边有三个女儿和两个儿子，我们家里就只有我跟小弟。四堂兄是家里有名的米粉猪④，这时早在楼上睡囫囵觉，小弟跟堂弟都才满周岁，早被安顿睡下了。大堂姐在念寄宿中学，不到假日是不回家的。

这时候二堂姐、三堂姐跟我坐在小板凳上，听着大人闲聊，她们的话压得低，我们的小板凳便下意识地往人群内挪。终于被伯娘发觉了，直骂我们不要脸，骂完以后，又嘘嘘地赶我们上楼去睡，我们三姐妹怪委屈地上楼去了，三双脚跟着一团手电的黄光，一级一级地踏在没有光的地方，心里怪虚的。

"现在的孩子，鬼得很呢！打后说话可得小心。"伯娘那高爽的嗓子从来不会收敛。

"俺家的亚子倒是憨。"妈急急地为我辩白，"我说伊是花生地里捡来的，伊信得很呢！"

"俺家的小南还不是。"岩嫂接口，"问起俺他哪儿来，俺净说是捡来的。"

"我们乌猪也是……"石嫂也凑上了。

我就是不明白：这群女人上哪儿去捡来那么多小孩，而被捡的小孩又是哪儿来的？

楼下仍是喧闹着，一阵阵笑语和唏嘘，仿佛那儿正上演着一出好戏，看戏的女人都有着一分善良慈悲，毫无城府地让戏台上的喜怒哀乐控制着自己的情绪。

我们三姐妹上了楼也是不肯睡，不敢拉电灯，蒙在被里，着了手电说悄悄话。

"'那回事'是啥呀？"三堂姐低低地问二堂姐，那时候二堂姐念五年级了，懂的事最多。

"'那回事'可不是好事!"二堂姐说的时候神色很凝重,听得我们心里直发毛,"就是男人跟女人亲亲抱抱的,搞不好女人就会生出小孩来了。"

"才不是!"我驳她,"我妈说小孩子都是捡来的。"

"骗鬼!小孩子是从女人的肚子里生出来的,不然咱们村接生的乌婆做什么?"二堂姐正色说。

说得也是,我信服了。

"所以呢!"二堂姐严厉地警告我们,"我们女生呀,才要当心,千万别跟男生好,万一让男生拉上你的手,那就完了!"

我这才明白为什么学校里男生女生要分派,互相不说话、不理睬。忽然我的心像平白被人用榔头敲了一下,我想起岩伯的儿子,那个跟我顶要好的小南,天啊!他可是个男生!完了!我惊得手心发冷——去年我们两家到镇上看电影,甫下车他便搂我的肩膀,带我东看西看;又有一次,他牵着我的手到供销社去找他爸爸……我越想越怕,也不敢说,心想这趟糟了!一时不知怎么办才好!

楼梯那里传来"噔噔"的脚步声,知道伯娘和妈妈要上来睡了,我们忙熄了手电躺下,半晌堂姐们都传出均匀的呼吸声。我看着黑黑的窗,以及窗外黑黑的树影,还是怕,就推推身边睡沉了的二堂姐,她不理我,我急得直想哭!想想又很气小南那么不要脸,明明知道我是一个女生,还跟我乱碰乱牵手!

我的恐惧溜溜地在黑暗的房间里兜圈子,走不出去。仿佛间我睡着了,醒来的时候窗子已有点发白了,我立定主意:以后见着小南掉头就跑,再也不理他了。我又想起在席子上睡得呼哧呼哧的四堂兄,为了安全,以后连他我也不理了。决定了以后,才略略觉得心安,心一宽,我一翻身又睡着了。

三

后来我见盲乞丐一家人,却觉得盲乞丐跟驼背婆子都不过是一般人物。盲乞丐会拉二胡，驼背婆子会唱几支曲子，碰着邻村有啥人家办热闹，两人便相扶搀着去讨乞，去放几串鞭炮，唱几支曲调子，讨几个钱，要碗剩饭，便心满意足了。常见那驼背婆子胸前挂着个满是补丁的布袋，盲乞丐一手执着一根探路的竹子，一手扶着驼背婆子的肩，咔咔咔咔地走去了老远。

倒是他的女儿丽菊，生得煞是俊，白白的脸蛋，眉目很是明净，尖尖的鼻子跟尖尖的下巴，教人觉得她很伶俐。初见她的时候，她的头发全拢在脑后，梳成一根辫子，额前留着一排整齐的刘海儿，看起来很稚气。她的身子很单薄，像十三四岁似的。

那个下午天叔婆跟妈提起盲乞丐一家的事，第二天，妈妈牵着我的手到合作社买白糖，便看见丽菊蹲在井边刷锅子。

"呷蓬未⑤？"妈跟她打招呼。

"哎！"她抬头向妈粲然一笑，又很快地低下头去。

进了合作社，天叔婆隔着玻璃框跟妈嘬嘬嘴："就是伊。"

"长得倒俊。"妈接口跟天叔婆开玩笑，"就可惜允了亲，不然您家的大龙小龙都还没讨媳妇儿，这倒……"

"俊什么！"天叔婆老大地不乐意，"女儿家没个女儿家模样，看伊身子那样削，屁股也不长肉，大龙小龙哪里将伊放在眼里，大龙倒机灵，叫我防着伊，说葚子快红了，赶明儿摘了就能卖钱……"天叔婆喋喋不休地说，"别说伊是讨乞人家的女儿，就是咱村的姑娘，我们大龙小龙对她也没那个心。"

妈听了直笑，也不接口，我还在疑惑着昨晚二堂姐的话，怔怔地想着心事，对玻璃框里彩色的糖果零嘴也提不起兴趣。

出了合作社，站在牛房外的丽菊主动跟妈妈招呼："走啦！"

"哎！"妈跟她笑笑，我看着丽菊头上那棵大桑树，全是一片青青绿绿，葚子都结好了，只待它们一红，吃在口里满嘴的甜，我想得痴了。妈却牵着我的手急急走了，走远了，她才摇摇头，又是笑又是叹气。

我很想问二堂姐：让男生搂过肩膀又牵过手，结果会怎样？但她曾经那么严厉地说："……那就完了！"我猜一定是非同小可的，让人知道更不得了，就不敢问了。往日我有事没事就爱往岩婶家里跑，她最疼我了，见了我一句"小亚子呀——"拉得长长的。而我看到小南又总有说不出的欢喜。可现在我都不上他家了，远远见着他，我掉头就跑，心里对他有说不出的气。渐渐地他以为我像学校里的男生女生那样跟他分派，跟我就不怎么亲近，两人遂不像从前那般好了！

有一天，我在池塘边放下钓钩，便找堂姐耍去。回来后钩子却不见了，急得我到处问人，后来表弟说他看见小南收了我的钓钩。我一听，气得直跺脚，这歹人！凭什么收了我的鱼钩！？我本待冲上他家找他算账，半路上想起二堂姐说的严重后果，遂闷闷地放缓了脚步。这时比我年长两岁的大表姐迎面走过来，为着彼此都不肯让路，好叫对方通过，我们赌气对峙着，开始又着腰对骂，到了后来索性大打出手。她在路旁摘了一把黏头鬼⑥，冲上前便往我的头上抹。我个子比她小，可也不肯示弱，伸手便揪她的头发，两个人打得又起劲又认真，路过的大人看见了却也劝不开我们。

后来有人跑到田里告诉我妈，当时正在田里干活的妈妈气咻咻地跑回来，头巾也不解，锄头也没荷，回来时我跟大表姐仍打得不可开交，妈一把拉开我们，抓着我的手臂便是一阵打——那时候妈妈是严禁我跟别人打架的，否则不论对错我都会挨她揍！

我从小就倔脾气，既逞强又好面子，表姐往我头上抹黏头鬼我不哭，跟她打架我也不哭，然而妈妈这阵打却使我觉得又气愤又委屈，心里憋得慌，眼泪也涌上来了，竟教我有勇气挣开妈，一转身拔腿便跑……

"好哇！"妈朝我喊，"跑呀，跑了好本事甭回家！"

我边跑边哭，不晓得跑了多远，料定妈妈是追不上我了才停下来，咻咻地喘了几口气，便靠在一面墙上放声痛哭，太阳的热气从石墙透到我臂上，我犹自哭得心酸，觉得自己是一只可怜又狼狈的小狗！

"亚子吗？"谁的手搭到我肩上来。我吓了一跳，以为是妈妈，然而那声音并不像，我抬头，在阳光里眯着泪眼看她，是丽菊。

"怎啦？"她放下装着衣服的面盆，蹲下身扶着我的肩，一边替我拔掉头上的黏头鬼。

我不吭声，转身冲着墙壁站，自己又抽泣起来。

"来。"她牵着我的手，"回你家去！"

我这时哭也哭过了，气也气完了，可是想起刚才忤逆过妈妈，这当儿回去她准会再打我，就不肯挪步，只是紧紧地抿着唇，眼泪又流出来了。

"那好！不回家就到俺家去。"她的声音那么温柔，依旧拉着我的手，我低着头随她回到桑树下的牛房里。

她让我坐在搭得极简陋的板床上，打散我的辫子，替我拔掉满头的黏头鬼。那些黏头鬼的钩紧缠着我的头发，她一拔我就痛得咧着嘴嘘嘘地吸气。

"痛吗？"她问。

我咬着唇晃晃头。

"啧！哪个野孩子这么蛮！"她替我抱不平，我正觉得委屈，她这句说得熨帖，叫我对她亲近起来。

拔完黏头鬼，她揉揉我的头发说："晚了，回家去！"

我挨挨蹭蹭地走近门框，就顿在那里。

"怎啦？"她问。

"晚了！"我支吾着，"现在回去妈妈准会骂。"事实上我是怕妈妈再打。

"哦！"她笑起来，又来牵我的手，"那我带你回去，跟你妈妈说你到俺家来玩儿，她不会骂的。"

那晚丽菊跟我回去，妈妈果然没骂我，只从丽菊手里接过我手，笑笑的，跟丽菊点点头，请她以后也到我家来玩儿。一直到晚上睡觉以前，妈妈也没有再提打架的事，第二天也没提，我半吊的心这才放下了。

这以后我便跟丽菊要好起来了，她是不跟她阿爸阿妈出去讨乞的，我妈除了料理家务，还要兼顾农事，因而我上学外的时间，都是在丽菊家里淘。见了盲乞丐跟驼背婆子，我也不避嫌，管"叔公、叔婆"地叫得勤，很讨他们欢喜，有几趟他们讨了别人办热闹的菜肴，分给我吃，我也吃得挺有滋味。天叔婆晓得了，便到我妈耳边说话，妈妈倒不介意，笑笑地说俺家的亚子从小就吃惯百家粮，村里的叔公叔婆、叔叔婶婶都疼，天叔、天婶尤其是，亚子长大了可不知如何报答才是，说得天叔婆一阵欢喜，皱眉嫌弃的话也忘了说。——我妈并不认字，可她待人处事就有一份渊雅跟伶俐。

然而妈妈还是惦念着我受了别家饭菜的恩情，到底盲乞丐跟驼背婆子家的日子过得并不容易，因此家里做节什么的，蒸了糕煎了饼，妈妈总会多置一份，吩咐我往丽菊家端。——从小到大，我就爱妈妈这份和平与仁慈。

我跟丽菊的交往总是随喜，惯常是我跟着她到大溪洗衣服或是到别家串门子。她又喜欢我衣服，那是爸爸从香港买回来给我的。丽菊总爱研究我那些衣服的剪裁和布料，又常说我命生得好，不像她那般命苦！

这段日子，天叔公家的大龙叔和小龙叔偶尔会下山回家，丽菊见了他们总是大龙哥、小龙哥地跟他们招呼。小龙叔是顶随和的，总会回一声丽菊妹子。大龙叔则对丽菊不大搭理，总是鼻子里嗯一声便走开了，对我倒是笑笑的，很客气。

转眼又添了年，我也添了一岁。

冬过了，便都是梅雨天。乌阴阴的天，汗渍渍的墙，度着这般潮湿而阴霾的日子，没病来着也是终日恹恹的，提不起劲。好不容易盼到太阳露了脸，家里的棉被便都搬到太阳下晒。

一早，我便往丽菊家里奔。

今天煞是稀奇，丽菊那瞎眼的阿爸竟然没出门讨乞，搬了板凳坐在太阳里，左手拿着他那件穿了一整个冬天的棉袄，右手拼命地拂拍着，拍得灰尘在阳光里乱飞。他的额上，那些牛犁拖过的沟子，阳光下重重叠叠的一道纹、一道影。山羊啃过似的胡子上，是长年泛着两点唾沫的厚唇。

"叔公今儿可闲着呀？"我问他。

"哦、嗯，亚子呀！"那对暗灰色的眸子驻在我脸上，"俺这身子，今儿不怎么爽快！"

"敢情叫医生来看看才好。"我看他的双颊上果然泛着不正常的红晕。

"哪里用得着？这种贱命！"他说，低而含糊的。

"啥？"我听不分明。

"没啥。"他抿抿唇，"惯常搁两天便自好了。"

"我看你定是怕医生给您扎针啰！"我嘲他。

他低低地干笑了几声。

丽菊从牛房里出来，一手挽着一盆待洗的衣服。他们一家农历三四月间便要回乡，为的是给丽菊办婚事，因此丽菊新近也打扮起来：裁了十尺的"的确良"布料，做了两套春装。从前她老是穿着一件枣色的棉袄，搭一条宽脚的土布裤，风一吹裤脚晃荡荡的，越觉得她瘦得紧，天叔婆背着她总说她没个女儿款，削得分不清屁股跟腰身。而今这春服是度身定做的，穿起来显出个身段来，比从前好看多了。浅粉蓝色的衣裤，穿在她身上，穿出山水般的清净。然而她那双眼，看着她瞎眼的阿爸，却是寒森森的，叫人看了心里一沉一沉地不安。

"亚子，大溪去。"她说着便来拉我的手。

"丽菊丫头，"伊阿爸问，"洗衣服去吗？"

丽菊也不吭声，攥着我的手急急要走。

"丽菊丫头！"伊阿爸忽然跳起来，扯高了嗓子，"丽菊丫头，俺的棉袄，给俺刷刷布身……"

丽菊就是不搭理，紧攥着我的手，急急地穿过胡同。她那瞎了眼的阿爸，一时找不到探路竹，遂摸索着墙沿路追来，一边扯着嗓子叫喊："丽菊丫头，俺的棉袄！丽菊丫头，丽菊丫头哦……"

"丽菊、丽菊！"我轻轻拉了拉她的裤管，有点不知所措。

丽菊就是不吭声，依旧急急地走。待到见不着她阿爸的踪影了，她倏地停住，重重地往地上啐了一口。

我的眼睛骤地落了一片谜，模模糊糊的，然而阳光是那样灿烂！

四

有一回村里一位女孩到镇上去，回来时头发都烫成了鬈鬈儿，在村里引起了一阵轰动。女孩们都争相去向她问讯，问她烫发的过程、价钱、感受等等，听说村里的小伙子背地里称呼她"摩登的城里小姐"。一头烫发遂成了美丽的象征。

过几天村里来了一个会替人烫发的理发匠，他肩上的木箱里装着平面跟有凹凸齿的剪刀、刮子，又有烫发用的药水跟一大堆小木棒、蜡纸、橡胶圈……烫发时用一根发针挑起一小撮头发，放蜡纸上，在头发上涂上药水，再将蜡纸包起来，然后沿着小木棒卷起来，最后用橡胶圈绕紧小木棒的两边就成了。一直到满头的头发都包卷好，理发匠便到煤炉上拿出一块在沸水中烫着的毛巾，敷在绕满小木棒的头发上，再把一个胶头套套在头上，半小时后全解下来，满头的头发就都成了鬈鬈儿。

许多人聚在村里一位女孩的家里，我和丽菊也在人群里看热闹，厅里已坐着两个套着胶头圈的女孩，理发匠又在动手卷第三个女孩的头发，同时跟人群解释："瞧，又快又方便，就是毛巾敷上去的时候热一下——不痛的，解下来包管又美丽又时髦。才三块钱……"

丽菊一直拉着我的手，渐渐地越拉越紧，手心微微冒着汗。我仰起头看她，她的双眼直勾勾地盯着理发匠在卷发的手，胸脯激动地起伏着。忽然她拉着我快速挤出人群直往她家里奔，整个人笼罩在一种高扬的情绪里，连我唤她几次她也不理。

丽菊在牛房里四处搜索：床脚、席下、墙根、壁缝、麻布袋里……奇怪是每处都搜出几张一角两角的票子，她坐在板床上数了一遍，数完紧紧地攥住那些破烂的钱票子，拉起我的手又往外奔。

"丽菊，你也要烫发吗？"我兴冲冲地问。

"嗯！亚子说好不好？"

"好。"我边喊边起劲地随着她跑。

丽菊也要烫头发！这事在人群中引起一阵小骚动。

坐在理发匠跟前的丽菊，那张小面孔绷得紧紧的，又凝重又认真，眼睛定定地注视着前方，那种无惧的勇气将一切世俗的议论辱骂都隔了开去。当热毛巾敷上去的时候，她也没有像其他的女孩那样咧着嘴又叫又笑。

半小时后，丽菊头上的发卷一个个被解了下来，理发匠挡在我跟前替她解，我拼命地伸长脖子看。理发匠的身子一寸一寸地往边挪，我先看见丽菊那张精致而整齐的小脸，然后，我的眼睛迷茫在一片浓黑而挑逗的鬈发中。那一刻，我下定决心，长大以后也要把头发弄成丽菊那样的鬈发儿。——后来，直到现在，我都没有这样做过。不久以前，我爱的那个人揉揉我的短发，很感慨地说："我本来喜欢长头发的女孩，怎知道蹦出你这样一个丫头！"我狡黠地笑着，口里护着我的短发，心里却想问他："那我留长头发，然后去弄一个十多年前故乡流行的那种鬈发儿，你可怎么看？"

丽菊新缝了春装，又烫了头发，人越发成熟丰丽，有着昭彰于外的喜气。她现在老爱照镜，有事没事就用手拢一拢她新烫的头发。

那天下午，丽菊蹲在井边刷麻布袋，我在旁边的泥地上弹玻璃球，大龙叔打山上回来，经过井边。

"大龙哥，回来啦！"丽菊一如既往地招呼他。

"嗯！"大龙叔闷哼一声，倒是转头跟我招呼，"亚——"忽然怔住了，他眼睛直勾勾地盯着丽菊看。丽菊仍是维持着打招呼时的态度跟笑意。

"丽菊——妹子！"大龙叔讪讪地招呼她，"呷蓬未？"

"未呀！"丽菊应着，又低头刷麻布袋。

我听得稀奇极了，金门广播⑦没开始，大龙叔怎问人家吃了饭没有呢？

"丽菊妹子！"大龙叔挨挨蹭蹭地走到井边，又问，"新近烫了头发？"

"哎！"丽菊诧异地看了大龙叔一眼，又低下头去。

"好看！"大龙叔由衷地说。

丽菊的唇边荡开一朵得意盈盈的花，却不抬头。

大龙叔依旧立在井边，又说了几句不关柴米的闲话，直到丽菊把麻布袋披在石堆上，转身进牛房做饭，大龙叔才自点点头，返家去。

这以后大龙叔下山得极勤，见到丽菊便丽菊妹子长丽菊妹子短地叫得亲切，丽菊跟他也是笑笑的。我对大龙叔忽然跟丽菊好起来的事，始终很是纳闷儿。但这阵子大龙叔常给我糖果吃，支使我别处要去，而钉在牛房门框上的那幅土布，打后大龙叔一进去，便总是默默地垂了下来。——在八岁的我眼中，那幅布是多么沉重，足够把丽菊从我的世界隔开，不让我进去，也不让丽菊出来！

我把这事说与妈妈听，她急急地捂着我的嘴，很郑重地告诫我："小孩子，有耳朵没嘴巴！"过后她紧紧地抿着嘴，我很是诧异了，事实上我并没有看见什么——唯是那幅低低垂垂的蓝土布，总叫我沉重跟不安。

妈更是奇怪，平日她跟伯娘什么柴米油盐酱醋茶都不瞒彼此，然而这次她的嘴巴始终抿得紧紧的。她叫我以后放学后便到田里寻她，再不让我到丽菊那里去！

村里渐渐酝酿着大龙叔跟丽菊的传闻：都说大龙叔不好好采石，工地也不住了，日头过了中天便往家里跑；再说丽菊新缝了衣服，烫了头发，又涂了口红，浑身散发着花露水的香味，大溪里洗衣服的女孩们都不爱跟她一起坐了，她也不在意，啧啧！洗的衣服里还有奶罩呢！现在村里谁见着她，身后便朝她啐一口，远远地就丢一块石头、撒一把沙。她是不羞的，眼睛尽往男人看；再传出天叔婆的合作社常日丢钱减米，是大龙叔偷了去贴婆娘，气得天叔婆终日心痛，有人上合作社便扯着说话，说不了几句便放开喉咙朝外面的牛房叫骂，那番话谁听了背后都笑破肚皮……

虽说妈不让我再上丽菊家，然而我乘妈妈不注意的时候，抽空儿又去了几回。那幅蓝土布依然静静地垂着。那么沉重！我却步了。

"丽菊！"我试探地往房里叫了一声，没回声。我一手挽起土布，扯开嗓子又叫，"丽菊——"

房里没人，我的呼唤分裂开去，静静地附在房里各样器具上，消失了！我无端地打了一个颤，下意识跨进牛房去。

牛房里静悄悄的，光线从墙上的小窗投进来，把一块规矩的、长方的光明静静地贴在铺着席子的板床上。板床上放着几件叠好的衣服，板床下置着一堆乱七八糟的东西。一只麻布袋子无言地挂在墙上，角落里有一个简陋砌成的砖炉，旁边置着一只贴着"常满"的米缸和一只浮着红色胶勺子的水缸。地上没铺砖，是泥地，透着一股潮湿。

一切的器物都那么安分又安静，泛着凄冷——不是温暖的家。我无端又感到一种陌生的寂寞，蹲下来很无聊地画着泥地。半晌又跑出牛房，仰头看桑树的叶子，午后的阳光透过斑驳的枝叶筛下来，我遂站在斑驳的阳光里。等等仍不见丽菊回来，就只好回家了，半路上我捡起一小块红砖头，沿着别家的墙壁画着，一直画到我家。

邻家的女人晓得我跟丽菊很要好，最近见着我总要把我招到跟前去，问一些叫我摸不着头脑的话。

"亚子，盲乞丐家的丽菊新近跟谁最好？"

"跟天叔公家的大龙叔。"我老老实实地回答。

"怎么好法呢？"问的人瞪着眼睛，神色很紧张，却又捂着嘴窃笑。

"就是常一起聊话儿！"我实话实说。

"除了聊话儿呢？还有没有其他？"问的人不甘心。

"没啦！"

"怎么会？"问的人索性开门见山，"他们有没有不轨？"

我干瞪着眼，搞不清什么"鬼不鬼"的问题。

"就是说呀！"问的人说得更白了，"他们有没有亲亲抱抱的？"

"没有见。"我答得干脆，有点生气了。二堂姐说男人跟女人亲亲抱抱并不是好事，搞不好就会生出一个小孩子来。

可是我有满肚子的话憋得慌，很想表达。很想找个人，跟他说挂在牛房门框上那幅蓝土布的分量，那麻布袋、那板床、那砖炉……那间牛房里一切器物的安分与冷清，以及那种静得生凉的寂寞！然而我不知道跟谁说，更不知道怎么说！我的胸口有一种堵塞的感觉，但归不入可言的那一类。

那天我手里紧攥着那块小红砖，没有回家，就到了池塘边溜达，远远地看见小南坐在白千层树下钓鱼。我默默地站在池塘的对岸望他，距离那么远，我看不清楚他的轮廓面目，却能想象他那种专注而认真的表情。他专注地盯着浮标，我把红砖块扔进池塘里，也没引起他的注意。我的心里忽然产生了不能承受的悲哀，我觉得眼泪快要流出来了，却不明白这是怎么一回事！

第二天我又到了丽菊那里，这一次他们一家三口都在牛房里，好生奇怪！盲乞丐跟驼背婆子都是一身灰乎乎的装束，很配合牛房的一切——仿佛他们也是房子的一部分。相对而言，丽菊的打扮太热闹了，乍见这么俊的女孩儿坐在这般简陋的牛房里，很有点儿突兀。她穿着一身粉红色的"的确良"春装，满头的鬈鬈儿盛丽地披着，涂了口红，浑身散发出"双妹"花露水的浓烈香味。这当儿盲乞丐站在墙边，驼背婆子跟丽菊并坐在板床上，一家三口的神色都很凝重，驼背婆子的脸上早已爬满了泪，丽菊的脸却是多了一份倔强跟执着。

我立在门框外，感觉到空气中骚动着不安的气息，讪讪地站着，也不敢招呼，略带惊惶地朝里张望。

"拿出来！"盲乞丐对着丽菊喊。

"我说过没有就没有！"丽菊倔强地仰一仰头。

"没有！"盲乞丐扶在墙上的手用劲地抓着，手背上的青筋都暴现出来，"别人说了个把月了！俺都当耳边风，丽菊丫头你有脑袋没有？下个月就回乡结婚了，这当儿怎会不安分！闹出这种事，当是假的也不好听！俺当是别人故意中伤，可今儿天兄嫂上门跟俺要钱……"盲乞丐的背一驼一驼地起伏着，仍是重复着那几句话，"丽菊丫头啊！你有脑袋没有？下个月就回乡结婚了！"说着转过身来，侧面向着我。他的嘴角积着一点比平日更大的唾沫，唇哆嗦地抖着，连带那把山羊啃过似的胡子也一并在抖，他漫空地命令着丽菊，"拿出来，天兄嫂说有三百块，人家是模范家庭，不想搞大事情，破坏名声，就说有多少拿多少，零头不要也可以！"

"呸！"丽菊啐了一声，"模范个鬼，她天天隔着大门骂哪个婊子、臭婆娘？谁妖妖娆娆来着？她家门阶高，下贱的人跨不上去！她家的儿子忠厚老实，狐狸精哪里勾得动……"丽菊越说越激动，索性跳到门外去嚷，态度很挑衅。

丽菊的叫嚷把邻家的人都引了出来，正在合作社里买东西的也跑出来看热闹，众人的想法都写在脸上。当中没有天叔婆，她在合作社里的玻璃框后坐着。据别人说，当时她的脸被气得一阵青、一阵白。

驼背婆子放声大哭，死活要把丽菊拉进去，口里反复唠叨："天大娘，是丽菊丫头伊错，伊不知好歹，大娘给俺爷娘儿住的所在，俺日也念夜也念，点滴记在心头……"

"鬼话！"丽菊豁出去了，嚷得更张狂，"俺念个鬼！"叫着又用脚去踢桑树，"日也防，夜也防，防着俺偷几颗破葚子！呸！自家的儿子穿了抽屉，倒来跟讨乞的乞丐要！呸！够本事跟自家儿子要去，俺这款下贱货，哪值得伊那厚道的儿子塞钞票……"据别人说，当时天叔婆被怄得直捶胸。

"够了！"盲乞丐踉跄着走出来，摸索着要抓丽菊进去。丽菊一把挣开伊阿妈，拨开人群奔了出去。

我跟在她身后拼命地叫她、追她，狂奔着的她明显是哭了。丽菊一直冲到大溪边的榕树下才停下来，手扶着膝盖，弯着身咻咻地喘气。

我走上前去拉她的衣袖，她蹲下来一把搂着我，脸埋在我胸前，更是泣不成声。她的哭叫我手足无措。

"亚子，你相不相信我？相不相信我？嗯！"她说着仰起脸看我，红的眼睛红的鼻子红的唇，吸溜着鼻涕，仍在滔滔地流着眼泪。

我不明白她这句话的意思，她要我相信她什么？关于她和大龙叔的事？抑或关于那笔钱？但我拨拨她的头发，真心诚意地跟她说："丽菊，我喜欢你！"

"亚子好心肠！真好心肠！"她说着又把头埋在我胸前，半晌再抬起头来，已经不哭了。

我跟她并坐在榕树下，彼此不怎么说话。她仰头在看榕树的浓荫，一脸深思。我不知道树上有着什么，也仰起头看，却看不出个究竟。她忽然从口袋里掏出一块钱，递到我面前。

"给你。"她说，"自个儿买糖吃！"

我不敢要，妈妈从来不会给我超过两角钱的，而且妈妈吩咐我不能胡乱接受别人的金钱，遂拼命把手藏在背后，精神紧张地跟她晃头。

"也是！"她叹了口气，"不该让你花这种钱！"她自又寻思道，"说是回乡办亲事，嫁妆也没有一件，谁看得起？做女人呀！身边没个钱可不行……"她说得咬牙切齿，"我阿姆呀？嫁妆早就让伊从前那男人攒光了，他才敢放肆……"丽菊说着抱膝哭了起来，呜咽着说，"亚子你好命！不晓得他那种打，那狠啊！我才多大……亚子你好命……"

我不晓得怎样安慰她，就陪着哭起来，仿佛我也被打了，能体会那种痛，那种狠！

那夜，聚在我家的女人们又沸腾起来，讲得极热闹——

"哪里还住得下去，透夜搬走啦！"

"伊倒是烈性子，豁出去跟天婶吵，后来跑了，就苦了伊阿爸阿妈！盲乞丐发了疯，把整间牛房都掏光了，就是找不到钱。"

"难不成天婶冤枉了她？"

"谁知道？这档儿的事，又没有捉奸在床，又没谁见着大龙给伊塞钱……"

那夜，我躺在黑暗中，眼泪潸潸地流，仿佛老听见丽菊在跟我哭："亚子你好命！不晓得他那种打，那狠啊！我才多大……"我觉得自己的鼻子快要酸掉了，我接着又想起小南看浮标不理我，我接着又想起自己也常常没有钱……"做女人啊！身边没个钱可不行……"丽菊是这样说的。

五

后来，听说丽菊真的回乡去跟她亲阿爸的表侄结婚。她在咱村的事也传了过去。起初让人说了不少话！但她男人的性子软，丽菊长得又好，男人见了她就没了主意。丽菊好本事，出钱买猪苗，又办起小型合作社，谁提起她也没话说！

再后来，听说丽菊怀孕了，可是大腹便便的她，竟把她瞎眼的阿爸跟驼背的阿妈撵了出门，谁都可怜她阿爸阿妈，说是"相欠债，掉落儿女坑！"

距离他们离开后七八个月，盲乞丐跟驼背婆子又回到村子里，两个人明显老了许多，竟似又经历了许多岁月！

那时村里正庆祝佛祖诞，家里请了六七桌亲友。两人来到我家的天井里，照例放了几串鞭炮，本以为盲乞丐续着会拉段二胡，这才发现他随身讨乞的二胡不见了。

家里赏了钱，又留他们吃饭。

暮色合了，架在天井的火炉生了火。上桌的时分他们就坐在天井里，坐成了两段木头。堂皇的灯火、喧闹的人声里，这两个人的故事最丰富，却也最寂寞！

当戏台那边的锣鼓响了起来，客人逐渐离桌了，赶看戏的赶看戏，远处来的又得赶夜路，只剩下一堂曲终人散后的杯盘狼藉。

妈妈将十数个包子予了驼背婆子，又拿盲乞的大碗去盛封肉⑧。

"大娘！"驼背婆子惯性地称呼人。

"你俩老得保重！"妈慰解她，"一枝草一点露⑨。"

"大娘！"驼背婆子的唇哆嗦地抖着，仿佛一下子要诉尽她半生的辛酸与委屈，"大娘！你倒替俺评评理……"

"甭说了！"一直沉默的盲乞丐忽然打断他女人的话，"都一样，活到头还不是这么一场！"

"都一样！"驼背婆忽然流下泪来，悲哀里包含了更多的愤怒，"都一样！当是猪狗都不如哪！那猪进门来拱，眼看要踏上那二胡子，伊阿爸提竹来赶……"驼背婆子使劲地擤鼻子，又说，"那忤逆的，举起二胡弯着膝就拗，拗断了一把二胡不打紧，伊不忌讳雷劈！说伊阿爸不是生伊的，就说就提起扁担撵伊阿爸出门……大娘啊！你倒说说看，是哪个讨乞来拉扯大伊，这有多揪心啊！"

妈听得辛酸，陪着掉了许多眼泪。而后驼背婆子沉默着，思想着她半生无奈的身世，想想便叹口气，想想便撩起大襟来拭眼睛。

风从门缝里灌进来，呜呜作响，掺杂着戏台那厢的锣鼓声：

嘚嘚、锵锵！

嘚嘚、锵锵！

驼背婆子清了清嗓子，忽然唱起一段曲词儿：

叫夫郎听我言说个明白

十八岁随了你大门不迈

生下这儿子双骨肉难离

怎狠心抛妻儿斩断亲脉

…………

唱罢她又哭了。

第二天，盲乞丐跟驼背婆子又离开了村子。这以后葚子又红了一遍，却再也不见他俩来。

六

"吱——砰——"桑树挡不住那一片越压越低的天，终于是倒下了。

大龙叔像是发现了什么，弯下身去翻，我好奇起来，也跑过去看。大龙叔从桑树跟牛房间的深缝里抬出一个铁皮烟盒，打开来，里面有一枚生了锈的戒指。

"破货！"大龙叔说着用衬衫抹他那一头一脸的汗，恨恨地说，"原来藏在这里，难怪房里掏光了也找不着！"

"什么？"我不解地问。

大龙叔不言语，只看着那枚戒指发怔。

雨开始一点两点地落了。我站在阶前，看着刚砍下的桑树叶被雨打得频频点头。我的眼睛迷恋着它，仿佛那棵树正挂满了累累的红葚子！吃在口里满嘴的甜！

后来，大龙叔讨了那个脸圆圆的邻村姑娘，但是直到那年年底，他的媳妇儿也没有抱娃的迹象。第二年，她的肚子还是纹丝不动。

第三年，他们从别处领了一个女儿回家。

又过了许多年。

前阵子，我跟我爱的那个人坐在一大片草坪上聊天。我们俩都很穷。可是却像两个傻瓜那样老是喜欢笑，好似我们是天底下最富有的人——而事实如此。

我质问他小时偷了我的鱼钩，他拼命否认，罗列出种种不曾偷窃的证据。

我不断撼他的胳膊，缠他嚷他："是你偷了、你偷了、你偷了……"

他拗不过我，投降了："好、好，我偷！我偷！"说着宠宠地看我。

我满意地笑了，闭眼枕在他膝上，丝毫没有担忧过我们的贫穷。在我富足的精神国度里，金钱、物质相对显得渺小而毫无意义。

原来，让男生拉上自己的手，代表着一个女生奉献了最初的那颗心，注定了以后要跟他一起过有风月也有风雨的日子，要用余生的岁月跟他说一个怎么说也说不完的故事！

当我再次睁开眼睛，眼前有我爱的人那深刻的轮廓眉目，以及一整片蓝天。那蓝很浓很丰富，像湖水一样，一刹那全涌进我的眼里！

原载《上海文学》2000年第9期

注释

①牵面线：闽南俚语，意指闲聊。

②对看：即相亲。

③惠安：地名，位于福建省内。

④米粉猪：闽南俚语，即懒睡鬼。

⑤呷蓬未：闽南人招呼别人的话，即吃了饭没有。

⑥黏头鬼：植物名称，果实呈粒状，上面生有倒钩，沾上头发便极难弄掉。

⑦金门广播：我的故乡位于福建东南，地近台湾金门，能听见六点钟的金门广播，女人们惯于听见广播后才开始做晚饭。

⑧封肉：菜名，即蒸肉。

⑨一枝草一点露：闽南俚语，原意指草上的雨露能使草润活，这里指天无绝人之路。

点评

  《又见甚子红》漫溢浓浓的乡野风俗，以一个小女孩的视角徐徐展开一幅乡野生活画卷。小女孩亚子在乡村无忧无虑地自由生长，以她的视角呈现着周边发生的人、事、物的状态。尤其是邻居天叔婆家发生的一系列故事，更是构成了小说主要的叙事内容，书写了"盲乞丐跟驼背婆子的故事，以及我那些可爱的、回不去的童年岁月！"隔壁邻居天叔婆家收留了盲乞丐跟驼背婆子，还有他们的女儿丽菊。"我"听到母亲与村里其他妇人们的闲谈，有些甚至是不让小孩子们听到的话题；"我"看到丽菊与天叔婆家的大儿子大龙之间隐秘的交往；"我"看见了也听见了，任凭村里人怎么问却也不会说出丽菊与大龙叔之间的事情；"我"也听到看到天叔婆与丽菊之间惊动乡邻的对峙。"然而我都没问，就是很有点纳闷儿搞不清是怎么档子事儿，搞不清见面都笑笑招呼的人，谁待谁真的好？"；"后来，听说丽菊真的回乡去跟她亲阿爸的表侄结婚"；"再后来，听说丽菊怀孕了"，"竟把她瞎眼的阿爸跟驼背的阿妈撵了出门"；再后来，"大龙叔讨了那个脸圆圆的邻村姑娘"，第三年从别处领养了一个女儿回来。小说故事情节的展开基本都是从女孩亚子的第一视角展开，其所听、所闻、所看、所感，将乡间的风土人情、风俗习惯、生活状态徐徐展开，构成了"我"欢欣又多彩的童年，更是整卷乡村风俗画。

  小说的语言极富特色，叙事语言与人物语言都各具特质，相互成全。小说的叙事语言极富抒情性质，整篇小说营造出层次丰满的诗情画意，又回响着悠扬的乐曲。而这诗情不是俗丽的，它相当朴素；这画意不是纷繁的，它十分简约；这音乐美不是激昂的，它非常悠扬。小说中的人物语言带有南方的乡音，但不艰深、冷僻，更附有多处注释，解释颇具特色的方言、地名、物名等，这样的语言面貌既不晦涩又颇具地方风情。

（朱旭）

准备好了吗

戴 来

天气预报今天有阵雨。万树生站在厨房的窗口，手上夹了一支烟，神情呆滞，仔细看，还有几分严肃。这会儿天已经黑了，雨还没落下来，但相信它吧，万树生对自己说，人总要相信点什么才能心平气和地活下去。

年轻的时候，万树生相信自己总有一天能出人头地，所以他认真做人，努力工作，尽管运气老是不够好，但他尽力了。二十六岁的时候，他和母亲替他相中的姑娘结了婚，那会儿正值"文化大革命"高潮之际，他白天在外喊口号贴大字报，闹革命，晚上回到家继续干革命。一九六八年，他的大女儿卫红出世了，说实话，他有点失望，他的大哥早他三年结婚，已连着生了两个儿子了。他从小就输给大哥，个头儿比大哥矮，学历比大哥低，老婆也不及大哥的漂亮，所以无论如何也不能在生孩子这事上再输给大哥。看来大嫂已经没有再生的意思了，那我万树生要是再生一个儿子，一儿一女，至少在花色上比过了他们。一年多后，万树生的第二个孩子出生了，又是一个丫头，这下万树生跳了起来，难道我万树生命中无子？这时有个老邻居神情诡秘地面授机宜，关键是行房事的日子，阴历逢单行房事易生女，逢双行房事则八九是个男。万树生问为什么，对方说，你看，女儿俗称千斤，儿子是一吨，两千斤，一是单，两是双。再细问，对方一个劲摇头，说天机不可多泄漏，否则老天爷会怪罪于他的。

不管怎样，一九七二年十月，万树生抱上了儿子，取名双康。

这两年，老万明显地感到自己老了。特别是记忆力大不如从前，爱忘事，有时候想着要去拿一样什么东西，等习惯性地把烟点上后，却干开了其他事。儿子背地里给他起了个外号，叫心不在马，甚至有时候和朋友说起他，干脆称他为老马。

三个孩子中，最让老万操心的是儿子，没完没了，简直是没完没了，一说就要说到他小时候那些调皮捣蛋惹的祸，但比起他后来搞出的那些动静，那又能算什么呢。一九九三年秋天的一个星期天，在市中心最热闹的人民路上，双康身穿一件背后缝有"此人出租，价格面议"字样的衣服，从路南走到路北，从路北走到路南，走了一整天，第二天双康的相片上了晚报头版。

而这仅仅还只是开始，在接下来的几年里，双康的动静越搞越大，在一九九四年广州的双年展上，已自作主张改名为万一的万双康，半裸体站在一只高一百九十厘米、长宽均为九十厘米的玻璃箱内，浑身涂满蜜浆，然后由他亲手打开一个装满包括苍蝇、跳蚤在内的各种虫子的罐子，一时间飞的爬的虫子们落满了他的身体。万一给他的这次行为艺术取名为：生存状态。在长达四十分钟的行为实验中，万一用一种自虐的方式进入对自我价值和生存经验的切实体验中。而事后，已肿成发面馒头似的万一在接受记者的采访时说，如果再延长二十分钟，他的体验将会更加深刻。上个月，在本市的和平广场，万一郑重其事地向路人分发了二百只涂成各种颜色的避孕套，此次题为"彩色的安全生活"的行为实验是他历次行为中最温和、最感性也最性感的一次，每送出一只，他都会附上一句，仅供把玩，切勿使用。所以，等把两大盒安全套送完，广场上丢满了彩色的小气球。

如果没有生这个儿子，老万也许一辈子都不会知道"行为艺术"这个名称，那些发疯的举动竟然能被冠之艺术之名，这是老万无论如何也想不通的。然而儿子由此成了艺术家，不管国内承不承认，反正儿子的相片上了外国杂志，在那些蚯蚓一样的外国字中，儿子的照片赫然其中，并且儿子已出了好几次国，被外国人请去交流，交流什么？当然是艺术啦。

尽管在老同事老邻居面前，老万总是摆出一副儿子已经功成名就、自己从此可以高枕无忧的架势，但在内心，他老有一种隐隐的不安，就怕哪一天儿子闹出不可收拾的事，为此，他的牙三天两头地疼，还经常在半夜里突然惊醒。

这样的现象这一段在老万身上出现得尤其频繁。据他所知，就在近期，万一将和他的两位分别来自瑞典和南非的外国朋友在医务工作者的配合下，进行一个名为"循环"的行为实验，届时他们会在和平广场上，卷起各自的衣袖，从右手臂分两次抽出五百毫升鲜血分别输入另两个实验者的手臂，同时，另两位的等量鲜血也会通过万一的左手臂进入他的体内，这一看似简单实质复杂的过程在老万脑子里变得险象环生，那两个外国人的健康状态是他最为担心的，另外，身体好好的，抽血输血的，这算怎么回事呀。行为艺术，行为艺术，在老万看来简直是疯子艺术。

卧室里传来老伴儿的喊声。老万探头从打开着的窗口往下看了一眼，然后才无奈地摇着头进了卧室。还没回来？床上的老伴儿支起身子问。老万重重地出了口气，没接茬儿。再呼他，老伴儿从被窝里坐了起来，嚷道，就说我快死了，看他回来不回来。老万没有动。你不打我去打。老伴儿掀开被子就要下床，但有一只拖鞋却一下子找不到了。老万出神地看着老伴儿坐在床沿，弯腰吃力地往床底张望。后者看见老万在那儿发愣也不知道过来帮帮忙，有点急了，赤着脚就跑到了客厅。

传呼响的时候，万一正和他的两位外国朋友在另一个朋友家瞎聊。真的是瞎聊，万一能派上用场的英语也就和那两位来中国不到一个月的外国朋友会的中文差不多，大部分时间他们都在用手比画，这样的交流很吃力也很滑稽。传呼显示：父出事了，速回。母。万一知道肯定又是父母要他回家的花招。他冲暂时停下手中比画的朋友耸耸肩，接着比画。

直到姐姐的传呼过来，电话那头姐姐的语气是从未有过的严厉，万一才相信这一次真的是出事了，尽管上午他还收到母亲生病的传呼，尽管以前每一次在他的想法落实到真正的行为前家里总会岔出一两件人为的事件。

万一知道，在父母的眼里，尤其是父亲眼里，他的成功是没有理由的，所以也就是不可信的。他们一方面捧着他所谓的成绩到处炫耀，一方面又时刻担心着这一切仅是个美丽的假象。从小到大，父亲对他寄予了那么大的希望，他固执地认为儿子是个绘画天才，成功对他来说，只是个时间的问题。让老父亲至今耿耿于怀的是，万一有一天竟然扔下了学了十来年的油画，转而搞起了行为艺术。万一说我只是暂时换了一种更为直接的表达方式而已，油画我是不会放弃的。但是他的任何解释，在老万听来都是强词夺理。

　　老万从未站在这个高度看过自己住了十来年的居民区，这个全新的高度让他感到了一种空旷，视野的空旷，一切拥挤和嘈杂都在他的脚下，他好像一下子就远离了叫他心烦的这一切。他背着手走了走。走着走着居然有了一种至高无上的感觉。妈的，以前怎么从未想过来这儿散散步，看看远处？

　　老万的老伴儿仰着脖子，挥着手冲他在喊，好了吗？可以开始了吗？

　　老万掏出烟。六楼顶上的风有些大，老万换了几个角度，最后蹲下，借助衣襟才把烟点上。因为老伴儿那一嗓子，已经有人在注意他了，他们三三两两，仰着头，冲上面指指点点。老万忽然想起了三幢的那个疯子，一个在其潜意识里已是著名歌唱家的疯子。去年春天，趁家人不注意，他爬上了楼顶。他是个典型的"人来疯"，人越多他越兴奋。那天他在楼顶手舞足蹈，放声高歌。老万听说后也跑去看了一会儿，疯子在上面从通俗唱到美声，每曲完必鞠躬致意，应该说台风真好，似乎根本没有要往下跳的意思，后来午饭的时间到了，围观的人也就陆续散了。就在这时疯子纵身跳了下来，就像是这个热闹的上午的一个惊叹号，一个血肉模糊的惊叹号。后来有人说他是因为不能忍受观众们退场才跳楼的，还有人说那个上午疯子又唱又跳其实是在和这个小区的居民告别，相当于一场告别演出。

　　老万从裤兜里掏出事先预备好的报纸，摊开在地上，缓缓地颇为吃力地坐了下来。真的是老了，老万自言自语道。就在三四年前，他还能在上了一天班后，去街心公园和一大帮中老年邻居一起跳上半个小时健身舞，并且顺便和女同志们聊聊天。那会儿儿子还在画画，只是偶尔才在他的视线之外搞搞行为艺术，眼不见，也就心不烦，现在可倒好，画是干脆不画了，十几年的专业说扔就扔开了，儿子肯定不知道，与此同时，自己老父亲的希望也在四散开去。这两年，儿子更是越来越不像话，据说儿子搞的那些行为艺术中的意识形态已引起了当局的关注，虽然老万一再地告诫儿子，什么错误都能犯，就是不能犯政治错误，但眼下他的话根本进不了儿子的耳朵。事实上，谁的话，那小子都听不进，否则他怎么会去那么地疯折腾呢。

　　如果说老万有时还能说服自己用艺术的眼光来看待儿子的行为的话，那么他的老太婆则不止一次地用迷惑和惊恐的眼光追问，我们儿子到底想干什么？被问急了，老万会没好气地回答：发疯。当然更多的时候，他还是会耐心地从艺术的角度去替儿子解释。他已经够不安的了，不能再让老太婆跟着担心。

而这一次儿子简直是疯了，跟外国人换血，怎么给他想出来的，不要命啦。这两天老万被这个"换血"的事给闹得寝食不安，他有一种可怕的预感，儿子是在惹祸上身。作为父亲，他始终没有什么好办法，眼看着儿子这头荒唐的牛在往绝路上走，他除了担心，只能站在原地生闷气。孩子大了，父母也就老了，也就没有力量了。

老伴儿双手围成喇叭状，在下面大声喊，打了，电话打过了。

老万站起身，朝下面挥挥手。好了，演出马上就要开始了。这场戏当然是做给儿子看的，他已经没有更好的办法了。下面小路上有人好奇地抬头朝上面张望着。老万退回去，重新铺好报纸，坐下。老实说，他有点紧张，同时他开始怀疑自己这个决定是不是有些欠考虑，刚才脑子一热，不顾老伴儿的反对，他就爬上了楼顶，他近乎愤怒地认识到，对于他这个爱走极端的儿子只有用极端的方式来教育他。然而这会儿老万又迟疑了，自己这么一来，丢人现眼不说，往后邻居们指不定会有多么稀奇古怪的猜测呢。人们的猜测永远源于生活又高于生活。

老万又点了一根烟。由于连着两晚没睡好，他的牙又上火了，其实这会儿应该少抽烟，多喝水，多休息，但儿子就是不让他消停，连片刻的消停也不让，前一阵刚大张旗鼓地在街上发过避孕套，风言风语还没过去，这又想出什么换血，简直是不想让人活了。老万把才抽了两口的烟扔在地上，用脚底使劲地碾灭。他实在不明白，儿子怎么会变成现在这副样子的。不就去外面念了几年书嘛，怎么突然间就有了那么多因为古怪所以不容你忽视的想法，这些来路蹊跷的想法究竟是谁灌输给他的呢。

老万真愿意回到过去，那时候一记"毛栗子"就能让儿子乖乖地跟他回家，如果狠狠心请儿子吃上一顿板子，那么后者至少要老实上四五天，而更小的时候，只需一个眼神，或者说话的语气稍微重一点，那小子就会哭出泪来。那会儿父亲是父亲，儿子是儿子，很明白的，儿子听父亲的，天经地义的，而现在一切都乱了套了。

不知不觉中，老万手指间又夹了一根烟。吸了一口后，他有些意外，自己什么时候又点了一根。他觉得其实此时自己的身体需要的不是一根烟，而是一张床，他的牙疼，他的脑子发涨，他渴望能安安静静地躺在床上，什么也不想地睡上一觉。然而这仅仅只能作为一个渴望悬浮在六楼楼顶上，他没法什么也不想地躺在床上，所以他需要一根烟，就像他有时候需要一点酒一样。对老万来说，酒从来都不是一种好喝的东西，但他还是需要它，纯粹是一种精神上的需要，与身体无关。

孩子大了，与父母的接触，尤其是身体上的接触就少了，在老万的感觉中，除了儿子血管里流动着的血液，他在身体上和自己好像已没有更多的关系，倒是两个女儿时常回家看看他们老两口，关心关心他们的身体。想穿了，生儿子其实也就是一种精神上的需要，弄好了，能得到精神上的慰藉，弄不好，就得忍受精神和身体的双重折磨，就像他现在这样。

老伴儿的声音从下面传上来，准备好了吗？

老万很费劲地站起身，身下的报纸在他屁股离地的那一瞬间被一阵迎面而来的风吹走了。他走到楼顶边缘，猛然而至的眩晕让他下意识地退后了几步。开始了，犹豫也好，后悔也好，总之已经开始了。

不多一会儿，楼下就聚集了一堆热情的观众，有人手搭遮阳棚，眯着眼在冲老万喊，干什么呢，站那么高，多危险哪。有人茫然地看看老万的老伴儿，看看老万。而有几个熟识的老邻居正围着老万的老伴儿在询问。老万看见自己的老太婆一个劲地摇头，突然她拔脚朝家跑去，她跑得是那么地仓促，就像是一只受惊的小动物，在老万的记忆中，她从未跑得这么快过，这下她身后正在跟她说话的邻居更不解也更好奇了。

与此同时，老万看见儿子从楼群拐弯处骑着车冲出来，儿子骑得很用力，从上面看下去，连人带车都在幅度很大地摇晃，老万的心一阵狂跳，好了，真的开始了。

万一的车还没停好，立即有人围了上去。万一拨开人群，仰起脖子朝上面喊道，爸，快下来。他的语气是不容置疑的。他的语气让老万气上心头。老万眼望前方，朝前迈了一小步，这就是他的回答，同样是不容置疑的。他已经走到了楼顶的边上，再跨出同样的三小步，他就没命了。

爸，你这到底是为什么呀？

老万眼望前方，他在心里嘀咕，什么事，你装什么糊涂呀。

从父亲那儿没有得到回答，万一在人堆里找开了母亲。当然找不到，不过，随即有人自告奋勇要去找。从眼角的余光，老万看见儿子朝楼梯口奔了过去。他知道这出戏的高潮马上就要开始了。

在儿子上来之前，老万往后挪了下面的人不易察觉的两小步。因为他很清楚，在接下来的谈判中，每一步都将是一个很重的砝码。

儿子气喘吁吁出现在楼顶口的样子有些狼狈，这是老万想看到的。老万说，你别过来，你往前走一步，我就往后退一步。万一摆着手说，好，我不过来，我们就这样说。我知道你不希望我做我现在的事，但你也不必要用这种方式来表示反对，这不好，这是威胁。

你别跟我说什么是好，什么不好。你先问问你自己，你懂好坏吗？你让父母整天为你提心吊胆的，这就好吗？放着好好的画不画，去搞那个狗屁行为艺术，这就好吗？你从小到大，让我和你妈省过心没有，我们总是跟在你后面替你擦屁股，擦了一次又一次，没完没了，现在你大了，我们也老了，我们不可能一直跟在你屁股后头啊，我们总有一天要死的。

万一点着头，不管是不是由衷的，总之他在点头。他的这副样子老万已很久没见了。孩子大了，翅膀硬了，就开始对父母摇头了。

爸，你听我说，我知道行为艺术眼下在中国还没有一个很好的社会环境和接受机制，绝大部分的人还不了解它，这些我都有思想准备，但您也用这种口气谈论这门艺术，真让我难受。油画是我的专业，我喜欢油画，但您不知道传统的架上绘画限制着艺术家主体意志的体现，我一直在寻找一种更好的最能表达我想表达的艺术形式，现在我找到了，那就是被您称为狗屁的行为艺术。

废话少说，今天你要答应我从此不再搞那些乱七八糟的玩意儿，我就还是你父亲，否则你就没有父亲了。老万说完眼睛死盯着儿子。后者非常为难也非常无可奈何地苦着脸。老万又加了一句，我知道我老了，对你来说没有了更好。

万一歪着头愣在那儿，父亲的态度和必须做出的选择显然叫他很为难。他看看父亲看看自己的脚尖，突然跑到了楼顶的另一侧。老万还没反应过来，就看见儿子已经站在了对面和自己成一直线的楼顶边沿。万一说，要不这样吧，这个选择由您来做，如果您还同意我继续干我眼下的事，我就还是您儿子，否则我就从这儿跳下去。说完他看着老万，脸上像抹奶油似的抹上了一薄层得意，不多，也就薄薄的一层，可就这一层已够刺激老万的了。

老万先是吃了一惊，随即他的火就抑制不住地往上蹿。妈的，这就是近两年他和儿子对话的一个缩影。每每两人硬碰硬地发生冲撞，儿子总是胜利者，因为这小子的态度总是更为强硬和无赖，就像这一次，他一口气就跑到了边沿，连一点退路也不留。

好啊！你看着——老万伸出一根手指指着儿子，脚下往后退了一步，楼下传上来一片惊呼，又像是欢呼。他又退了一步。尽管两腿发软，但老万的的确确退了两步，他已经不敢也不能往后看了，他清楚自己正站在六层楼顶的边沿。儿子扑倒在地，嘴中大叫着，好啦，我答应您。

楼下的围观者还没有散去。他们到现在也不知道究竟发生了什么。他们先是看见一向乐呵呵的老万站在六楼顶上，站上去后，他老伴儿就莫名其妙地逃走了，然后他儿子来了，儿子来了后老万仿佛才下决心要跳下来。他们看见干瘦的老万一手叉腰，一条手臂幅度很大地挥舞着，有风吹过的时候，老万的裤管晃动着，他们的心都提到了嗓子眼，他们很紧张，同时又很兴奋。他们庸常的生活中终于出现了一个兴奋点，因为是意外的兴奋所以也就格外地兴奋。他们仰着脖子，等呀等，脖子都酸了，可是突然老万又从那个让人心跳的边沿消失了，不一会儿，他的儿子下来了，问人借了一支笔和一张纸又奔回了楼顶。这父子俩到底在搞什么名堂。

这时有人提醒大家，别忘了万一是个古怪的艺术家，经常要弄出些稀奇古怪的事来。于是有人马上想起来，前不久万一还在广场发过彩色避孕套，他还有幸拿到了一只，挺漂亮的，可惜不能用。

吃饭的时间过了，大家的肚子早就饿了，但是再等等吧，上一次就是急着回家吃饭，错过了疯子惊心动魄的那一跳，实在太可惜了。说起疯子，大家暂时放下了眼前的迷惑，七嘴八舌地争论开了疯子跳楼的原因。

有那么一会儿，老万只觉得脑子里一片空白。他隐约记得刚才自己已经跳了下去，准确地说，是腿一软掉了下去，他异常清晰地听见楼下人群中爆发出一阵更像是欢呼的惊呼。

这时老万发现自己竟然双手撑地跪在地上，他想站起来，但腿上一点力气也没有，是那种过度用力后的虚脱，并且身体发沉，他扭头一看，二十厘米之外就是楼顶的边沿，他手脚并用往前爬了几下，然后一屁股坐在了地上。

现在连老万都好奇，自己怎么会处在这个高度的。他掏出烟盒，抽出一根，叼在嘴上。他看见儿子爬了上来，手中拿着一张纸，他们互相看了一眼，彼此都觉得有点陌生。

万一趴在水箱上，写几个字抬头看一眼老万，大概是吃不准该怎么写才好。老万手里拿着打火机，"吧嗒吧嗒"空打着，这样的结果是他期望看到的，但过程比他想象的要激烈和惊险，他差一点就没了命。假使他真的跳了下去，别人会怎样议论他的死因呢，老万想，大约就像他和邻居们饶有兴趣地猜测疯子的死因一样。

一辆110警车警笛呼啸着停在楼下。万一走到老万这一侧往下看了一眼，嘴里自言自语道，谁他妈多事。没一会儿，一个戴大盖帽的年轻的脑袋出现在老万视线里。小伙子开口就问，谁要自杀？万一一脸纳闷地反问，谁说有人自杀了？紧跟在小伙子后面的一个看起来像是头的家伙口气十分严厉地说，那你们在搞什么，下面围了那么多人。

是这样的，万一一本正经地解释道，我是一个行为艺术家，今天我们在搞一项行为实验，名字叫"围观·致命的高度"，简单地说，就是在民众空间中收集民众视觉经验和情绪反应。好了，现在已经结束了。

没错，老万没听错，他的儿子的确是说他们刚才搞了一场名为"围观·致命的高度"的行为艺术，一不小心，他也成了一个行为艺术家。

一阵睡意从不知什么地方飘了过来。老万打了个哈欠，由于牙疼和心里不干净，他已连着两三个晚上没睡好觉了，他看了一眼重又趴在水箱上写字的儿子，把头靠在屈起的膝盖上，疲倦地闭上了眼睛。

原载《收获》2000年第3期

　　《准备好了吗》写父子之间发生冲突，形成对抗的故事。老万很看重的唯一的儿子擅自放弃了学习了十几年的油画，转而去做行为艺术。两代人之间观念的冲突因此愈演愈烈，父亲认为儿子这是疯子的行为，千方百计想阻止儿子，但一直未能成功。在儿子和几个外国人商量着新一轮的行为艺术，准备互相"换血"的时候，老万再也坐不住了。策划了一场楼顶"自杀"行为逼儿子就范，阻止儿子再一次进行更为疯狂的行为艺术实验。"换血"这一场行为艺术更象征着儿子以他独有的方式消解着父子连接的最关键因子。表面上父亲在这一次"自杀"事件的对抗中占了上风，儿子做出妥协，结果却出乎意料，儿子甚至将整个事件转换为他的另外一场名为"围观·致命的高度"的行为艺术。在父子关系中，父亲已失去权威地位，在两代人之间的对抗中，儿子仍旧是胜利者。儿子已不再是小时候的儿子了，"那会儿父亲是父亲，儿子是儿子，很明白的，儿子听父亲的，天经地义的，而现在的一切都乱了套了"。在这种"乱套"中，原有的秩序被解构，父亲的权威被消解，生存本身又何尝不是一场"看"与"被看"的行为艺术。每一个人既是生存这一行为艺术的剧中人，同时也是看客。也是从这个意义上来说，"准备好了吗"是戴来对新一代人的提问，也是对所有人的诘问。

　　小说营造出强烈的时代更迭、变换的意境，这样的意境通过一系列看似不经意的细节编织而成，这尤其集中体现在作者一次次隐晦地表达父亲正在逐渐衰老这一事实上。小说一开始就写道："这两年，老万明显地感到自己老了。特别是记忆力大不如从前，爱忘事，有时候想着要去拿一样什么东西，等习惯性地把烟点上后，却干开了其他事。"逐渐衰老的父亲，对儿子的震慑力也逐渐丧失。在策划以"自杀"逼儿子就范时，"老万从裤兜里掏出事先预备好的报纸，摊在地上，缓缓地颇为吃力地坐了下来。真的是老了，老万自言自语道"。而在小说的最后，作者又写道："一阵睡意从不知什么地方漂了过来。老万打了个哈欠，由于牙疼和心里不干净，他已连着两三个晚上没睡好觉了，他看了一眼重又趴在水箱上写字的儿子，把头靠在屈起的膝盖上，疲倦地闭上了眼睛。"这些看似平常的生活细节，出现在故事中不同的时间节点，显然具有不同寻常的意味，作者委婉、温和地宣告着父亲日渐丧失权威，老万也曾做过挣扎，但最后也只能无奈妥协。作者将在营造的这种意境中，将人物与生存的荒诞状态呈现出来，形成了象征意蕴丰富的叙事效果。

（朱旭）

瘪沟/

/柏 原

峁是凸起的，而沟是凹陷的。峁和峁挨得太近，沟道就挤得瘪瘪的。沟的夹缝里隐含着无限的诱惑，这正像有些成熟女人胸部那条美不胜言的凹陷。

女人，此时坐在庄子门前，树的浓荫底下，脸面久久地倾向沟槽里的小路。

热天，沟道下面的溪水往往断流，留下的痕迹是一洼又一洼葫芦瓢状的水潭，水色泛黄泛绿，密集的黑色蝌蚪焦灼万状地寻觅什么。幸而，溪流的始点是一眼石泉，它总是能够从地下深处分泌出一绺活水，所以沟坡半腰里才安得住人家。缺雨季节——如今似乎一年四季都缺雨，虽然看不见一条生动活泼的溪流，却依然看得见一条傍水行进的白路。一忽儿看去像条游蛇，寻寻觅觅，鬼鬼祟祟，循山峁的夹缝飘忽而来，又蜿蜒而去；一忽儿看去倒像是打工妹脖颈里戴回的金银项链，又想惹人眼目，又想遮遮掩掩。

无人时候，沟道里没路人，场院里也没了男人的时候，她索性敞开衣襟，让两只异常突现的乳峰袒露在光天化日之下。这样好出汗纳凉，也便于奶娃。娃儿挺淘人，有时偏从背后爬上肩头，两只小手扳住他的宝贝蛋儿，扳得高高的，下巴搁她肩胛上吮吸，要是对面有个摄影师，这镜头可就笑煞人了！

女人敞开的衣襟兜着一掬一掬的空谷来风，抚慰她平日里掩藏极严的肌肤，好觉爽意！到底，人体和大自然才是最亲近无碍的。然而，一阵阵的谷风也挟带着山外世界的嘈杂之音，使她触觉到某种诱惑。她会倏然生出点说不清的伤感，惊讶自己肤色竟是这样白细。那些探亲回来的打工姐打工妹，脸盘子一个比一个抹得白，可是衣衫一解一个比一个黑，不就那回事吗？洋气什么！

女人搂定娃坐着，痴痴迷迷，看白路，企盼什么。她的瞳仁反射出树叶缝隙筛落的阳光斑点，光点聚缩为一个她不曾见识的七彩世界。

终于，远处有个黑点蠕动起来。一下还分辨不出是男是女，是往沟口去的还是向沟垴来的。她下意识往树影深处挪了挪。门前坎畔上长了一溜儿杂树，一坨阴凉下拴着驴，另一坨阴凉下卧条狗。杏子已经红了半边脸，旱桃还是浑身霜毛，而核桃由豌豆大变到鸡蛋大，始终碧绿晶莹。她喜欢坐核桃树下，这片阴影最浓，而且不担心脸上落毛毛虫。

黑点渐渐放大，孵化成一个人，分解为多种色彩。她看得清了，来的是个男人，还有他胯下光华灿烂的坐骑，后面喷射一束旋见旋失的蓝烟，轮下溅起一道细尘。并且，离老远老远的，就向她捧出一张笑脸，特别是他的那双眼睛，摘掉风镜后，照在她身上哪块，她就觉哪块热乎乎的。这只不过是她的想象，男人这会尚在沟道小路上颠荡行驶，离爬上半坡台坪至少一里路。

她知道他姓尤，名字叫什么从没留心问过。听丈夫对他尊敬的称呼，以前叫"尤师"，后来又叫"尤老板"。尤老板发财以前是前塬的泥瓦匠，身世本不咋地，但是人特别有本事。先学会起架盖房，后学会吊装修楼，再后来不给公家干了，自己成立了工程公司，自封经理，如今工程活儿竟然揽到了兰州城里。别的不说，把自己那个家修得跟天恩寺庙堂一般，从城里拉回那么多时髦新奇之物，吃的穿的用的摆的，对，还有狼狗和板凳狗娃，护着他的婆娘、娃娃。丈夫在他手下干过几年搬砖和泥的小工，年头节下请他来家坐坐，喝场酒。自己这男人哎，别说当老板了，打几年小工连师傅都没当上，一丁点本事没的，唉……看得更清楚了，尤老板今天骑一辆红色摩托，记得上回他骑的是蓝颜色嘛，怎么一忽变成了红色？听自己男人说，尤老板如今连小汽车都有了，出门根本不用腿走路。无奈沟里坡陡路窄，只好骑两个轮进来；这两个轮实在也是多余，他到偏僻空寂的瘪沟寻什么呢？瘪沟出产什么好东西吗？

男人果然岔开正路，向她家的半坡台坎爬上来了。女人的脸盘微微一红，眸子打个惊诧的亮闪，把怀里娃放在毡垫上，急急系扣两扇衣襟。系到下面第五颗圆纽，有扣哩没眼了，怎的回事？低头细看，原来是中间一颗错了位。蓦地想到沟里人的一条谜：五个和尚，捉住五个婆娘；婆娘说，你松手吵，和尚说，等天黑了着。这是她男人洞房花烛夜考考她的，她猜几年也没猜破，男人硬不告她谜底。一霎间，女人猛地醒悟，说的原是纽扣和扣眼吵，男人家真坏！

女人已经嗅到一股香皂或雪花膏气息。沟里的空气纯净无染，离着几十步远就闻着了。也许是城里人香味太重，比沟里任何一种野花香草的香味都来得浓郁，叫人闻过一回还想闻。摩托瞪两只巨眼，屁股突突放烟，爬完最后一个"之"字形，到了平处。男人果然笑呵呵儿的。女人拘谨地伫立，一手揽住娃儿，一手尽量抻展衣襟。说，他表叔来了——借怀里娃儿的名义称呼贵客。娃却在她衣襟外面固执地拱顶，生怕陌生人抢走他的宝贝蛋。男人热情洋溢地说，表妹，多久不见，您好哇！女人很不习惯"您好"等文明用语，别扭着说，他表叔好哩么，进窑里坐，歇歇嘛，天大热的。男人具有成功男人那种自信、爽朗，大咧咧地说，不进啦，不进啦，我要赶到瘪沟后村去，跑一项业务，顺便来你家看一眼，就在树影下坐会。你老公，噢，你家掌柜呢？赶集去啦？女人说，嗯啊，他就是闲逛逛，也没啥卖上的。他表叔你坐，树影这块倒也凉快。心里却琢磨，"业务"是什么？看人家说话、做事这气派！男人随便捞过一只矮脚木凳，坐下，嘘着热气，无所顾忌地解开花格衬衫，撑起汗衫领口，用草编凉帽扇风。女人便嗅到一股香气，绝不同于自家男人那种汗味。男人正眼打量，女人便立刻感到身上哪块热乎乎的，笑笑，扭身进窑去了。

女人很快从窑里端一方漆木茶盘出来，盘上放着茶壶、茶杯，腋下夹一只干净点的矮脚木凳，手指间夹一把芭蕉扇。做这些的同时，左手始终揽着一个乱拱乱顶的娃儿。男人心说，这就是乡里人说的"抱娃娃"，好能干的媳妇，只可惜，落在瘪沟半山腰上……女人一杯温茶递过去，男人不客气，仰脖一口饮干，咂着嘴说，山里的水就是好，真正的矿泉水啊！他赞的不是茶叶，男人把空杯递回，女人前倾上身接时，脸哗地一红，她并未触及他的目光，却强烈地觉察到，男人觑着她的哪块，胸脯或者脖颈，具有难以回避的穿透力量。因为怀里娃老是动弹，哺乳期特别饱鼓的乳房不安地颤动。女人掩饰说，他表叔，再喝点。男人笑道，喝好啦，喝好啦。他点着一支烟，坐得稳当点。心中忖度，这个媳妇，生娃倒出息了，红处红白处白，绝无城市小姐涂脂抹粉的假相。女人把自己的木凳挪开一点，斜向而坐，羞涩的样子。

男人抽几口烟，说，小姐，噢，表妹，你这儿山高沟深，挑担水上来真不容易，喝了你的茶，应该付钱的。兰州市一瓶酸叽叽甜囊囊的汽水要卖七八毛钱呢。女人说，哪的话，你小看我们穷人家了，一碗凉水总是有的。男人真的伸手在随身带的皮包里去掏钱，女人急了，叫道，他表叔，你看你可笑的！他表叔摸出一大把金纸银纸疙瘩，这不叫人民币，而是夹心糖果，混杂巧克力一类。说，给！女人慌乱推辞，用一只手抵挡。男人触到她的手，虽不细腻柔绵，却有异样的感觉。想着，这双手要是天天搽增白霜搓洗面奶的话，不知好到哪里去了。女人说，我不吃糖，一吃糖倒牙。男人说，这是哄娃娃的，你以为我装几颗洋糖哄你呀？你也小瞧我啦。

推来揉去，两人不再那么客气。女人以女人家的敏感注意到，刚拉开链的黑皮包里露出花布的一个角，不晓得大地方卖的花布是啥样，一定非常稀罕。忍不住问，给你媳妇，噢，你太太扯了件衣裳啊？每当她男人出沟赶集回来，她总是幻想着出现这样一个令人惊喜的镜头，然而极少真的发生。她男人从来不懂得揣摸女人的心思。男人未做解释，挺随便地扯出那块布料，好长好长，好漂亮好漂亮噢——水绿底色，米黄的花，还点缀着银红、玉紫的碎点和线段。抖了抖，整座山沟整个世界立即显得五彩缤纷。女人揉着自己的手指，羞于伸手去抚摸，这和她身上的衣料好坏太悬殊了。只是问，给你媳妇做什么？做裙子呀？男人仍不正面作答，说，你瞧这种花子，年轻媳妇穿可好？女人再也掩饰不住羡慕，轻轻捞过花布一端，久久端详，说，布怎么会发光呢？滑得跟绸子似的。男人说，织得比纯丝绸还细，过水不打皱不起毛，来，你披肩上我瞧一眼。女人吓一跳缩回手去，说，叫我试？快算了，我哪有福气穿这么高级的料子？等下辈子吧。男人朗声笑道，你穿上它它才像块料子，要让我那位穿，怕是糟蹋行情呢。女人扭过脸去，看坎畔下的烤烟田，零星分布的花絮悠然绽放，跟这女人的脸的羞色一般，红红白白。

男人叠起花布，不再装回去，毫不经意地搁茶盘里。

女人一时不知说什么好。

短暂的寂静。

沟道里愈显静谧。沟底下传来蝉的嘶鸣，叫声干巴巴的，单调乏味，失去了风调雨顺时节那种此和彼应的喧闹气氛。不过，由蝉声回应可以探听出沟谷的深邃；从沟的这扇斜坡七扭八拐转下去，再从那面斜坡盘上去，十好几里的曲折山路。爬上那面坡就到塬的平处了，顺塬走十几里，到达平高镇。平高镇可以乘长途汽车，长途车坐到平凉市，可以换乘火车，火车据说开到广州、深圳去了……

女人回味出一点意思了。听自己男人说过，尤老板的婆娘一连生了三个女子，硬是生不出儿，只好扎了。自己男人说这话时，颇带些幸灾乐祸的口吻。女人便试探问一句，他表叔，听说你媳妇叫扎住了，真扎了假扎了？男人的脸色黯淡下去，喃喃道，扎就扎住了嘛，还分什么真假？女人笑道，有钱人给医生塞一沓沓票子，医生事先预备一截鸡娃肠子，割开又缝上，把鸡娃肠子让计划生育干部看一眼，就混过去了。男人苦笑着摇晃脑袋。女人有了点精神优越感，往起掂一掂怀里的胖儿子，逗他说，唉个啥？想儿子啊？男人直视着她说，想，睡梦里都在想。女人说，想成那样了，就去抱养一个，有钱还愁抱不上一个？男人说，哪有？女人说，我可听说了，现在城里没过门的大女子，能养娃，娃多的是！男人睁大眼睛，说，抱一个？这主意不错。女人抿住唇笑。男人情不自抑站起来，说，那我说句真话，你晓得这沟沟里谁家有？女人谨慎起来，说，这事你要去偷偷寻访。男人灼灼地盯她一会，突然笑道，我寻来访去，发现你怀里就有一个！女人故意打岔说，你今天敢情是跑这项"业务"来了？男人近前一步说，我认准这个儿子了，长得这么心疼的！女人逗笑说，给，你看准了就抱去。男人接过娃儿，说，那我真抱上走呀。女人强作无所谓，说，我也不想再让他拖累我了，进城打工的年轻媳妇子，娃吃奶哩就丢下走了，把肚子勒得紧紧的，见人就说连对象都没找哩，老板一听就收下了。男人说，那些老板长的是猪头。女人说，我要是一身轻的话，我也到城里打工去呀，瘪沟有本事的女人都跑外面逛世界去了，吃得好穿得好，我在这深山旮旯里窝一辈子，不冤吗他表叔！男人听着也伤感叹息，唉——我的儿啊。他在娃儿粉嫩的脸蛋上亲了一口，娃被胡楂扎疼了，扑棱着粉红的肉腿儿呜哇啼哭。男人于是把娃儿交回女人怀抱，笑说，我真敢抱走啊？你老公还不和我拼老命。我出一万块钱，他肯不肯？女人眼里闪射几星火花，笑说，呷呷，一万！八千块成不成？男人说，说好喽，下回进沟办业务，我就把八千块钱捎上。女人出嫁时，因为长得俏丽，"彩礼"要了八千块，所以她牢牢记住了这个大数。

两人突然没的话说。

好一阵哑静。

庄子右面是块菜地，两只蝴蝶缠缠绕绕，在金针花的梢尖上团团飞舞。丛栽的金针兼有篱墙的作用，篱笆外面，几只鸡旁若无人地进行它们的活动。一只公鸡，爪子刨几下草皮，发现一只虫或一颗草籽，假意啄啄，昂起大红冠子，非常夸张地咕咕着，好像它有什么重大发现。于是一只母鸡慌忙蹿将过去，脖子一伸啄了去。母鸡显出一副六神无主的样子。而公鸡渐渐显出一副无赖相，活像喂酒糟给喂多了，走动时东倒西歪的，一面翅膀垂到地面，绕着母鸡趔趄倒脚……

女人喔唏一声，鸡跑散了。

女人说，他表叔，你再喝呀，天怪热的。男人说，我就走，还得赶路哩。他脸膛上沁出粒粒汗珠，他忘了摇芭蕉扇。男人续上一支烟，竭力恢复爽朗、大度、自信的一贯神态。他直视着女人泛红泛白的脸庞和脖颈，发现她坐得也挺累，鼻窦两面有一层细细的汗星儿；他注意到她时而不安，瞭一眼沟道白路的尽头，她的赶集的男人应该返回了吧？

男人终于表现出一个老板的决断个性。他猛吸一口烟，说，哎，她表婶——他开始以女儿的名义称呼。女人被刺疼似的扭过脸来，说，你想说啥？男人咬咬牙帮子，说，求您帮我打听件事儿。女人警惕地问，打听谁家的事？男人说，打听一下……谁家年轻媳妇没结扎过的……愿意怀孩子。女人说，你这话我听不懂，谁家媳妇不愿怀孩子，人家娶她干啥？男人此时已彻底摆脱难堪，说，别装糊涂，她怀他男人的孩子，关我什么事？我问谁家媳妇愿意怀一个别人的孩子。女人此时敢于审视老板了，说，噢，是这话呀？不用打听，瘿沟前村有个叫秀梅的媳妇，姓啥我不说了，她就给一个干公家事的干部承揽过这桩活儿。人家秀梅，膘肥体壮，身体支得住。今年也就是二十三四吧，那干部传说五十好几哩，当爸还嫌老。男人说，你说的这事我知道，她那样的不成，别说八千，八百块钱我也不肯出，我要找个长得靓的，人聪明的，就像你这样的。女人揶揄道，你条件还高得很！男人说，条件高价钱也就高，这叫市场规律嘛。女人开始当真了，说，要是生出来一朵"花"，可咋办呢？男人郑重其事说，辛苦费照出不误，娃可以留给她，她愿意的话，再种一朵试看。女人脸颊上的烤烟花晕红消退下去，冷静地说，生个女子出来，你溜了，人家拿那点辛苦费交超生罚款吗？男人说，罚款另付，而且我还能预付定金。女人说，什么是"定金"？

男人变戏法似的，从衣兜里扯出一条金灿灿的玩意，在女人眼前晃动。女人眼瞳霎间焕发异彩，问，这是什么宝贝？其实她认得它。男人炫耀说，金项链！你见过吗？女人越来越变得自持起来，说，没吃过猪肉，还能没听过猪哼哼！打工的回来脖子里都拴这么一条子。男人说，你见的那是镀金的，K金的，便宜。我这是纯金的，24K，这细的一条子价值千元哩。女人歪过脸故意不瞧，说，谁爱戴你就给她戴上。男人说，你戴上我瞧瞧。女人撇撇嘴，我才不戴哩。男人说，我就是给你买的，你不戴我就扔了。女人说，你爱扔就扔。男人手一扬，一道金光往沟道飞下去。女人本能地发出惊呼，哟，你真敢扔啊？

男人挪动小木凳坐近她，展开手，手心里那条金灿灿的玩意还在。女人重又板起面孔。男人以蛮横的口气说，你一定要戴上它！女人说，我长这么大，从没接过生人的礼物！但她没有向后退却，也没发怒。男人两臂张开，圈到她脑后。她立即嗅到更为浓烈的香气，头有点晕乎乎。男人把女人往自己怀里一捞，连女人带儿子贴在胸前，仔细地给她戴项链，系好后面的扣。然后两手搭她肩上，推开点，欣赏着她脖颈里一个金环。吃奶娃瞪着惊恐的眼睛，不明白这世界在发生什么变化。男人陶醉般地说，好看好看，要是换一条珍珠项链，你就显得更白了！女人用手狠劲一揪，说，不好，什么稀罕东西，拴狗的链子！男人感觉到了她的娇嗔，一下失控，一只大手从她衣衫领口插下去，停留在两座妙不可言的山峁之间。女人脸色发白，喘着气说，你这人不正经，我把你当个大人物待了。男人生硬地说，你给我生个儿，你会生儿，白白胖胖的，别人生的我不乐意要。女人说，想得美！我才不给你生哩，你这人不够份！男人发狠似的攥住一只乳房，女人惊叫道，哟，他表叔，娃的奶叫你弄惊了！

女人挣脱，侧转身，慌忙解开几只纽扣，右面乳房的奶液像水枪一般从几个孔隙中射出白线。她塞进娃的嘴，娃呛了一口，奶全吐出来，她便用乳穗对准娃的脸冲洗。此地俗谚曰：山高水远，唾沫洗脸。这少妇，却是经常用惊奶为娃儿洗脸。男人看得惊心动魄，直着眼说，城里女人的奶头都变成假的了，你这样的媳妇哪找去？你给我生个儿，要多少钱给多少钱！女人忽生怒色，说，我不稀罕你的钱！男人声音里有了哀求的成分，说，那你想要什么？她表婶，你直说，你究竟想要什么？

实在的，女人自己想不清楚，她想要什么，什么东西对她才是最宝贵的。她只是脸孔平平板板，已经没了一点烤烟花骨朵的韵致，更不要说像坎畔上山丹丹那样的羞色了。她失神地望着沟道小路，那小路，既不像游蛇，也不像金银项链，恰似她的空落落的心思。沟道小路上终于出现了一个黑点，蠕动起来。男人恢复了老板的庄重和坦然，站起身，用脚拨起摩托车车撑。说，她表婶，耽误您好一会啦，我走啦，还得去瘿沟后村办点业务。女人倏忽觉得自己的冷脸过于失礼，说，他表叔，再喝点，走路上口渴……男人意味深长地一笑，说，留着，下回来再喝。女人没说什么话。

摩托车突突震响，后面放一股烟，两只轮子转起来，很快变成两个银色的光环。

女人进窑一趟，盘里的花布和脖里的项链消失了，仍是她往日的样子。她重新坐矮脚木凳上，望着沟道，痴痴地，久久地。

另一个男人爬上坎畔，肩上搭个褡裢。她无须打量，几百步外已听出熟稔的脚步。他远远就野着嗓门喊叫，热死啦！渴死啦！日他姐！女人把那"拴狗链子"攥在掌心，迎前一步，满怀希望地问，你褡裢里提的啥？她期待他像小孩做游戏似的扯出一条花布，即便没那么长没那样的闪光也好哟……可是终于没有出现。她不甘心似的问，你今天卖了好几斤甘草哩，没给……给娃买点啥啥？男人叹息说，山货越来越不值钱啦，跑了十几处收购点，拢共弄回来三十来块钱，日他姐！咦，走时你没叮咛买啥啊，买啥？女人凄然一笑。

男人发现了摆放整齐的茶盘、木凳，欣喜道，你这是预备迎接谁哩？女人反问，还能迎接谁？男人哑着嘴说，真是我的好媳妇，你想要点什么？下趟赶集再办。女人含混应道，嗯啊。男人坐下，捞住一只茶杯就要喝，女人打个激灵，慌乱道，娃他大，不要拿这只，这只脏了！男人说，你喝剩下的脏什么？也不作细辨，仰起脸连灌几杯，然后用手背揩揩嘴唇。女人偷眼瞧着丈夫的渴相，眼里禁不住涌出两绺清泪。男人扇几下凉，才发现媳妇今天神情异样，好像眼泪巴巴的。问，你今天怎么啦？女人揉着眼窝，强作笑容，说，没什么，这是汗蜇的。

两口子好一阵都不说话。

莫名其妙的寂静。

瘪沟的日月好冷清，好悠长。

原载《飞天》2000年第3期

点评

　　小说中故事发生的背景时间看似被作者悬置，但在细枝末节处还是透露了隐秘，比如"那些探亲回来的打工姐打工妹，脸盘子一个比一个抹得白，可是衣衫一解一个比一个黑，不就那回事吗？洋气什么！"比如"先学会起架盖房，后学会吊装修楼，再后来不给公家干了，自己成立了工程公司，自封经理，如今工程活儿竟然揽到了兰州城里"。还有"尤老板今天骑一辆红色摩托，记得上回他骑的是蓝颜色嘛，怎么一忽变成了红色？听自己男人说，尤老板如今连小汽车都有了，出门根本不用腿走路"。这些看似漫不经心的叙述，其实在透露着时代的某些内涵。也就在这样的背景中，后面展开的故事显得既合乎情理又十分熨帖。小说中的女人身处穷山僻壤的瘪沟，渴慕着城市五光十色的生活，尤老板又不断挑逗，尤其"借腹生子"的计划被尤老板挑明后，情、欲、理三者在瘪沟女人的内心开始进行激烈的交锋。这个可以获得丰厚报酬的诱惑摆在她的面前，尽管内心十分矛盾，但瘪沟女人还是选择了拒绝，坚守住自己的限度。从她几次望向自己男人回来时会经过的路，将她这种无声的拒绝呈现得生动又惆怅。

　　身体叙事是20世纪八九十年代以来，作家们用来表现时代金钱、物质至上的重要手段，这篇小说也有明显的身体书写。但作者并非窥私或者消费女性的身体，而将重点放在了阐释在现代经济大潮的冲击下，农村女性身体叙事和道德危机叙事的复杂关系。小说的一开篇就这样写道："沟的夹缝里隐含着无限的诱惑，这正像有些成熟女人胸部那条美不胜言的凹陷。"将对瘿沟的描述与女性的身体连接起来，构成隐喻。接着在尤老板出现在瘿沟女人视线中之前，作者又花费大量篇幅写到女人独自在家时索性敞开衣襟，对瘿沟女人暴露在外的胸部做细致的描绘，但这样的叙述让人感受到的是生命的力与美，是生命的哺育，并不是以游戏的态度进行玩味。这也在于作者的创作立场是客观冷静而坦荡的，将叙述的重点放置于对瘿沟女人的描绘和她与尤老板之间的交锋，再别无蔓枝。这样聚焦于身体道德的单线结构，更能集中观照女性身体叙事与道德伦理之间的关系。

（朱旭）

旱 年/

/石舒清

晒在院子里的粉面在阳光下白得发青。萨利哈婆姨喜欢蹲在旁边用手指捻粉面，那种捻粉面的手感真好。不能不说粉面子是一种奇妙的东西，柔柔的，又硬铮铮的。让你知道这才叫柔中带刚，刚里有柔。每捏扁一担粉面，萨利哈婆姨心里都会荡起一种奇异的愉悦，甚至会勾起她一种很隐秘的感受，使她心荡荡地脸红。拿开手指，捏扁的粉面上就落下显显的指印，这边有，那边也有，这边是一个簸箕，那边是一个笸箩，那么逼真，日头闹哄哄地晒着她的屁股，她似乎并不觉得。

院子大得像一个世界。有时候神思恍惚起来，就觉得由屋子里走到大门口，那段亮亮的路得走上一年。麻雀在瘦高的杨树枝梢上站着。树梢那么纤弱，它站在上面，就把树梢压弯，这使它显得有些危险。它含混地叫着，随着在风里摇动的树梢摆来摆去。

亮亮的阳光和重重的墙影无时无刻不在相互置换，但它们将这非同小可的置换处理得那么悄然，一丝声音也不发出。

在这大而静寂的院子里，萨利哈婆姨就常常落得有些忘我。常常麻雀们吵沸了院子里的某个角落，但她像是并没有听见。

那个在门侧的乞丐就已经站了好一会儿了，并且也喊了好几声，总不见萨利哈婆姨回头。乞丐就举头向这个大院的方方面面、角角落落看一看，又轻轻向前走数步，在一个自以为适当的位置停住，故意地咳嗽了两声。

这一次萨利哈婆姨听到了。她回过汗津津红通通的脸，见一个妇人有些小心地立在院子里，她的面袋子落在地上，她已经讨了少半袋面了。她用拿棍子的手背擦眼睛，一定是汗水流到眼睛里了。那妇人似乎还穿着棉袄，使萨利哈婆姨一下子燥热起来，似乎那棉袄穿在了自己的身上。

她把手上的粉面拍掉，向屋里去。

屋子里凉得使人如置深水。座钟"当"地敲一下，尾声也化为丝丝凉意散开来。萨利哈婆姨打开一只木盒子取钱。这时候"哐"的一声响，原来是老狗从后面的院子里闻讯出来了。萨利哈婆姨赶到屋门口，见老狗已像一团脏毛一样竭尽所能地向那妇人跑去了，它蹒跚地跑，一边用老得发浑的声音叫着。那妇人显得很镇定，只是把棍子防御地指向前面。

萨利哈婆姨知道老狗绝不会干出什么了不起的事，它能自己凑合活着就不错了。但她还是呵斥了它一声，然后又回去拿钱。屋里的清凉使脸上的汗渗回去，脸上硬硬的不舒服。一只蜜蜂在空阔的屋子里飞来飞去，飞近飞远，那种临近和远逝的声音使萨利哈婆姨心里生出宗教的意味。

萨利哈在格尔木跑运输。

在这一带，萨利哈无疑算是有本事的人，置下这么大的院子，盖下这么漂亮的房，后院里栽下那么多果树。把两个娃娃也送到城里最好的学校读书了。这实在不是人人都能做得到的。

她心里很满足。

虽说很多时候家里只有她一个人，这么大的院子，这么静，不能说不古。一些女人也常常在眉眼里带一些风骚问她，你古不古啊，你古不古啊？这里人都说古，大概是冷清的意思。不能说不古，她就笑着。有女人就说，要是我，都古成个毛野人了。赶紧把萨利哈叫回来，一个人一辈子能活几天？但她觉得古也是古惯了。渐渐地不再去串门子，也很少有女人来她家。虽说在一个村子里住着，她常常想一些姐妹就觉得是在远得不能再远的地方，下死劲想某一个人的脸，刚要想清，"哗"一声，像石子倒入水里，一张将要看清的脸又水一样哗哗哗地散开了。不过许多的鸟儿却飞到这静寂的大院里来了，最多的自然是麻雀，还有燕子、布谷鸟、喜鹊，还有叫不上名字却十分美丽的鸟，还有各种各样的飞虫。其实细细看，这院子里的生命还是很多的。渐渐地不但不觉得寂寞，反而有一种别样的充实。

萨利哈在外面胡搞的事也并不是没有听说。曾花了很多时间专心地来想这件事，想得心口痛。下了决心，劝萨利哈不要再跑车了，跑也可以到近处跑，为什么偏偏到那么远去跑车呢？

萨利哈说，这事跟你说不清楚，就是给你说上十天半月也还是说不清楚。说不清楚还不如不说。可是，车还是得到远处跑。

我知道你把心跑野了。她说。

萨利哈拍拍她的脸，笑着说，我的傻瓜婆姨，男人就是要野嘛，我不野咱们能有这些？他举起胳膊，向着四围泛泛地划了一划。萨利哈显然有些得意，脚尖儿点着地，腿抖得哗哗哗的。

她突然急促地说，你在外头干的那些日鬼事我一概知道，你当我不知道。

萨利哈做出一个吃惊的嘴脸，说真的吗？你知道我咋不知道。

她趁着眼里涌出泪花的时候笑一笑。

你要去就去吧，你铁心要走，谁拦也是拦不住的，我还盼着你走得更远些呢。

萨利哈伸出手来，在她脸上拍一拍，故作生气地说，这么个老婆。

这一拍，她眼里的泪水就流下来。

反正你自个看着办吧，你躲得那么远，我就是想给你操个心也操不上，你也不稀罕我的操心，你也不是三岁两岁的娃娃，想糟蹋你自个了就糟蹋去吧。

她流着眼泪说这些话，心里奇怪地觉得，站在自己面前的这个人，现在她竟不能说清他与自己究竟是什么关系，流不少眼泪后，她心里就有些虚茫。

嗨，本来就是个丑婆姨，还敢嚎，一嚎就纯粹不能看了嘛，来来来，让哥给你收拾收拾。萨利哈说着掏出一块白手绢，擦她的眼泪。手绢上有一种若存若亡的香味。

他的手绢和手绢上的香味使她心烦神乱。萨利哈擦了她的泪水，扬着手绢说，你看你看，你的这点眼泪，我还得把它带到格尔木去。

这是一句玩笑话，萨利哈也用玩笑的口气说着。但她却没有笑。

萨利哈看着她，就严肃了，说，哪一年都可以不出去，今年非出去不可，今年这么早，干蹲着咋得活？吸风巴屁吗？

是啊，今年是个大灾年，门口要乜贴的确实是越来越多了啊。

你的主意是你拿，又不是我拿，我就是说说嘛。她说着，莫名地有些辛酸与茫然。

倒有了一种怪心思，他不是非走不可吗？那么就快些走吧，走得越早越好，越快越好。

我看你是盼着我走呢。萨利哈笑着说，但显然他的笑里有着难以掩饰的失落。

她被说中了心思而不知说什么好。

萨利哈走时，她求他给她换一百块零钱。都换成一角二角的，都换成新新的，要乜贴的来了她好散给他们。说不清为什么，她强烈要求自己散给那些人的钱都是新新的。那些年她准备了许多五分钱的硬币。一枚枚新得能当镜子。但现在不行了，现在钱不值钱了，不能再拿五分钱给人散了。

萨利哈对她的这个要求很满意。他果然拎了一包崭崭新新的零钱给她。

好好散好好散，不要惜钱，没了我再给，你在这边散一二角钱，我在外头就少一个灾池。

萨利哈说这话时收敛了他一贯的油皮滑脸。

这话像种子一样深深落入她的心里，每每散乜贴时，她都不由得这样举念。

院子这么大，几乎能看到天边。

老狗后跌着脏巴巴的屁股，在距棍子一米近的地方咳嗽似的咬着。看样子它只是在咬那根棍子。

狗！萨利哈婆姨在后面喝一声。

这一声喊不但没有让老狗退却，反使它精神大振，猛地一个前扑，就把棍头儿咬在嘴里。它完全像是咬倒了一只兔子似的激动，任女主人在身边呵斥，它就是不松口，它的涎水一滴一滴掉到地上，喉咙深处也咕哩咕噜地响，显然它还在讲什么，一边在百忙中还斜着眼看身边的女主人的脚。

那女人的脸像粗面馍馍一样镇定，从她脸上看，她没有害怕，反而有一些对这老狗怜悯。她像病中的人那样无可奈何地对萨利哈婆姨笑笑，萨利哈婆姨摇摇头，也笑一笑。她看到那女人一笑时门牙上有一些黄锈，便知道她是在山以南的人，那里的水质就是这样，喝了那水，牙就会黄的。渐渐大家都认识到，那些牙上有黄锈的人要比他们这些白牙的人普遍穷一些，但要比他们厚诚老实。

就在她们互相给对方笑着的时候，发生了一件事情，老狗趁着她们的疏忽，嘴上一加力，就把棍子叼去了。它获了至宝一样回头就跑，棍子的另一头儿拖在地上，嗒嗒嗒响，使它跑起来很不方便。

望着它瘦得不堪入目的屁股摇过来摇过去地跑，你只能气也不是，笑也不是。

萨利哈婆姨大声喊着，咒骂着，老狗就停下来，把棍子扔在地上，但它很快就从棍子中间咬了，一步一步缓缓走入那个圆门洞，走入后面的果园里去了。

你看你看。萨利哈婆姨不好意思地说。

那女人宽容地笑着，连说不要紧不要紧。

萨利哈婆姨就把崭新得不打一点弯的两角钱递给那女人，说，你稍等一下，我给你取棍子去。

新钱使女人有些喜悦和感激，她念了该念的，就把钱接过去，却不一下子装入口袋里去。

你稍等等，我给你拿去。

给你添麻烦了。

你稍等等，我就来。

萨利哈婆姨匆匆向门洞走去。扫净的院子在阳光下那么亮，倒使她眼睛深处有些发黑。隐约听见有鸟在高处叫着，像微风吹开在河面上细小的波纹。院子太大了啊，人在里面或走或立都有一种眩晕感，萨利哈婆姨走过晒粉面的地方时觉得眼角处轻轻撞进来一个什么，正眼一看，果然有几只麻雀在粉面上跳来跳去，要是它们不跳呀跳，不叽叽叫叫，在亮亮的阳光和粉面之间，便不易看到它们。她把手一挥，麻雀就呼地飞起来落在屋檐上。它们呼地飞起来的声音在萨利哈婆姨心里投下一片厚厚的阴凉。萨利哈婆姨听到它们蹲在屋檐上激烈地骂她，她又挥了一下手，麻雀们骂她的声音就一下子飘向远处虚茫的地方。

果园里静静的。

又总是能听到一种祥和而丰厚的声音，说不清这究竟是谁的声音。有风的声音，不全是；有树叶的声音，不全是；有蜜蜂的声音，不全是；有蚂蚱的声音，不全是。谁也说不清这丰厚的声音究竟由多少零碎的声音组成，谁也说不清这么多声音汇合一处为什么一点也不显嘈杂，反而使人静谧，使人深沉，使人喜悦地融化在里面。

平时，萨利哈婆姨很喜欢到这果园里来。看一片叶子与另一片叶子是否一样，看一只果子躲在几片叶子后面。说来还得说萨利哈的好，今年这么旱，但他还是一汽车一汽车从县上高价买来水浇果园。

不然哪里会有这样一个蓬蓬勃勃生气旺盛的果园呢。

老实说，到这果园里来，搬一只小凳子长久地坐着，萨利哈婆姨渐渐就觉得自己像是怀孕了。

这中间的许多感受和想法她觉得确实是难与外人道的。

她从来没有像今儿这样仅只为找一根棍子到果园里来，她到果园来的想法从来没有这样明确这样单一过。

老狗藏到哪里去了呢？

找了半天才发现它。原来是隐到一棵桃树下面了，桃树冠很大，枝枝叶叶快要垂到地上。老狗顶开枝叶钻入去，傍铁硬的树干躺着，棍子就在爪子前面。萨利哈婆姨从枝叶下爬进去，拿到棍子，作势要打狗，老狗吓得颤着眼帘不断地要把眼睛闭上。果园里蝴蝶真多，连灰沓沓的老狗身上，也有蝴蝶颤巍巍地飞过去飞过来。

那女人在门的一侧依旧小心地站着，不时看一看大门外的远处。她一定等急了。这老畜生干的这事。萨利哈婆姨有些内疚，忙小跑一样向她走去。

不着急不着急。那女人忙说。

人家在树底下藏着，险忽儿找不到了。萨利哈婆姨说。

把棍子给女人时，萨利哈婆姨突然觉得有些尴尬，她想自己应该轻描淡写地放在靠近女人的墙边，让她一边跟她说话，一边顺手就拿起来。但手已经伸出去了，她只好红着脸，那女人把棍子接了过去。

这瞬间所生的尴尬她们似乎都未曾料及。

老姐姐，缓一缓了再走吧。萨利哈婆姨试图打破尴尬，这样说。

不了。女人说着将袋子拾了起来。袋子里那点面女人一只手就可拎起来。萨利哈婆姨想，要是袋子满了，她怎么拿得动呢？

那女人向萨利哈婆姨告了别，就走了。萨利哈婆姨站在门口看她走出巷子，觉得她穿得太厚了，这么热，穿得还像冬天一样。她想她可能是没有另外的衣裳，因此推想到她的丈夫肯定是个日鬼人，要是她有萨利哈这么个丈夫，还会穿着老棉袄顶着毒日头在旁人的门拐拐里站吗？

你要知足呢。萨利哈婆姨听到有个声音这么说。

没想到那女人又转了回来，她面孔通红，站在萨利哈婆姨面前，局促得说不出话来。

女人紧紧闭一闭嘴唇。突然说，老妹子，家里就你一个人吗？

萨利哈婆姨不回答，惑然地看着她。

女人仰脸望一望日头，这时候就更为清晰地看到她的双唇干燥得快要破了。

要是就你一个，我想在你这搭洗一个，把撇申①做了。

红着脸说了这话，那女人如释重负。

在萨利哈家做过礼拜的女人已经有好几个了。她们都要比今儿来的这个女人年长一些。常常，讨过乜贴后，如果正值晌礼或晡礼的时节，她们就会望一望日头的所在，然后有些赧颜地向萨利哈婆姨提出想洗一洗想礼拜的要求。

萨利哈婆姨还不会礼拜。

但她绝不会拒绝她们的要求，因为这一要求，乞讨为生的老女人在她心里遽然有了一种别样的分量。她会像一个为秀才研墨的书僮那样变得殷勤起来。她在汤瓶②里倒上开水，再兑以凉水，用指尖儿试试是否烫手。在老女人隐在门后面洗阿布代斯③的时候，她就从柜里拿出拜毡铺在炕上，上面还放有夜里发光的念珠。虽然还不会做礼拜，但这些礼拜用的东西她早就准备妥当了。

帮人做这些事情时，的确，她的心里是异样的，似乎心里有了小小的一个渗渗泉，清凉的泉水花儿吐蕾一样往上轻轻涌动。

当老女人在炕上礼拜时，她就在沙发上坐着看她的背影，看着她跪下去，头叩在两手之间，看她脚形的变化。她的袜子大都破了，露出她奔波四方的脚来。萨利哈婆姨看着这脚觉得很心疼，很感动。一次一个老得弯了双腿的女人礼晌礼时，坐在沙发上的萨利哈婆姨骤然泪流满面。她看到老人的双腿弯得那样厉害，从她的两腿间看过去，能看到对面的一大块墙，她的腿僵硬了，跪下去站起来都像是自己在对自己用刑。萨利哈婆姨当时有莫名的伤感和冲动，对老人在自己家里做礼拜有一种深深的感激。但直到老人拄了一根弯弯的棍子蹒跚着走了，她才想到应该把口袋里的十块钱舍散给老人。她恼恨自己当时只顾感动，没想起来。忙忙跑出门去找老人，但老人已不知哪里去了。回来后，望着炕上的拜毡和老人刚刚用过的赞珠，她心里空落落的。拜毡和赞珠上似乎有着某种邈远的余响。萨利哈婆姨心里的惭悔真是不能言说，她想那么老迈的一个人，用那样一对弯得令人震惊的腿走到自己门上，她只用两角钱就把老人打发到茫茫世界里去了。

萨利哈婆姨抚摸着拜毡和赞珠哭了一场。那十块做了举念的钱没散出去，在身上就如同一个符咒一样令她不安，她一刻不停地到小卖部买了火柴、香，把十块钱都花尽，把火柴和香送到村里的拱北上，心里才略宁静了一些。

以后凡是在家里做了礼拜的女人，她都要想方设法多舍散一点什么给她们。

自从萨利哈家里的光阴一天比一天好起来后，村里人就奇怪地和她家疏远了。萨利哈常年不在家，村里的男人就几乎不来她家，女人也很少来。萨利哈婆姨知道这是女人们自尊，要是谁家的光阴比自家好，她也是不会到那家去的。

来得频繁的倒是那些乞丐了。

由于见多了乞丐，萨利哈婆姨反而有了一个奇怪的想法，觉得人还是变为乞丐好（当然她没有把自己算在里面），她发现乞丐们（尤其是她这一方土地上的乞丐）是人里面一个奇特的群落，他们身上都有一种共同的东西，比如虔诚、小心、忍耐、礼节周全、推心置腹、对小收获的珍惜和喜悦。平常人脸上往往有着一种恍惚、游离、忘却的神情，乞丐们很少有，乞丐们脸上总是有一种很真切很令人心动的东西。似乎把一层多余的什么从他们脸上剥去了，而且与衣食无忧的人相比，他们的眼睛看上去要更深一些，似乎他们所看到的要远远多于我们。

实际上这里根本就没有"乞丐"这种叫法。

这里把这种人叫要乜贴的。乜贴是一种宗教性的说法，里面含有把你多余的东西还我一些的意思。

说来难以置信，虽说心里有矛盾，但萨利哈婆姨对要乜贴的人有着一种连她自己也颇惑然的依恋，落难不幸的他们往往在她心里会唤起一种很洁净很神圣的东西，她隐隐觉得他们是她远方的亲人，尤其是那些背着抱着吃奶婴儿的女人。

看见要乜贴的人悄无声息地由门里进来，然后在门角里那样肃然而歉然地一立，再不往前走，更不会到屋里来，她心里就有一种很痛楚的滋味，也有一种难以言述的感动。

几乎每一个悄然立在门角落里的人都很容易给萨利哈婆姨留下深深的印象，这大概是因为他们都受了特殊命运的缘故。

萨利哈婆姨还记得一对看不出年龄的两口子带与她的震撼。女人的两只眼睛像是被饿疯了的老鸹叼去了，连眼帘也深深塌陷了进去，那深陷进去的眼帘还一动一动，还动什么呢？丈夫长着两条怪异的腿，自膝盖以下的小腿骤然地细了起来，而且枯树根似的拐了几个弯儿。

萨利哈婆姨大吃一惊。

她说不清他们俩如何成了这样，说不清这样的两个人是如何地走到了一起。而且这样的两个人立在门口使她觉到异样的神秘和惊惧。要是深夜时分有这样两个人要乜贴到自己的门上，她一定是要战栗着跪在他们面前的，她会求他们放过她、饶恕她。

看看，多么不同于人们的两个面孔，像奇特的果子结在不可言说的树上。

一般情况下，如果一家人来要乜贴，只当作一个人舍散，似乎是一项约定俗成。但萨利哈婆姨那天没有这样，她给了丈夫一份，女人一份，女人的背后还背着一个娃娃，她轻轻揭开小被子，见小娃娃出月子不久，眉毛尚未长出来，只有着一个痕迹，脸嫩得小风都能吹破。在母亲的背子里婴儿睡得很熟，奶嘴儿快要从口里掉出来。萨利哈婆姨轻轻把奶嘴儿往他嘴里塞塞，把他的一份乜贴念着比斯米拉④放在他的胸前，轻轻再盖上小被子。

萨利哈婆姨多么害怕听到他们的道谢啊。好在他只是向她笑笑，那盲女人的脸总是始终如一的神情。萨利哈婆姨觉得欣慰。当看到丈夫用那样的腿在前面走，背着他们骨肉的女人握着丈夫探向后面的棍头儿一步一步走远了时，萨利哈婆姨捂住脸，泪水从指缝里流出来。

这也是两口子，他们也要度过一生，皇上两口子也要度过他们的一生，这一生和一生之间究竟有多大的不同？

萨利哈婆姨还记得一个背娃娃的高个子女人，这女人个头实在是高，但她常常用黑盖头严严地罩着她的脸。由于她是一个蒙面的人，留给人的印象就愈来愈深奥，萨利哈婆姨记得她来过十余次，每次都把脸遮得严实，连她的眼睛也像是躲在幽暗的树丛后面看人。萨利哈婆姨觉得这人身上有一种对自己的排斥，她也不大愿意接近她。要乜贴的人里，这人是一个例外。她走进屋里来常常是一言不发，用棍子打着地使人知道。而且她是下得了手打老狗的，老狗也认下了她，对她有了仇恨，她每次来老狗都要费心劳神地咬她，终是被她的棍子打怕了，老狗一般是站在半院，依然煞有介事地后塌着屁股，哐哐哐哐一只老风匣似的向她咬。她站在那里，一动不动，倒像是老狗在咬着一棵黑乎乎的树。

萨利哈婆姨不大愿意见这个女人，她要是来了，用棍子"当当当当"地敲着院子时，萨利哈婆姨就匆匆拿了钱，匆匆走过去，也不深看她，更不与她搭话，只把乜贴交还了就匆匆转回来。

那女人走了以后，老狗就陡然增添了一些愤怒，摇摇晃晃、晃晃摇摇地追到门口去咬。萨利哈婆姨这时也回过身来站在门口，看她在空寂的巷子里大踏步地走着，她的个头高得有些阴森。背在后面的娃娃远远看去，倒像是一棵野草长在陡峭的半壁间。

这个要乜贴的人给萨利哈婆姨带来了一些不安和猜测。

好几次萨利哈婆姨都梦见女人在一个阴暗的角落里偷偷地揭着面纱，但面纱那么长，一层一层，一层一层，就没有个揭完的时候，倒搞得萨利哈婆姨心在嗓口那里跳着，虚脱似的出一身大汗。

萨利哈婆姨没想到今儿个要乜贴的女人会跟自己说起这个蒙面人，而且说出那样一番使她周身寒彻的话来。

在那女人把两个大拇指撑在乳房下面指泰克必尔⑤的一刻，萨利哈婆姨就想好了拿什么给这个女人。她给女人准备了一套自己的夏装，这一身衣裳新新的，要是挂在商店里还可以作新的卖。这是去年萨利哈在西宁给她买的。舍不得的念头在她心里一浪一浪涌来，她竭力说服着自己，脸上带着一种尴尬和掩饰什么的笑。已经举念了，就不再有退路。她又想起那十块钱。不能再落下后悔。为了使那衣裳不一次次以自己的势力激将她，她先是把它装在一只塑料袋里，再把塑料袋装进一只纸袋里。这一种大价钱的舍散不由得使她心里跳得慌。她看到那女人的袜后跟缝过以后又破了，又找出自己的一双袜子装在纸袋里。

原来这女人带着做礼拜的盖头和念珠，盖头是黑府绸的，但已大面积泛白了。那一种白使人心萧索。萨利哈婆姨的念珠是玉白的珠子串成的，夜里会发光。夜愈黑，它愈亮，一颗一颗看得清晰，要是在夜里伸手去抓它，能看到黑乎乎的手，能看到手投在它那光亮里的阴影。那女人的念珠却是红珠子串成的，很像是一串串还在树身上的枸杞。她把萨利哈婆姨的念珠在前面放着，用的是自己的念珠，那大概是她身上最好看的一样东西。

萨利哈婆姨觉得一个人会做礼拜是很不简单的，一上拜毡就有了一种高贵的意味和神圣的气息。她的拜毡是结婚时父亲陪嫁与她的，她也并非一句礼拜中的念辞也不会念，她只是懒，只是觉得自己还年轻。还年轻什么，九岁就该做礼拜了。而且炕上的女人能比你大几岁呢？人家在世上转来转去要乜贴，礼拜还不撒，你主要是太舒服了的缘故，舒服过分了就会变成可怕可憎的东西。

萨利哈婆姨动了学礼拜的念头。

女人的礼拜做完了，她像刚下过蛋的母鸡那样脸上有一种自足自得的东西。她把拜毡拍了好几拍，才下炕来。

老妹妹，今儿把你麻烦得劲大了。

听你说的，我也是在揽色瓦布⑥嘛。

萨利哈婆姨说着就把衣服袜子从衣袋里取出来。嗨，问一下，你今年多大？

三十三。

看看看，我看着你岁数不大嘛，比我还小两岁呢。

看上去我比你能大十岁啊。

那女人坦荡地说，笑着，那种质朴的笑真想让人拿自己的心去碰她的心。

那咱俩刚才叫反了，实际上我是你的姐姐，你看，这件衣裳我给你准备下了，不知道你爱不爱。萨利哈婆姨用一根手指怯怯地指着衣裳说。

那女人立刻红了脸不知说什么好。

我两个头差不多，我比你胖一点，总之能穿吧，你试一试。

不，我不要。女人像被逼在死胡同里了，她有些慌张，有些不知所措。

萨利哈婆姨有些意外，这反而坚定了她要把衣裳送给她的念头。

你要在这里试不方便，就拿回你家里试吧，我想着肯定能穿。她说。说着把衣裳装入纸袋，递给她。

那女人的手受惊了一样拿开，她神情复杂地向萨利哈婆姨笑一笑，说一声你缓着吧，到门口拿了面袋和棍子就要走。

萨利哈婆姨想都没想上去拉住了她。

姊妹，你为难我哩嘛。她似乎不知怎么对她说才好。

你看你穿得多热。萨利哈婆姨嗔怪地说。

女人不知说什么，歪过头看着大门口。

好好好，你不要我就不硬给了，先坐一坐总可以吧。

那女人否定什么似的摇摇头，难掩酸楚地向萨利哈婆姨笑笑，把面袋棍子又搁在门口，勉为其难地走了进来。

还新新的嘛。落座时她咕哝着说。

萨利哈婆姨想说什么，又打住。她决意要把这身衣裳送给这女人了，她要硬塞在她身上，这一阵不仅仅是已经举念了的缘故，要是这女人今儿不要，这身衣裳以后将怎么办呢？

她不再说衣裳，她开始说一些离衣裳很远的话题。渐渐那女人就从方才的局促不安中脱出来了，她开始找话头儿与萨利哈婆姨说，但看样子她时时刻刻都想走掉。

萨利哈婆姨问她是哪里人，然后不待她说就猜出她的大致所在。那女人有些凄楚地一笑，说我们那里光阴不行，就出我们这一号人。萨利哈婆姨看到了她牙上的黄锈，真是匪夷所思，她发现在自己的心灵深处有着对这黄锈的喜爱，她也正是根据这一点说出她的家乡的。

萨利哈婆姨暗想着用一种什么法子让她把这衣裳拿上，她原本还预计着她的惊讶和感激的，现在她已经不妄想这些了。

哎，我问你个话。

大概是觉得气氛凝滞不动，那女人有些讨好地对她说。

萨利哈婆姨神情恍惚地看着她。

你家里来过一个高个子女人吧，个子高高的，脸蒙得很死？

萨利哈婆姨一下子坐起来。

你知道她？

那人跟我们在一个乡上。

她把脸蒙那么死干啥？

见萨利哈婆姨对此事很感兴趣，那女人显得欣慰，似乎她可以以此报答萨利哈婆姨了。然而她出语惊人。

我给你说，那是个男人。

萨利哈婆姨倒吸了一口凉气。

他背着的也不是娃娃，是一个木头墩墩。

萨利哈婆姨突然觉得指尖儿齐刷刷地麻了，里面像有细细的电流鬼祟地跑。

姊妹，你要是害怕我就不说了，害怕得很呢。

萨利哈婆姨闭住眼晃晃头，让那女人再说。这一刻那个高大的蒙面人在她脑海里不停地躲来闪去。

他把他婆姨宰了，就装成个女的四处躲。他婆姨也是个要乜贴的，要来要去，要到一家门上，那一家人有钱，要她做二老婆，她也不想想后果，真给人家当了二老婆。男人着实气得不得了，也到那一家门上要乜贴，正是她端了半碗面出来，男人就哄她说有个话说，哄到背后弯弯儿里，面袋里的斧头就拿出来了，把婆姨剁成了碎渣渣。也是那婆姨的灾池，男人肯定要杀她嘛，她还跟人家往背后弯弯儿里走。

萨利哈婆姨听到耳畔有着一种博大而又虚茫的声音，载着她，载着这个房子不停地下沉或者旋转。

你没见过那婆姨，真格是巧嘴嘴巧鼻鼻，眼睛像杏核一样圆哪，谁想到有这么大的灾池。

萨利哈婆姨突然间觉得这世界有一种难述的奇怪。她不停地闭住眼睛晃头，面色惨白得像一个病人的手。

你害怕了吗？

如果说那个巧嘴嘴婆姨也要过乜贴，那么就可以肯定，她也来过萨利哈家。他们两口子都来过萨利哈家。萨利哈婆姨搜索着自己的记忆，她想自己一定与那女人距离很近地对站过，而且，在交还乜贴的时候，她们的指尖儿说不定还相触过呢。但是现在她却被一把斧头剁碎了。

其实想通了也没啥怕的，人活在世上，啥事儿都遇呢。那女人说。

萨利哈婆姨点点头。

那么那个男的呢？她问。

叫公家抓了，咋说他也是个男人，个子那么高，连女人咋走也学不像。把脸能蒙过初一，蒙不过十五啊。

他怕是，一枪毙掉了？

那是肯定的，好好的两口子，一个把一个的命要了。

接下来就没话说了，很长一段时间都没话说。萨利哈婆姨突然略略地生了一些不安，她不由自主地对眼前这个女人有些起疑。虽然这疑问像一头怪兽一样突然露了一下脸就不见了，但有一种因它而来的东西却难以在心里消散。

她突然希望这女人一下子走掉。

女人果然站起来，要走。

她拿纸袋给她，但已大失了方才硬要给她的念头，女人刚一谦让，她就把纸袋扔回沙发上。

这时候那女人有些意外。

但看来她真是不要那衣裳的，她显得轻松而感激，一再地说着道谢的话，出了大门。萨利哈婆姨脑子里一直有一种远遥的声音嗡嗡嗡地响着，在很遥远的地方响成一大片，雾蒙蒙的。她望着那女人背影的眼神是疑惑而胆怯的，不待那女人走远，她就哐一声巨响阖上了大门。

院里的阴影一丝也不见了，日头走到了天中央，像是诱惑人系一根绳子在它上面吊死。院子里水沸开了那样亮着，白白的粉面远远望去倒像是一长道暗影，几只变小了的麻雀在暗影里跳来跳去。

正午时分，风神秘地消失了，院子里瘦高的杨树僵直地立着。

这世界一瞬间变得有些奇怪。

萨利哈婆姨把大门闩上，然后穿过白白亮亮的院子，往屋里去。麻雀一律飞到高处，掠过屋顶去了。萨利哈婆姨想睡一会儿。

屋里的幽暗使人不安。

座钟依旧一记一记稳健地敲着，然而使人觉得里面有一个大蜘蛛正在结网。

萨利哈婆姨爬上炕去，她决定把赞珠装在身上，她决定睡在拜毡上。

又觉得还是洗一个小净，再睡到拜毡上的好。

就下去洗小净。

洗小净的时候，她不能集中精神，她想到木盒里还有那么多崭崭新新的零钞，她想不清她要一张一张把它们舍散给谁，想不清将有怎样一些人专程来她家里拿走它们。

小净洗罢，她心里稍稍安宁了一些。她变了主意，不再睡。她打算搬一只小凳子到后面的果园里去，像往常那样，坐上很久很久。

原载《民族文学》2000年第4期

注释

①撇申：波斯语音译，伊斯兰教的晌礼。

②汤瓶：回民对净身用的水壶的称谓。

③洗阿布代斯：伊斯兰教净礼之一，波斯语音译，即小净，指冲洗身体局部。

④比斯米拉：穆斯林对称颂安拉的专用语，引申为"诵安拉之名"。

⑤泰克必尔：穆斯林常用语，阿拉伯语音译，指念赞主词"安拉至大"。

⑥色瓦布：伊斯兰教用语，阿拉伯语音译，指安拉对穆斯林善行的

一种回赐。

点评

　　《早年》以独守家中的萨利哈婆姨作为切入点，讲述这个丈夫常年在外跑车做生意，不得不独守空房的年轻少妇的日常生活故事。虽然丈夫在生活中的缺席给这个家、给她带来了丰厚的物质回报，她也经常以此自我安慰，但一个人守着空荡荡的房子和果园，内心还是有难言的寂寞和孤独。加之家里经济条件渐渐好起来之后，村里的男人几乎不到她家来了，女人们也越来越少串她的门。"萨利哈婆姨知道这是女人们自尊，要是谁家的光阴比自家好，她也是不会到那家去的。"倒是乞丐们经常到她这宽敞的院子里来，干旱的年月乞丐倒是更多了些。对于他们的到来，萨利哈婆姨和她的丈夫都是欢喜的，男人觉得妻子"在这边散一二角钱，我在外头就少一个灾池"。女人不仅不觉得这些乞丐卑贱，反而常常被他们感动，"他们身上都有一种共同的东西，比如虔诚、小心、忍耐、礼节周全、推心置腹、对小收获的珍惜和喜悦"。他们虔诚的行为给她寂寞、平淡的生活增添了生动的气息。甚至在最后，不会做礼拜的她在与一个乞丐交谈之后认识到她"主要是太舒服了的缘故，舒服过分了就会变成可怕可憎的东西"。妇人走后她洗了小净，"小净洗罢，她心里稍稍安宁了一些"。与这些乞丐们的交往，看到他们艰难却虔诚的生活状态，萨利哈婆姨被舒服的物质生活磨平了波澜的内心，被寂寞充塞着的精神世界，重新亮起了光彩。

　　石舒清是回族人，他的小说时常氤氲着浓郁的回族宗教文化氛围，这篇《早年》也是以独特的民族视角观照回族的宗教文化。作者在这篇小说中就彰显了回族特有的民族文化及世态风俗，但切入点是世俗的、生活的、形而下的。在回族文化中乞讨被称为乜贴，"是一种宗教性的说法，里面含有把你多余的东西还我一些的意思"。这与汉族所谓的乞讨有着明显的差异，要乜贴者在领取乜贴后，在得到主人允许的情况下还会留下来做礼拜。萨利哈婆姨就很欢迎、很喜欢乞丐们来她家做礼拜，因为能在她心里"唤起一种很清净很神圣的东西"。这种东西就是少数民族的精神信仰。萨利哈婆姨与乞丐们之间，在物质财富水平上形成明显的对比，在物质世界她是"乜贴"的施散者，但在信仰的精神世界，她反过来变成了"乜贴"的收受者。无论富贵还是贫穷，他们通过生活习惯和宗教活动净化自己的身体，也洁净着自己的灵魂，从而不断强化着信仰的力量。这种独特的少数民族文化正如杨义所言："特定时代、特定地域的世态风俗，是作家与当今未来、国内国外的读者进行对话的一大宝藏。"

（朱旭）